经典与解释(47)

斯威夫特与启蒙

■ 古典文明研究工作坊 编
顾问／刘小枫 甘阳
主编／娄 林

华夏出版社

古典教育基金·"资龙"资助项目

目　　录

论题　斯威夫特与启蒙（何涛　译）

2　理性与共同体：斯威夫特对慧骃国的批评 .... 尼科尔斯
23　斯威夫特与斯巴达：《格列佛游记》中的乡愁 .... 希金斯
58　斯威夫特与柏拉图的政治哲学 .... 巴罗
76　兴起与衰亡：《格列佛游记》与乌托邦的失败 .... 拉得纳
114　启蒙之前的理性与启示：沃格林的分析与斯威夫特的
　　　例证 .... 山克曼

古典作品研究

146　隐秘的颂词：尼采读卢梭
　　　................................. 菲尔德（冷昕然　肖羽彤译）

思想史发微

192　章太炎学说对清末民初蜀学界的影响 .... 王锐

古文今刊

236 直注道德经 …………………… 德异著　问永宁校注

旧文新刊

298 然疑待徵錄·詩說十三則 ……………………… 張汝舟
303 1933／1934年校长任职：事实与思想
　　 …………………………… 海德格尔（溥林译）

评论

330 评布利茨《古典共和的末路：莎士比亚
　　 的〈尤利乌斯·凯撒〉》 ………… 赫布莱希（刘禹彤译）

论题　斯威夫特与启蒙

理性与共同体

——斯威夫特对慧骃国的批评

尼科尔斯（Mary P. Nichols） 撰

何涛 译 马勇 校

斯威夫特（Jonathan Swift）的《格列佛游记》（*Gulliver's Travels*）意在回应柏拉图《王制》中苏格拉底提出的政治构想。在苏格拉底描绘的城邦之中，哲人强制推行财产公有和妇女儿童公有。理性统治诸种激情，个性遭受压制。通过将慧骃国刻画为对《王制》中最佳城邦的一幅讽刺像，斯威夫特揭示出理性（reason）或哲学的统治包含着严酷、僭政的成分。①

然而，《格列佛游记》的叙述者格列佛（Lemuel Gulliver）赞赏

---

① 柏拉图可能也看到了《王制》中最佳城邦的严酷性，而且没有将哲人统治和公有制看作严肃的政治构想。关于《王制》"喜剧"特征的论述，参施特劳斯，《城邦与人》（*The City and Man*, Chicago: Rand McNally and Co., 1964），以及布鲁姆，《柏拉图的〈王制〉》（*The Republic of Plato*, New York: Basic Books, Inc., 1968）中的解读文章。

慧骃，他试图模仿慧骃的生活方式。他出版游记就是为了改造人，使人像慧骃那般理性行事（第四次旅行，第十章）。① 对《格列佛游记》的传统解释认为，斯威夫特与格列佛一样热爱慧骃，并因人类无法达到慧骃的理性（rationality）而厌恶人类。②相反，我认为斯威夫特批评了慧骃以及自己的主人公格列佛。在对慧骃的热爱中，格列佛接受了一种关于完美的理念，这种理念使得他没有能力理解或参与人类生活。为了证明这种解释，我将首先考察慧骃国，然后考察意欲栖居慧骃国的格列佛。

---

① 涉及《格列佛游记》的地方将注明旅行次序与章节。[译注] 关于《格列佛游记》的引文，参考了张健的译本，见《格列佛游记》，张健译，北京：人民文学出版社，2014；并依据英文引文有所改动。

② 参 Milton P. Foster,《关于格列佛在慧骃国的专题集》一书的导论（*A Casebook on Gulliver Among the Houyhnhnms*, New York：Thomas Y. Crowell Company, 1961），前言，页 xii。关于赞同慧骃认为自身拥有"完美本性"这一看法的评论家的例子，参 John B. Moore,《格列佛的角色》（The Role of Gulliver），见 *Modern Philology*, XXV, 1928 年 5 月，页 469 – 480；George Sherburn,《关于慧骃的谬误》（Errors Concerning the Houyhnhnms），见 *Modern Philology*, LVI November, 1958, 页 92 – 97；Allan Bloom,《〈格列佛游记〉述略》（An Outline of Gulliver's Travels），见 *Ancients and Moderns*, ed. Joseph Cropsey, New York：Basic Books Inc. （1964，[译注] 中译见布鲁姆，《巨人与侏儒》，张辉等译，北京：华夏出版社，2011，页 29 – 50）；Charles Peake, 《斯威夫特与激情》（Swift and Passions），见 *Modern Language Review*, LV, April 1960, 页 169 – 180。John F. Ross,《格列佛的最后喜剧》（The Final Comedy of Lemuel Gulliver），见 *Studies in the Comic*, Berkeley：University of California Press, 1941；Kathleen M. Williams,《格列佛的慧骃国旅行》（Gulliver's Voyage to the Houyhnhnms），见 *Journal of English Literary History*, XVIII, December, 1951, 页 275 – 286；以及 Irving Ehrenpreis, 《斯威夫特其人》（*The Personality of Jonathan Swift*, Cambridge, Mass.：Harvard University Press, 1958）。这几位作者确实就斯威夫特对慧骃的赞赏表示了怀疑，但是他们的分析都没有论及根本的政治哲学问题，而我相信这正是斯威夫特所关心的。

慧骃国

慧骃的伟大格言是"培育理性,一切都受理性支配"。格列佛认为,慧骃的理性并不像人类的理性那样"会引起争论",后者"受到激情与偏好的蒙蔽与歪曲"(第四次旅行,第八章)。因此慧骃没有任何恶。正如他们摆脱了妒忌与恶意(malice),他们也摆脱了情欲。婚配由家长和友人决定,由他们来"选择配偶的毛色,免得血统混杂产生不良的毛色"。慧骃看重雄性的力量和雌性的美丽,"不是为了爱情,而是为了防止种族的退化"。一个慧骃将他的婚姻视作"理性动物的一种必要行动"。所以他们也"完全以理性为准绳"来教育自己的孩子,"绝不溺爱他们的小马驹"。为了防止人口过剩,夫妇们生育了一对子女之后就不再交配。如果一对夫妇在过了育龄之后不幸失去后代,别的育龄夫妇就会送一个自己的孩子给他们,然后再生育一个。如果一对夫妇生了两个儿子,就会和生两个女儿的家庭进行交换。慧骃似乎不偏爱自己的任何附属物。当他们的某个雅虎(Yahoos)奴隶私藏一块彩色石时,他们会认为他被一种"非自然的欲望"所支配。他们大概既不理解那些没有实际用途之物的价值,也不理解把某物据为己有而来的快乐。

慧骃兴许会成为柏拉图《王制》中的理想公民,在那里,私人性被消除以支持公共性或共同性(例如,《王制》462a及以下)。在《王制》所描绘的那个城邦之中,人们"对同一个东西以同一种方式说'我自己的'和'不是我自己的'"(462c)。不仅财产共有(416d-417b),而且妇女、儿童也共有。《王制》中城邦的女人不能"与任何男人组成一个小家庭"(457d)。公民们在统治者的安排下在特定时间里"婚配",控制城邦所需的性别和人口数量(458e及以下)。通过安排最优秀的男人和女人交配,并且只养育他们的后代,统治者确保"拥有这种最卓越的品质的公民"一直存在(459d-e)。统治者还控制婚配的数量,以使那个城邦的人口规模保持适度,变得"不大不小"(460a)。与慧骃的婚配一样,《王制》中的婚配也是为了公共的善。公民们绝不能具有妨碍这些理性安排的激情。对于配偶,他们不会表现出任何个人偏好,也不会渴望将婚姻延长到指定期限之外。甚至当他们与异性一起在体育馆搞裸体锻炼时,他们的激情也不会被唤醒(451b及以下)。他们和慧骃一样都是性冷淡。

格列佛宣称慧骃拥有友爱和仁慈的德性(第四次旅行,第八章)。不过,就像慧骃用同样的爱来对待其他夫妇的孩子与自己的孩子一样,他们的友爱和仁慈"也不限于个别的对象,而是遍及所有慧骃"。陌生人"和最亲近的邻人一样受到款待"(第四次旅行,第八章)。①慧骃没有任何特殊的朋友,正如一位已婚的慧骃不会对他的配偶有特殊的感情:夫妇"用对待其他同类一样的友爱和仁慈共度一生"(第四次旅行,第八章)。

因此,慧骃对待自己同类的方式就是《王制》中生活在共有体制下的公民们对待彼此的方式。这些公民互相都是"朋友",从而"共同拥有一切"(424a),而且他们不会挑选特别的公民作为自己喜爱的对象。②他们的"爱"是对整个城邦的爱。他们因为同样的事

---

① Irving Ehrenpreis 引用了斯威夫特写给博林布鲁克(Bolingbroke)的一封信中的话:"你关于友爱的概念对我来说是陌生的,我相信每个人生来就有自己的定量(quantum),不可能只付出而不求回报。"参氏著,《斯威夫特的人格》,前揭,页105。

② 参格劳孔对这一点的误解(468c),随后苏格拉底向他展示了一种与他正在创建的城邦相适的关于爱的看法(470及以下)。

情快乐和悲痛，没有私人的快乐和悲痛（462b）。他们中的模范不会为自己亲友之死而悲伤，对他来说"失掉一个儿子，或一个兄弟，或钱财，或者其他此类的东西，根本不是可怕的事"（387e）。

慧骃之间均等地爱彼此，这与下述事实一致：他们没有个体的特性。慧骃中有一个仆人阶层：那些"白色、栗色、铁青色的马"，它们的"样子与众不同，才能天生也不一样"（第四次旅行，第六章）。不过，除了一匹特别喜爱格列佛的栗色马之外，同一阶层的马之间没有明显的差异。因此，慧骃没有个体的名字。如果所有慧骃都差不多，有谁会更受偏爱呢？慧骃之间的爱相当于理性之爱，后者抽离了我们日常可以看到的特殊之物。慧骃不是由相互之间的特殊之爱直接联系在一起，他们仅仅通过普遍的理性之爱间接联结。一点也不奇怪的是，慧骃不会因为伴侣的离世而悲痛；一个慧骃离世了，他的朋友和亲戚"既不快乐也不悲痛"（第四次旅行，第九章）。

慧骃无需努力，他们已然完美。他们的主要活动似乎是统治雅虎。正是从他们对待雅虎的方式中，我们发现了潜藏在他们理性统治之下的严酷。雅虎代表着人类的激情面向，而慧骃和《王制》都排除了这一面相，苏格拉底几乎很少提到最低阶层，即那个城邦的"欲望"部分。①斯威夫特对雅虎的描写展现了调和理性因素与激情因素时的内在困难。慧骃对待雅虎的方式表明，只有最严酷的措施才能控制激情。

斯威夫特刻画的雅虎表明了人们想要控制激情的原因。雅虎在外形上与人类相似，但他们野蛮且没有理性能力。他们的激情放肆

---

① 最低阶层的成员分享节制之德，因此其成员同意"更优秀"之人应当统治那个城邦。节制就是较好的统治较差的（430e – 432a）。城邦的欲望部分由于分享了节制，因此接受了城邦的严酷性。

横行,不受约束。他们肮脏、贪食、下流、傲慢和暴力,还有强烈的占有欲。例如,他们"极度喜爱"彩色石头,花费数日的工夫将它们从地里挖出来,然后又藏在自己的窝里,"生怕被同伙发现自己的宝藏"。他们"无缘无故"就和临近地区的雅虎打斗,没有外敌时则自相残杀(第四次旅行,第七章)。不过,尽管他们喜好争斗,他们又能敏锐地保护自己的同类。当格列佛"狠狠击中"他们中的一个时,从附近赶来至少四十个雅虎,"一面嚎叫一面做出种种鬼脸"(第四次旅行,第一章)。此外,当格列佛逮住一只三岁的雅虎时,"一大群老雅虎闻声赶来",但是当发现那"小家伙安然无恙"后又跑远了(第四次旅行,第八章)。总之,格列佛发现他们"狡猾、狠毒、阴险且报复心强"(第四次旅行,第八章)。因此,慧骃用暴力统治着他们。

慧骃们只有在如何对待雅虎的问题上才存在分歧。不过,所有迹象表明他们那对待雅虎的方式带有僭主的特征,因为他们最好的提议不过就是压制并且最终消灭雅虎。他们经常争论雅虎是否"应该被彻底消灭"(第四次旅行,第九章)。格列佛的主人提出了一个相对不太严酷的权宜之计,即通过阉割来逐步消灭雅虎。这个建议得到肯定,不是因为他更温和,而是因为他更有用——被阉割的雅虎将变得"驯良且易于使唤"(第四次旅行,第九章)。慧骃对雅虎采取行动,不是因为后者的异质性改变或者限制了他们的行动。慧骃的行动只是为了维持自身共同体的同质性。

斯威夫特的另一部讽刺作品《一项小小的建议》(*A Modest Proposal*),清楚地表明他不赞赏慧骃的"理性"。这部作品提议让爱尔兰的穷人把自己的孩子卖掉来减轻贫穷,被卖掉的孩子将被做成食物和衣服。斯威夫特期望读者自己体会这项温和建议的可恶。因为慧骃缺乏这种同情的体会,他们将同意这类计划的"合理性"。例如，这个温和的建议就假设，爱尔兰的穷人在他们的子女死掉时不会痛苦。慧骃不会因子女的死去而痛苦，因为他们不会爱自己的子女超过别人的。他们立刻就会有另一匹小马或接受一个替代者。当这位温和的提议人假设人们为了公共或私人的利益会毫不犹豫放弃自己的子女时，他实际上是在假设这些人会像慧骃一样做这件事。他的整个建议都假设，家庭排除了爱或感情，仅仅基于理性的计算。例如，他认为，母亲们如果期望在孩子一岁时卖掉的话，就会更好地照顾这些孩子。①一旦照顾孩子变得合理（因为有利可图），母亲们就会去做。

尽管这项温和建议的对象被设想为理性且无情的，这个建议本身却要求像对待畜生一样对待人们。爱尔兰孩子中的一小部分必须被排除在市场之外而留作繁殖，其中只有四分之一需要是男孩。婚配的进行必须与国家所能维持的人口规模相协调。这项小小建议的意图之一据说就是为了减少过剩的人口。②这个提议所要实现的合理人口规模，在慧骃看来理所当然。由于缺乏导致人口过剩的激情，慧骃结婚和生育只是为了保持国家的人口。

因此，《一项小小的建议》揭示了将慧骃的严酷"理性"运用在人类身上时的错误。我们从《格列佛游记》中慧骃对待格列佛的方式能看到这种错误，他们没有表现出一点格列佛归于他们的仁慈。

---

① 斯威夫特，《一项小小的建议，关于避免爱尔兰穷人的孩子成为父母或国家的负担，并使他们有利于公众》（A Modest Proposal for Preventing the Children of Poor People in Ireland from Being a Burden to Their Parents or Country; and for Making Them Beneficial to the Publick），见 *Irish Tracts 1728 – 1733*，Herbert Davis 编，Oxford, Basil Blackwell, 1964, 页115。[译注] 中译参斯威夫特，《桶的故事·书的战争》，管欣译，北京：商务印书馆，2016。

② 斯威夫特，《一项小小的建议，关于避免爱尔兰穷人的孩子成为父母或国家的负担，并使他们有利于公众》，前揭，页116。

即使格列佛的主人也是把他看作某种奇物，他应允格列佛的请求，不称其为雅虎，以便格列佛"心情愉快"并且变得"更加有趣"（第四次旅行，第三章）。慧骃没有强制格列佛和那些让他极度恐惧的雅虎们生活在一起，仅仅因为他们不愿格列佛带领雅虎们攻击他们的牲口（第四次旅行，第十章）。他们始终将格列佛看作雅虎，最终驱逐了他。他们无法理解一个生物既像自身又不像自身——他们对这种生物必须采取行动，可是格列佛也会限制他们的行动。假使慧骃认识到格列佛与自身不同，但又发现他值得注意，因为他在某些方面与自己相似，那么慧骃也许就不得不有鉴于他的"差异性"而调整自己的行动。但是慧骃并不了解这种限制。他们只了解与自己相同的慧骃，以及与自己极度不同的雅虎，对后者似乎可以正当地实施专制统治。

同质性对于《王制》和慧骃国来说都是关键——这种同质性本质上带有僭政性，因为它压制了任何人类共同体中所呈现出来的多样性。简单取代了多样，稳定取代了变化。苏格拉底用单一的神取代了纷繁多样的荷马诸神（380d–383c）。《王制》中的那个城邦试图保持稳定，哲人的主要政治行动就是安排婚姻抽签，旨在维持现状。慧骃国每四年才召开一次的全体大会，目的也是为了维持现状。在大会上，干草、燕麦、母牛或者雅虎匮乏的地区将得到那些丰盈地区的援助，小马们将会分配给那些失去子女的夫妇（第四次旅行，第八章）。正如慧骃们无法容纳新奇之物（他们必须驱逐格列佛），《王制》中的哲人不能将变化吸收进那个城邦中——时间会引发城邦的崩溃（546a）。

慧骃对雅虎高效有序的统治也带有《王制》的最佳城邦的特征。在《王制》中，不论是进行统治的哲人，还是他们所指挥的护卫阶层，都提供了某种保持城邦的统一和稳定所需的控制力。护卫阶层对应灵魂中的血气部分，就像统治者代表着理性，最低阶层代表欲望。斯威夫特通过将《王制》中的两个高等阶层压扁为一个，即慧骃，揭示了理性与激情在那种情势下的紧密联系。血气为理性对激情的统治提供了力量。也许因为马是一种经常被刻画为充满血气的动物，①斯威夫特把他的理性统治者描绘成马。②

直到第四次旅行的最后，格列佛仍然努力追随慧骃的生活方式。甚至他写作《格列佛游记》的目的就是将自己深爱的马树立为人类的模范。他通过引用西农（Sinon）来表明自己完全坦率："……尽管邪恶的命运让西农遭遇不幸，但却不能强迫他诳语欺人。"（第四次旅行，第十二章）③不过，西农是在将木马送给特洛伊人时向后者宣称自己的真诚。格列佛似乎没有意识到特洛伊木马和他送给人类的某种"木马"之间的相似性。西农的木马用来摧毁那些接受它的特洛伊人，特洛伊人则是为保护帕里斯（Paris）的激情（the passion）而战。特洛伊木马与慧骃之间的对应性，暗示人们应该明智地拒绝慧骃。那么，格列佛为什么会接受他们？

格列佛对完美的追求

格列佛从少年时期就渴望旅行。他学医时期也学习了"航海术和数学中对志在旅行的人有益的一些分支"（第一次旅行，第一

---

① 例如，色诺芬，《骑术》（*Art of Horsemanship*），卷九。
② 不过，根据 D. Nichol Smith 的看法，斯威夫特选择用马代表完美的本性，原因在于马是"我们一致同意的最高贵的动物"，参氏作，《斯威夫特：若干评论》（Jonathan Swift: Some Observations，见 *Essays by Divers Hands, Being the Transactions of the Royal Society of Literature of the United Kingdom*, London: Oxford University Press, 1935），XIV，页 28 – 48、43。
③ 引自维吉尔《埃涅阿斯纪》，卷二，行 110 – 111。

章)。他进行过多次旅行。虽然最终结婚了,但是他的婚姻并不意味着他渴望个人归属和稳定的家庭生活。"大家劝他改变自己生活境况",他就娶了一位会为他带来四百英镑的女士(第一次旅行,第一章)。然而,后来他遇到经济困难,又重返大海旅行了六年。在船上,他阅读了"古代和现代最好的作品";在陆上,他观察"人们的风俗和性情"(第一次旅行,第一章)。然后,他在家里待了三年,但是他的医术不足以养活妻儿。现在,他踏上了组成《格列佛游记》的四次旅行中的第一次旅程。

格列佛承认自己"命中注定要劳劳碌碌地过一辈子"(第二次旅行,第一章)。他似乎不知道自己追求什么,或者什么会让他幸福。他一次又一次地为了旅行丢下妻儿。①他宣称自己渴望"探寻世界",但是所访问过的任何国家都无法让自己满足,直到他来到慧骃国。对于了解不同生活方式的渴望以及对于最佳生活的持续追求表明,格列佛被斯威夫特描绘为一个哲学家的形象。

格列佛确实想起过苏格拉底——一个为了将自己从特定时间和地方的法律与习俗所包含的片面真实(partial truths)中解放出来,致力于探究各种不同意见与生活方式的人。与格列佛相似,苏格拉底对自己的家庭和财产缺乏强烈的依恋。苏格拉底承认他的哲学活动导致自己忽视了"家庭事务"和"赚钱"(《苏格拉底的申辩》36b;比较36d与38b)。对真理的追求,似乎会导致人们远离特定或具体的生活,远离家庭的束缚,以及准备生活必需品的兴趣。

《格列佛游记》象征着格列佛的掩藏在不同国度旅行背后的,关于各种可选择的生活方式的精神漫游。他已经从真实的旅行转向想

---

① 他在开始第四次旅程时,抛下了"挺着大肚"的妻子(第四次旅行,第一章)。

象中的旅行，从现实生活转向空想。在这些空想之中，为他的想象提供材料的就是他阅读过的古今作品。小人国（Lilliput）建立在洛克式的商业原则之上，巨人国（Brobdingnag）处于前现代并且科技不发达，第三次旅行的地方是笛卡尔式哲学天堂（Cartesian paradise）的戏仿，而慧骃国则是在模仿柏拉图的《王制》。①

格列佛关于小人国的描绘，显露了他对自己的社会及生活方式的不满。小人国中的宗教战争，国王的野心以及法庭的诡计，都卑鄙且丧失人性。小人国的法律鼓励得失算计，借助人们对快乐的欲望来操纵他们。②小人国技术先进，他们"是最出色的数学家，机械学也发展到了完善的程度"（第一次旅行，第一章）。他们的医学既有效又无痛。他们射伤格列佛之后，给他一种"香味扑鼻的药膏，几分钟以后箭伤就不疼了"（第一次旅行，第一章）。尽管由于个人背景，格列佛欣赏小人国的科学和医学，但是他发现自己太"大"而无法和这些"小"人生活在一起。格列佛对小人国的不满映射出他对自己社会的不满。他渴望离开。尽管他宣称自己想要回家，但"想要到异国去观光的强烈欲望"使他在家里仅仅待了两个月（第

---

① 按照布鲁姆的看法，斯威夫特是根据古今差异来安排格列佛的四次旅行的。小人国刻画了现代生活实践，巨人国代表古代，而第三次和第四次旅行分别处理现代和古代的理论。参布鲁姆，《〈格列佛游记〉述略》，前揭，页241。[译注] 中译见布鲁姆，《巨人与侏儒》，前揭，页32。

② 小人国把正义女神描绘为"右手拿着一个打开的钱袋子，左手拿着一把插在鞘里的剑，以表明她更喜欢奖赏而不是惩罚"（第一次旅行，第六章）。法律更多的是借助于人们追求快乐而非躲避痛苦的欲望。守法者会得到钱财的奖赏（第一次旅行，第六章）。因此，贪婪受到鼓励，唯一的约束来自得失的算计。此外，小人国的刑法也支持商业。例如，对欺诈罪的处罚比盗窃罪更严重，因为如果欺诈盛行的话就没有人愿意进行信用交易。参布鲁姆，《〈格列佛游记〉述略》，前揭，页246。[译注] 中译见布鲁姆，《巨人与侏儒》，前揭，页39。

一次旅行,第八章)。

巨人国是前现代社会,由于缺乏港口和贸易而与世界的其他部分隔绝。格列佛阅读的古代作品,以及他对现代小人国的反感促使他想象出一个由巨人组成的前现代社会。巨人国的国王有智慧和德性。那里的人民为自己的人性而骄傲,反对那种认为人类已经堕落的看法(第二次旅行,第七章)。在没有复杂的现代科学的情况下,他们也感到满足。国王拒绝了格列佛提出的教他制造火药的请求(第二次旅行,第七章)。巨人们根据"常识和理性"进行统治,也没有"像欧洲那些较为聪明的人一样将政治降低为一门科学"(第二次旅行,第七章)。①生活在他们中间,格列佛感觉自己是一个"小"人,带有自己时代的一切偏见(第二次旅行,第六、七章)。他小到可以塞进一个巨人的手里。

尽管巨人国富有德性,格列佛在那里却并不完全幸福。这些人比格列佛大得太多,以至于他可以非常清楚地看到他们皮肤的粗糙不平(第二次旅行,第一章)。"没有比一个母亲给孩子喂奶时更让人作呕的情景了"(第二次旅行,第一章,对比第三章、第四章)。他非常害怕被侍从女官们抚弄,他觉得她们的气味"非常难闻"(第二次旅行,第五章)。②我们现在发现格列佛不仅反感商业生活的

---

① 休谟将自己的一篇政治论文命名为《政治学也许可以归纳为一门科学》(That Politics May Be Reduced to a Science),见 *Hume's Moral and Political Philosophy*, Henry D. Aiken 编, New York: Hafner Publishing Company, 1968, 页295—306。

② 不过,在小人国的一段插曲中可以看到,庞然大物并不必然会引起反感,一位夫人据说"非常喜欢(格列佛的)身体"(第一次旅行,第六章)。布鲁姆暗示格列佛取悦了那位夫人,参布鲁姆,《〈格列佛游记〉述略》,前揭,页238([译注]中译见布鲁姆,《巨人与侏儒》,前揭,页29)。不过至少在写作《格列佛游记》的时候,格列佛想要掩盖这一逸事(第一次旅行,第六章)。

卑劣，也反感纯粹的身体或肉体生活，他设想这些是丑陋的。正是人的肉体存在迫使他谋求生活所需的物质条件。格列佛既排斥小人国的卑劣，也排斥巨人国的丑陋身体，表明他想要逃离人类所面对的肉体局限。在巨人国时，他试图"跳过"路上牛粪的做法实在是恰当不过（第二次旅行，第五章）。这次滑稽努力的失败预示了他不可能通过旅行来摆脱肉体本性。使格列佛懊恼的是，他的失败成了巨人国宫廷一段时间的笑柄。与格列佛相比，巨人们并不反感身体上的限制。

想要从肉体负担中解放出来的欲望是潜藏在现代科学背后的动力之一。通过成为医生和学习"有用的科学"（第一次旅行，第一章），格列佛参与了借助理解自然法则来征服自然的现代事业。但是，对人来说，一种应该被征服的自然是充满敌意的，或者至少是冷漠的。现代性（Modernity）视自然为邪恶的（ugly）。[①]在巨人国，格列佛本希望拥有合适的工具来解剖虱子，不过他发现这场景"太过恶心，让人彻底反胃"。虱子如此之大，以至于他用裸眼就可以看到四肢，"比在显微镜下看欧洲虱子还要清楚"（第二次旅行，第四章）。科学工具为人们展现了自然的隐微细节，并且暴露了它们的丑

---

① 例如，笛卡尔在他的《第五沉思》中关于自然的缺陷性的看法，以及他在《第一沉思》中面对一个可能怀有敌意的自然世界时关于自我存在的确认。笛卡尔《谈谈方法》的结束部分寻求一种"实践"哲学，"把水、火、空气、天空、星辰、天宇以及我们周围一切物体的力量和行为认识得清清楚楚"，我们可以"成为主人支配自然"。笛卡尔把医学选为可能是对人类最为有用的科学。参笛卡尔，《谈谈方法》（*Discourse on Method*, Laurence J. Lafleur 译, Indianapolis: The Bobbs-Merrill Company Inc, 1976），页 40。还可以参考霍布斯有关自然状态的描述，事实上霍布斯关于激情的知识使他提议一种共同体作为自然状态的替代。参霍布斯，《利维坦》（*The Leviathan*），卷一，章 13-14；卷二，章 17。

恶。格列佛不仅拒斥现代生活，还拒斥自然本身。他在前现代社会中还是感到不适，因为这种社会接受身体的自然限制。

由于对"自由"的渴望，格列佛想要离开巨人国（第二次旅行，第八章）。他对始终需要受到保护的状态感到愤怒。他急切想和那些能够"以平等关系"交谈的人们生活在一起。他甚至想起了自己丢弃在英国的"那些家庭承诺"。然而，他返家之后仍然对身体感到厌恶，这次是因为他们太小。格列佛脑海中留存着对巨人国的记忆，他认为那些将自己带回家的水手们是"平生见过最微不足道的小人"（第二次旅行，第八章）。他"俯瞰"自己的家人，"就好像他们都是侏儒一样"（第二次旅行，第八章）。尽管他声称"过了不久"就和家人、朋友"互相适应了"，但是在家住了不到十天，有一位船长来访之后，他与那位船长又重返大海了（第三次旅行，第一章）。

格列佛在巨人国时发现"那里人民的学问十分贫乏"，国王受制于"偏见和短视（第二次旅行，第七章）。尽管打算拒斥现代商业生活，格列佛仍然醉心于现代学问。他是一个科学人，已经学习过医学和物理学（第一次旅行，第二章）。不过，在接下来的旅行中，他开始怀疑科学知识的效用。拉格多（Lagado）的人民已经"计划将所有艺术、科学、语言和技术发展到新的规模"（第三次旅行，第四章）。格列佛关于这个国度的想象显然受到他阅读过的笛卡尔和培根的影响。

格列佛现在认为改善人类生活状况的想法无用且糟糕。他访问了那些致力于发明创造的科学院，但没有一个看起来成功。教授们设计"新的工具与方法……期盼一个人可以担任十个人的工作"（第三次旅行，第四章）。格列佛暗示了这些计划的无效，他指出目前没有一项得以完成，而且全国遍地荒凉。其他的计划既无效又令人恶心。"科学院里资格最老的学者"的"手上、衣服上涂满了污秽",致力于"把人类的粪便还原为食物"(第三次旅行,第五章)。

格列佛对现代科学的祛魅,在他看到拉格多的医学时达到顶峰,这也表达了他对自己专业的痛恨。一位著名的医生演示了用两根管子对身体吹气和抽气的方法来治疗疾病。接受手术的狗当场就死了。当格列佛离开时,这个医生还在试图用同样的办法来营救它(第三次旅行,第五章)。对格列佛来说,这位医生成了医学职业的代表,因为后来当他向慧骃描述医学时就将他等同于拉格多的医学(第四次旅行,第六章)。

在参观拉格多科学院的畸形科学之后,格列佛拜访了一位魔法师,他可以将古代和现代的亡灵召唤到他的面前。他看到那些古人的形象伟大高贵,并对"现代历史感到恶心",因为舞台上尽是一些懦夫、傻子、逢迎者、骗子、无神论者、鸡奸者还有告密者(第三次旅行,第八章)。格列佛现在相信人类是在退化,而他之前与伟大的巨人们一起生活时曾经拒绝过这种看法(第二次旅行,第七章)。他对人类退化的信念表现在最后一次旅行中关于雅虎的描述之中。

格列佛第三次旅行的最后访问了斯特鲁德布鲁格(struldbrugs)人,即不朽之人。格列佛在见到这些不朽者之前,设想自己如果能够永生的话可以实现什么。他可以跟这些不朽者中"少数几个最可贵的人交往,时间一长心肠也就变硬了,他们死了我也不会惋惜,以后就以同样的态度对待你们的后代。我就像一个人每年在花园里种上一些石竹和郁金香,他不会因为去年的花草已经枯萎而感到悲伤"(第三次旅行,第十章)。尽管格列佛喜欢想象自己超越了一切特殊的人类,但他也仁慈地为所有人着想:经过多年的经验与学习,格列佛可以成为"知识、智慧的活宝库"和"民族的先知"(第三次旅行，第十章）。格列佛相当有理由赞美《王制》里的最佳城邦，因为那里的人们超越了特殊的个体，均等地把城邦的所有成员当做自己的兄弟来"爱"。

格列佛惊讶地发现斯特鲁德布鲁格人是令人厌恶的物种，他们遭受着各种最严重的衰老。他们拥有他见过的"最糟糕的外观"。格列佛"对长生不老的欲望为之大减"（第三次旅行，第十章）。他现在打算像最后一次旅行中理想化的慧骃一样接受死亡。

格列佛在接受自身必死性的同时，放弃了他的医学实践。他在最后一次旅行中是作为船长而非医生，已然"厌烦了在海上当医生"（第四次旅行，第一章）。他在第三次旅行中对医学的反思不只让自己看清了医学的局限，而且让他彻底放弃了医学。然而，经历了一次船难事故之后，斯威夫特暗示，彻底拒绝医学和彻底接受医学一样都不可取。船上许多人死于热病。这让我们想知道，格列佛原本是否应该更加注意身体的脆弱性和可能的救护之法。这些人的死去给格列佛带来了麻烦。他只能招揽一些流氓作为补充，这些人后来煽动剩下的船员发动叛乱，把他丢到了岸上。格列佛不仅未能用自己的医术治疗病患，也未能控制自己手下的激情。这两种情况中，他都未能从全船的利益出发处理好丑陋残缺的人性。格列佛忽视了手下人难以驯服的激情，这就引出了第四次旅行的主题——人的激情。格列佛被抛弃的地方是慧骃国，他在这里遇到的生物，既没有身体缺陷，从而无需医学，也没有激情，从而无需统治。格列佛已经放弃了自己试图处理特殊事件时的笨拙——不论是治疗身体还是统治他人——目的是要赞颂慧骃的理性和普遍性。他想要摆脱人类本性的努力，从反感身体拓展到了排斥激情。

在想象中的慧骃国，格列佛将理性与激情相分离，前者体现于慧骃身上，后者则体现于雅虎身上。他接受了慧骃自称拥有"完美本性的说法"（第四次旅行，第三章）。当格列佛第一次见到慧骃时，认为他们行动举止"就像哲人一样"（第一次旅行，第一章）。他乐意与慧骃度过余生，效仿他们的德性。根据他的说法，慧骃的德性是友爱与仁慈（第四次旅行，第八章）。格列佛将友爱归于慧骃的做法以及与他们共度余生的满足感，证明了《格列佛游记》开头就暗示过的——格列佛既没有理解友爱的真正意涵也没有接受它的要求。曾经有一位熟人去拜访他，格列佛以为他"完全是出于友情"来看望自己。实际上，那个人是为生意而来（第三次旅行，第一章）。在书的开头，格列佛承认自己"没有什么朋友"（第一次旅行，第一章）。

格列佛对慧骃的热爱对应于他对雅虎的憎恶。他写道，"我在历次旅行之中从来还没有见过这样难看的动物，也从来没有一种动物使我感到这样讨厌"（第四次旅行，第一章）。当格列佛反抗一个发情的雌性雅虎的拥抱时，这种讨厌以一种喜剧性的方式呈现出来（第四次旅行，第八章）。他对雅虎的抗拒也投射到了自己身上。他说："当我在湖畔或者喷泉旁边看到自己的影子就感到讨厌，我赶忙别过了脸，觉得自己的样子还不如一只普通雅虎好看"（第四次旅行，第十章，以及第三章）。由于不愿意面对自己，格列佛忘记了自己应该知道而慧骃选择否认的事实——一种同时拥有理性和激情的复合生物的可能性。格列佛趋于承认慧骃将雅虎与人类等同的看法。①

在被慧骃强制驱逐到海上之后，格列佛被一位葡萄牙船长彼得

---

① 例如，参格列佛致他的出版商辛普森（Sympson）的信，《格列佛游记》序言。

罗（Don Pedro）搭救。① 彼得罗是格列佛未能做到的那种事业成功的船长。然而，格列佛将人类视为雅虎的看法扭曲了他对彼得罗的评价，后者其实是一位努力对格列佛友好相待的聪明人。格列佛承认彼得罗"一举一动都彬彬有礼，而且通情达理，我渐渐也就喜欢跟他在一起了"（第四次旅行，第十一章）。当然，格列佛还是更喜欢慧骃那种非人类的理解力。彼得罗建议格列佛回到妻儿身边，这在格列佛看来没有"多说的必要"（第四次旅行，第十一章）。他说彼得罗"劝我为了名誉、为了良心都应该回到自己的祖国跟老婆孩子一起过活"（第四次旅行，第十一章）。彼得罗显然认为人不是一个抽象的存在，而是与特殊的地域和民族联系在一起，人有自己的国家与家庭。他指出格列佛所要寻求的"孤岛"并不存在。格列佛在离开慧骃国之后与彼得罗的相遇适逢其时，因为彼得罗阐明了将人类割裂为需要被消灭的激情和抽象理性的做法是错误的。此外，他对格列佛的友爱与仁慈同格列佛在慧骃那里的待遇形成了鲜明的对比。②彼得罗照顾格列佛，相反，慧骃驱逐了他，不顾其死活。

---

① 当格列佛被营救时，他身上穿的是自己用多种兽皮做成的极其怪异的衣服。他发现雅虎的皮在阳光下晒干后可以做成皮鞋（第四次旅行，第十章）。他早先就打算"想点办法用雅虎皮或者其他兽皮"给自己做一套衣服鞋子（第四次旅行，第三章）。他后来采取了那项温和提议中较不冒犯的部分，即将那些用来卖掉换取食物的孩子尸体的皮剥下来；"这些皮经过加工，可以做成贵妇们的精美手套，以及绅士们的高级夏靴"。参 Jonathan Swift,《一项小小的建议，关于避免爱尔兰穷人的孩子成为父母或国家的负担；并且使他们有利于公众》，前揭，页 112。

② Ross 指出，斯威夫特描写彼得罗这样一位宽宏仁慈的人士，是为了衬托格列佛的反人类倾向。他写道，"第十一章完全就是在证明，格列佛盲目地拒绝放弃他的反人类信仰荒谬不堪"，参 John F. Ross,《格列佛的最后喜剧》，前揭，页 44。亦参 Kathleen M. Williams,《格列佛的慧骃国旅行》，前揭，页 283。

彼得罗于分别时刻拥抱格列佛，格列佛"尽量"忍受着，因为他无法承受人类的触碰或气味（第四次旅行，第十一章）。他拒斥所有人，就像自己之前在拉格多科学院拒斥那个身上沾满粪便的研究者一样。这个研究者给了格列佛"一个紧紧的拥抱"——"一项格列佛本来可以找借口拒绝的礼仪"（第三次旅行，第五章）。

格列佛返回英国后的生活显得荒唐可笑。为了设法模仿慧骃的德性，他甚至还开始"模仿他们的步伐仪态"（第四次旅行，第十章）。他不只"像马一样小跑"，甚至他的英语说得也"像马在嘶叫"（第四次旅行，第十一章）。甚至在他返回英国五年之后，还是对雅虎的气味感到厌恶，以至于"总是用芸香、薰衣草或者烟草将鼻孔紧紧塞住"（第四次旅行，第十二章）。不出意料的是，格列佛无法承受妻儿的碰触（第四次旅行，第十一章，第十二章）。他购买了两匹马，宣称"与它们彼此相处得非常和睦友爱"（第四次旅行，第十一章）。他最大的快乐就是同它们谈话。这个极其善于学习人类语言的人，现在在花费时间与马嘶叫。当他的堂兄兼出版商辛普森告诉读者格列佛"过着退休生活，很受邻人尊重"时，他对待格列佛要比格列佛对待人类友善得多。格列佛的邻人肯定认为他已经疯了。

结论：斯威夫特对共同体的辩护

通过讽刺格列佛对慧骃的热爱，斯威夫特表明他批评那种以抽象普遍性的名义来否定身体与激情的哲学。格列佛对《王制》的熟读显然强化了他的这种倾向，该书影响了他对慧骃的想象。然而，格列佛在赞赏《王制》的最佳城邦的同时，可能误解了柏拉图的作品。与格列佛不同，苏格拉底并没有简单地赞同最佳城邦以及哲人的统治。苏格拉底在那个城邦中没有位置,他只是在哲人王仅仅视作需要逃离的洞穴中追求他的自我之知。正是年轻的苏格拉底而非老年的他,才会被警告不要专注于那些似乎与世界中的具体事物不相干的存在。①格列佛类似于年轻的苏格拉底。苏格拉底从自然科学向政治哲学的著名转向,表明他在一定程度上克服了哲学的危险倾向,即斯威夫特所批评的,它可能导致为了追求完美而背离人性(《斐多》97-100)。与苏格拉底相比,格列佛似乎更少牵挂自我。格列佛渴望周游全球,然而苏格拉底因从未离开雅典而闻名(《克力同》52a-c)。苏格拉底宣称,他对雅典同胞的义务高于对异邦人的义务。格列佛"忙碌不停的一生"(第一次旅行,第一章)似乎是在模仿周游全欧洲的笛卡尔,"观察法庭与军队,与不同类型和地位的人们生活在一起,获取各种不同的经历"。②笛卡尔让自己表现得似乎不同任何具体的人或事相联系。正是这种独特的"现代"倾向影响了格列佛对柏拉图的理解。对于一个试图征服自然的人来说,《王制》中的最佳城邦具有特殊魅力,因为这个城邦试图征服特殊性——身体、激情以及一般而言的人类本性的非理性局限。柏拉图暗示了这项规划的僭政性。

与《王制》所绘最佳城邦中的哲人一样,格列佛注定被"强迫"回到人类社会。苏格拉底说,这些哲人在难以适应洞穴的微弱光线时会被人们取笑(《王制》517a)。我们推测,生活在洞穴中的苏格拉底本人肯定也会取笑他们。斯威夫特至少也在取笑格列佛无法适应人类社会。在全部旅行之中,格列佛始终痛恨被取笑(第二

---

① 《帕默尼德》,131a-135d。讽刺的是,这个警告来自于宣称整全是一的帕默尼德。

② 笛卡尔,《谈谈方法》,前揭,第六部分。

次旅行,第五章;第三次旅行,第八章;第四次旅行,第八章)。格列佛的骄傲使他的形象非常契合这部喜剧,也使他隔离于其他人,不适合成为共同体的一员。斯威夫特似乎要唤醒那些将人类相互联结起来的激情。在《一项小小的建议》中,斯威夫特的做法是将它们从人那里抽离从而唤醒它们。在《格列佛游记》中,斯威夫特描绘了一个人在有关德性与理性的错误观念影响下,愚蠢地想要扑灭这些激情。

斯威夫特与斯巴达

——《格列佛游记》中的乡愁

希金斯（Ian Higgins）撰

何涛 译

    由传奇的吕库戈斯立法创建的古代斯巴达政制和社会组织，经由色诺芬和普鲁塔克的描述以及人文主义者的阐释，从古代直到十八世纪，始终是激发政治和社会建设的一源活水。对吕库戈斯的斯巴达的乡愁式赞赏，构成了人文主义传统的重要一脉，斯威夫特就成长于这个传统之中。①在斯威夫特时代的政治话语中，吕库戈斯的斯巴达被视为平衡政体和古典德性的范例，这个社会能够抑制强大的腐

---

① 关于古典斯巴达持久而重要的影响力，参劳森（Elizabeth Rawson），《欧洲思想中的斯巴达传统》（The Spartan Tradition in European Thought, Oxford, 1969）。斯威夫特最主要的古典文本来源，是色诺芬的《拉刻岱蒙政制》（Constitution of the Lacedaemonians）、普鲁塔克的《吕库戈斯传》（Life of Lycurgus），以及其他斯巴达人物的传记，这些都带有激赞斯巴达的倾向。关于色诺芬和普鲁塔克有关斯巴达的论述，参 E. N. Tigerstedt，《古代斯巴达传说》（The Legend

化力量，实现其稳定。②因此，斯巴达作为范例，在斯威夫特本人的政

---

of Sparta in Classical Antiquity，三卷本，Stockholm，1965 – 1978），卷一，页 159 – 79，卷二，页 36 – 37、226 – 264；John Ferguson，《古代世界的乌托邦》（*Utopias of the Classical World*，London，1975），页 29 – 39、57；Paul Cartledge，《斯巴达妇女——解放还是放纵？》（Spartan Wives：Liberation or Licence?），载于 *Classical Quarterly*，1981，31，页 89 – 90。斯威夫特手抄的希腊文和拉丁文版本的色诺芬作品连同他的评注出现在他 1745 年的销售书目之中，参 Harold Williams，《斯威夫特教长的藏书》（*Dean Swift's Library*），Cambridge，1932。后面将大量引用这一文本。还可参 T. P. Le Fanu，《斯威夫特教长 1715 年藏书目录，以及 1742 年个人财产清单》（Catalogue of Dean Swift's Library in 1715，with an Inventory of his Personal Property in 1742），见 *Proceedings of the Royal Irish Academy*，1927，37，页 269。斯威夫特拥有希腊文和拉丁文版本的普鲁塔克《作品集》（*Works*）以及《伦语》（*Moralia*）的复本。

② 例如，参马基雅维利，《论李维》（*The Discourses*，Leslie J. Walker 译，Brian Richardson 校，Bernard Crick 编，Harmondsworth，1970），卷一，页 2、5 – 6、9，卷二，页 10；《哈林顿政治作品集》（*The Political Works of James Harrington*，J. G. A. Pocock 编，Cambridge，1977），页 164、177、268、341 – 342；Henry Neville，《柏拉图重生》（Plato Redivivus），见 *Two English Republican Tracts. Neville "Plato Redivivus" and Moyle "Constitution of the Roman Government"*，Caroline Robbins 编，Cambridge，1969，页 95；Walter Moyle，《论拉刻岱蒙政制》（An Essay on the Lacedaemonian Government），见 *The Whole Works*，London，1727，页 49 – 77。关于斯巴达和这些作家，参劳森，《欧洲思想中的斯巴达传统》，前揭，页 139 – 142、190 – 201。斯威夫特阅读内维尔 1695 年翻译的马基雅维利作品以及哈林顿的《大洋国》时，作了批注，他还拥有内维尔的《柏拉图重生》这本书。关于斯威夫特对马基雅维利、哈林顿和内维尔的喜欢，参 F. P. Lock，《〈格列佛游记〉中的政治学》（*The Politics of 'Gulliver's Travels'*，Oxford，1980），页 41 – 45。斯巴达在爱国主义、严格的德性以及消灭腐败这些方面的声誉深受博林布鲁克这些反对党的喜爱，他们以此来强烈地对照沃波尔（Walpole）当政时英国的党争与腐败，参劳森，《欧洲思想中的斯巴达传统》，前揭，页 344 – 347，以及 Bertrand A. Goldgar，《沃波尔与〈众才子〉——1722 至 1742 年间政治与文学的关系》（*Walpole and the Wits：The Relation of Politics to Literature*，1722 – 1742，Lincoln，Nebraska，1976），页 147 – 149。

治、社会和道德观念中占据重要位置,这一点丝毫不会令我们惊讶,而且,斯巴达政制与《格列佛游记》中的政治学和伦理学具有重要而特别的联系。本文尝试阐明斯巴达对斯威夫特的政治感染力,并讨论斯巴达政制对于《格列佛游记》中理想社会的深远影响。

斯威夫特关于斯巴达的知识并不局限于某个单一来源,我们也没有必要试图简单确定斯威夫特作品中对它们的具体借用。马基雅维利和哈林顿这类赞赏"古典智慧"的理论家对斯巴达的阐释,以及莫尔和坦普尔这类"古人"在作品中的称赞,与古代作家的历史记录和解释一样,都构成了斯威夫特重要的思想资源。斯威夫特曾以人文主义的老生常谈写道:"如果另一个人的理性完全说服了我,它就会变成我自己的理性。"①斯威夫特持有与色诺芬、柏拉图、普鲁塔克以及后来的人文主义者相同的看法,极其重视作为一种社会和政治范例的古代斯巴达。

斯威夫特曾在他第一部讽刺性的政党小册子《论竞争与争执》(*Discourse of the Contests and Dissentions*, 1701)中解释自己的毕生原则,斯巴达在其思想中的重要性由此时得到了验证。他把吕库戈斯在古代斯巴达的立法树立为理想政体的代表:

> 珀律比俄斯(Polybius)告诉我们,最佳政制要包括三类形式 Regno、Optimatium 和 Populi Imperio,准确地翻译过来就是国王、贵族和平民。吕库戈斯在斯巴达创立的原始政府就是如此。他发现,这三类形式都容易腐败堕落,因此设计出这种混合形式;这种体制由国王、元老院和公民大会组成:这也是罗马共和国在执政官领导下的体制。而且作者告诉我们,罗马纯粹是因为机运(我喜欢解释为自然和常识)建立了这种范例,而斯

---

① 《斯威夫特散文作品集》(*The Prose Works of Jonathan Swift*,以下简称《作品集》),Herbert Davis 等编,十六卷本,Oxford,1939 – 1974,卷九,页 261。

巴达则是出于深思熟虑的设计。①

斯威夫特引用的权威珀律比俄斯，以及他所列举的出自《罗马兴志》（Hostories）中的这段话，赞颂吕库戈斯体制是"现存体制中最好的"。②在斯威夫特看来，"对所有自由的人民来说有一条永恒的政治法则"，即虽然行政权可以交由国王、贵族或者民众来行使，但是政府中绝对的、不受限制的权力必须在"一个人"、"少数人""多数人"之间保持平衡或相互制衡。斯巴达作为行政权掌握在国王和元老院手里的混合政体，被斯威夫特力荐为英国要模仿的宪制范例（《论竞争与争执》，页84，页112）。

斯威夫特《论竞争与争执》一书的论辩目的是要表明，英国人对一种逐渐由托利党控制的下院（下院相比"大众"或者"暴民"显得温和一些）的担心，已经与他们对国王或者辉格党上院的担心一样了。在整个人文主义传统中，雅典代表"大众"的统治，其堕落的民主制与斯巴达的平衡体制形成了鲜明对照。斯威夫特恰当地

---

① 《论雅典和罗马的贵族与民众的竞争和争执》（A Discourse of the Contests and Dissentions Between the Nobles and the Commons in Athens and Rome，Frank H. Ellis编，Oxford，1967），页87–88。本文以下关于此书的引文皆出于该版本。[译注] 中译参斯威夫特，《论雅典和罗马贵族与民众的竞争和争执及其对两国的影响》，李春长译，载《图书馆里的古今之战》，北京：华夏出版社，2015，页244（需要注意的是，中译者将此段中的 fell upon 错译为毁灭，导致意思完全相反）。此外可以比较《作品集》，卷五，页36。

② 参《罗马兴志》（The Histories），6.10，W. R. Paton 译，《洛布古典丛书》（Loeb Classical Library），六卷本，第三卷，页293。[译按] Polybius 常见汉译为波里比乌或波里比乌斯，但他本是希腊人，Polybius 系拉丁转写，希腊原文为Πολύβιος，故从希腊语发音改为珀律比俄斯，书名则译为《罗马兴志》，以"兴"强调罗马帝国的崛起，而以"志"强调 history 这个源自希腊语词语本身具有的"探究"之意。

在第二章选择雅典作为他的历史范例,来证明平衡体制的优势,并表达他对"大众"统治之恶行的担忧。内部统一与服从法律是斯巴达和斯巴达人的特征,而"爱好煽动的脾性"则是放荡的雅典人的特征(《论竞争与争执》,页 91)。雅典公民大会的怨恨曾经迫使像阿尔喀比亚德这样的伟大人物逃往斯巴达。毫无疑问,斯巴达这个国家是民众尊重其统治者的范例(《论竞争与争执》,页 96)。在斯威夫特看来,爱国守礼的福基翁(Phocion)就是被大众煽动家所毁灭的伟大人物的典型(《论竞争与争执》,页 97)。斯威夫特经典类比的一个思想来源就是普鲁塔克的《福基翁传》,因为普鲁塔克对比了雅典人的奢侈、柔弱及政治堕落与斯巴达吕库戈斯法律的美德。①正是这种堕落使得雅典"从亚历山大的将领统治,到希腊被罗马所征服,在其议会、军队还有学术方面没有产生一位伟人"。在希腊历史的这段"黑暗时期",斯威夫特唯独称赞了"阿拉图(Aratus)与费罗帕门(Philopamen)领导下的亚该亚同盟,以及阿基斯(Agis)和克莱奥梅尼(Cleomenes)尝试恢复斯巴达国的努力"(《论竞争与争执》,页 98 – 99)。斯威夫特的赞美专属于吕库戈斯的斯巴达政体,以及阿基斯和克莱奥梅尼这样的试图恢复到最初体制来对抗腐化的人物。斯威夫特持有与普鲁塔克及马基雅维利相同的政治乡愁。②

---

① 《福基翁传》,节 20, 38;《希腊罗马名人传》,Bernadotte Perrin 译,《洛布古典丛书》,十一卷本,London,1914 – 1926,卷八。以下关于《希腊罗马名人传》的引用皆出于该版本。

② 普鲁塔克,《阿基斯与克莱奥梅尼》;马基雅维利,《论李维》1.9。斯巴达国王阿基斯和克莱奥梅尼想要将腐化的斯巴达恢复到古代吕库戈斯体制的努力,在博林布鲁克的反对党看来,应该是正直的英国人应该效仿的爱国主义模范。参见《工匠》(The Craftsman,31 期,1727 年 3 月 24 日,I, 189)。本文引用的是《合集版》(Collected Edition,十四卷本,London,1731 – 1737),数字与日期不同于原始目录。

斯威夫特的第一位传记作者奥雷利伯爵（Earl of Orrery）注意到《格列佛游记》前两部分对于"吕库戈斯体制的改进"。①现代评论家们也已经认识到斯巴达对于《格列佛游记》（特别是第四部分）一书构思的重要性。②不过，斯巴达元素何种程度上已融入小人国、巨人国和慧骃国这些虚构的理想社会，还没有得到详细阐述。斯巴达的社会结构、社会政策、观念、社会关系与习俗、教育体制、政治体制以及经济和家庭组织，通过柏拉图、色诺芬、珀律比俄斯、普鲁塔克和莫尔的历代传述，为斯威夫特所继承，并在《格列佛游记》的理想社会中清晰呈现。

吕库戈斯建立的政制，

> 是固化的贵族制，把机械技艺下放到奴隶和外邦人手中，自由人甚至不被允许从事商业，从而使他们获得彻底永恒的自由，整个商业事务都交由奴隶和希洛人。

---

① 《斯威夫特博士生平和作品》（Remarks on the Life and Writings of Dr. Jonathan Swift, London, 1752），页145，重印于 Swiftiana，卷十一，New York, 1974。

② Z. S. Fink 发现，斯巴达和罗马共和国构成了斯威夫特混合政制思想的终极来源，参《〈格列佛游记〉中的政治理论》（Political Theory in *Gulliver's Travels*），见 *ELH*, 14, 1947, 页152。William H. Halewood 指出了慧骃国与普鲁塔克在《吕库戈斯传》中描绘的斯巴达体制二者的相似性，参《慧骃国的普鲁塔克：格列佛第四次旅行被忽视的来源》（Plutarch in Houyhnhnmland: A Neglected Source for Gulliver's Fourth Voyage），见 *PQ*, 44, 1965, 页85-94。M. M. Kelsall 也发现斯巴达是慧骃国的原型，参《重返慧骃：斯威夫特的六大伟人与马》（Iterum Houyhnhnm: Swift's Sextumvirate and the Horses），见 *Essays in Criticism*, 19, 1969, 页35-45。他还指出柏拉图的《王制》和莫尔的《乌托邦》也都受到了斯巴达理念的影响。F. P. Lock 指出（《〈格列佛游记〉中的政治学》，前揭，页16、36-37、39），斯威夫特阅读的描述斯巴达的古典作品使他认为柏拉图的政治理想可以（多少不完美地）成为现实。

普鲁塔克认为吕库戈斯受到了古代埃及固化的等级社会的启发。①小人国的原初体制（如其教育体制所表明的那样）就是一种固化的、相互隔离的等级社会。学校"被分为各种不同类型，以适应不同阶层和性别的孩子"。孩子们要准备养成"符合他们父母地位和他们自己智能和倾向的生活方式"。因此，为贵族、一般绅士、商人、小生意人和手艺人的孩子"按照比例"开设了相互分离的学校。贵族子弟的学习时间要比商人子弟多八年，后者将被送去做学徒。佃农和劳工的孩子被彻底排除在这些公共学校之外，"他们的本分是耕种田地，所以他们的教育和公众没有多大关系"。②小人国的等级差别从孩子一出生就被确定下来。这种社会无法理解社会流动性。在固化的等级体制下维持自己恰当地位的道德意义，在巨人国也同样让格列佛印象深刻（页124）。

慧骃的社会秩序被组织为一种不变的种姓等级体系。一个哲人—统治者种姓在仆人的帮助下，统治下层仆人和雅虎奴隶。仆人和帮手与统治者种姓的慧骃之间从种族上加以区分。慧骃主人让格列佛注意到：

> 慧骃中的白马、栗色马、铁青马跟火红马、灰斑马、黑马的样子并不完全相同，它们的才能天生就不一样，也没有变好的可能。所以白马、栗色马和铁青马永远处在仆人的地位，休想超过自己的同类，如果妄想出人头地，这在这个国家就要被认为是一件可怕且反常的事。（《作品集》卷十一，页256）

---

① 《吕库戈斯与努马合论》2.3-5，《吕库戈斯传》4.5，参《希腊罗马名人传》，前揭，页389、215-217。

② 《格列佛游记》，页61-63。引文出自《作品集》卷十一，1959年修订版。

格列佛的主人是一匹灰斑马，当格列佛初次见到他时，他的同伴是一匹火红马（页255）。慧骃主人的家庭充分例证了这种种姓等级体系：栗色公马和白色母马是仆人，而承担一般家庭义务的那些马在格列佛看来"就是普通的牲口"（页228-232）。雅虎完全属于奴隶种姓，因其非理性的本性和可憎的恶行被排除在慧骃社会之外。吕库戈斯的祖先置希洛人于奴隶地位（《吕库戈斯传》2.1）。与之类似，眼下这些慧骃的祖先"曾举行过一次大狩猎，终于把全部雅虎包围了起来。慧骃把大的雅虎杀死，每家只留下两个小的养在窝里，把性情如此野蛮的动物驯服到相当程度"（《作品集》卷十一，页271）。一些极可恶的雅虎被囚禁在远离慧骃居所的小屋里，需要劳动的时候再放出来（页229、226）。他们在自己慧骃主人的田地里劳作，与驮畜无异（页231、261、270、271、274）。在莫尔的《乌托邦》里，所有公民都从事农业，这与慧骃国截然不同。慧骃主人像柏拉图的护卫者一样，追随斯巴达先例，将农务委派给较低的阶层和奴隶。

和柏拉图一样，斯威夫特认为斯巴达政制之所以可取，是由于它被证明能够确保统治阶层的统一和整个国家的稳定。柏拉图认为，国家里"最忠诚优秀的等级应该得到更多，而较低的等级应该得到更少"。①这就是斯巴达式的"平等"。"好生活"只限于平等者，它

---

① 柏拉图，《法义》757b-d，见 The Collected Dialogues of Plato，Edith Hamilton 与 Huntington Cairns 编，Princeton, New Jersey：1961，页1337。斯巴达相互隔离的种姓等级制度，连同元老院在其中发挥的重要作用，对应于柏拉图《王制》中由智慧的护卫者所领导的专业化的等级社会。柏拉图那里的教育和体育制度（男人和女人都裸体操练）、优生实践以及对自由艺术的审查，都可在斯巴达找到先例。尽管柏拉图的拉刻岱蒙主义是有限度的（《克力同》53，《王制》544c-545），但他确实赞赏斯巴达及其制度（例如，《会饮》209d-210，《王制》599e，《法义》625e、633a-b、637、685、691-692c、712d、780

们具有独特的种姓、教育训练以及德性。有这样一个著名的说法，"在斯巴达，自由人比世界上其他自由人都更加自由，而奴隶则比其他奴隶更受奴役"（《吕库戈斯传》28.5，前揭，页291-293）。斯巴达式的平等在慧骃国得到了实现。慧骃中的精英享有政治、社会和经济上的平等，而不完美的、堕落了的较低品种则被彻底排除在这种完善（它们对此完善也是一种潜在的威胁）之外。雅虎这种完全不同于慧骃的物种，构成了种姓等级的底层。慧骃国种姓系统的维持，所依靠的是杜绝不同种姓之间的通婚："在结婚这件事情上，它们十分注意选择配偶的毛色，免得血统混杂产生不良的毛色"（《作品集》卷十一，页268）。格列佛无法融入这个种姓体系，因为他不是雅虎，他的外表和习惯没有那么可恶，而且还拥有一点理性。慧骃主人收留他的做法显然破坏了封闭的种姓社会，以及慧骃自然而合理的秩序。格列佛要么像其他雅虎一样被压迫，要么被驱逐出这个社会，否则，慧骃生活的统一性及其前提就要受到挑战（同上，页279）。

除了社会结构的类似之外，斯巴达和慧骃在社会政策方面还有不少雷同。在斯巴达，治安官定期授权秘密服役者（krupteia）对希洛人进行系统性屠杀，秘密服役者是由挑选出来的斯巴达人所组成的一个负责内部统一的组织（有点类似于机密组织）。修昔底德和普鲁塔克告诉我们，曾经有一次超过两千名希洛人"被消失"（《吕库

-782、839c、842b），而且他自己的政治理想显然受惠于此（《王制》546-548，《法义》742）。关于柏拉图对斯巴达的使用，参波普尔（Karl R. Popper），《开放社会及其敌人》（The Open Society and Its Enemies），卷一，London，1966。柏拉图是斯威夫特接受斯巴理念的重要渠道。John F. Reichert探讨了柏拉图的《王制》对于《格列佛游记》第一部分的明显影响，参《柏拉图、斯威夫特与慧骃》（Plato, Swift and the Houyhnhnms），见PQ，47，1968，页179-192。

戈斯传》27.1-4，前揭，页289-291）。斯巴达始终面临希洛人潜在的反叛威胁。①斯威夫特的慧骃无需为雅虎原初的悲惨处境负责，因为雅虎"是最不可教导的动物，它们除了能拖拉、扛抬东西之外，再没有什么本领可言了"（《作品集》卷十一，页266）。雅虎得病不是因为受到"任何的虐待"，而是由于它们自己的肮脏（页262）。不过，雅虎仍然对慧骃的产业构成潜在的威胁。它们不能被信任（页235、270）。它们必须受到"持续的监管"并处于完全服从的地位（页271-272）。慧骃主人似乎已经想到雅虎可能会带坏格列佛（页265）。当慧骃代表大会提出的格列佛应该像其他雅虎一样被驱使的权宜之计被否定时，雅虎发起叛乱的威胁变得更加紧迫，因为"它们害怕我会领着全体雅虎跑到山林地带里去，在夜里却结队出来伤害慧骃的家畜"（页279）。斯巴达系统的屠杀希洛人以及秘密服役的政策很可能得到理性慧骃的认可，它们过去就已经灭绝过一整代的雅虎，而且在它们的全国代表大会上辩论是否应该把雅虎们"从地面上"消灭干净（页271）。唯一曲折地反对这个提议的理由是，"当地居民"过去就"大胆地想过利用雅虎来服务"（页272）。阉割年幼的雅虎看起来是一个权宜之计，因为这可以使雅虎"驯良可用"，并且确保整个种族会在一定时期内灭绝，同时使慧骃有时间驯化驴子作为替代的劳力（页272-273）。这个最终方案的极端色彩，因为由理性的、有德性的、符合自然的慧骃们提出，所以在这个讽刺小说中显得无比正确。斯威夫特创造了一个社会伦理结构，

---

① 参色诺芬，《拉刻岱蒙政制》12.4，《色诺芬短篇集》(*Scripta Minora*)，E. C. Marchant 译，《洛布古典丛书》，London，1968，扩充版。有关希洛人威胁的其他资料，参见亚里士多德，《政治学》卷二，6.2；修昔底德，《伯罗奔半岛战争志》卷四，80.2-4；普鲁塔克，《客蒙传》16.6-7，《吕库戈斯传》节28。

在其中，读者被引导接受某种理性的主张，即威胁美好社会秩序的"可恶害虫"必须被消灭。令读者感到震撼的是，斯威夫特小心地展示了雅虎与社会人的非理性行为之间的一致。斯巴达人为应对棘手的社会问题而采取的邪恶手段，在斯威夫特的慧骃国里受到了富有想象的同情。

吕库戈斯创建的斯巴达宪制从政治体制上彰显斯巴达公民高尚的道德本性。"斯巴达人是为生活制定一套规范，每个人都要接受训练，变得充满智慧，而不是一个城邦实施一套既定制度。"吕库戈斯"认为，整个城邦的幸福就像一个独立的个体一样，依赖于德性的主导以及内部的和谐"。① 这种认为国家是个体的放大版本的看法对于斯巴达的理念至关重要，同时也是柏拉图《王制》与莫尔《乌托邦》中相关分析中常见的特征。将国家与个体的道德本性进行比拟，同样也是巨人国国王的社会观念和批判主义的特征。欧洲社会体制的堕落被归结为欧洲人的不道德（《作品集》卷十一，页132）。这位国王还使用国家与个体的比拟反对那种依靠雇佣军来保卫国家的逻辑，以及揭露公共债务和政府赤字的荒谬性（页131）。慧骃主人对于人类制度的分析，也是将个体道德本性与国家社会制度的相关性作为公认的前提。他告诉格列佛，"我们之所以有行政和司法机构，显然是因为我们理性的不足和因此而导致的道德缺点"（页259）。

正因为国家的完善取决于自身公民的完善，所以生育和教育对于斯巴达至关重要。吕库戈斯认为，"有助于城邦繁荣与高尚的最重要和最必要的原则，已经通过习惯和训练植入到了公民的身上"

---

① （《吕库戈斯传》30.2，31.1，《洛布古典丛书》，页297、301）。也可参《拉刻岱蒙政制》10.4-8，另参珀律比俄斯，《罗马兴志》6.48.4-6。

(《吕库戈斯传》XIII.1，前揭，页241）。斯巴达青年接受纪律严格的教育，以确保"他们不会在性格上出现奇怪的差异"。他们"从一开始就被塑造成沿着同一条德性的道路和睦同行"。斯巴达教育所灌输的服从、爱国主义和一致性，确保了宪制的长久稳定（《吕库戈斯与努马合论》IV.4-6，前揭，页397）。斯威夫特非常强调严格的生育与教育的极端重要价值，特别是针对王室和贵族[①]。在格列佛的每次旅行中，我们都能看到关于所访问社会的教育、学术和婚姻习俗的专门描述，而且重点始终放在统治阶级的教育（前三次旅行中的王室与贵族，第四次旅行中的慧骃主人）。例如，在小人国，关于贵族教育的章节超过了其他阶层的总和（卷十一，页61-63）。斯威夫特正是在这种对统治者的道德本性和训练的强调中，从一种哈林顿式的政治分析（共和国的稳定性被认为依赖于诸如财产分配和投票表决这类经济性和技术性的因素），转向了人文主义的乡愁，即怀念有德性的领导者以及王室和贵族模范。

在斯巴达，教育伟大高尚的任务始于对婚姻和生育的控制（《吕库戈斯传》14.1）。婚姻虽然受到鼓励，但是决不允许破坏男性的友爱、团队的精神和高尚的贫困，而社会正是建立在这些因素之上。个人感情和浪漫情绪在斯巴达的婚姻中没有位置。激情完全服从于斯巴达理性统治的需要。吕库戈斯"认为子女不属于父亲，而是国家的共同财产"，并且对于他们实行公共抚养。[②] 在小人国和慧骃国，个人与父母的感情受到压制。在小人国，"子女的教育绝不

[①] （《作品集》卷二，页52；卷三，页71-72、150-151，卷四，页227；卷九，页155-156；卷十二，页46-53）

[②] （《吕库戈斯传》15.8，前揭，页253；《拉刻岱蒙政制》6.1-3）

可以托付给他们的父母",因此孩子都被安排在公共的学校(《作品集》卷十一,页60)。父母控制孩子的教育会被认为是不负社会责任,因为男女的结合是出于"情欲的动机",他们对于自己小孩的溺爱也是出于同样的反社会原则(同上)。父母探望公共学校中的孩子"只准一年两次,而且时间只有一个小时"。父母在见面和分别时可以亲吻孩子,不过不许"对孩子表现出溺爱,更不准他们带进玩具、糖果之类的礼物"(页61)。慧骃"绝不溺爱小马,它们对子女的教育完全以理性为准绳"。格列佛的主人"爱抚邻居的儿女就像爱抚自己的一样"(页268)。友爱与仁慈是慧骃的两种主要美德,如同在斯巴达一样,这些美德并不局限于具体的个人,而是构成了一种具有公共精神并且墨守成规的社会的根基。

吕库戈斯"要让公民来自于最好的品种,而不是出于随意结合的配偶"。为了实现身体和政治上的幸福,这种针对于狗和马的特殊育种方法被拓展到了人的身上(《吕库戈斯传》15.7-10,前揭,页251-53)。城邦决定每个人何时以及与谁结婚。婚姻只发生在夫妻双方身体发育完善的时候,因为吕库戈斯认为这样才可以确保他们生出健康的孩子,而这正是婚姻的唯一目的(《拉刻岱蒙政制》1.6-7;《吕库戈斯与努马合论》4.1-3)。在小人国,女孩们在适婚年龄之前都要待在公共女校之中,而优生学是严格的等级隔离的前提预设。"母慧骃"生育一对子女之后,只有在不幸失去孩子中的一个时,才会再生育一个。那些"生来就要当仆人的下等慧骃"可以"生育三对子女,日后充当贵族家庭的仆人"(《作品集》卷十一,页268)。优生学的践行非常熟练,而且被视作社会安康的关键:"男方要看他有没有气力,女方要看她是否美丽;但这并不是为了爱情,而主要是为了防止种族的退化。要是女方气力过人,那么就给她选择一个美丽的配偶"（页268-269）。格列佛主人的家庭展示了这种优生结合的原则。主人的妻子是"一匹十分美丽的母马"，他们有两个孩子，"一男一女"。年轻的慧骃夫妇接受这种婚姻安排，认为优生原则是"理性动物的一种必要行动"（页269）。

在斯威夫特的理想社会中可以明显看到控制人口数量的重要性。小人国居民"认为人们一时为了发泄性欲，生下小孩却要公众负担教养，也未免太不公平了"，而且维持大家庭会对财政造成不利（页62-63）。慧骃们也严格地控制人口规模。母慧骃生育两个孩子之后，"就不再和他们的配偶同居了"。这个措施"是必要地预防国内人口过剩"（页268）。与之类似，斯巴达的已婚夫妇很少见面（甚至还会杀死婴儿），这无疑也是为了控制人口（《吕库戈斯传》15.4-6）。在古典理论中，规模较小的或者至少受控的人口有助于确保国家的统一（参《王制》432b-d；马基雅维利，《论李维》，1.6）。

吕库戈斯为了确保妇女与良好的男士结合，遂使共妻制成为法律（《拉刻岱蒙政制》1.7-10；《吕库戈斯传》15.6-8）。这种共妻制的目的是生育高贵健康的孩子，而且如同人们可能猜到的，斯威夫特将它转化成了慧骃赠予子女的做法：

> 如果一个慧骃有两个男孩子，他就可以和有两个女孩子的慧骃交换一个，如果一个孩子发生事故不幸死亡，而母亲又不能再生育了，大家就决定本地区的哪一家再生一个来补偿这一损失。（《作品集》卷十一，页268、270）

此处，莫尔作为斯威夫特接受斯巴达理念的中介，其重要性表现得非常明显。因为与《乌托邦》类似，柏拉图在《王制》中采纳的斯巴达的共妻原则被修改成了赠予子女的做法。①吕库戈斯体制的集体精神将嫉妒和通奸这些反社会的激情从斯巴达清除出去(《吕库戈斯传》15.6-9)。在慧骃国,

> 谁也没有听说过有婚姻受到破坏或者淫秽的事件。两口子像对其他同类一样相敬相爱、互相关心地过一辈子,永远不会发生嫉妒、溺爱、吵架或者不和睦的事。(《作品集》卷十一,页269)

小人国财政大臣佛林奈浦的嫉妒(页64-66),以及勒皮他国通奸的朝廷贵妇,是这些堕落社会非常值得注意的标志。斯威夫特在这两个地方中都嘲讽了那种完全不理性的激情。

---

① 《莫尔全集卷四:乌托邦》(The Complete Works of St. Thomas More, Volume iv, Utopia, S. J. Edward Surtz 和 J. H. Hexter 编, New Haven and London, 1965)页137。关于《乌托邦》中呈现的斯巴达,参《导论》,页 clx-clxi。关于莫尔《乌托邦》对于《格列佛游记》影响的相关讨论,参 John Traugott,《跟随莫尔与斯威夫特的一场前往乌有之地的旅行——〈乌托邦〉与〈慧骃国游记〉》(A Voyage to Nowhere with Thomas More and Jonathan Swift: Utopia and The Voyage to the Houyhnhnms),见 Sewanee Review, 69, 1961,页534-565;Brian Vickers,《〈格列佛游记〉及莫尔〈乌托邦〉的讽刺结构》(The Satiric Structure of Gulliver's Travels and More's Utopia),见 The World of Jonathan Swift: Essays far the Tercentenary, Brian Vickers 编,Oxford, 1968,页233-257;Eugene R. Hammond,《〈乌托邦〉和〈格列佛游记〉中的自然—理性—正义》(Nature-Reason-Justice in Utopia and Gulliver's Travels),见 Studies in English Literature 1500-1900, 22, 1982,页445-68。关于《格列佛游记》中呈现的莫尔和柏拉图的乌托邦构想,参 Jenny Mezciems,《斯威夫特〈勒皮他游记〉的统一性:乌托邦小说中的意义结构》(The Unity of Swift's Voyage to Laputa: Structure as Meaning in Utopian Fiction),见 MLR, 72, 1977,页1-21。关于斯威夫特对柏拉图和莫尔富有想象的同情,参 Lock,《〈格列佛游记〉中的政治学》,前揭,页15-23。

小人国最初的教育体制与斯巴达一样，是公共的、系统的和隔离的，而且特别强调伦理和身体训练。斯巴达对年轻人的训练是"为了养成服从的习惯"（《吕库戈斯传》16.5，前揭，页257）。小人国的公共学校从幼儿阶段就开始培养"基本的服从"（《作品集》卷十一，页61）。吕库戈斯没有将管理斯巴达年轻人的职责交给奴隶，而是交给来自最高等级的长老成员（《拉刻岱蒙政制》1.2；《吕库戈斯传》16.4－6）。小人国的教育系统中也有类似的"专门的教师"，训练孩子适应社会体系中的相应位置（《作品集》卷十一，页61）。同斯巴达一样（《吕库戈斯传》16.4－6），年轻的小人国居民被组织成小队或小组，由教师监控他们的一切活动，"避免他们像我们的孩子一样，在幼年时代感染上荒唐邪恶的习气"（《作品集》卷十一，页61）。吕库戈斯为使年轻人接受正确的道德训练，让那些教师"投入巨大的关心和技巧"（《吕库戈斯传》16.3－4，前揭，页255）。柏拉图也许是追随斯巴达的模范，认为既然教育始于幼儿学校，就要仔细审查讲给孩子的神话以及确保教师的行为规范，防止不受欢迎的观点或思想影响这些年幼的心灵（《王制》376e－378）。《格列佛游记》中的侍女女官们缺乏德性与勤劳，成为被讽刺的滑稽对象（《作品集》卷十一，页55、118－119）。在小人国收容贵族名门子弟的学校中，男孩们由男仆伺候他们穿衣服，四岁以后就必须自行穿戴。这里显然没有女教师，只有承担粗贱工作的女仆，而且孩子们不允许和这些仆人交谈（页61）。在女校中，女孩们由同性仆人伺候穿衣，直到她们自己懂得穿着。但是，如果发现这些女仆擅自讲一些恐怖、愚蠢的故事给女孩子们听，或者她们做出我们的侍女所惯于玩弄的把戏，就会用鞭子赶打着她们游街示众，处徒刑一年，然后终身流放到这个国家最荒凉的地带去（页62）。

这种处罚的极端性带有讽刺意味，但是斯威夫特对于纪律和惩罚之必要性的强调却非常认真。

在斯巴达，孩子一出生就实行纪律严格的培养和教育，这可以解释为系统的身体和伦理训练。斯巴达的身体训练确保健康、耐性、节制以及勇气、服从和爱国心这些德性（《拉刻岱蒙政制》节2；《吕库戈斯传》节16）。斯巴达人随着年纪的成长，身体训练也会增加，他们养成赤足行走的习惯，能够上下山峰和更加轻盈地跑跳。至于衣服，斯巴达人终年只穿一件斗篷。节衣缩食强健了他们的身体，约束了他们的感官欲望。为了将个人的怪癖、自利与肉欲消灭在萌芽状态，吕库戈斯加诸斯巴达年轻人持续不断的劳作（《拉刻岱蒙政制》2.1-4）。这种斯巴达式的训练构成了小人国原初教育制度的基础：

> 孩子们穿衣吃饭简单朴素。他们受到荣誉、正义、勇敢、谦虚、仁慈、虔诚、爱国等原则的熏陶，除了短暂的吃饭、睡眠时间和两小时的娱乐、体育活动之外，他们总有事情要做。（《作品集》卷十一，页61）

斯巴达式的节衣缩食，教育制度的伦理取向，以及要求儿童进行持续不断的劳动和身体训练，这些都出现在莫尔的《乌托邦》之中（《乌托邦》，页125-127、133-135、229）。《乌托邦》非常有可能成了斯威夫特接受这些斯巴达理念的重要媒介。据格列佛描绘，慧骃的教育制度"令人敬佩，很值得我们效法"，它是斯巴达式教育在理念中的完美实现。年幼的慧骃要接受一套严苛的伦理和身体方面的准则，使他们能够适应慧骃生活的共同规范。如同在斯巴达一样，节制也是慧骃教育训练的基本要求，他们"十八岁以前除了几天以外，不能吃到一粒燕麦，也很少吃奶"。这种节制还扩展到下等慧骃身上，他们只被允许"在一小时之内吃掉大部分青草，这样就可以最好地不妨碍工作"（《作品集》卷十一，页269）。慧骃的身体训练是为了让孩子们变得勇敢、健康和有耐力。与斯巴达人一样，慧骃也要在山岭上跑上跑下，"在坚硬的碎石地上"训练（页269）。无论是在斯巴达还是慧骃国，都有彰显力量和技巧的田径比赛（《拉刻岱蒙政制》4.2－7；《作品集》卷十一，页269）。慧骃的教育强调伦理的取向。青年慧骃要学习有关"节制、勤劳、运动和清洁的功课"（页269）。

在斯巴达，妇女和男人所接受的教育和训练具有同等的重要性。妇女接受强健身体的训练主要是出于优生的目的（《拉刻岱蒙政制》1.3－5）。吕库戈斯小心地安排斯巴达妇女接受与男人一样的伦理教育（灌输谦虚和节俭的习惯），"体验高尚的情操，让她们感受到自己也可以出现在勇敢和有抱负的竞技场上"（《吕库戈斯传》节14，前揭，页247）。在小人国和慧骃国，都有针对两种性别的相似的教育制度。年轻的小人国女子"和男孩子一样都不愿做懦夫和蠢货，并且轻视一切出于整洁端庄范围以外的打扮"。她们的教育"只是在程度方面"与男孩子不同，"女子的运动不像男子的那样剧烈罢了；她们要学一些持家的原则，研究学问的范围也比较小"。她们接受教育直到"出嫁的年龄"，这说明小人国对于女性的教育最终出于优生的目的（《作品集》卷十一，页62）。慧骃主人认为：

> 我们除了一些家务管理的功课之外，对女子的教育与男子的完全不同，实在太荒谬了。他说得很对，我们有一半人口除了会生儿育女以外什么都不能做。它说我们把孩子交给这样一些无用的动物照看，更足以说明我们的残忍野蛮。（页269）

慧骃的体育竞赛与斯巴达一样，同时有男女参与（页270；参《拉刻岱蒙政制》1.4－5）。

斯巴达的学术强调实用和道德。斯巴达人最为重视他们教育的道德取向（《吕库戈斯传》16.6）。巨人国的学术只包括"伦理学、历史学、诗学和数学"，带有明显的伦理和实用取向（《作品集》卷十一，页136）。小人国的原初制度也强调对公共官员的所有训练出于伦理的目的（页59）。脱离了实用和伦理基础的教育必定导致社会的堕落。关于这种堕落的一个实例就是小人国当下在绳上跳舞的制度。它表现出来的训练和技艺与官职的获得完全不符。当然，本书一个明显的悖论就是，小人国精心设计的教育制度未能帮助社会抵抗住堕落的力量。在斯威夫特看来，这就是人类社会的宿命。例如吕库戈斯的斯巴达，在维持了几百年的稳定之后最终也走向堕落。巨人国接近珀律比俄斯、普鲁塔克，以及斯威夫特在《论竞争与争执》中赞颂过的斯巴达政制，那是一种有制衡的混合政体，世俗权威显然掌握在国王手中。在这个社会里，政治堕落已经被逆转，原初的宪制平衡得以恢复（页138）。然而，只有在慧骃国，在这个非人类的并摆脱了人性堕落的社会，一切变化才受到压制。

教育与官职之间的不相符带来的社会危险在勒皮他特别突出，勒皮他人对于猜想的、抽象的和虚幻的学术研究大有兴趣，这令他们无法承担管理社会的职责。他们不恰当的教育不过是加快了社会的堕落。斯威夫特的矫正态度和真实看法蕴含在他对勒皮他人的讽刺当中，即需要实践知识、道德训练和社会控制来确保理性持续地压倒非理性的人性。斯巴达政治开始堕落的一个标志，就是拒绝合法继承人享有他们的继承物（普鲁塔克，《阿吉斯传》5.3）。在巴尔尼巴比，优雅、保守且带有家长作风的大贵族孟诺第以及"少数几个高贵的绅士"饱受民众的嘲笑和敌意，因为他们乐于"继续在旧方式下过活，住在祖上所建造的房子里，在生活的各个部分都按照祖上的规矩，没有什么革新"（《作品集》卷十一，页175－178）。孟诺第在忍受使人恼怒的愚蠢言行和可耻做法时表现出来的耐性，在思考打算毁掉自己的产业和传统生活方式来为新生活开道时表现出来的哲人式的平静，目的都是彻底激发读者的同情心。斯威夫特刻画孟诺第的命运，是为了劝导读者相信小人国和慧骃国所采纳的斯巴达体制的正确性，这种体制的目的就是消灭那种使孟诺第成为牺牲品的政治堕落。

斯巴达没有书面文学，但有一种非常发达的口头音乐和诗歌的传统。斯巴达合唱节上演唱的歌曲"朴实无华，绝不装腔作势，主题严肃而带有教育意义"（《吕库戈斯传》节21，前揭，页271）。正如普鲁塔克在《伦语》中所描述的那样，斯巴达人的格言赞颂那些斯巴达式的德性：仁慈、爱国、谦虚、尊重、节制、坚毅、憎恨僭主与暴民的统治、身体健康强壮、谈话简洁、学术的伦理效用、服从法律、理性压倒激情等等。[1]《格列佛游记》中，巨人国的图书馆规模不大（《作品集》卷十一，页136），而慧骃"根本不知道书籍或者文学是怎么回事"（页235），不过他们同斯巴达人类似，都拥有一种充满教益的口头诗歌传统（页273－274）。相比之下，《格列佛游记》中堕落社会的特点就是出版了大量图书（页49、182－184）。斯威夫特甚至暗示，欧洲人花样繁多的词汇是生活奢侈的结果（页242）。如果我们只表达正确的、健康的和适当的内容，书籍的大量增长就可能停止，而我们也许就接近了斯巴达人和慧骃的理想。在斯巴达的公共食堂中，男孩们"聆听政治方面的讨论，并观察有益的模范风度"。斯巴达公民们聚集在一起交谈时，是将时间用

---

[1] 《伦语》（*Moralia*）208E－236E，F. C. Babbitt译，《洛布古典丛书》，London，1931，卷三。

于"称赞那些高尚的行为或者指责卑贱的行为"(《吕库戈斯传》12.4,25.2;前揭,页239、281)。这种斯巴达式实践明显出现在莫尔的《乌托邦》之中,那里,年轻人在和年长者同桌进餐时沉默地进行观察(《乌托邦》,页143)。格列佛在他的慧骃主人和其他慧骃进行讨论和论述时,"非常喜欢做一个安静的听众"。

慧骃为了交谈而聚在一起的小型集会,在格列佛眼中是有教育意义的伦理模范:

> 谈话的内容一般是关于友谊和仁慈,或者秩序和经济;有时谈到自然界的现象、活动和古代的传统;也谈到道德的范围。他们谈论理性的正确规律或者下届全国代表大会应该做出哪一些决定,同时他们也常常谈论诗歌的美妙。(《作品集》卷十一,页277-278)

格列佛以及英国历史为慧骃提供了批判的主题。普鲁塔克告诉我们,斯巴达人被教导进行短暂、简洁和优雅的对话。吕库戈斯灌输给年轻斯巴达人"保持沉默的一般习惯",因为"谈话中的放纵将使讨论变得空洞乏味"(《吕库戈斯传》节19,前揭,页265)。慧骃的谈话反映了吕库戈斯的理想,"没有一句没有用处,表达简明扼要……说话的人自己说得高兴,也使朋友们听着高兴"。慧骃"认为大家凑在一起的时候,短时间的沉默对于谈话是有好处的。我觉得他们这种见解非常正确。因为在短时间的沉默里,许多新的见解油然而生,谈话也就越发生动"。格列佛在慧骃之中"从来不多说话,除了有时必须回答问题之外。就在回答问题时我内心也感到遗憾,因为这使我丧失了改造自己的时间"(《作品集》页277)。

在斯巴达,对自由公民的恰当教育使成文法(编纂法)变得多余(《吕库戈斯传》12.1,《吕库戈斯与努马合论》4.4-6,《伦语》

227b)。柏拉图也认为，一项纪律严明的教育制度可以阻止奢侈的蔓延及其后果——法庭（《王制》404e - 405d）；此外，在莫尔的《乌托邦》之中，由于教育制度的原因，只需要很少的法律（《乌托邦》，页136）。慧骃根本没有法律，慧骃主人像莫尔的乌托邦居民一样，认为"对于一个理性动物来说，自然和理性就足以指示我们，什么事我们应该做，什么事我们不应该做"（《作品集》卷十一，页248；对比《乌托邦》，页162）。格列佛将高贵的慧骃树立为我们世界的模范，目的就是"让成堆的法律书籍在斯密斯菲尔德化作熊熊火焰"（《格列佛船长给他的亲戚辛浦生的一封信》，《作品集》，卷十一，页6）。

如果国家可以通过培养和教育实现公民的完善，那么不只法律，甚至连政治和政府机构也将变得多余。在慧骃国，所谓的政府不过就是每四年召开一次的全国代表大会。这个大会决议的执行被称作"郑重劝告"：

> 因为它们根本不知道怎样能够强迫一个理性动物去做某一件事，它们只能够劝它或者郑重劝告它去做这件事，因为它们认为谁要违反理性谁就放弃了做理性动物的权利。（页270、279 - 280）

吕库戈斯能够用说服劝告而非强制的方式，在斯巴达实施他的改革（《吕库戈斯传》5.4，8.2）。吕库戈斯体制创造了一个由公民选举出来的元老院或者长老院负责城邦的立法（参《吕库戈斯传》5.6；《罗马兴志》6.45.5），这对空想社会的构想产生了深远影响。由选举出来的智慧且经验丰富的成员组成长老院进行统治的共和国，这种空想社会的理念奉斯巴达的政治体制为权威。斯巴达式的长老院，对应于柏拉图《法义》中的代表委员会（《法义》756c - 757），莫尔《乌托邦》中那个聚在一起讨论涉及公共利益事务的长老代表大会（《乌托邦》，页112），以及慧骃国唯一的政府机构。慧骃代表大会在一片空地上召开（《作品集》卷十一，页270）。斯巴达的代表大会也在空地上召开，因为吕库戈斯认为议事大厅和会场会加速堕落（《吕库戈斯传》6.3）。有意思的是，小人国最大的建筑古庙，被"一起大逆不道的凶杀案玷污了"，在民众眼中成了不洁之地（《作品集》卷十一，页27）。

在尚未败坏的斯巴达，由于训练制度的影响，个体私有的利益与意愿与共同的利益和意愿保持一致（《拉刻岱蒙政制》8.1-3）。公民们"决不期望或者能够为他们自己而活，而是使自己像蜜蜂一样始终成为整个集体的一部分，围绕在自己领袖的身边，热情澎湃的公德心使他们把自己的一切献给国家"（《吕库戈斯传》25.3，前揭，页283）。① 食物、家畜和奴隶都是公共配给的（《拉刻岱蒙政制》节6）。吕库戈斯斯巴达所体现的社会集体性、一致性和爱国心都是斯威夫特的政治主张珍视的内容。在小人国原初的法律中，针对国家的罪行——比如背叛，破坏国家稳定运行的罪行——比如欺诈，都会受到严肃处理（《作品集》卷十一，页58）。"党派之争"作为极端集体主义社会理念的对立物，在格列佛的每次旅行之中都是被讽刺的对象（同上，第一次旅行，页48-49、53-54、60；第二次旅行，页106-107；第三次旅行，页64，第四次旅行，页245-246）。慧骃的社会理念与斯巴达人一样都是集体主义的。在慧骃代表大会上，关于食品、货物、雅虎的公共配给，以及孩子们的调整，都由"大家一致的同意和捐助"来解决（页270）。慧骃之

---

① 斯威夫特在《书籍之战》中使用蜜蜂来代表谦逊的古代人。现代派则类似于蜘蛛，因为它们是自足和反社会的（《作品集》卷一，页150-151）。柏拉图使用蜜蜂来代表一种遵守社会纪律、有序、开明的生活（《斐多》82-82c）。

间的谈话没有"争辩或者意见分歧"（页277）。慧骃"美好地联合在一起"，完全按照理性和自然来生活。此外，由于慧骃明白理性完全超越了激情和利益，并且不会"使我们产生疑问"，那么完全由理性统治的生活就只能被定义为依循旧制。只有一种正确的方式，那就是理性的方式。多样性是不完美的标志。相较于嚎叫的雅虎，相较于邪恶狂暴地追求多样性的欧洲社会，斯威夫特寄望于慧骃那里等级森严的斯巴达式秩序。

大致说来，政治上的一致和守旧是巨人国社会的主要特征。"贵族争取权势，人民争取自由，君王却要求绝对专制，这些全人类都遭受的"政治通病，被当下国王的祖父在"一次大内战后"消除了。他们的民兵团"在一致同意中建立了起来，从那时起一直严格履行它的职责"。与之类似，吕库戈斯也治愈了斯巴达政体的不稳定，即"有时追随国王建立了暴君统治，有时又追随大众建立了暴民统治"（《吕库戈斯传》5.6-8，前揭，页221）。巨人国国王批判欧洲的党派政治，提出明显符合常识的政治原则应该是个人意志在公共领域内必须始终服从于集体利益。集体利益必须在宗教和政府中占优先。唯一受到认可的社会行为就是接受这种权威：

> 他笑话我那种算术太离奇（他喜欢这样说），我竟把各教派各政党所有的人数加起来估计我国的人口。他说，他不明白为什么一定要强迫那些对公众怀有恶意的人改变他们的主张，而不是把他们的主张隐瞒下来。一个政府要强迫人改变意见，那是专制，但它做不到令人收起对公众不利的意见，却是软弱。你可以允许一个人在家里私藏毒药，却决不能让他拿毒药当兴奋剂出售。（《作品集》卷十一，页131）

这种观念立场在斯威夫特作品的其他地方也出现过（《作品集》，卷二，页49、60-61；卷四，页49；卷九，页261、263），是反对党的特色：

> 因为出版自由，我们无法理解什么叫做辱骂我们合法的政府与官员的放纵自由；诋毁已经确立的法律和我们国家的信仰；或者试图通过无礼的作品削弱和颠覆权威和掌握权威的人应该一直享有的神圣敬佩与尊重。

出版自由意味着以任意方式发表任何关于"没有被地上的法律所禁止的"主题的看法。①服从教会和国家的主导权威，这项政治原则也出现在小人国原初的法律之中。小人国居民认为公共机构应该掌握在那些承认和服从国家信仰的人们手中："不相信上帝的人不能为公共服务。小人国居民认为，既然国王自称是上帝的代表，他所任用的人竟不承认他所凭借的权威真是再荒唐也没有了"（《作品集》卷十一，页60）。

在斯威夫特看来，教会和国家中已经建立起来的传统体制最适合于政体的保存，所有公民都应该服从它们的权威（参《作品集》卷二，页91-92）。正如小人国为了确保公共机构的宗教特质而作出相关安排，斯威夫特构想了一个没有党派斗争的集体主义社会，其中，服从立法机关对公民来说是一种爱国且属灵的义务。从柏拉图、

---

① 《工匠》，第二期，1726年12月9日，I，页7-8。第二十九期（1727年3月17日）赞颂斯巴达对音乐的审查，将其树立为被歌剧所败坏的英国社会学习的榜样。斯威夫特悲叹流行歌剧所反映出来的品味堕落，提议通过审查制度对舞台加以改革，参《作品集》卷二，页55-56，另参《通信集》（*Correspondence*），Harold Williams 编，五卷本，Oxford，1963-1965，卷一，页129、133，卷二，页368。

马基雅维利和莫尔那里可以找到这种观念的世俗哲学来源，而吕库戈斯的斯巴达则为政府赋予了一种宗教特质，从而成为这种哲学观念杰出的历史范例（《作品集》卷二，页11-12；《论李维》1.12-15；《乌托邦》，页221-223）。吕库戈斯的法律拥有神圣的约束力，服从和遵守是道德性义务（《拉刻岱蒙政制》8.5；《吕库戈斯传》节6）。在一个传统等级社会中，政教一体化及个人统一服从世俗和宗教权威，这种观念也是圣公会高派托利主义的思想支柱。斯威夫特极为赞赏那些政治分歧被权威所吸纳的社会。斯威夫特在小人国、巨人国和慧骃国的原初法律中，充满乡愁地复制了吕库戈斯在斯巴达建立的那种法律与制度。

吕库戈斯治下的斯巴达是一个自足的农业共同体，这项事实进一步强化了它的集体主义和一致性。为了克服奢侈的腐化影响，特别是统治阶级内部的财产不平等带来的不和谐影响，吕库戈斯废除了一切金银货币，只留下一种没有价值的铁币（《吕库戈斯传》节9；《拉刻岱蒙政制》节7）。吕库戈斯"宣布一切多余和无用的工艺为非法。其实即使没有这项禁令，大部分工艺也会随着旧货币一起消失"。因此，不可能"购买外国的商品或小玩意儿，商贾也不会把货物运到他们的港口。修辞术教师、流浪占卜者、妓院老鸨、金银匠人，都无法在这里立足，因为根本无钱可赚"（《吕库戈斯传》9.3，前揭，页231）。柏拉图和莫尔接受了斯巴达经济的这些著名特征，对金钱的贪婪、过度的贸易以及奢侈行为都受到他们的嘲讽，并且被排除在他们想象中的公有制社会之外（参《王制》369-373d；《法义》742；《乌托邦》，页103-107、151-157）。慧骃既没有货币也没有多余的工艺。斯威夫特列举了被慧骃的简单理想生活所排除的恶行清单，其范围甚至比普鲁塔克的列举更加彻底与激进（《作品集》卷十一，页251-252、276-277）。斯巴达人生活原初的集体主义,对应于慧骃公有性质的社会组织。①吕库戈斯不仅废除货币,也废除了国家的债务与贷款(普鲁塔克,《阿吉斯传》节10)。斯威夫特描绘的巨人国和慧骃国这些田园社会,寄托了他对那样一个没有金融公司、信用体制和东印度公司的社会的乡愁。

吕库戈斯通过他的法律实现了斯巴达的政治、社会隔绝与种族优越感。商业由于容易将奢侈引入共同体而被禁止。斯威夫特无疑认可这种内向型社会的智慧,并且在他对巨人国和慧骃国的描绘中流露出对这种理念的欣赏。我们注意到巨人国是一个地理上隔绝的共同体,既没有海港也没有商业(《作品集》卷十一,页111)。它原初的重农特征没有遭受与其他社会相互交往而来的腐化。巨人国社会是内向型的。国王要求格列佛告诉自己,"除了进行贸易、订立条约以及出动舰队保卫海岸之外,我们在自己岛国以外的地方还有什么事情要做"(页131)?格列佛鉴于巨人国的与世隔绝,才情有可原地谅解其国王关于"善恶的看法"和他"政治上的极度无知"(页133)。斯威夫特在他对格列佛的欧洲、小人国和勒皮他的描述中强调,社会如果无法对自己土地的产品感到满意,随之可能带来什么恶果。最好的社会就像斯巴达和虚幻的慧骃国一样,没有商业从而也没有奢侈(页251-252)。

斯巴达人不被允许到其他国家旅行,因为他们可能会接触到不同类型的政府和生活方式。吕库戈斯

> 事实上还驱逐了那些没有正当理由来到斯巴达的民众,但不是像修昔底德所说的那样,因为担心他们可能会模仿自己的政

---

① 《吕库戈斯传》节8,前揭,页277。对比珀律比俄斯《罗马兴志》6.45.3-5,6.48.3;《作品集》卷十一,页251、270。

府形式以及学习有益的德性教育，而是担心他们可能会引入邪恶的行为。因为随着外乡人一起到来的，肯定还有奇怪的学说。

这些学说可能会破坏"现存政治秩序的和谐"与"整体的一致"（《吕库戈斯传》27.3，27.4，前揭，页289）。①格列佛作为慧骃国的外乡人自然带来了"奇怪的学说"，而且最终被驱逐（《作品集》卷十一，页289）。正如吕库戈斯对他其斯巴达同胞的期望一样，慧骃除了自己国家之外"不知道任何其他国家"（页281）。

斯威夫特的虚构社会在一些基本需求如居所、衣服和食物供给方面与斯巴达明显类似。斯巴达的房屋非常简朴。吕库戈斯颁布的法律有一项就是直接针对建筑上的奢侈，"屋顶的样式只能用斧头砍制，只有门才能够使用锯子"（《吕库戈斯传》13.3-6；前揭，页243）。曼德维尔（Bernard Mandeville）观察到斯巴达建筑房屋的方式是刻意避免奢侈与过度。②巨人国建筑的特点就是毫无奢侈（《作品集》卷十一，页112-114）。慧骃的建筑虽然"十分简陋"却很好地帮他们抵御风寒（这是房屋唯一合理的目的）。慧骃像斯巴达人一样，以简单、一致的方式建造屋顶和门（页274）。

吕库戈斯为了使斯巴达妇女"摆脱过分的娇柔孱弱，让她们在年纪很小的时候就只穿着宽松的外衣参与游行队列"（《吕库戈斯传》，14.2，前揭，页247）。斯威夫特的慧骃不知道什么是衣

---

① 关于斯巴达城邦的与世隔绝及其排外政策，参见《拉刻岱蒙政制》14.4；普鲁塔克，《伦语》238E；阿里斯托芬，《鸟》行1012；柏拉图，《普罗塔戈拉》342c；《法义》742a-c，949e-953；马基雅维利，《论李维》1.6。

② 曼德维尔，《蜜蜂的寓言：或私人的恶行，公共的利益》（*The Fable of the Bees: or Private Vices, Publick Benefits*），F. B. Kaye编，两卷本，Oxford，1924，卷一，页223。[译按] 中译参肖聿译本，北京：中国社会科学出版社，2002。

服，格列佛有关自己衣物"秘密"的详尽阐释暗示欧洲人给予"人的外表"非理性的重视。格列佛的衣物只能掩饰他与雅虎在身体上的类似（《作品集》卷十一，页226、230 – 231、236 – 237）。对于普鲁塔克的斯巴达人和斯威夫特的慧骃来说，裸体象征着出于理性的美德、简朴和真诚（《吕库戈斯传》14.4；《作品集》，页237）。

吕库戈斯法律的设计初衷是为了消灭奢侈，并且通过教育制度将自我牺牲的伦理注入斯巴达人心中，其后果之一就是斯巴达人家庭生活方面表现出高尚的简朴与贫困。斯巴达人饮食节俭，他们的公共食堂是"节制的学校"。"他们的一道美食黑色肉汤，只有最受尊重者才能饮用"，而且有能力享用这份肉汤标志着他在身体训练方面的刻苦付出（《吕库戈斯传》节12，前揭，页241）。讽刺的是，格列佛（就像在他之前年轻的斯克里布莱拉斯一样）在格勒大锥让"阿格西劳斯（Agesilaus）的奴隶"做出一碗斯巴达式肉汤，"只吃了一匙就吃不下去了"（《作品集》卷十一，页98）。①斯巴达人的家庭生活中没有奢侈品，只拥有一些生活必需品（《吕库戈斯传》9.4）。巨人国农民的家庭生活也带有斯巴达人家庭组织的那种简朴实用的风格（《作品集》卷十一，页89）。然而，我们在慧骃那里见到了一种关于斯巴达人缺乏家庭生活的理想化描述。慧骃的生活以简单朴素为特征。斯威夫特用"完美的整洁与干净"、"十分有序和干净整洁"、"非常礼貌"、"非常高雅端庄"这些词汇形容慧骃的家庭生活，传达了一种具有"无臭"特质的生活，对此一些现代批评

---

① 蒲柏（Alexander Pope）等，《马蒂努斯·斯克里布莱拉斯回忆录》（*Memoirs of the Extraordinary Life, Works, and Discoveries of Martinus Scriblerus*），Charles Kerby – Miller 编，New Haven，1950，页106。

者（例如奥威尔［George Orwell］）已经表示了厌恶。①格列佛在慧骃那里的饮食简单却有营养，并且他发现自己"住在这个国家里的时候，从来没有病过一小时"（《作品集》卷十一，页232）。就像在斯巴达一样，理性的清贫生活令身体健康（《吕库戈斯传》17.4，17.5）。慧骃的"需求与激情"比欧洲人少，因此他们摆脱了疾病和医学。在斯威夫特看来，正是这种在早期斯巴达受到遏制并且在慧骃国彻底被消灭的奢侈生活，导致了自己同时代人身体和道德的退化（《作品集》卷十一，页245、253）。

尽管斯威夫特推崇斯巴达的政治社会制度和伦理价值，但他还是在《格列佛游记》中淡化或改变了斯巴达秩序的一些内容。斯威夫特的虚构社会没有采纳斯巴达人的偷窃和娈童行径，斯巴达人的共妻制也如我们所见，在慧骃国变成了子女的公共配给。虽然斯威夫特在《格列佛游记》中讨论了政治和伦理价值，但他还是预设了一种与读者共享的基督教世界观。因此斯威夫特剔除或淡化了上文提到的斯巴达理性秩序的部分内容。与之类似，斯巴达过度的军国主义也被改造。巨人国没有常备军，只有一支由贵族和绅士领导统率的公民军。慧骃根本没有军事技术，不过格列佛推断他们在战斗中会非常强大，因为他们拥有爱国的德性，勇敢且团结一致。此外，读者可以发现斯威夫特某种隐秘的企图，他竟然让格列佛设想慧骃如何摧毁一支欧洲大军（同上，页293 – 294）。慧骃反映了吕库戈斯和阿格西劳斯的智慧，他们的格言说，一个城邦最好的防御就是居民强大的德性（《伦语》210F；《吕库戈斯传》19.4）。和平主义

---

① 《政治对抗文学——〈格列佛游记〉考察》（Politics vs. Literature: An Examination of *Gulliver's Travels*），见 *The Collected Essays, Journalism and Letters*, 卷四，Sonia Orwell 与 Ian Angus 编，London，1968，页205 – 223。

的慧骃与军国主义的斯巴达社会在色彩上的差异,体现于二者在节日唱诵的荷马歌曲的特质。斯巴达的歌曲"主要是颂扬为斯巴达战死的人们",颂扬强壮、有力和军事上的勇敢(《吕库戈斯传》节21,前揭,页271)。慧骃的节日歌曲颂扬身体上的优越,"力量或技巧方面"的胜出者(《作品集》卷十一,页269-270)。

哈利伍德(W. H. Halewood)已经指出,如果慧骃在很大程度上源自于普鲁塔克的斯巴达人,那么他们就是被阐释为代表了一种关于人类可以达到的完美程度的理性构想。① 不过事实是,斯威夫特用来代表其理性构想的是马,而非人。完美理性的社会秩序不是人类社会,而是一种虚构的动物社会。斯威夫特对斯巴达传统的使用——他将斯巴达体制转化成了小人国、巨人国、慧骃国的古代政制,确实表明他拥护这些虚构社会。然而,慧骃那里等级分明、稳定不变的斯巴达式秩序是一种超越性的理念。它在讽刺作品中的用途是作为一种校正的标准。慧骃是虚构的形象,一个假想中的物种,用来例证"关于荣誉、正义、真理、节制、公德、果敢、贞洁、友谊、仁慈和忠诚的基本原则"(同上,页294)。小人国的古老政制以及巨人国的"道德政治格言",被视为最接近慧骃秩序的完美理念的"人类"极限(页292)。巨人国显然是一个人类社会。那里有贪婪的农民,奇怪的街头表演、残忍淘气的男孩、乞丐和被处死的罪犯。国王乐于戏谑和猜想人类的退化。巨人国有一些法律和一种政制。它不是慧骃那样的乌托邦世界,后者那里没有邪恶的行为,也没有建立政府或法律的需要。斯威夫特认为,人类社会所必须的

---

① 《慧骃国中的普鲁塔克》,前揭,页193-194;W. H. Halewood 与Marvin Levich,《理性动物慧骃》(Houyhnhnm Est Animal Rationale),见 *JHL*,26,1965,页273-281。

宗教和国家方面的强制规训，在慧骃国并不存在，那是一个虚构的完美的集体主义社会，没有吕库戈斯在斯巴达需要考虑的意见分歧（从而也没有公开的社会管制）。①

在列举慧骃社会中不存在的各种人类退化的表现时，斯威夫特凸显了慧骃相对于人类现实的疏远（《作品集》卷十一，页276-77）。与巨人国居民不同，慧骃不知道什么是邪恶，"权力、政府、战争、法律、刑罚和许多别的事在它们的语言中根本没有什么词汇可以表达"，这让格列佛在使慧骃主人"明了自己的话时"面临几乎不可克服的困难（页244）。慧骃由于被塑造为带有一些有趣的非现实性而变得与读者更加疏远：他们用蹄子挤牛奶，穿针纺线，盘腿坐在地上。劳森（C. J. Rawson）指出：

> 使用温和的讽刺来削弱严肃主张在古典作家那里很常见，因为不太有害的笑话可以取悦读者，同时避免（真实的）作者被认为太过严肃地支持某种主张。②

斯威夫特偶尔以戏谑的方式描写慧骃时情况就是这样。尽管读者可以讽刺地看待这些马，但慧骃所代表的价值却从未受到破坏。

---

① 在奥威尔看来，慧骃代表了"最高阶段的极权主义组织，在这一阶段由于服从性以及变得如此普遍，因此不再需要一种政治强制力"，参《政治对抗文学》，前揭，页216。
② 《斯威夫特讽刺作品的特质》（The Character of Swift's Satire），见 Focus: Swift，C. J. Rawson 编，London，1971，页53。一段类似的有趣讽刺出现在《马蒂努斯·斯克里布莱拉斯回忆录》之中。科尼利厄斯原本可以教给马蒂努斯的有关"神圣的吕库戈斯"的所有法律，却选择教他"作为一项消遣，在拉刻岱蒙习俗中有点怪异和隐秘的偷盗术；他后来学得很好，到自己死的那天还在实践"（《回忆录》，页11）。哈利伍德指出《回忆录》中对吕库戈斯的涉及很可能是斯威夫特的手笔（《慧骃国中的普鲁塔克》，前揭，页192）。

与之类似，斯威夫特在第四次旅行的结束部分描绘了格列佛行为的可笑与荒谬。然而，使格列佛发生错乱的冲击性力量，即他认识到人类无法像理性物种一样行动以及人类无法仿效慧骃的秩序，这一点也彻底震撼了读者。

斯威夫特通过创造一种理性的斯巴达式秩序来困扰自己的读者，他有意推崇这种秩序，却又将它描绘为现代人无法企及之物。然而，这本书引发了许多同时代作者在其他方面的担忧。斯威夫特尽管可以保证蒲柏赞同《格列佛游记》中的哲学，① 但是慧骃的斯巴达式秩序，却搅扰了一些读者，因为他们熟悉色诺芬、柏拉图、普鲁塔克，并且了解古典共和主义理论将斯巴达树为道德和政治范例来加以赞颂。奥雷利用明显的赞同态度提到斯威夫特在小人国和巨人国对吕库戈斯体制的改造，然而他认为慧骃"高尚的德性只有负面作用"（《斯威夫特博士生平和作品》，页189）。人文主义传统的作家们赞颂斯巴达专制、排外的原则和苛刻的伦理，以及斯威夫特在《格列佛游记》中富有想象的同情支持，这让一些同时代人生出厌恶和"负面"感觉。曼德维尔直率地指出，

> 我曾听到人们谈到斯巴达的强大军力超过了所有的希腊城邦，更不用说他们的非凡节俭和其他典范美德了。然而，世上肯定从未有一个民族的伟大比斯巴达人的更空洞。他们生活其中的辉煌还不及一个剧场的辉煌。他们唯一能引以自豪的事情，乃是他们什么都不去享受……当时斯巴达人的纪律极为严苛，生活方式亦极为简朴，禁绝一切舒适，乃至我们当中许多最有节制的人，都绝不会服从那些令人如此不适的严苛律条……很

---

① 《通信集》，前揭，页103。

显然，在这样的环境中成长，世上没有一个民族不具备阳刚之气。不过，由于斯巴达人弃绝了一切生活舒适，他们要慰藉痛苦，除了一种荣耀之外，便一无所有了，那就是他们骁勇善战，能适应艰难困苦。这种荣耀乃是一种幸福，世上极少有哪个民族愿意将它看做幸福。虽然斯巴达人曾一度成为世界的主人，可是一旦他们不再如此，英国还是几乎很难艳羡斯巴达人的那种荣耀。当今人们所需要的……是真正的快乐。（《蜜蜂的寓言》卷一，页245–247）

曼德维尔的看法遭到了伦理学者丹尼斯（John Dennis）的攻击，后者与斯威夫特一样支持斯巴达城邦的理念。①然而像孟德斯鸠和休谟这样的现代派则发现了吕库戈斯法律非人道地剥夺人权和充满暴力的面相。②此外，自由和异端的观点无法在吕库戈斯政体下生存，而对那些接受或容忍此类观点的斯威夫特的读者来说，慧骃和斯巴达的模范社会可能使人焦虑和反感。莫尔在《乌托邦》中讽刺了人类倾向于让制度和法学迁就我们自己荒谬的道德规范。通过调整法律来适应自己，"人们将在更大的舒适中变坏"（《乌托邦》，页101）。在斯威夫特看来，廷代尔（Matthew Tindal）的《基督教会宣

---

① 《恶行与奢侈的公共危害》（*Vice and Luxury Publick Mischiefs*），1724；凯伊（F. B. Kaye）在《蜜蜂的寓言》（卷二，页407–409）的相关讨论,。
② J. G. A. Pocock,《吉本的〈罗马帝国衰亡史〉与晚期启蒙运动的世界观》（Gibbon's *Decline and Fall* and the World View of the Late Enlightenment），见 *ECS*, 10, 1977, 页292, 亦可见氏著《马基雅维里时刻》（*The Machiavellian Moment*, Princeton, 1975），页486–505，以及劳森的《欧洲思想中的斯巴达传统》，前揭，页226、229、350。甚至像巴杰尔（Eustace Budgell）这样同时代的斯巴达制度推崇者，也认为它们对现代效仿者来说太过极端和严苛，参《旁观者》（*The Spectator*），no. 307, 21 February 1712。

称的权利》一书就是在提倡这种迁就。廷代尔曾经谈到，

> 我们发现所有明智的立法者在构思他们的法律时，都特别关注臣民的性情、爱好和成见以及他们生活的环境，从而不时地在情况需要时调整教会和国家的政制。①

斯威夫特就此愤怒评论说："这段话是错误的，它与吕库戈斯等人完全对立。"（《〈基督教会宣称的权利〉评论》，《作品集》卷二，页94）。斯威夫特推崇吕库戈斯法律的正直性以及斯巴达政体的持久性。

古代斯巴达以正面形象出现在《格列佛游记》和斯威夫特的其他作品之中，这证明他的行为规范是严厉且禁欲的。他对斯巴达的使用也表明了其道德和政治想象中深刻的乡愁、保守和权威主义的特质。慧骃国是古今之争中最后一次绝望的声明。古代斯巴达"对妇女德性的要求如此严格，从而到目前为止避免了她们后来道德上的松弛，在早期，通奸的想法在她们看来是不可想象的"（《伦语》228B，前揭，页365－367）。斯威夫特认为，我们只有在一个非人类的虚构世界中才能够找到那些德性。慧骃国的斯巴达式秩序可能无法达到，却可以成为针对现代人的永恒指责。

---

① 《基督教宣称的权利》(*The Rights of the Christian Church Asserted*)，第三版，London，1907，页148。

斯威夫特与柏拉图的政治哲学

巴罗（R. W. Burrow）撰

何涛 译

众所周知，我们很难判断斯威夫特在《木桶的故事》中最终是赞成"好奇"（curiosity）还是"轻信"（credulity）。开始，轻信之人的荒谬似乎受到批判，但是，随着行文深入，更加明显的是，斯威夫特严肃地将"通常理解的幸福"定义为"永远上当而浑然不觉的状态"。然而，在故事结尾，处于这一状态之中的人却被说成是"一群骗子中的傻瓜"（《木桶的故事》，页171–175）。①

---

① 关于这种困难的最简洁概括，参 Leavis，《斯威夫特的反讽》（The Irony of Swift），见 *Swift*, Ernest Tuveson 编，Englewood Cliffs, Prentice Hall Inc., 1964。本文涉及《木桶的故事》的引文出自于古特克尔希（A. C. Guthkelch）与史密斯（D. Nichol Smith）编辑的第二版，Oxford：Clarendon Press, 1958。[译按]《木桶的故事》中译参主万译本，北京：人民文学出版社，2000，译文略有修正，不一一标明。

不过，一旦我们注意到最初关于幸福的说法只是所谓"通常理解的幸福"，那就可以稍微澄清一下这个问题。也许从某个不太通常的角度来看，幸福地被骗之人确实看起来愚蠢。斯威夫特只是认为，如果欺骗肆虐，"凡人的幸福和享乐将平庸不堪"。如果"平庸"指的是"有限"而非"毁坏"，那么，这个表达就为另一类更加清醒的幸福留下了余地。这里值得注意的是，尽管主人公是在模仿"好奇的"哲人进行研究，但是，他这样做并不是出于好奇，而是"为了节省所有这些解剖的昂贵费用，以备将来之需"，他还深信这种研究是"对自然最严重的扭曲"。然而在《木桶的故事》其他地方，一些人身上强烈的求知欲望变得很明显：好奇"对于懒惰、急躁和疲乏的读者来说，就像钉入的马刺、马嚼子和鼻环"（页203）。由于主人公本人并不是心怀好奇的人，所以，他无法判断对幸福的"深入"研究有可能给研究者带来怎样不同的态度。

然而，这无法改变的事实是，斯威夫特在定义"通常理解的"幸福时语调严肃。他甚至以尽可能最强烈的措辞重述了《论圣灵的机械运转》（Mechanical Operation of the Spirit）中的观点："世界上所有的国度和时代只对一种心境或精神状态有过一致意见，即狂热症或迷狂症"（《木桶的故事》，页66）。我认为斯威夫特区别了两类人，一类是极少数渴望知识的人，一类是大多数认为幸福就是"永远上当而浑然不觉的状态"之人。《木桶的故事》下一部分内容证实了这一点：主人公宣称，离题的讨论可以使那些"博学"的读者获得一场"自身观念和意见的绝佳变革"，但是，他也承认无法期望另两类读者获得这种反应——"肤浅"的读者会莫名其妙地被逗得发笑，而"无知的读者（此类读者与第一类的区别极其细微）总是目瞪口呆，这是治疗眼疾的灵丹妙药，可以提神，还非常有助于排汗"（《木桶的故事》，页185）。"肤浅"的读者与"无知"的读者的区别不在其知识程度，而在于他们求知的欲望是否强烈。

同样的区别也内在于另一本难懂的作品《格列佛游记》的第四部分之中。慧骃似乎启蒙了格列佛，但是格列佛返家之后却成了一个荒唐的人物，与自己的家人相当疏离。就像在"关于疯狂的离题话"（Digression of Madness）中一样，①此处似乎是对理性自身的讽刺。不过，格列佛显然在一点上超过了大多数人，即他深刻地认识到自己是一个雅虎。确实正如一些批评者所言，他所以鄙视自己的家人，是由于他的自我鄙视而非他的骄傲，因为他认为自己的情况不足以反驳他关于人类的看法，即"一种完全无法从模范教导中得到改善的物种"。②无论如何，格列佛明显有理由对大多数读者不可教的天性感到绝望。我们的结论必然是，格列佛因其能够受教育的天性而区别于大多数人，他已经"尽自己最大的努力模仿慧骃的行为，也已经改掉了一些坏习惯和坏脾气"（《格列佛游记》，页280）。

格列佛的旅行自始至终有一项突出特征，即他的好奇。尽管他最初是因贫困而远航，但是他把自己的空闲时间用于"阅读最好的作品"、"观察各地人民的风俗、人情"。当他富裕之后，驱使他再度远航的是一种"想要去外国观光的强烈愿望"。格列佛偶然遇到巨人国居民，是因为他请求和那些寻找淡水的人一同上岸，"可以到这个地方观光一番，看看能不能有所发现"，从而"满足一下自己的好奇"（《格列佛游记》页19-20、80、85）。他接受第三次旅行也是

---

① ［译按］即《木桶的故事》第九节，这里是标题的缩写，全名为"一篇关于在一个共和国内疯狂的起因、用途及如何改善等的离题文章"。

② 对比威廉姆斯（K. Williams）的观点，《妥协的时代》（*The Age of Compromise*），London：Constable and Co.，1968，页187-191。参《格列佛游记》，Herbert Davis 编，《斯威夫特散文作品集》（*Prose Works*），Oxford：Basil Blackwell，1965，页280。

出于一种"看看世界"的"强烈渴望"(页153-154)。从书的开始到结尾,格列佛看起来越来越陷入到强烈的好奇之中。①

只有不断的旅行才能满足这种好奇,结果他不仅越来越远离家庭,还像巨人国国王所言,远离了自己母国的堕落习俗,"鉴于你过了大半辈子旅行生涯,我很期盼你至今为止尚未沾染上你国家中的许多罪恶"(《格列佛游记》,页132)。遇到慧骃之前,格列佛的好奇已经削弱了他对自己的家庭和国家的忠诚,而他的慧骃主人只是完成了这一进程,"扩大了他的认识领域",从而使他开始"感到对待同类的尊严用不着那么谨小慎微",而是要用真理来衡量,真理现在"在我的心目中是那么可爱,所以我决定为它牺牲一切"(页258)。

格列佛最初只是颇为抽象地认识到自己和同胞都与雅虎类似。出于一种纯粹科学的精神,他请求获准去研究雅虎,并确信能够"根据自己的观察进一步有所发现"。他仍然臆想自己能比他的主人更好地理解人性。当他在某次考察之旅中差点被一个母雅虎强暴之后,他的骄傲最终被驯化。从此之后,他"再也不能否认自己从头到脚没有一处不是一只雅虎了"(《格列佛游记》,页265-267)。格列佛抽象的好奇心意外带来了一场关于自身肉体属性的震撼领悟,这使他彻底成为一个有所改善的人。

格列佛善于学习,而雅虎们"似乎是最不可教的动物,它们除了能拖拉、扛抬东西之外,再没有什么本领可言了",这种"缺陷主要是由于性情别扭而焦躁",而非智力缺陷。慧骃主人认为格列佛适合在其祖国进行统治,因为他有"几分理性",就像他自己统治了很

---

① 参《格列佛游记》,页46、113、119、133、167、173、178、195、196、200、209-210。

多慧骃，后者的"才能天生就不一样，也没有变好的可能"（《格列佛游记》，页256、266）。格列佛与一般雅虎之间的区别，类似于《木桶的故事》里轻信之人与好奇之人的区别，或者是肤浅的读者与无知的读者之间的区别。格列佛想要献身于真理，他也认识到自己与雅虎在肉体上的联系，这些都是来自于他强烈的好奇。他最终的与世隔绝，就像对"好奇"的批判一样，显示出大部分人都不具备全称意义上的理性能力，而不是说理性总体上超越了人类的领域。

格列佛怀着遗憾出版了自己的游记，因为它无力"消除任何弊端和腐化"（页6）。他在序言中的信表明，最后几章的主题对于非哲学性的大众来说是有益的哲学。我们必须思考斯威夫特本人为什么要写作《格列佛游记》，也许他已经预言到甚至是在故意招惹人们长久以来的鄙视——因为他将人类刻画为雅虎。与之类似，"关于疯狂的离题话"似乎指向一个完全消极的结论，即哲人应该避免"不戴面具"的表演。无论如何，这是要成为一个"被骗子包围的傻瓜"。

柏拉图最早深刻区别了哲学的与非哲学的天性。[1]从洞穴爬升到阳光下是他关于灵魂的根本转向的比喻，欲求"真理"从而就像其他人渴望肉体的快乐一样。只有那些看起来"确实热爱学习"的人才有能力做到这点（《王制》519b、535）。这一区分对于《王制》至关重要，因为它涉及格劳孔最初的问题，即正义是否因其自身而

---

[1] 关于柏拉图对斯威夫特的影响，参《格列佛游记述略》（An Outline of Gulliver's Travels），页241。另参特劳戈特（John Traugott），《跟随莫尔与斯威夫特前往乌有之地的旅行——〈乌托邦〉与〈慧骃国游记〉》（A Voyage to Nowhere with Thomas More and Jonathan Swift），见 Swift, Tuveso 编，注释1，载《斯威夫特》，以及塞缪尔（Irene Samuel），《斯威夫特对柏拉图的阅读》（Swift's Reading of Plato），见 SP, 73, 1976, 页440-462。

值得选择。"如果作为整体心灵遵循其热爱智慧部分的引导"（596e），那么情况就是这样，因为知识不同于其他的欲望对象，不必据为私有，只有哲人才算是天然的共产主义者。这意味着那些欲求肉体之物的非哲人在天性上就不适合于过正义的生活。比如关于护卫者，我们被教导说，

> 那么，彼此诉讼彼此互控的事情，在他们那里不就不会发生了吗？因为他们一切公有，一身之外别无长物，这使他们之间不会发生纠纷。因为人们之间的纠纷，都是由于财产、儿女与亲属的私有造成的……再说他们之间也不大可能发生行凶殴打的诉讼事件了。因为我们将布告大众，年龄相当的人中间，自卫是善的和正义的。这样可以强迫他们锻炼身体……这样一项法令还有一个好处。一个勃然发怒的人经过自卫，怒气发泄，争吵也就不至于走到极端了。（《王制》464）

柏拉图承认会出现纠纷，因为护卫者仍然从根本上受到肉体的牵绊。故此，在开始建立城邦时，他否认说出真相是正义的一项必要内容：要通过那些让护卫者们敬畏诸神的神话来让他们不得不习惯于正义的生活（《王制》377）。

理想城邦在将来实现的可能性微乎其微（《王制》592b）。不过柏拉图也向那些生活在较平常城邦中的哲人提出建议，如果正义的关键是要让非哲人养成习惯，那么向他们指出传统道德学说中的谬误就是不明智的做法——"当他不再觉得那些准则必须受到尊重，但真理又尚未找到时，他会转而采取哪一种生活呢？他不去采取那种能蛊惑他的生活吗？"（《王制》539a）。《治邦者》中表达了同样的看法：

由此似乎可以推论，如果那些模仿性的政制要想尽可能建构一种真正的体制，由一名真正的治邦者用真正的政治技艺来进行统治，那么他们就必须服从一种单一的统治。他们全都必须严格遵守他们已经立下的法律，决不违反那些成文的法规或已有的民俗。(《治邦者》301e – 301a)。

柏拉图一个最重要的教诲就是哲人可能会威胁到城邦，因为他有能力颠覆传统道德，但又不能找到任何积极的替代品。[1]

斯威夫特给出避免"不戴面具"的忠告，不是为了照顾"轻信"之人的幸福，而是为了保护"普通人的生活"。我认为这就相当于柏拉图所说的传统道德：

> 大脑在自然恬静的状态下，使得主人过着普通人的生活，一点也不会想到让民众听从于自己的权力、理性和幻觉。他越通过人类学术经典修正自己的理解力，就越不愿意按照自己的思想建立党派，因为它使他认识到自己的弱点和民众的顽固与无知。(《木桶的故事》，页 171)

在某种意义上，"普通人的生活"要比狂热的妄想更加"理性"，但并不更接近"好奇"的哲学所知道的真理。这种生活是一种与"民众的顽固与无知"相适应的有益假象。我们接受的建议并不是不假思索地接受，而是要避免那些与它们相反的"独特观念"。

---

[1] 关于《王制》的这种解读，参施特劳斯在《政治哲学史》(*The History of Political Philosophy*) 一书中《柏拉图》一章以及其中《治邦者》一节，Leo Strauss 与 Joseph Cropsey 编, Chicago: Rand McNally College Publishing Co., 1972. [译按] 中译参李天然等译，石家庄：河北人民出版社，1993。修订版参法律出版社，2003。

不过，柏拉图和斯威夫特都未止步于提出一种完全消极的警告。《会饮》的结尾是阿尔喀比亚德对苏格拉底的抱怨，这预示了苏格拉底的审判。阿尔喀比亚德就是斯威夫特所说的"顽固与无知"的典型例子。与苏格拉底在一起时，他被迫承认在政治上花费时间是无用的，然而，一旦离开苏格拉底之后，他就愿意去做任何讨好民众的事情（《会饮》216a-216b）。此处暗含的意思是苏格拉底愚蠢地将自己对于肉体的鄙视告诉一个如此冥顽不化之人。① 柏拉图的替代性选择是第俄提玛所暗示的"向上的阶梯"，它是一系列最终导向哲学及"对善的认识"的秘仪。这不仅是一种隐藏的方式，因为还存在很多中间阶梯，它们尽管低于哲学，却高于那些朝向某个肉体的欲望，最明显的就是对法律与制度的爱，它产生出高尚的灵魂。阿里斯托芬是最好的例子，除了苏格拉底之外他也反对不受法律约束的爱欲。阿里斯托芬模糊地意识到普遍之物应该克服短暂的纯肉体之乐，在第俄提玛看来这最终指向哲学，但阿里斯托芬却用神话而非论证来支持法律对这些快乐的约束：

> 这就是那些相互终身厮守的人，虽然他们兴许说不出自己究竟想要从对方那里得到什么。毕竟，没有谁会认为，他们想要的仅仅是阿芙洛狄忒式的云雨之欢。尽管每一个与另一个凭借巨大的激情如此享受在一起，的确也为了这个。不如说，每一个人的灵魂明显都想要别的什么，却没法说出来，只得发神

---

① 一种类似解读，参 Stanley Rosen，《柏拉图的〈会饮〉》（*Plato's Symposium*），New Heaven：Yale UP.，1968，页 294-304、324。[译按] 中译参杨俊杰译本，上海：华东师范大学出版社，2011。

谕［似的］说想要的东西，费人猜解地表白。①

阿里斯托芬总结说，我们必须"尊敬和虔诚"地期望与我们的爱人获得一种不朽的结合，并且畏惧诸神，愿其不要再将我们分开。他的神话利用渴求不朽来促进德性。一种更加详细的解释原本应该指向哲学，指向大众无法做到的彻底超越肉体，但效果会更差。

在最后的段落里，苏格拉底被人看到在和阿伽通与阿里斯托芬争论"悲剧诗人也可以是喜剧诗人"（《会饮》233d）。有学者论证说柏拉图暗示自己的对话带有一种阿里斯托芬式的面相，即他们为了照顾非哲学的读者而在某种程度上支持传统的道德。如果事实如此，那么柏拉图就不只是避免扰乱，而且还在积极地促进斯威夫特所说的"普通人的日常生活"。②

我将证明，《王制》中与之相关的一个例子就是城邦与人的对应，它导致一项关键事实的模糊不清，即对于那些灵魂并不遵循"热爱智慧的部分"引导的人来说，正义是否因其自身而值得选择。当阿得曼托斯指出护卫者的集体主义训练异常不快乐时，苏格拉底只是回复说，他必须等着观察幸福作为一个整体在城邦中的发展情况。然而，他后来强烈地坚持护卫者是幸福的，因为"他们活着时受到城邦的荣耀，死后受哀荣备至的葬礼"（《王制》419－421、465e）。这回避了最初的问题，既然这种荣耀依赖于其他人意识到他们过着一种正义的生活，那就并未说明对于一个非哲人来说，正义

---

① 《会饮》192c。［译按］参刘小枫译本，收于《柏拉图四书》，北京：三联书店，2015，页206。
② 施特劳斯，《苏格拉底与阿里斯托芬》（*Socrates and Aristophanes*），New York：Basic Books Inc.，1966，页311－314。［译按］参李小均译本，北京：华夏出版社，2011。

是否因其本身值得选择。《王制》的结尾是苏格拉底宣称正义的生活将在来世得到诸神的荣耀。护卫者必须通过"诗"而适应一种哲人天然就接受的集体生活。柏拉图自己的对话包括一个类似的"诗",它将非哲人的骄傲导向爱国心和虔诚。典型的柏拉图式对话的要点在于捍卫传统道德,但又在表面之下透露出一种不显眼的针对"普通人生活"的批评。①

斯威夫特在《有关多个主题的思考》(Thoughts on Various Subjects)中显露了自己关于骄傲问题的柏拉图式态度。他提出了这样一个与柏拉图类似的问题:如果一切行为都出于自爱,那么当一项行为与自己的利益相冲突时,人们为什么还愿意去这样做呢?

> 最佳行为的动机无法承受太严苛的追问。无论好坏,绝大多数行为的动机都可以被分解为自爱,但是一些人的自爱引导他们愉悦他人,而另一些人的自爱则完全忙于愉悦自身。这就导致了美德与邪恶的巨大差异。宗教是一切行为的最佳动机,

---

① 关于柏拉图的对话的多种层次,参施特劳斯,《柏拉图〈法义〉中的论辩与情节》(The Argument and the Action of the Laws),Chicago:Chicago UP.,1975),页61–65([译按]参程志敏、方旭译本,北京:华夏出版社,2011);《论柏拉图政治哲学新说之一种》(On a New Interpretation of Plato's Political Philosophy),见 Social Research,13,1946,页326–327([译按]中译参彭磊译文,收于《苏格拉底问题与现代性》[增订本],北京:华夏出版社,2016);《色诺芬的苏格拉底言辞》(Xenophon's Socratic Discourse),Ithaca,Cornell U. P.,1970,尤参160–209([译按]参杜佳译本,上海:华东师范大学出版社,2010);也可参 Anastaplo,《人与公民》(Human Being and Citizen),见《古代与现代》(Ancients and Moderns),Joseph Cropsey 编,New York:Basic Books Inc.,1964;Jacob Klein,《柏拉图〈美诺〉疏证》(A Commentary on Plato's Meno),Chapel Hill:Univ. of North Carolina Press,1965,页4–9([译按]参郭振华译本,北京:华夏出版社,2011)。

不过宗教也可以作为自爱的最高级形式。(《作品集》卷四,页243)

他在随后两则思考中宣称,"一些人小心掩藏他们的智慧而非愚蠢",并且接着似乎阐明了如下事实:

> 以微不足道之事、矫饰以及只有想象中的好处这些名义来幽默地戳穿很多东西,对于智慧或者宽宏大量来说,只是一种非常虚假的证明;也是对于德性行为的一种极大阻碍。例如,关于名声,大部分人都不愿意被遗忘。我们发现,甚至粗鄙之人也十分乐于在自己的墓碑上铭刻碑文。只需要一点哲学思考就可以发现并理解这其中没有任何内在价值,然而如果我们在自己的本性中发现了它可以作为对德性的一种激励,那么就不应该加以嘲弄。

接下来的思考为,"抱怨是天国收到最多的贡品,也是我们的虔诚之中最真挚的部分"(《作品集》卷四,页244)。向我们指出根源于自爱的"微不足道之事"可以有效地激励德性行为之后,斯威夫特提醒我们注意,宗教也是一种形式的自爱。对来世的信仰显然要比在墓碑上题词更加深远地满足永生的欲望,但它同样可能是"微不足道的"。

《格列佛游记》针对哲学与非哲学的读者给出了不同的教导。格列佛最终的荒唐行为引得大量读者鄙视试图超越肉体的做法,并指责斯威夫特对人类的厌恶态度。慧骃们荒诞与奇异的特质也可以用这种方式来解释。然而,那些类似于格列佛的读者将会深刻地震惊于斯威夫特对雅虎的描写,就像格列佛震惊于母雅虎一样。这些可能促使我们认为这部作品的最后几页展示了哲人在和普通人打交道时的无能为力。接下来让我们回到作为一种解决办法之象征的《格列佛游记》。

从慧骃的观点来看，英国的"行政和司法机构"在"理性以及道德方面存在严重缺点，因为理性自身就能够约束一个理性动物"（《格列佛游记》，页259）。我们可以对比一下巨人国国王关于英国的判断，"你们原先的一些规章制度或许还过得去"（《格列佛游记》，页132）。巨人国和小人国居民都重视那些"热爱自己国家"的人，但是爱国心在慧骃国没有位置（《格列佛游记》，页61、132）。巨人国和小人国都有建制化的宗教，相比之下慧骃的美德之中没有虔诚。他们把死亡看作终结而接受，无需遗憾或者纪念（《格列佛游记》，页58、60、114、274-275）。在它们之间，友爱以及特别是某种哲学性交谈，取代了爱诸神和爱祖国的位置（《格列佛游记》，页277-278）。①

尽管如此，斯威夫特赞赏小人国与巨人国居民的爱国心和虔诚，而非（除了含蓄地）承认他们的非理性。恰巧是在描绘慧骃时，斯威夫特给我们展示了一个可怕的例子来说明一群不信宗教的人会滑入多么野蛮的程度，彼时，一个荷兰水手威胁要割断格列佛的喉咙，因为他没有在日本天皇面前踩踏十字架（《格列佛游记》，页216-217）。斯威夫特在关于小人国古老制度的描绘中，称赞其不信任"卓越的天才"，而是更偏爱"品行端正之人的无心之失"（《格列佛游记》，页59）。斯威夫特的实际做法表明，他认为普通读者尽管无法教导，却可以受到高贵神话的影响。甚至当格列佛已经决定留下来与慧骃生活在一起时，他的爱国心仍然像巨人国居民那般强烈，

---

① 慧骃是极度好奇的，参《格列佛游记》，页226、234、235、237、259、282。

"活在世界上的人对于自己的家乡总有些偏心,哪能连一句好话都不说呢?"(《格列佛游记》,页259)只有当他的骄傲本身因为与雅虎的相遇而受到挫败时,这种爱国心才消逝了。差点被强奸是一个可怕的启蒙时刻,这彻底改变了格列佛。斯威夫特承认这超越了大多数读者的能力范围,转而来努力强化他们的骄傲中最高贵的表现。

我们可以在《论英国不应废除基督教》(Argument against Abolishing Christianity,1708)中发现类似的策略:

> 我希望不要有任何读者认为,我是在毫无说服力地捍卫真正的基督教,就像它曾经在原初时代那样(如果我们相信那些时代的作家的话)影响人们的信仰与行为。提议恢复它的原样,这可能确实是一个狂野的计划;它可能要挖向根基,一举摧毁整个王国所有的心智和一半的学术,破坏事物的整个结构与体制,消灭贸易,清除艺术与科学以及这些方面的教授,总之,会将我们的法庭、交易站和商店都化为乌有,这就如同贺拉斯的提议一样荒唐,他曾经建议全体罗马人作为整体离开他们的城邦,在世上某个遥远的地方寻找一个新的位置,以此方式来矫正其习俗的堕落。(《作品集》卷二,页27-28)

这在某种程度上与其开场白背道而驰,在那里他曾经嘲笑思想自由的主人公居然设想今后不会再有人真正信仰基督教。[①]此处,斯威夫特的语调变得更加严肃,因为他认为"真正"的基督教应该被重新定义为某种更加纯净的东西,它将只流行于一种处于非常特殊环境下的社会。既然替代性的选择已经不复存在,我们将回到主人

---

① 劳森(C. Rawson),《斯威夫特讽刺作品的特质》(The Character of Swift's Satire),见 Focus:Swift, London, 1971,页41-42。

公讽刺的"名义上"或公民的宗教,并看到他严重低估了它们的效用。

> 除此之外,或许可以承认一场论战有益于平民,不论它是否要废除所有的宗教观念……我构想出关于一种更高级力量的一些零星观念,对普通人来说有一些特别的用处,当孩子们变得吵闹时,可以作为极好的素材来安抚他们,并为无聊的冬夜提供一些娱乐主题。(《作品集》卷二,页34)

斯威夫特严肃地对待他看起来在讽刺的东西,但表面上的讽刺是这里的关键之处,因为正是这种讽刺,令斯威夫特看起来是在捍卫英国国教的真理而非其效用。关于"真正基督教"的证明超出了普通大众的能力范围,其目的在于唤醒普通读者的怒气,以反对那些思想自由者自满的怀疑主义。正如在《格列佛游记》中,斯威夫特通过积极地捍卫传统信仰来实现他对那些无信仰者的劝告,暗中则承认自己并不相信这些东西。

上文讨论过的"肤浅"读者、"无知"读者与"博学"读者之间的区别对于《木桶的故事》至关重要。尽管"习惯"显然并不能等同于"事物的深度",斯威夫特还是通过将它们二者与狂热的欺骗进行对比而模糊了这点,狂热的欺骗令空想压倒了"人的理性"与"通常的理解"。他凭借我们习惯性地颠倒主人公的意思,从而掩盖了关于避免不戴面具这一建议的严肃性。正如《格列佛游记》之中哲人无能的问题可以被解读为一种关于哲学事业本身的批评。做出这些伪装的原因在于,英国国教本身显然就是"普通人生活"的一个明显例子。

这段离题话之中更深层次的观点蕴含在这样一句话中,它让我们回忆起布鲁图斯,他假扮成"疯狂的傻瓜,只是为了公众的利益"

(《木桶的故事》，页175）。好奇之人通过扮演这种角色，可以避免两种不受欢迎的极端做法：破坏性的不戴面具以及效果不佳的隐退。斯威夫特用精灵来象征他们，"由于无事可做，要么带走一块房屋上的东西就消失了，要么待在那里，把所有的东西都扔出窗外"（《木桶的故事》，页174）。书的导言部分就已经预示了这种教导，那里解释了各种"演说装置"，排在第一位的是布道坛，其用处是为了让"大众听清"，而苏格拉底的吊篮（象征着哲学）"基础太高，常常在视野之外，甚至在听力范围之外"（《木桶的故事》，页55–56）。

在寓言的开始部分，斯威夫特让我们关注衣服的外在特征，它通过掩盖来保护令人厌恶的现实："宗教难道不是披风……良心难道不是裤子？裤子虽然掩盖了龌龊和淫荡，但很容易滑下来为二者效力"（《木桶的故事》，页78）。《格列佛游记》中，格列佛的衣服向慧骃以及他本人掩盖了其与雅虎们在肉体上的联系，因为直到他的裸体唤起了雅虎的欲望时，他才发现自己"从头到脚"就是一个雅虎（《作品集》卷二，页236–237、266–267）。好奇的探究随后被比喻为"爱人被夺走了"，在杰克扬言要将他的外套彻底破坏时，据说他已经"成了一位异端哲人"（《木桶的故事》，页173、199–200）。斯威夫特在第三节警告现代批评家不要去揭露某些"可怕的缺陷"（《木桶的故事》，页95）。如果像之前已经提到过的，斯威夫特此处考虑的是对圣经的批判性研究，那么他是在委婉地承认，基督教经不起对其隐秘之处的探究。①

寓言的关键情节是，马丁从彼得的暴政之下反叛之后，决定保留一部分添加上去的装饰，理由是它们"可以掩藏或弥补裁缝不断

---

① 参 J. Levine，《〈木桶的故事〉的谋篇》（The Design of A Tale of A Tub），见 ELM，33，1966，页198–217。

的篡改"给外套上造成的瑕疵(《木桶的故事》,页136)。正如外套本身的表面需要"掩藏"和"弥补",它就引发了这样一种可能性,即在某个层面上,寓言就是在处理"好奇之人"与"普通人的生活"二者之间的关系这个普遍性问题。哲人从事改革传统制度的工作,但他们必须意识到彻底"不戴面具"将弊大于利。马丁的一系列做法既避免了"在房屋中消失",也避免了"把它扔出窗外"。

关于两个"教派"的描写深化了寓言的重要意义。我认为,他们代表了认识到"普通人生活"的欺骗性时两种截然不同的反应。裁缝宗教派(Sartorialists)克制住了不戴面具的冲动,他们的角色要求他们努力"从自然中萃取优秀",并且遗忘他们已经看到的深度。他们的偶像坐在地上,外观是向上张着"血盆大口"(horrid gulph),祭司们尝试用祭品来抚慰它(《木桶的故事》,页76)。相比之下,埃奥利亚派(Aeolists)则力求去除各种外观,这出人意料地将思想自由者与不信国教者联系在一起,因为"云端与深渊边界相邻"。他们的教义是永远不要"囤积居奇,捂货不出或者怀才不露,而是要无偿地与人类分享",方法是通过打嗝(《木桶的故事》,153)。①他们的坦白要比裁缝宗教派的欺骗带来更多的危险。

要探究斯威夫特在埃奥利亚派和裁缝宗教派二者之间的折衷做法的本质,马丁并不是唯一的线索。在前文讨论过的一个段落里,主人公否认布鲁图斯是在冷静地装疯卖傻,认为他"也是一种精神错乱,某种只有用于国事才能如鱼得水的疯狂"。埃奥利亚派的一个仇敌是风车,他"不仅能够灵活地避开他们的吹气攻击,还可以给

---

① 关于描写两种宗派时对其唯物主义的讽刺,参 Robert Hopkins,《〈斯威夫特木桶的故事中〉霍布斯主义的化身》(The Personation of Hobbism in Swift's A Tale of A Tub),见 PQ, 1966,页 372–378。

予更重的反击"（《木桶的故事》，页160、175）。斯威夫特暗指的意思是"狂热"不应该被打压而是应该引向其他方向。这就引导我们严肃地对待《论圣灵的机械运转》。我认为，斯威夫特在这本书中发挥了马丁结合热情与审慎的做法，他还告诉我们，既然很多人将"注定要骑着驴子上天堂"，那么我们就不仅有必要像驴子一样行事，还要尽可能与他们思想相通，这样才可能影响他们的行为。与表面印象相反，这里并非在讽刺主人公相信（圣灵的）"运转"，而是讽刺他在解释时没有保持克制。行文一开始就提醒我们：

> 先生，长期以来，我头脑中一直有某种东西应该让世人知道。它对我的健康非常重要，绝对不是可有可无的东西。告诉你个秘密，我是憋不住了。（《论圣灵的机械运转》，页261）

主人公表示"如果泄露一些仪式，希望能得到谅解，没有丝毫亵渎的意思"，这真是一个强烈的讽刺，因为"运转"的成功与否取决于听众是否相信它唤起的"圣灵"来自于神，但如果严肃对待主人公的话语，这种信仰就会受到扰乱。

斯威夫特本人对英国国教敌人的讽刺，应该是最好的例子，能够说明这里的"机械运转"，也可以说明其中为何奇怪地混合了两种东西：有意识的欺诈与真诚的狂热；而恰恰是斯威夫特对英国国教敌人的讽刺，构成了《木桶的故事》与《圣灵的机械运转》实际或公开的说辞。

如果我的解读不误，那么斯威夫特严肃地相信无私的求知欲的程度就非常强烈，前面讨论的作品的形式证明了这点，这些作品确实为"博学的读者"提供了"足以用后半生去研究的材料"（《木桶的故事》，页185）。柏拉图所认为的好奇，是一种潜在的支配性欲望，这对于现代思想来说十分陌生。无论如何，尽管我们自己关于幸福的定义更接近轻信的人而非好奇的人，不过，斯威夫特必然无法了解的技术带来的巨大好处，却帮我们避免了他在自己时代的早期现代主义的核心之处发现的矛盾。我们会说，技术带来的巨大好处值得我们对那个"血盆大口"一探究竟。斯威夫特的重要性在于，他提醒我们知道自己在收获的同时也有遗失。既有的宗教会约束贪婪、骄傲和野心，可是，当我们认识到宇宙中并没有一种有约束力的道德秩序时，贪婪、骄傲和野心就会全部释放出来。

兴起与衰亡

——《格列佛游记》与乌托邦的失败

拉得纳（John B. Radner）撰

何涛 译　林凡 校

　　狮子、熊、大象以及其他一些动物都强壮勇猛，它们的种族在自己的土地上从未衰败，除了碰巧被人类的诡计所奴役或者消灭。但是，人类每天都在堕落，这纯粹是由于愚蠢、固执、贪婪、暴虐、骄傲、欺诈，或者说，丧失了他们自己的人性。

　　　　　　　　　　　　——斯威夫特，《关于宗教的深入思考》

　　现在，人们通常认为，《格列佛游记》与斯威夫特的大多数作品一样，刻意将读者引向一种造就—意义的艰苦历程，也就是说，"该书成为一台机器，斯威夫特设计它的目的并不是要提出一组学说，而是使读者踏上自我反思、自我怀疑和思想更新的历程"。①由于格列佛是一位好奇心有限的天真叙述者,所以读者会经常注意到他的迟钝,比如他在为一位小人国贵妇的名声进行详细辩护时的表现,当时这位贵妇正被指控与他有染。②斯威夫特还引导读者去寻找格列佛忽视的东西(例如,小人国与英国基本的相似之处),弥补他推理中的缺陷(比如他如何解释小人国居民为什么断定"子女的教育绝不可以托付给他们的生身父母"),深入考虑那些他只是象征性提到的主题(小人国的法律和制度在哪些方面[如果有的话]比英国更加优越),还要在他未能发问的地方提出问题(比如,巨人国国王,或者彼得罗船长如何做到比绝大多数人卓越甚多)。③

论到这种促使读者进行积极思考和评判的阅读方法,莫尔的

---

① Ehrenpreis,《斯威夫特:其人、其作及其时代》(*Swift: The Man, His Works, and The Age*),卷三,*Dean Swift*,Cambridge, MA:Harvard UP, 1983,页454。关于斯威夫特引导和扰乱读者的写作技巧的相关分析与回应,参Brady,《苦恼与消遣——〈格列佛游记〉中的三个问题》(Vexations and Diversions: Three Problems in Gulliver's Travels),见 *Modern Philology*, 1978, 35,页346 – 367;Oakleaf,《错视法——格列佛与观察视角的扭曲》(Trompe l'Oeil: Gulliver and the Distortions of the Observing Eye),见 *University of Toronto Quarterly*, 1983 – 84、53,页166 – 180;Probyn,《序言——斯威夫特与读者的角色》(Preface: Swift and the Reader's Role,见 *The Art of Jonathan Swift*, Probyn 编, New York: Barnes and Noble, 1978,页7 – 14;Smith 编,《〈格列佛游记〉的风格》(*The Genres of Gulliver's Travels*, Newark: U of Delaware P, 1990) 中的大部分文章。

② 斯威夫特,《斯威夫特散文作品集》(*Prose Works*),卷十一,第二版,Herbert Davis 编,Oxford, Basil Blackwell, 1959,页65 – 66。[译按] 以下简称《作品集》。

③ 拙文的早期版本曾提交福尔杰学会的一次讨论会,与会学者的评论很有启发,而 Ann Kelly、Elias Mengel、David Morris 以及 Tom Moylan 作为《乌托邦研究》的审稿人评阅了早期手稿。

《乌托邦》是先行者，恰好在游记发表不久之后，格列佛在假托致其表亲辛浦生的书信里提到了这本书。①《乌托邦》的主人公希斯拉德（Raphael Hythloday）和格列佛一样，常常未能注意到他讲述的一些事实不可思议，也就是说不尽合理，例如，乌托邦人明明可以轻易播种，却要费力地越过整个森林去播种。②在两部作品中，大量明显的错误使我们有必要质疑讲述者所说的每件事情，例如，拉斐尔在《乌托邦》第二卷的第一句告诉我们，乌托邦是一个新月状岛屿，最宽的地方有二百英里，周长大概五百英里，但这是不可能的，因为这种周长的直径最多只能有一百六十英里；比如，格列佛仔细解释了慧骃如何让每对夫妻只养育一男一女两个孩子，以"避免国家的人口负担过重"，却又让"下等慧骃养育三对子女，日后充当贵族的

---

① 关于莫尔与斯威夫特之比较的启发性研究，参 Hammond，《〈乌托邦〉和〈格列佛游记〉中的自然—理性—正义》（Nature–Reason–Justice in Utopia and Gulliver's Travels），见 *Studies in English Literature*，1982，Summer，22，页 445–468；Mezciems，《斯威夫特对格列佛的赞美——〈格列佛游记〉的某种文艺复兴背景》（Swift's Praise of Gulliver: Some Renaissance Background to the Travels），见 *The Character of Swift's Satire: A Revised Focus*，Claude Rawson 编，Newark，U of Delaware P，1983，页 245–281，《乌托邦与乌有之事——莫尔、斯威夫特及其他说谎的理想主义者》（Utopia and The Thing which is Not: More, Swift and other Lying Idealists），见 *University of Toronto Quarterly*，1982，Fall，52，页 40–62；Traugoot，《跟随莫尔与斯威夫特前往乌有之地的旅行——〈乌托邦〉与〈慧骃国游记〉》（A Voyage to Nowhere with Thomas More and Jonathan Swift: Utopia and the Voyage to the Houyhnhnms），见 *Sewanee Review*，1961，69，页 534–565。

② 参 Ruppert，《奇异之地的读者：解读乌托邦文学时的活力》（Reader in a Strange Land: The Activity of Reading Literary Utopias），Athens，U of Georgia P，1986，页 88–93。

仆从"(《作品集》卷十一，页 268)。①

然而，《格列佛游记》对读者的挑战还有别于《乌托邦》。莫尔的作品直接就引导读者来比较自己国家与他想象中岛屿的规章制度。《乌托邦》把卓越成功的乌托邦呈现为回应英国邪恶的答案。第一次与拉斐尔的对话详细描绘了乌托邦的法律与政策，以此回应主人公莫尔提出的质疑，即一个建立在公有制基础上的社会永远无法运作。这留给读者去考虑拉斐尔没有讲述的（如果有的话）事情，去设想

---

① 与之类似但乍看起来不太明显的一处是，周长五百英里的地域面积（大概 1.99 万平方英里），与 54 个城市每个向外的方向都至少有 12 英里宽（大概 2.44 万平方英里），这两种说法之间的不一致。这里的关键并不在于希斯拉德测量错误。作为一位希腊研究者，他应该知道圆周的直径（圆周内部可以画出的最长直线）总是要小于周长的三分之一，因此，一个周长五百英里的圆圈不可能容纳一个二百英里宽的新月状岛屿。也许，希斯拉德是报告他在乌托邦听到的错误信息，或许是他歪曲了正确的信息，抑或是主人公莫尔错误地传达了拉斐尔告诉他的东西。无论何种"解释"，读者应该从一开始就警醒，没有什么事情是理所当然的。格列佛在第一部分中描绘的不可能之事——他如何将五十艘六尺长的战舰从不来夫斯古拖到了小人国（参见埃金斯，《"带着罪行"来阅读——讽刺作品的审判》[Reading with Conviction: Trial by Satire]，见 Smith 编《〈格列佛游记〉的风格》，前揭，页 213），让 24 名精骑兵在自己的手帕上操演，以及密尔顿多这座五百平方英尺的城市拥有五十万小人国居民（这相当于一座略大于 1 平方英里的城市里有五万名人类，参 Hunting，《斯威夫特》[Jonathan Swift]，New York: Twayne, 1967, 页 103)——也许只是表明了斯威夫特的计算错误，不过，我认为它们也是为了让读者保持警惕。第三部分结尾之处日期和旅行时间的明显错误——格列佛于 1710 年 4 月 16 日到达阿姆斯特丹，随后在 4 月 10 日回到英国，他说这次旅行持续了"整整五年六个月"（页 218)，但实际上只持续了三年八个月——促使我们质疑该书的所有"事实"，并且注意到格列佛不符合基督徒的标准（参 Radner,《斯特鲁布鲁格、慧骃与美好生活》[The Struldbruggs, the Houyhnhnms and the Good Life]，见 Studies in English Literature, 1977, Summer, 27, 页 429-431)。格列佛还说，慧骃如何担忧人口过剩，然而似乎又允许仆从阶层在每一代增加三倍人口，这凸显了他的思虑不足，因此，我们需要质疑他听闻的一切。

维持乌托邦的运作需要牺牲掉什么，同时反思有没有可能结合乌托邦的特征与欧洲的特征，并且猜想，是否有什么方式可以在别处复制乌托邦。相比之下，斯威夫特的作品则不时引导读者们怀疑，是否能够实现任何乌托邦——任何一种接近正义社会的情况。我们看到的乌托邦实验，比如小人国的制度（《作品集》卷十一，页56－63）、英国的宪制（同上，页127－132）都遇到了失败，也许这会引导我们思考：它们为何会失败？格列佛就此问题只有肤浅的思考。我们看到的西方世界历史是一幅衰落的全景画（同上，页194－202）我们可能会问，如何解释格列佛所谓"历代以来那种令人叹息的人性不断退化的趋势"（同上，页210）。当他想象自己如果能长生不老可以做到什么事情时，当他后来想象我们看到一些慧骃、或在他的作品中读到它们时会有什么反应时（同上，页292），格列佛本人就变成了一个乌托邦的反思者，这些反思也许就会嘲弄我们的想法，诸如想要知道如何（倘若可能的话）改善人类，什么东西（如果有的话）可以改变似乎不会停止的从好到坏、从坏到更坏的历史趋势。斯威夫特的作品还提出了一些格列佛从未想到的问题，这些问题关系到如何解释他遇到的这些极其罕见的社会正义和个人道德的典范。例如，当格列佛讲述说，巨人国居民已经找到了一种方法，能够治愈"全人类所犯的通病"，他的话语几乎就是在要求我们提问为什么这个岛国如此特殊。此外，当格列佛描绘巨人国国王或者彼得罗及其船员时，这些叙述也许就在提示我们思考，什么令这些人如此优秀。

《乌托邦》和《格列佛游记》的区别在于，它们促使读者去思考乌托邦的不同类型；二者应对基督徒读者的方式也截然有别。莫尔作品的每卷结尾，都明确而直接地考验基督徒读者。乌托邦人尽管不是基督徒，却信仰一种在某些关键方面与基督教一致的宗教，包括信仰个人不朽与死后审判。他们因此会欣然皈依基督教。不同的是，在《格列佛游记》中，尽管格列佛在第一卷和第三卷的结尾宣称自己是基督徒，但他却属于斯威夫特在别处所谓的"名义上的基督徒"(《论英国不应废除基督教》，页28)，在他的一生当中，在他关于"人性退化"的思考或者乌托邦的可能性之中，基督教都没有扮演重要的角色。不过，书中的一系列暗示也许是在提醒警惕的（尤其是斯威夫特时代的）读者，要留意名义上的基督徒格列佛无法理解的事情：关于小人国和英国的乌托邦方案的失败，关于"人性不断退化的趋势"这些问题，都可以在《圣经》关于堕落的描写中找到解释。这些暗示还提示人类唯一坚实的希望不在于乌托邦计划而在于宗教觉醒。对于人类来说，乌托邦没有可能，但个人的拯救却并非如此。

摘录《格列佛游记》中关于乌托邦规划的思考相对容易。不过，书中隐含的关于乌托邦的宗教视角就稍显隐晦，因为格列佛对宗教事务不太好奇并且相对沉默（参 Morrisey，《格列佛的历程》，前揭，页 11 - 13），有学者称，书中的宗教是"文本中挥之不去的重要缺失"，这是颇为恰当的看法。① 最直接的暗示出现在第三卷结尾，格列佛拒绝踩踏十字架，这导致日本天皇怀疑他不是一个"真正的荷兰人"，但"必定是一个基督徒"(《作品集》卷十一，页216)，尽管格列佛在关于斯特鲁布鲁格的那一章刚刚表明，他对十字架的意义所知甚少。《格列佛游记》的每一卷都隐含有从《圣经》视角对乌托邦的观察。

---

① 参 Barnett，《解构〈格列佛游记〉——现代读者与有问题的风格》(Deconstructing *Gulliver's Travels*: Modern Readers and the Problematic of Genre)，见《〈格列佛游记〉的风格》，前揭，页237。

由于这种隐晦，格列佛本人完全缺乏这种暗示性的观察与理解方式，这同1708年《论英国不应废除基督教》①不同，该书开篇就直接向读者发出挑战，并为"名义上的基督徒"进行辩护，"名义上的基督徒"截然有别于"真正的基督徒，就像'真正的基督徒'这个词最早（如果我们相信那个时代的作品）的用法，是要对人类的信仰和行为产生影响"，"长期以来"，这种形式的基督教"被完全彻底地丢在一边，因为它全然对立于我们当下的财富和权力系统"（《论英国不应废除基督教》，页28）。与《论英国不应废除基督教》及其他大部分与宗教有关的作品一样，斯威夫特在《格列佛游记》中也有意识地向一个混杂的读者群体发言，这个群体可能包括"无神论者、索齐尼派教徒、反三位一体者以及其他细分的思想自由者"（《论英国不应废除基督教》，页35），还包括各种不同理解程度和献身程度的英国国教信徒，以及格列佛这样缺乏思考的人。斯威夫特今天的读者作为一个群体，不大可能像他当时有意识针对的那些读者那样，具有基督教教育的经验。整体来看，比起斯威夫特预期的读者，我们对待那些宗教辩护的态度也许更不严肃。不过，我们可能要比斯威夫特的同时代人更加意识到回答下列问题的历史紧迫性：深入质疑为什么绝大多数乌托邦实验都遭遇失败？如何解释那些罕见但又极其重要的关于个人健全与社会和谐的例证？《格列佛游记》自出版以来，持续产生了大量热情而富有争议的批评，同时，结合

---

① 《论证在英国废除基督教，根据目前情况来看会带来一些麻烦，并且可能不会产生由提议而来的那些众多好处》，原书名为（*An Argument to Prove That the Abolishing of Christianity in England, May as Things Now Stand, be Attended with Some Inconveniences, and Perhaps not Produce Those Many Good Effects Proposed Thereby*）。［译按］这是那个年代惯常的冗长书名，后文便于引用，简称为《论英国不应废除基督教》。

自身长期教授学生的经验,笔者清楚地发现,这部作品还在不断地愉悦读者,并从根本上挑战读者将阅读经验转化为一种关于探索、证实自己的罪以及自我辩护的过程,尽管在我们当中,只有少数人能够发现,基督教是可以接近的或有吸引力的,这既是斯威夫特作为一位教会人士所宣讲与辩护的基督教,也是格列佛最初公开信仰但后来放弃了的基督教。

一

关于乌托邦是否可能的考察始于第一卷第六章,格列佛在此处比较了小人国与英国的法律和习俗。在某种意义上,小人国的法律与习俗似乎是一种理想,这与其他地方关于小人国的描述并不一致,因此,这一章就引发了小人国为何堕落的问题。一群起初认为选用各项事务人才时应考虑"优良品行而非卓越才干"(《作品集》,卷十一,页59)的人民,现在为什么会根据绳上跳舞来分配重要官职?一群"受到荣誉、正义、勇敢、谦虚、仁慈、宗教、爱国等原则熏陶"(同上,页61)的人民,如何会变成格列佛遇到时的那种自负、欺诈、残忍和道德麻木之徒?当格列佛的描述开始让我们注意到小人国法律与小人国的行为的不一致时,这些问题就出现了:

> 这个帝国有几种非常特别的法律与习俗,如果这些法律和我亲爱的祖国的法律不是完全相反的话,我真想替他们辩护几句。我只能希望,人们能够尽力执行这些法律和习俗。(同上,页58)

格列佛稍后中断了自己的叙述并略加评论:"大家应该明白,我谈到的这几种法律和下面我要谈到的都是这个国家的原初制度,我并不推崇他们因人类的堕落天性而产生的那些臭名远扬的政治腐败"（同上，页60）。

根据艾略特（Robert C. Elliott）的看法，"［小人国的］原则与实践之间的不一致着实惊人"，这种不一致不仅引发了小人国为何堕落的问题，还突显了格列佛的答案。① 由于"人类的堕落天性"，没有什么制度能够确保好的统治或者高尚德性。艾略特指出，小人国的原初制度体现的原则"在十八世纪很有吸引力，尽管带有适度的夸张，斯威夫特本人可能也认可它们"。② 但是，这些制度运转不佳或者没有得到运转，而艾略特认为其中"不存在真正的矛盾"。小人国"这个乌托邦已经输掉了与时间之间的战斗。考虑到人性的堕落，即使最理想的制度也会制造出伯尔法包拉克（Belfaborac）宫廷的腐败"。读者越感到困惑，就越会叩问小人国为什么发生改变，从而也许就会开始更加严肃地对待这种人性堕落。

艾略特指出，小人国堕落的基本解释就包含在格列佛所说的"人类的堕落天性"之中，这确实是正确的判断，"人类的堕落天性"在《格列佛游记》的所有其余部分也都依稀可见。③ 与此同时，

---

① 参 Robert C. Elliott《讽刺的力量》（*The Power of Satire*），Princeton，NJ：Princeton UP，1960，页57–78。

② 参 Hinnant，《〈格列佛游记〉中的纯洁与亵渎》（*Purity and Defilement in Gulliver's Travels*），New York：St. Martin's Press，1987，页21–25。

③ 在《一位英国国教信徒的观点》（*The Sentiments of a Church-of-England Man*，1708）中，斯威夫特解释说，有人相信"很少有国家毁灭于自身制度的某些缺陷，却主要是毁于生活方式的堕落；面对它们，最好的制度也难获长久的安全，在没有它们的情况下，一个非常糟糕的制度却可能维持与繁荣"（页41）。他举了两个同时代的例子加以证明，"威尼斯的贵族制，建立在最智慧的原则之上，受到了极长的侵蚀，由于其贵族的退化，到了我们时代已经公认出现了大量的恶习，似乎已经走到了其生命的极限"；而"联省共和国那里呈现出节制、勤奋、节俭和有公共精神的风格，通过全体人民来运转，已经将一

格列佛对小人国制度的描述也暗示了另一种更加复杂的解释。它提醒我们注意，小人国所以衰落，是由于他们没有理解自己堕落的本性，并且没有意识到只有借助宗教才能使堕落的人类获得德性，并确保良好的统治。例如，看一下格列佛提到"人性堕落"之后紧跟着的两段话。第一段所说的是，在选择担任公职的人才时，小人国居民为什么以德性而非才干为标准：

> 他们相信人类既然必须有政府，那么人类的普通才能就能胜任各项职务，而且上帝也从来没有故意把公共事务的管理弄得非常神秘，只有少数卓越的天才才能了解，而这样的天才在一个时代中也很难生出三个来。但是他们却认为人人都能掌握真理、公正、克制自己等等美德。如果人人都能践行这种美德，再加上经验和为善之心，人人就都能为国服务，只不过还需要一段学习过程罢了。（《作品集》卷十一，页59）

小人国居民还宣称，一个品行端正的官员所犯的错误"绝不会像那些品质恶劣、存心贪污腐化的人那样，给社会带来致命的损失，正因为后一种人手段高明，他们才能加倍地营私舞弊，而同时又巧妙地掩饰他们的腐败行径"（同上，页59）。

除了讽刺英国人的设想与实践之外，这个主张还指出了小人国所缺乏的一个根本要求。也许"人人都能掌握"真诚、公正与克己，但是一个诚实、公正、克己的官员还需要"一种善良的意图"，而且他可能还具有不良嗜好。一个人如何确保善良的意图并且克制邪念？

个诞生时间不佳且宪制虚弱的新生共和国保持了上百年，在没有那些优势的情况下，承受了一个更加强健的国家可能都从未对抗过的如此之多的危险与困难"（页14–15）。

格列佛接下来的一段话里暗藏了对这个问题的传统回答:"不相信上帝的人同样不能为公众服务"。伴随着"同样"这个连接词出现的这种说法,指向一项常见的理由——这个理由也出现于莫尔的《乌托邦》(页 221-223),斯威夫特的布道词《良心的证词》(On the Testimony of Conscience)里还有详尽解释。这就是说,只有对外在神圣审判的恐惧才能防止人们运用权力来追求私利。格列佛在仅仅五段话之前说过,小人国居民相信所有人都会在死后复生,读者在阅读们到那段话时,可能就已经准备好接受这种理由。格列佛之所以提到这种信仰,只是为了解释为什么小人国居民在埋葬死人时"把他们的头一直朝下",

> 因为他们相信一种说法,一万一千个月以后死人们都要复活。到时候地球(他们以为是扁平的)会上下颠倒。按照这种说法,他们复活以后就会安稳地站在地上了。(《作品集》卷十一,页 58)①

不过,当小人国居民认为,公共职务只能交给那些相信"神意"的人,这时,他们脑中所考虑的,根本上说就是上文所说的传统理由,即对神圣审判的恐惧才能约束掌握权力之人。相反,在很大程度上,他们似乎认为这种信仰只是一个形式问题,原因在于,"既然君王们自称是上帝的代表,他任用的人竟不承认他依凭的权威,那真是再荒唐不过了"(同上,页 60)。

---

① 格列佛对小人国葬礼的最终评论是,"他们的学者承认这种说法荒谬,不过顺从世俗的习惯,这种办法还在继续采用"(《作品集》,页 60),这是让读者来判断小人国学者和格列佛认为荒谬的那些信仰:如地球是扁平的,会在一千个月以后上下颠倒,抑或是死人们都要复活。

将对神意的信仰还原为一个形式问题，正符合格列佛讲述的小人国宗教的其他一切内容，据他所述，这个国家里唯一的神庙曾经受到亵渎，现在已经被废弃成了格列佛的住所。这个国家宗教的主要表现，就是打破鸡蛋大端派和打破鸡蛋小端派之间的血腥战争，关于普遍复活的信仰只影响了葬礼的习俗。①小人国居民未能理解，只有信仰能够审判人的神意，才能约束国王与其他掌权者的邪恶天性，这一点看起来与格列佛接下文所言直接相关："由于具有人类的堕落天性而产生的那些臭名远扬的政治腐败"。如果实际上居于法律之上的掌权者不约束其欲望，小人国居民又如何可能避免腐败呢？这些腐败证实了"人类的堕落天性"，并且证实了小人国缺乏真诚的宗教信仰、理解力和智慧。②

---

① 参 Kallich，《鸡蛋的另一种目的》（*The Other End of the Egg*），Bridgeport, CT, Conference on British Studies at the University of Bridgeport, 1970，页 13–36。

② 对比一下小人国居民关于家庭生活的看法与他们关于政府的思考，我们就会清楚看到他们关于神意、人生以及德性的思考非常混乱（或是格列佛的混乱），而且，除非注意到了这些矛盾之处，否则我们自己也是混乱的。他们推论说，既然人类必须有政府，那么神意就已经赋予了每个人充分的统治能力；此外他们宣称即使儿童也必须接受教育，然而又分配专门的款项给父母用于他们自己的孩子。神意在某种程度上遭到了破坏，因为他们将孩子交给那些"子女的教育绝对不可以托付给的"人。他们设想神意在小心地照顾他们的福利，然而似乎又认为"人生的痛苦"远远多于快乐。他们设想孩子们在公共学校中将"受到荣誉、正义、勇敢、谦虚、仁慈、宗教、爱国等原则的熏陶"，但又设想这些孩子们成年之后仍将无法理性地、有德性地关照他们自己的孩子。关于小人国法律与习俗的一些略微不同的反思，参 Halewood，《〈格列佛游记〉第一卷第六章》（*Gulliver's Travels* I, vi），见 *ELH: A Journal of English Literary History*，1966，33，页 422–433；Guilhamet，《反思〈格列佛游记〉第一卷第六章》（*Gulliver's Travels* I, vi Reconsidered），见 *English Language Notes*，1984 年 3 月 21 日，页 44–53；Passmann，《小人国的乌托邦：一项调整后的聚焦》（The Lilliputian Utopia: A Revised Focus），见 *Swift Studies*，1987，2，页 67–76。

如果说小人国居民是混乱的，那么格列佛也同样缺乏感知力。他没有在他们的"古老制度"中看出任何问题，包括设想对神意的信仰只是一个无关道德行为的形式问题。他对其腐败的解释，所谓"人类的堕落天性"，似乎让人想起了基督教的描述，人类从一种被造时良好的本性逐渐向下堕落。然而，格列佛始终表现出一种彻底世俗性的世界观，他在第一章三次提到了"命运"，却从没有提到神意或者上帝（《作品集》卷十一，页21-22），而且在一处机智又有趣的地方，小人国居民推测他的手表就是"他所敬拜的上帝"（页35），因为他从不考虑任何其他神明。①当他谈论"人类的堕落天性"时，脑海中要么没有什么宗教信仰，要么只是有一种关于堕落的模糊观念，在谈论德性问题时没有发挥什么作用。他显然没有意识到，自己的措辞连同他笔下的小人国居民的论证，都暗示了小人国腐败的原因。

二

刚刚描述过的模式在该书第二卷再次出现：勾勒一个想要成为乌托邦体制的政府，进而描述并讨论其堕落，还有一些地方暗示了基督教关于堕落的解释，而格列佛仍和往常一样，误解了他所看到的情况，甚至忽略重点。在第二卷里，叙述者同样没有问，为什么一个据说体制良好的国家会走向堕落？他也没有问，一个国家如何能够得到实际的改进？这就暗示了，只有不同于格列佛与小人国的

---

① 参 Beaumont，《斯威夫特对〈圣经〉的使用》（*Swift's Use of the Bible*），Athens，U of Georgia P，1965，页53-63；Kallich，《鸡蛋的另一种目的》，前揭页14-15、35-37、41-42、59；Winton，《皈依慧骃国之路》（Conversion on the Road to Houyhnhnmland），见 *The Sewanee Review*，1960，Winter，68，页20-33。

另一种具有宗教洞察力的人，才能回答这两个问题。

格列佛在第六章详尽阐释英国极好的法律与习俗之后，巨人国国王"对每件事情都提出了许多疑点、问题和不同意见"（《作品集》卷十一，页129），最终，国王总结说，尽管英国的体制最初可能还"过得去"，但最初的优点现在已经遭到"毁灭"，或者"全被腐败政治所玷污、抹杀了"（页132）。这里关键的问题是，为什么这些制度应然的以及所宣传的状况与其现实之间出现了如此明显的差异？格列佛从未提出这个问题，因为他只有在难以向国王掩藏这点时才意识到英国的应然与实然之间的差距。在小人国，巨人般的格列佛在解释小人国的原则与实践之间的差异时，认为这是由"人类的堕落天性"造成，他对小人国居民推理过程的描述，还暗示了一种更为全面的解释。在巨人国，格列佛的语言一度让人回想起他之前提到的堕落天性，巨人国国王则解释了英国的原则与实践之间出现的偏差，结论是，英国人是"大自然让它们在地面上爬行的最可憎的害虫中最有害的一类"（页132）。

这段叙述中关于《圣经》创世描述的重要暗示，意味着一种更加全面的解释。格列佛与国王的谈话发生在七次数小时的召见之中，很可能是发生在连续的七天当中，就此来看，对应了《创世记》中创世所用的七天；此外，格列佛的叙述已经为关于《创世记》的暗示做好了铺垫，他两次告诉我们，巨人国有安息日（同上，页98、106）。前五次谈话，格列佛描述了看似完美无瑕的英国体制。第六天则对应亚当与夏娃被造的那天，国王提出了自己的问题。① 第七天

---

① 后来，在被海盗丢弃之后的第六天，格列佛看到了飞岛并会见了勒皮他人（《作品集》卷十一，页155–156）；在离开慧骃国之后的第六天，他遇到了怀有敌意的土著与葡萄牙水手（同上，页283–284）。

对应于上帝歇了工作并且发现被造的世界"非常美好"的那天,这一天巨人国国王总结格列佛之前讲过的所有内容,评论了英国人将他们高贵的制度以及他们自己搞成了什么样子。他将格列佛擎在手中,轻轻抚摸他,和蔼地指出,由于旅行的缘故,格列佛"也许至今为止尚未沾染上自己国家的许多罪恶",但是,随后对英国人的评价,总体来说即"大自然让它们在地面上爬行的最可憎的害虫中最有害的一类"。①接下来一章的四段话中暗示了关键性的事件——诱惑与堕落,而谈话的当口,格列佛建议依靠火药来建立绝对的权力,但国王厌恶地加以拒斥,他"惊异于像我这样一个卑微无能的昆虫(借用他的说法)竟能有如此不人道的想法",并且断言"这些毁灭性机器"的"发明者一定是魔鬼之流,人类公敌"(《作品集》卷十一,页135)。这些对《圣经》中创世与堕落描述的暗示缓和了国王严厉的评判。人类确实是有害的,但他们并非一直如此。他们在被造时是好的,后来犯了罪。他们不只是获得大自然的允许而爬行在地球表面,相反,他们获得了上帝的恩准,上帝也给他们提供了拯救或者更新的方法——我们在第三卷会看到更多这方面的内容。

关于格列佛没有直接提出的问题,即为什么英国人尽管拥有相对稳定的体制但还是变得腐败,此处对《创世记》的暗示表明了一种更为全面的解释。最简单的回答是,英国人像小人国居民一样堕落了,退化了。也许更加完整的回答是,英国人像小人国居民一样未能理解他们堕落的本性,没有理解宗教的重要性。最起码,按照

---

① Hinnant 评论说,"以色列人认为爬行类和群居类的动物带有令人厌恶的不洁……包括黄鼬和老鼠",格列佛在巨人国却经常与这些动物为伴。参《〈格列佛游记〉中的纯洁与亵渎》,前揭,页37。

格列佛在第三章与第六章的描述，英国宗教似乎除了引起分裂之外一事无成，和小人国一样，宗教分裂与政治派系密切相关："我们在宗教上有不同派别，我们国家也有不同的政党"（同上，页106-107）。此外，在巨人国作为英国人代表的格列佛再次表现出一种彻底世俗的观念，他一再提到巨人国的宗教，却从未流露出任何兴趣。他从一篇关于他们宗教的论文中学会了他们的语言，却从未告诉我们其中的任何内容（同上，页100）。他提到星期三是他们的安息日，却没有提到他们为什么有安息日，没有提到这个安息日是否也是礼拜日。他参观了大庙，大概是用于敬拜而不只是安放逝去的巨人，但是他从未进入庙内，也没有提到大庙的用途，他前往参观其实只是因为它的塔楼"据说是全国最高的地方"（页114）；同样，他后来所以参观伦敦的圣保罗教堂，也只是为了测量它的穹顶，证明它比巨人国国王的炉灶稍大。他提到巨人国居民的道德作品，但在谈论道德的情境下，他提到的那些说法总是很有喜剧效果，比如，关于"原始人种比现代人大得多"的说法，他便非常不屑，认为这只能证明我们"在和自然发生争吵，发发牢骚，口出怨言罢了"（页137），他没有注意到，这些论据常常用于解释堕落导致的身体效果。格列佛像小人国居民一样意识到生活充满许多痛苦，却从未思考其中原因。

读者如果注意不到格列佛在巨人国时对宗教缺乏好奇，而且对此也不感遗憾，那就和他一样持有完全世俗的观念。如果大部分英国人都和格列佛一般，我们就不会惊讶他们为何会腐化其最初良好的体制，也不会惊讶英国过去几个世纪的历史为什么"只不过是一大堆阴谋、叛乱、暗杀、屠戮、革命或流放。这都是贪婪、党争、伪善、无信、残暴、愤怒、疯狂、怨恨、嫉妒、淫欲、阴险和野心所能产生的最大恶果"（页132）。对于无法真正理解他们的堕落本性、无法认识真正宗教的堕落人类来说，还能有别的期待吗？

在第二卷，英国的堕落（以及小人国的类似堕落）对应于巨人国的改进。整个第七章，尤其最后一段对比了巨人国与其他这些国家，并追问造成这种差异的原因。小人国与英国都有宗教派系、政治党派和内战。巨人国有宗教但无派系。在第七章最后一段，我们发现这个国家里存在党派，但和我们阅读章节目录中的措辞"国内政党"时的预期不同。政治党派一般建立于人类的骄傲与纷争的基础之上，就像小人国的高跟党和低跟党，抑或英国的托利党与辉格党，巨人国的这些政党却是所有王国的全体居民都会出现的"自然"分类：国王、贵族和平民。我们还发现巨人国曾经发生过"内战"，起因于格列佛所说的"全人类的通病：贵族争权夺势，人民争取自由，君王却要求绝对专制"。①不过，最近一次内战"幸而被当今国王的祖父平定了。于是，三方面订立了一项公约，大家一致同意今后设置公民团，严格执行它的职责"。②

为什么巨人国有别于小人国与英国？什么原因让这些人民治愈了"全人类的"通病？如果说小人国是"在与时间的斗争中败退的一个乌托邦"，那么巨人国居民如何缔造并且在三代人的时间里维持了内部和平，并达到了如此程度的乌托邦？

格列佛并不认为巨人国不寻常或令人疑惑，所以他并没有直接

---

① 第一版中的说法是一种"很多别的政府都经历过的通病"（《作品集》卷十一，页307）。这里的改动凸显了巨人国的独特性。

② 读者们可能会想起，正是现任小人国皇帝的祖父儿时的一场意外引发了打破鸡蛋大端派和打破鸡蛋小端派的冲突（《作品集》卷十一，页49），也是他后来引入了"凭借跳绳来获得高官厚禄的卑劣做法"（同上，页60）。

提出这些问题,当然也不会试图给出答案。① 之前的章节已经表明,答案并不在于巨人国居民总体上比小人国居民或者英国人更加优秀。发现格列佛的那些仆人的农场主人非常贪婪,王后的侏儒非常恶毒,国王的学者愚蠢自负,侍从女官们则淫荡下流;王后爱慕虚荣,首都则被矜夸为"宇宙的骄傲"。格列佛叙述说,尽管国王、贵族与人民相互争夺的"通病"已经"因国家法律而幸运地得以缓和",但是,这里仍然一直存在内战,因此,这些法律本身并无法解释这个王国为何能够消除国王、贵族与民众之间的争斗。因此,现任国王的祖父似乎就成为解释巨人国居民如何实现和平的关键,但是,格列佛除了告诉我们他"幸运地平定了"最近一次内战之外,别的什么也没说。大概是他放弃了追求"绝对统治"的野心,或者还设法在一定程度上满足了贵族的权力欲望和人民的自由欲望。格列佛尽管阅读了他们的历史,却没有告诉我们任何细节。不过,在之前第七章,当现任国王拒绝接受格列佛的提议用火药来实现绝对权力时,格列佛表示他以实际行动证明了自己是其祖父的真正继承者。国王震惊于格列佛关于现代战争就事论事的描述,就像大多数第一次读到这些段落的读者一样,他惊讶地发现,格列佛似乎对于他所描写的"流血破坏的场景完全无动于衷"(《作品集》卷十一,页134 - 135),因此,他坚决拒绝通过这种手段实现其统治。他的祖父其人大概也具有同情心、道德洞察力和自我克制。

巨人国如何治愈了人类犯有的通病,因此就变成了国王及其祖父的问题:为什么他们如此独特?考虑到大多数其他巨人国居民都

---

① 有关斯威夫特早期对这些问题的反思,参见《论雅典和罗马贵族与民众的竞争和争执》(1701年),特别是页199 - 201(关于斯巴达),以及页211 - 217(关于罗马),也可以参见希金斯讨论的斯威夫特受到斯巴达的诱惑。

做不到这一点，英国人和小人国居民总体来说也做不到，而且全人类都是"堕落的"，为什么他们能够自我克制？格列佛无法认识到国王的德性，所以他自然不会提出这些问题。然而，国王的存在本身似乎就引发了这些问题，正如在很晚的地方彼得罗及其船员们的出现也引发的类似问题。

格列佛提到了现任国王的两件事情，这两件事清楚地显示出他同格列佛和小人国居民之间的区别。第一，他不仅头脑清晰、判断准确，就格列佛讲给他的每件事都发表了"聪明的感想和意见"（同上，页106）；他还具有一种活泼的想象力来取笑巨人国居民的虚荣。当格列佛第一次简要地描绘"欧洲的风俗、宗教、法律、政府和学术的情形"时，国王提出了一条格列佛没有从他在小人国的经验中（我们自己呢？）提来出的道德真谛："人类的尊严实在太微不足道，这么大点的小昆虫也竟然会加以模仿"（页107）。第二，国王并没有轻率地相信自己的德性，而且看起来知道自己潜在的道德缺陷。尽管他对于格列佛火药提议的第一反应是震惊与道德义愤，但是，他怀疑自己一旦真的拥有这种手段是否还能够克制自己的权力欲望，因此，他命令格列佛"如果还想保住性命"，就不要再提此事（页135）。

国王的自嘲、谦虚，连同他的同情心、道德洞察力以及自我克制，也许是来自巨人国的教育，来自巨人国强调的"伦理、历史、诗歌和（应用）数学"（页136）。他的祖父或许还有父亲的榜样，可能对他的道德成长产生了重要影响。他的德性或许受益于巨人国的宗教，对此我们已经听说了不少有趣的细节。或许，小人国与巨人国的对比是全方位的，这个对比在于，一方面，小人国唯一争论的重大宗教问题是应该从哪一端打破鸡蛋，这引发了一场致命并且似乎没有终结的战争，而另一方面，巨人国拥有一种有活力但没有得到细致描述的宗教,也不存在宗教冲突或者政治冲突;小人国内政腐败,部分原因在于他们未能认识到,只有当人民坚定地相信神的审判时才能具备德性,而巨人国实现并维持了和平,因为其国王认识到他们堕落的本性并从传统中汲取教训。当然,我们不能从格列佛的沉默中得出结论,认为巨人国的宗教与这个王国及其现任国王的独特本性存在明显关联。但是,之前关于第一卷第六章的分析支持这种可能性。除非巨人国的宗教不仅是徒具形式,否则他们如何能够维持宗教和谐呢?在没有宗教的情况下,国王如何能够认识到自己的道德缺陷并且努力克服呢?尽管无法直接解答这些问题,但是,遍及第二卷的戏谑文字会让这些问题自动进入读者的脑海。

三

第三卷第六章和其他几卷一样描绘了乌托邦的政治方案,此外,这一卷还描绘了另外两种乌托邦方案:巴尔尼巴比(Balnibarbi)的规划者努力通过科学实现繁荣与安逸(卷三,第4-5章);格列佛还做了详细的规划,如果他能够永生,他个人能够实现什么事情,他如何"有可能阻止历代以来那种令人叹息的人性不断退化的趋势"(卷三,第10章)。第三卷还增加了一些关于人类退化的夸张例子,如开始部分那些精神出窍、荒诞、骄傲且暴虐的勒皮他人(卷三,第1-3章),结尾部分那些衰老、丑陋且好嫉妒的斯特鲁布鲁格人(卷三,第10章),二者之间穿插了一幅从希腊、罗马至今的欧洲历史全景图,令人震撼地证实了一种肉体、精神和道德方面的持续退化(卷三,第7-8章)。这一卷还明确涉及格列佛在思考乌托邦和退化时没有发挥作用的基督教——格列佛恳求荷兰海盗宽恕自己的"理由是,我们都是基督徒、新教徒"(《作品集》卷十一,页154),

另外，后来他拒绝踩十字架，导致日本皇帝怀疑他"肯定是一个基督徒"（同上，页216）。第三次旅行的日期还影射了耶稣生平中的关键事件：1707年4月11日（受难日），以及1710年4月10日（复活节后的星期一）。①这些指涉再次引导读者去思考"名义上的基督徒"格列佛忽略了什么。

巴尔尼巴比那些规划者在政府财力的持续支持下，却制造出一幅贫瘠的景象，与孟诺第繁荣的老式庄园迥然不同。②科学院里进行的各种科学实验都非常荒唐可笑，诸如从黄瓜中提取阳光，繁殖一种无毛羊之类，玄想、语言学以及数学中的实验同样如此。在整个第五章，格列佛描绘了他实际看到的一切却未做出评论。他的语调在第六章发生了变化：

---

① 当然，这些与英国国教礼拜节日的一致可能纯粹出于巧合。但是正如我之前所言（参拙作，《斯特鲁布鲁格，慧骃与良善生活》，前揭，页429-431），《格列佛游记》中似乎出现了太多包括日期在内的一致，尽管它们也许都只是巧合，尤其是，这些日期出现的部分恰好又关系到解释格列佛的故事，还包括一些除此之外就说不通的细节描述。例如，拉格奈格国王古怪的玉玺上刻着："一个国王从地上扶起了一个跛脚的乞丐"（《作品集》，页216），这其实是《使徒行传》确实记载过的一件事，而且，格列佛开始第三次旅行那天的晨祷以及他返回英国那天的晚祷，阅读的就是这段经文。这段材料讲的是，彼得如何对一位跛脚的乞丐说："我奉拿撒勒人耶稣基督的名，叫你起来行走"，随后"拉着他的右手，扶他起来，他的脚和踝子骨立刻健壮了"（《使徒行传》3：6-7），之后，彼得向一群人传讲耶稣受难与复活的教义。我与L. J. Morrissey一致认为，斯威夫特在《格列佛游记》中选择的大部分日期，应该都与英国国教的礼拜节日有关，正如格列佛非常钟爱的那种隐密笑话，不过，我认为《格列佛的历程》夸大了事实从而无法说服大部分读者。

② 格列佛评论说，他"看不到一穗麦子，或者一株小草"（《作品集》卷十一，页175），这让人回忆起巨人国国王的看法："谁要能让本来只出产一串谷穗、一片草叶的土地长出两串谷穗、两片草叶来，谁就比所有的政客更有功于人类，对国家的贡献就更大。"（同上，页135-136）

我在政治设计家学院受到了冷遇,照我看来,学院里的教授已经完全失去了理性;看到这种情景我不由感到悲伤。这些郁郁不乐的人正在提出规划:劝说君王按照个人的智力、才能和德性来选择宠臣;教导大臣们考虑公众利益;奖励立下了功勋、才能出众和做出出色贡献的人;指导君王把自己的真正利益与人民的利益放在同一基础上加以认识;提拔力能胜任工作的人担任官职;他们还提出了一些荒诞不经、无法实现的空想,那都是以前人们从来没有想到过的。这使我更加相信一句老话,这句话就是:凡是夸张悖理的事,无一不为一些哲人认为是真理……(同上,页187)

这段话表明,格列佛从小人国学到了东西,但没有从巨人国学到任何东西,此外,这段话还会激发我们来整理一下对于这些"空想"方案的看法与感受。我们仍然期望这些目标吗?抑或是,我们与格列佛一样愤世嫉俗地支持(并且增加)一些好笑又疯狂的"方法,用来治疗各种公共行政机关常犯的所有弊病和腐化堕落,这些弊病一方面是因为执政者犯下了罪行和过失,另一方面也是由于被统治人民放纵淫逸所造成的"(同上,页187)——这些治疗方法的基础岂不是假设王国不可能得到智慧的统治,人民也不可能是好的吗?是否只能在空想的乌托邦主义与疯狂的愤世嫉俗二者之间做出选择?或者还存在某种居间的东西?

在格勒大锥,格列佛看到了小人国与英国发生的退化如何贯穿于整个西方文明。读者们像往常一样,只能自己思考引起这种持续堕落的原因。格列佛"见到布鲁图斯不觉肃然起敬,从他脸上的任何一部分都很容易看到至高无上的美德、坚定无畏的胸怀、真诚的爱国心肠和对人类的热爱"(同上,页196)。他发现布鲁图斯始终与尤尼乌斯、苏格拉底、依帕米农达斯、小伽图和托马斯·莫尔爵士相伴，布鲁图斯的行为和样貌似乎为格列佛提供了一种新的乌托邦模型。格列佛不再讨论政府体制——无论是小人国设想的人民有德性与理性能力的体制，还是他刚刚听说的那些设想人民必定邪恶、不可靠的体制。此刻，他在少数品德高尚之人身上找到了解决"不断堕落的人性本性"的方法，他们与巨人国国王不同，不是品德高尚的国王制定并实施明智的法律，而是通过示范和教诲影响他人。

格列佛是在拉格奈格人告诉他关于不死者斯特鲁布鲁格的故事时，第一次想到了这种乌托邦方法。他愚蠢地设想这些不死者是"古代道德活的典范"，能够教给人民"过去时代的智慧"（同上，页208）。他的推理似乎是，既然斯特鲁布鲁格们肯定在古代生活过，而且正如他刚刚所见，古代欧洲人整体上要比今天更具德性，那么，全体斯特鲁布鲁格人必定就是"古代道德"的化身。随后，他描绘了如果自己能够永生的话，他同他的斯特鲁布鲁格同伴们将如何

> 研究腐化怎样渐渐侵蚀世界的经过。时时警告人类，教导人类，随时反对腐化，因为我们以身作则会产生很大的影响，也许足以阻止历代以来那种令人叹息的人性不断退化的趋势（同上，页210）。

格列佛关于自己作为一个斯特鲁布鲁格将会做些什么的描述，比第二卷中关于火药的描述更有力地刺激我们的思考，并且可能令我们陷入困惑。如果能够永生，我们会做些什么呢？我们会不会发现自己也分享了（或许还更加美化了）格列佛的梦想，梦想我们成为"王国最富有的人"，擅长"一切学术"，并且成为"民族的先知"？我们会不会像格列佛一样，设想永生就意味着"青春常在，永远健康，永远精力充沛"？

格列佛天马行空的幻想透露出，他天真地以为自己将永远保持

年轻与健康。这也表明他对德性的了解何等匮乏,或许他根本就不在乎德性。尽管他见到了布鲁图斯,却自满地将这些"古代道德活的典范"描绘成一群富裕、有学识、见多识广的"格列佛们"(我们有没有在自己的想象里树立道德模范?)。这表明格列佛渴望一种安全、有权势与威望的生活,也容易冲动地脱离其他人。他与他的不死同伴们将

> 亲眼看到许多帝国与小邦发生革命,上流和下流社会的变化,古老城市化为废墟,无名的村庄一跃而为帝王的京城,该是多么令人高兴。看到著名的河流下降为浅水小溪;大海的一边变成旱地,另一边却被海水所淹没;许多现在还不知道的国家被人发现。野蛮民族入侵文明国家,而最野蛮的人却渐渐文明起来。(同上,页210)

他的幻想还表明,这位自称的基督徒几乎从未以基督教的视角看待生命。他理所当然地认为世界没有尽头,完全不考虑《圣经》中随处可见的明确表述,这不禁让人回想起第三卷的勒皮他人担心太阳正在毁灭;此外,格列佛常常思考,"如果我真能长生不老(强调为笔者所加),我应该做些什么,应该怎样度过这漫长的时间?"他完全不顾《圣经》里明确谈到地球上的生命终将结束,也不理睬《新约》里许诺的彼岸的来世。他提到自己"精心选择了这些忠实的朋友",他将和这些人一起拯救世界,避免更严重的堕落,这些朋友"一定是一帮长生不老的弟兄,我要从长辈和同辈中选出十二位朋友来"(同上,页209-210),其实,这反而讽刺地让人注意到了他混乱的世俗观念。他认为凭借一群长生不老的"格列佛们",就可以避免更严重的堕落。可是,这里也不经意间暗示了基督与他的门徒——即基督教——针对人类堕落本性的回应。

格列佛很快发现，真实的斯特鲁布鲁格"性情顽固、暴躁、贪婪、沮丧、虚荣、多嘴，而且丝毫不讲友谊与情爱"，被"嫉妒与妄想"所驱动（同上，页214）。不过，他没有想过，为什么每个斯特鲁布鲁格人就像整个西方文明一样，不仅在肉体与精神，而且还在道德上发生了退化。他在下一章中讲述了自己在日本如何避免被迫踩踏十字架的举动，不过，就像小人国居民对神意的承认一样，他对十字架的尊重也只是一种形式，这反而更加突出了他不理解的东西。他从一开始就避免根据堕落的学说来思考人性的退化，他也不承认，以十字架为根基的宗教——以基督的降生、受死与复活为根基——提供了一种治愈堕落的方法。尽管他是乘着"好望号"开始旅行，并在返家途中停靠过"好望角"，但是，在格勒大锥与拉格奈格看到的事情已经彻底摧毁了他一再复发的幻想（如果自己是一位国王、一位将军或者一位大贵族……我应该做些什么事情，应该怎样度过这漫长的时间）（页209），最后几章也清楚地表明他不具备基督徒所应具备的"希望"。①他已经准备好让令人钦佩的慧骃们来转化自己，与他们一起寻找自己的乌托邦，最后，作为一种终极乌托邦方案的崇拜者不情愿地回到英国。这是要将读者带向何处？格列佛在第四卷中的发现与反应把我们带至何处？

四

格列佛在第四卷遇到了雅虎，后者对他来说成了人类堕落的象

---

① 参 Barker，《从宗教角度解读〈格列佛游记〉第三部分的一项示例》（A Case for Religious Interpretation in Part 3 of Gulliver's Travels），见 *A Festschrift for Professor Marguerite Roberts, on the Occasion of her Retirement from Westhampton College, University of Richmond, Virginia*，Frieda Elaine Penninger 编，Richmond：U of Richmond P，1976，页101–113。

征;他对雅虎与人类关系的思考,每一处都在提醒人们注意堕落的人性。格列佛在第三章发现雅虎在外形上与人完全相似,他还告诉慧骃主人,说自己无法"解释它们堕落的原因与凶残的本性"(《作品集》卷十一,页238)。为什么雅虎比我们更糟?第四章开篇(当格列佛开始描绘欧洲人的行为时),尤其是第七章(当慧骃主人开始反思格列佛对欧洲的描述时),出现了一个不同的问题:为什么人类比雅虎更糟?我们使用自己的"这一点点理性",为什么只会"助长我们堕落腐化的天性,甚至连造物主没有赋予我们的坏习性,竟然也感染上了"(页259)?我们会变成格列佛在前三次旅行中看到的样子?格列佛在第八章中叙述说,即便雅虎"似乎是最不可教导的动物",这种缺陷也并非由于智力不足,而是由于"性情扭曲不服管束","因为他们狡猾、狠毒、阴险而且记仇图报"(页266)。然而,他并没有问,他们为何会性情扭曲不服管束,他也没有思考,看似更易于教导的人类是否与雅虎不同,或者是否比雅虎更加性情扭曲呢?他也没有尝试解释这种差异。

正如弗莱(Roland M. Frye)所言,借助格列佛描绘雅虎的用词,我们可以尝试回答格列佛提出的以及未能提出的问题,因为这些用词"完全类似于(常常雷同于)17世纪的神学家在谈论'肉体'、谈论人因肉体刺激而犯下的罪恶时的用词,这种类似令人印象非常深刻"。[1]在第九章,格列佛说起他听到慧骃代表大会上的辩论,此时他对堕落的描述背后所暗示的故事显然更加明显了。大会辩论的主题是"要不要把雅虎从地面上消灭干净"(《文集》,页271),

---

[1] 参 Roland M. Frye,《斯威夫特的雅虎与基督教关于罪的标志》("Swift's Yahoo and the Christian Symbols for Sin"),载于 *Journal of the History of Ideas*, 1954, April 15, 页 215-216。

这个问题及其提问方式都让人回想起巨人国国王的评判，他曾如此评价英国人："大自然让它们成为在地面上爬行的最可憎的害虫中最有害的一类"；尤其是，我们还记得，格列佛不久前称一个小雅虎是"可憎的害虫"（《作品集》卷十一，页266）。巨人国国王不经意之间替换了上帝在创世第七天所说的话，根据国王的判断，人类把他们自己搞得不成样子，被创造的美好世界也被他们搞得不成样子。作为自然的代言人，慧骃采取《启示录》式的语调说起是否允许雅虎在这个岛屿的地面上爬行奔跑。正如格列佛的描述，这场辩论暗中指向《圣经》的创世故事，并且暗示人类已经堕落成了雅虎，或者说，雅虎恰恰代表了人类的基本发展趋势。

首位发言者让大家回忆起"那个流行的传说，即雅虎在这个国家并不是一向就有的。许多年前，一座山上才出现这样一对野兽；或许是太阳晒热烂泥生出它们，或是海里的泡沫和渣滓变出它们"（同上，页272）。在后来的辩论中，格列佛的主人重申了这个传说，他暗示，最早的雅虎也许像格列佛一样是从海上漂流到这座岛屿，后来"躲在山里，渐渐退化，年深日久，就变得远远比它们祖国的同类要野蛮了"（页273）。这个修改后的故事为慧骃们提供了一种解释，不但能够解释为何存在这些歹毒并且看上去怪异的生物，而且能够支持以阉割的方式消灭它们的方案。更为重要的是，慧骃们关于最早的雅虎的传说，让人想起《圣经》创世的故事。① 不论哪一种是雅虎的真实来历，但就人类而言，他们并非被造时就性情扭曲不服管束，起初人类是好的，但后来犯了罪。由于堕落的缘故，他们出现了格列佛在旅行各处所见的道德退化的趋势，这种趋势会让

---

① 通过用"烂泥"取代"地上的尘土"（《创世记》2：7），这个故事巧妙地融合了创世与堕落。

人设想,人类也许将退化成为雅虎,还可以解释为什么人类在很多方面要比雅虎还糟。

格列佛讲述的故事暗示了创世,但他不懂得这些对《圣经》的暗示,就像他忽视了十字架的真正意涵一样(第三卷,第十一章);他也不懂得人类为什么羞于袒露自己的生殖器;他同样不明白的是,当他将《创世记》明确归之于罪的事情归之于"自然"时,为何会让自己的主人感到困惑。① 他没有从基督教的视角看待其他人,即人虽然堕落了但可以获得救赎。相反,他从慧骃的视角来看待他人:

> 他们从外形和性情上来看就是雅虎,虽然他们比较开化一些,并且具有说话的能力,但是他们只利用理性来增长自己的罪恶,而这个国家里他们的同类兄弟却只具有天生的一些罪恶。(《作品集》卷十一,页278)

他也没有从基督教的视角看待自己。他宣称看到了自身的一些缺陷,比如,"我的主人每天都使我在自己身上发现上千的错误,而这些错误都是我过去从来没有觉察到的"(同上,页258),但他不承认任何天性的邪恶,或者自己的邪恶需要救赎和宗教。他设想邪恶的根源在他之外,并且他将变得德性高尚,只要他能够将自己隔离于"学坏的榜样",凝视慧骃并努力模仿他们。

格列佛与慧骃一起,实现了自己理性主义的、脱离了情感的乌托邦,"把日常生活安排得称心如意",设想自己幸福地"在生活之中安顿下来"(同上,页276、279)。他没有表示出帮助其他人学习慧骃教给自己的东西的兴趣,而且,他似乎不大合理地认为,只有

---

① 《作品集》卷十一,页236;参 Morrissey,《格列佛的历程》,前揭,页16-17。

自己才能从慧骃的教导中获益。甚至在他被迫离开慧骃国时，他宁可去做一个隐居者而非一个传道者。他害怕"沾染上一些腐败的老习惯，因为没有可以模仿的表率使［自己］遵循道德之路前进"（页280），因此，他想要找一个无人居住的小岛，在那里能够"享受思想自由，愉快地思考慧骃们无与伦比的美德，不会再堕入我的同类的罪恶、腐化的渊薮之中"（页283）。他之所以返回家乡，仅仅是因为彼得罗强行营救了他，并且使他相信他不可能找到他期望的小岛。然而，一旦回到英国，格列佛就沉浸在乌托邦方案的改革之中。他期望慧骃们愿意并且能够"多派一些慧骃来到欧洲开导我们，让我们学习关于荣誉、正义、真理、节制、公德、果敢、贞洁、友谊、仁慈和忠诚的基本原则"（页294）。在不存在真实慧骃的情况下，他撰写著作来刺激和引导堕落的读者们进行改革："既然你自命为统治本国的理性动物，那么，读到我所列举的慧骃的美德时，谁不会对自己的罪过感到惭愧呢？"（页292）

这个终极的乌托邦方案与格列佛在第三卷结尾概述的乌托邦一样，只不过是与慧骃而非斯特鲁布鲁格生活在一起，都是通过接受他们的教导与榜样来医治人性。这种方案明显不可行，原因有二：其一，无论慧骃是真实存在还是只出现于书中的描述，他们的德性都太过天然而无法传授给堕落的人类；其二，好的楷模，甚至好人的榜样（正如格列佛最初刻画的斯特鲁布鲁格），很少能使其他人变得更好。

慧骃也许是完美的，他们的岛屿也许是一个真正的乌托邦，但是，很多读者坚决拒绝这种解释。不过，如果确实存在这种完美的、尚未堕落的生物，"生来就具有种种美德……［并且］根本不知道什么是罪恶"，那么，他们的岛屿就像另一个伊甸园，不过，这个伊甸园不存在上帝，也不存在诱惑，除了格列佛感受到的诱惑——他请求自己的主人不要告诉别人关于衣服的事情;此外,格列佛关于人类如何阉割马匹的解释激怒了慧骃主人,他反击说,格列佛体格"笨拙",但后来又采纳阉割这种"简单安全"的方法来解决雅虎问题(《作品集》卷十一,页242 – 243、272 – 273)。除了作为讽刺性的对比之外,慧骃们无法为人类提供任何东西。他们的榜样也许会唤起怀旧的情绪,也许能抑制人的骄傲,但是,他们无法将德性教给那些对他们来说难以做到的存在物。虽然格列佛可能不具代表性,但他们对他的影响显然是一种道德破坏。格列佛宣称,自己学会"对一切虚伪、矫饰的行为感到无比的愤恨"(页259),但是,他发出宣告的这一章充满了含糊其辞的告白以及令人迷惑的沉默,从而削弱了他自称的诚实。他告诉主人,自己旅行的"目的是发财,回去以后就可以靠赚钱养活自己和家人"(页243),却又抛弃了"挺着大肚子"的妻子(页205);他还为自己的失职找到借口,其理由是认为自己的家人

> 从体形和性情上来看实际上就是雅虎,虽然比较开化一些,并且具有说话的能力,但是,他们只利用理性来增长他们的罪恶,而这个国家里他们的同类兄弟却只具有天生的一些罪恶。(页278)。

尽管与主要美德为仁慈与友爱的慧骃们生活在一起,但是,格列佛还是丧失了对待自己同类的一切善意。甚至,当他说自己使用雅虎的毛发捕鸟,并使用"晒干了的雅虎皮"做鞋子时,简直似乎在说非常普通的事情;而且,为了避免我们猜测这些皮是来自死于自然原因的雅虎,他特意告诉我们,自己的船帆使用了"我所能找到的最年轻的雅虎的皮,因为老雅虎的皮太粗太厚了"(页281)。

格列佛的叙述还表明,良好的模范极少能够激发其他人行善,

甚至无法让他们感到羞耻。①巨人国国王在自己的王国维持了和平，但是他的人民却表现出各种常见的恶习。布鲁图斯与其伙伴们的模范并没有明显阻止持续的退化。格列佛在全书中的反应——也许还有读者的反应——表明，自满与骄傲的人可以多么轻易地避开良好模范的影响。例如，在第二卷开始时，格列佛设法使自己看起来在体格上超过那个三十英尺的矮子，称他为"坏小子"，"在王后的接待室里，他总是摆起架子昂然从我身边走过"（《作品集》卷十一，页108，强调为笔者所加），后来，他又认为自己在智力上超过巨人国国王，国王的"很多偏见和一些狭隘的想法"（页133）促使他谴责英国人是"可憎的害虫"，其"死板的教条和短浅的眼光"（页135）导致他鄙视格列佛关于火药的提议。在格勒大锥，格列佛"看到布鲁图斯时不觉肃然起敬"（页196），但他又想当然地设想，自己只要能够永生也可成为古代道德的鲜活模范，能够治愈人类的堕落。他学会了以热爱、尊崇与敬畏之心看待慧骃，并且确实努力模仿他们。但另一方面，他除了嘶叫和踱步之外没有学会别的东西，可是，他却以为自己已经完全与他们一样，并以此来看待其他人，他甚至以屈尊俯就的态度对待彼得罗这个游记中可能最优秀的人："我最后才把他当作一个略有几分理性的动物看待"。②

也许，还有与之前两个理由密切相关的第三个原因，可以解释

---

① 斯威夫特总体来说重视良好模范的价值，但是很少期盼它们会起到作用。甚至在他最极端的乌托邦——《提升宗教与改革礼仪的一项方案》（1709）——也并非依靠良好模范的直接影响而是依靠一种纯粹的奖励体制。

② 关于格列佛根深蒂固的自负的敏锐考察，参Keener，《变化之链：哲理故事、小说与一种启蒙运动中被忽视的现实主义——斯威夫特、孟德斯鸠、伏尔泰、约翰逊与奥斯丁》（*The Chain of Becoming: The Philosophical Tale, the Novel, and a Neglected Realism of the Enlightenment: Swift, Montesquieu, Voltaire, Johnson and Austen*），Columbia UP，1983。

格列佛的终极乌托邦方案为何无法成功:因为慧骃没有宗教。鉴于慧骃天生具备各种德性,所以他们不需要宗教。从小人国开始,格列佛的作品就不断暗示宗教与人类德性之间的关联。但是,格列佛本人却没有理解这些暗示。格列佛详细描述自己在日本如何设法避免踩踏十字架,却又在这个过程中提醒读者,自己多么不在意十字架;随即,他在第四次航行的开始部分又让我们注意到信仰问题,因为他提到自己找了一位罗伯特·漂尔佛依(Purefoy)代替自己作外科医生,这个人的名字暗指纯洁的信仰(pure faith)(《作品集》卷十一,页221)。在旅行的最后,格列佛这位名义上的基督徒抛弃了基督教,成为一个偶像崇拜者,每天至少花四个小时与"两匹年轻种马"待在马厩。他明显脱离了其他人;不过,他在解释家人为何在他返家五年之后还不与他一起吃饭时,他的讲述暗示了英国国教圣餐礼,以此暗示他的家人对他持有一种基督教式的谴责,谴责他的这种疏远行为,谴责他持有另一种人类共同体的生活规范:①"直到现在他们还不敢动一动我的面包,也不敢用我的杯子喝水"(页289)。此外,格列佛愤怒地致信辛浦生,抱怨人们六个月以来没有从书里学会自己在慧骃国两年的持续教导中学到的东西,书信的落款日期1727年4月2日,最终暗示格列佛缺乏宗教观念,因为这一天正是复活节。《格列佛游记》第一版出版于1726年10月28日,这一版的普通读者几乎肯定没有理解该书第三卷的日期蕴涵的隐密讽刺(比如1707年4月11日,耶稣受难日;或者1710年4月10日,复活节后的星期一);但是,格列佛的信件刻意出版于1727

---

① 参 Davis,《斯威夫特对讽刺的使用》(Swift's Use of Irony),见 *The World of Jonathan Swift: Papers for the Tercentenary*, Brian Vickers 编, Cambridge, MA: Harvard UP, 1968, 页164。

年,这时,某些读者可能很容易就会注意到对终极乌托邦方案也就是这本书本身的拒绝,而该书正写于复活节。

五

关于乌托邦是否可能,莫尔在《乌托邦》中的说法模棱两可。在回应拉斐尔关于乌托邦生活的热情描述时,在回应对欧洲人的贪婪与骄傲所引发的基督教式的终极批判时,主人公莫尔首先驳斥了乌托邦的一些制度"十分荒谬",尽管他拒绝他们"公共生活和给养完全无须金钱流通"时的理由明显语带反讽:"单这一点,就让一般人认为一个国家引以为自豪自荣的全部高贵宏伟和壮丽尊严都荡然无存了"。①在结束全书时,莫尔说道,"乌托邦国家有非常多的特征,我虽愿我们的这些国家也具有,但毕竟难以希望看到这些特征能够实现"(《乌托邦》,页247),这种说法要求读者从没有吸引力的东西之中挑拣出有吸引力的,并且思考是否有办法让英国更趋近于最好的乌托邦。

相比之下,《格列佛游记》对于乌托邦持完全悲观的态度。"道德与政治的明智格言"(《作品集》卷十一,页291)并不足够,良好模范也多半不起作用。西方文明一直在不断堕落,人们活得越久通常会变得越发糟。格列佛在等待了超过五个月的时间让自己的作品来改善世界之后,于1727年的复活节写道,自己现在"已经放弃了这样虚妄的计划"(页8)。

《格列佛游记》对乌托邦几乎不抱希望,但它对个体的人则并未

---

① 《乌托邦》,页245。[译按]中译参戴镏龄译本,北京:商务印书馆,1982,页119。

绝望。因为当格列佛离开慧骃国之后，他遇到了彼得罗与其船员。这些葡萄牙水手开始时被归于那些向格列佛射箭的土著人一类，然而，他们并不像格列佛在文明世界常见的那种邪恶化身，相反，他们表现得非常仁慈。这样，他们与将格列佛丢在慧骃国的那些叛变船员有着完全的区别，与格列佛所见的那些性情扭曲的雅虎也截然不同，与格列佛在整个第四卷中描绘的欧洲人也完全不同。他们如同巨人国的国王与布鲁图斯，例外于《格列佛游记》各处关于堕落人性的所有描述，而且，作品此处的例外更加显眼，但令人迷惑。

正如与巨人国国王在一起时一样，当格列佛与这些葡萄牙人在一起时，他并没有意识到真正的例外是什么。他对船员们会说话感到奇怪，却不惊异于他们的言辞"极具人情味"（同上，页286）。当他见到彼得罗时，他奇怪地"发现一只雅虎居然也能这样有礼"（页286），但却没有对这只雅虎的仁慈与耐心感到奇怪。带着自己那些关于德性与人性的顽固看法，他未能将这些葡萄牙人看成希望的标志，自然也就不会去问他们的行为为何如此人道与慷慨。彼得罗与其船员的意外出场，无论能够证明什么看法，比如，"甚至好的雅虎也还是雅虎"之类，①似乎终究使我们有理由期望，十八世纪的普通欧洲人们也能够在简单但关键的方面表现良好。此外，巨人国居民摆脱了"全人类都犯的通病"这一点令人瞩目，同样，这些船员作为文明而不堕落的人的存在本身，也会引发我们去探究这究竟如何可能的问题。

格列佛从未注意到这些葡萄牙人的善良，他也从未思考过他们为

---

① 参 Traugott，《跟随莫尔与斯威夫特的一场前往乌有之地的旅行——〈乌托邦〉与〈慧骃国游记〉》，前揭，页562，对比 Nuttall，《马匹中的格列佛》（Gulliver Among the Horses），见 The Yearbook of English Studies，1988，18，页61。

什么与他遇到的许多人如此不同，所以，他不可能确定无疑地回答上述问题，正如他不可能解释巨人国国王（及其祖父）极为英勇的德性，或者是布鲁图斯及其卓越同伴的德性。然而在本书的这个关键之处，当我们在脑海里回想起人类堕落的图景，想起关于堕落与复活的《圣经》解释的诸多暗示，那么，我们似乎可以推测，彼得罗及其船员之所以是善良的人，也许同他们拥有小人国人、英国人、斯特鲁布鲁格以及格列佛明显缺乏的宗教信仰有关，他们相信人类的一切行为都将在死后的生命中受到奖励或者惩罚。如果这些葡萄牙人清楚地标志着文明人有希望实现德性，那么，他们是否凭借自身力量表明了人类的希望？或者说，他们代表了有信仰的人的希望？因为他们在认识堕落的基础上明白了自己的局限性，他们相信耶稣的复活不只是（像在小人国那里）对葬礼习俗产生影响，也带来对天堂的希望和对地狱的恐惧——这一点正是激发德性的关键所在。

哈蒙德的判断非常恰当："《格列佛游记》中令人称赞的人物——彼得罗、巨人国国王、孟诺第大人、葛兰达克利赤以及格勒大锥的那个令人尊敬的六人小组，都明显比慧骃更具宗教性"。① 问题在于，人类在不具备慧骃那种天生的各种德性的情况下，能否只凭借理性就实现卓越的善良。斯威夫特在《良心的证词》（*The Testimony of Conscience*）中的回答是绝不可能。在解释许多异教徒为何德性高尚时，斯威夫特首先强调他们"对子女进行严厉而恰当的教育"；其次，他们还小心地"将热爱自己国家的原则灌输给子女"；最后，他还补充说，"最值得尊敬的异教徒通常都相信来生的奖赏与惩罚，这是良心得以发挥作用的最重要原则"（《良心的证词》，页155

---

① 参 Hammond，《〈乌托邦〉和〈格列佛游记〉中的自然—理性—正义》，前揭，页460-461。

—156)。

彼得罗及其船员保留了希望——普通人也能为人耐心而慷慨，他们也引致了问题——这些人如何做到如此优秀。他们还带来了一项挑战。乌托邦也许真的没有可能，但是个体的善良，甚至一个善良的群体，却并非不可能，尽管他们显然非常少见，而且可想而知地当然不易做到善良。巨人国为了实现国内和平的乌托邦，凭靠明智的法律与国王罕见的自我克制，但与此不同，上述挑战是每个读者都能有所碰触的。对我们来说，一个船长显然比一个国王的距离要近得多，而且，非常关键的地方在于，全体船员看起来都很仁慈。只有当一个人碰巧在一个恰当的王国当上国王时，才有理由梦想去创造一个巨人国那样的乌托邦。但是，只要看到需要并且看到了道路，我们就全都能够凭借明智的努力，尝试变得耐心而仁慈。

当然我们可能看不到需要，也可能不关心道路。良好的模范很少或者几乎不起作用。我们很容易批评格列佛认为自己比彼得罗更优秀。但是，与此同时，如果我们不能下定决心去接近彼得罗，如果我们设想自己已经像这个例外的好人一样优秀，或者不因自己没有那么优秀而感到惭愧，那么，我们这番判断恰恰证明了我们自身的罪责。我们像格列佛一样盲目、自满，因此而成为斯威夫特讽刺的笑柄，而且，我们甚至和格列佛一样对此毫无觉察。

读者如何回答格列佛未能提出的关于堕落与德性的问题，这一点尤为重要。我认为，斯威夫特显然看重一点：宗教是否在我们的回答中占据重要位置。我们很难简单地解释清楚，斯威夫特为何不直接从基督教视角攻击乌托邦的"异端"，①而是做了一个如此拐弯

---

① 参 Molnar,《乌托邦：持久出现的异端》（*The Perennial Heresy*），New York: Sheed and Ward, 1967。

抹角的基督教布道，奥威尔甚至认为斯威夫特"至少就宗教信仰这个词的一般意义来说，没有表现出信仰任何宗教的迹象"（奥威尔，《政治对抗文学》，前揭，页290）。这其实是斯威夫特常用的手法，即迫使读者自己来提供意义。从这个方面来看，《格列佛游记》与《斯特拉的生日》（Stella's Birthday）形成对比，后者是一篇更为直接的布道。在这首重要的生日诗里，斯威夫特一开始接受无神论者的前提，即"未来的幸福与痛苦只不过是脑海中的发明"，但二十行之后，他将斯特拉比作神意（神意如此关照凡人的等候，保留了最初被造时的样子），三十行之后，他引入了基督教对天堂的期盼：

> 德性在其每天的奔波中，
> 如雅努斯一般拥有两幅面孔；
> 愉快地回望她已经离开的地方，
> 从而带着勇气前去。
> 她将等待虚弱躺下的你，
> 并指引一种更好的境界。

斯威夫特这首诗的意旨是安慰。《格列佛游记》的意图是搅扰，诱导我们暴露自己的自满与道德麻木（比如，当我们读到格列佛对火药的描述，或者他幻想成为斯特鲁布鲁格时的状态），强迫我们选择立场（我们如何就是雅虎一般的动物？我们对慧骃有什么样的感觉？），激发我们做出改变。

无论我们是否发现自己属于理性主义者，即斯威夫特所说的"无神论者、索齐尼派教徒、反三位一体者，以及……思想自由者"，我们都需要回答关于堕落与德性的关键问题，格列佛的故事和我们自己作为读者的参与都会引发这个问题。无论宗教在我们的生活中处于何种位置，我们仍然需要弄清楚，在我们理解了对一切乌托邦思索进行的这种彻底攻击之后,在理解了斯威夫特精心设计的这种对于自满的挑战之后,我们应该如何行为。《格列佛游记》也许是英语世界中被研究最多的文本,书中充满了大量的讽刺,其中一个讽刺就是争论与诠释常常取代了有意义的行动。我们或许会注意到,该书呼吁我们成为真正的基督徒,同时又不断攻击名义上的基督徒。我们或许钦佩斯威夫特的创造力,比如熟练运用生动的语词暗示,将叙事与英国国教的礼拜仪式编织在一起,所有这些都饶有趣味。但是,注意到这些还不够。批评可以扫清地面,但它也可能是逃避或是事实上的不负责任。我们应该反思斯威夫特的文本如此巧妙引发的纷乱体验,然后积极运用我们已经学到的关于我们的社会与历史的知识,最重要的是,运用我们学到的关于自身的知识。

启蒙之前的理性与启示

——沃格林的分析与斯威夫特的例证

山克曼（Steven Shankman）撰

何涛 译

吉尔松（Etienne Gilson）认为，阿奎那的作品达到了"理性与启示的和谐"，①正是这一成就将中世纪与之前和之后的时期区分开来。吉尔松言下之意，当理性与启示真理开始被视为两个互相排斥的领域时，现代时期就开始了，也就是说，当我们面对一种非哲学的神学和一种非神学的哲学时，现代时期就开始了。在历史学家盖伊（Peter Gay）看来，那批法国哲人所期望的正是一种非神学的哲学，他们最直接地开创了我们今天仍然生活其中的这个时代，这就是启蒙时代。本文尝试以一些略微不同的方式，考察人们熟知的启蒙运动所面临的理性与启示真理两大领域关系日益紧张的问题。本

---

① Etienne Gilson，《中世纪的理性与启示》（*Reason and Revelation in the Middle Ages*），New York：Scribner's，1938，第三章。

文的研究对象是斯威夫特,我建议借鉴另一位对启蒙思想的大部分内容持批评态度的人物——沃格林——的看法,借助他对理性与启示的问题的阐释,尝试分析斯威夫特的作品,看看是否可以加深我们对斯威夫特看法的理解。①我将主要根据《格列佛游记》来分析斯威夫特对理性的理解,至于启示,则主要根据他的一些布道词以及《关于宗教的思考》(Thoughts on Religion)。

一

沃格林是历史哲学家,斯威夫特则是位讽刺作家和基督徒,但二人首先都对大部分带有启蒙特质的思想持怀疑态度。例如,二人都警惕那种反思体系的致命吸引力,警惕由一种独创的纯粹实验科学导致的道德短视。他们都拒绝进步主义的历史观,反对现代各种经济学和哲学的唯物主义。简而言之,二人也许都可以被称为基督教人文主义者,②尽管沃格林一方面对基督教的大部分内容表示同

---

① 本文并非最早联系沃格林的作品来理解斯威夫特和18世纪英国的尝试。可参 Martin Price,《斯威夫特的修辞术》(Swift's Rhetorical Art, New Haven, 1953),页89;另参 Ronald Paulson,《斯威夫特〈木桶的故事〉的主题与结构》(Theme and Structure in Swift's "Tale of a Tub"),New Haven,1960;书中许多地方可资参考;以及最近出版的 G. Douglas Atkins,《古代人、现代人与灵知主义》(The Ancients, the Moderns, and Gnosticism),见 Studies in Voltaire and the Eighteenth Century, 151, 1, 1976,页 149 – 166。

② 韦伯(Eugene Webb)写道,"沃格林将自己本人和基督教传统联系在一起,表现在他认为自己的思维方式与孔多塞和杜尔戈这类思想家之间的对立,就像是'基督教人文主义者'和实证思想家的对立"。韦伯接着指出,沃格林承认自己是"一位哲人和基督徒",尤其是一个"基督教人文主义者"。参氏著《沃格林:历史哲学家》(Eric Voegelin: Philosopher of History),Seattle and London: Washington,1981,页222 – 223。韦伯的著作是对沃格林作品的杰出导读。

情，但又不算是通常意义上的基督徒。稍后我将回到基督教的主题，不过我首先想要讨论一下他们是什么意义上的"人文主义者"（humanist），我所谓"人文主义者"是指这些人就什么是理性这个问题的理解与古典保持一致。我们可以比较精确地指明沃格林对这个问题的理解，因为他在自己的《理性：古典经验》（Reason：The Classic Experience）一文中作了澄清。在论文第一部分，我将指出沃格林阐释的柏拉图式和亚里士多德式对理性的理解，这与斯威夫特在《格列佛游记》特别是其中第四次旅行中关于什么是理性这个问题的理解非常相似。这种相似并非偶然，因为沃格林是从古典哲人的文本中推导关于理性的古典认识，同样，比他早两百五十年的斯威夫特也试图发现那种已经遗憾地逝去的关于理性的理解。二人之间有一种直接的历史延续。

在沃格林看来，古希腊哲人发现理性——柏拉图式和亚里士多德式的理智（nous）——是"人类灵魂中的秩序之源"（《理性：古典经验》，页89）。这些哲人并不是局限在他们的研究之中，也不会只是告诉自己，"我现在要来定义什么是理性"。相反，对理性的发现是

> 一个现实化（reality）的过程，人在这个过程当中才能够变得具体，自称为"爱智之人"的哲人对抗他们生活时代中的个人失序和社会失序。这种对抗行动中产生了作为指引认知力量的努斯，它鼓舞哲人进行抵抗，同时帮助他们参照努斯所指引的人类秩序来认识人类失序的现象。（同上，页89）

沃格林对启蒙思想最直接的批评出现在他的《从启蒙运动到大革命》（From Enlightenment to Revolution），Durham，1975。［译按］《沃格林：历史哲学家》中译参成庆译本，吉林：吉林出版集团，2011。

因此，在对抗智术师主导的舆论氛围的过程中，柏拉图阐发了理性的本质。与之类似，斯威夫特在《格列佛游记》中阐发的理性，也是在对抗将在启蒙运动中发展完成的观点，这种日益流行的观点从自我满足的角度来看待人类理性。

沃格林写道：

> 苏格拉底、柏拉图和亚里士多德，在他们对抗时代失序的行动中，体会并探索到了一种构造人类灵魂（psyche）之力量的运动，并且利用它来对抗失序。他们称这种力量以及它的运动所产生的构造为努斯。

因此，亚里士多德特别指出，"人类是一种有反思能力的动物，是'拥有努斯的生物'"（同上，页91）。这种将人类视为有思考能力的动物（zoon noun echon）的看法被缩写为思考动物（zoon noetikon），其拉丁文翻译即人们所熟知且影响极大的理性动物（animal rationale）。因此，从亚里士多德式的探索及其随后的定义开始，在西方传统中，人类开始被理解为"理性动物"。斯威夫特在这一传统的黄昏时刻遇到了这个定义，却没有给他留下十分深刻的印象。正要出版《格列佛游记》之前，斯威夫特致信蒲柏，"我在文献材料中校正了理性动物（animal rationale）这个概念的谬误，并指出正确的说法只能是有理性能力（rationis capax）"（《通信集》卷三，页103）。斯威夫特正确地拒绝使用这个概念，因为它只是一个缩写，而且人们一旦遗忘了这个定义在很久之前出现时的特殊经验，就会产生误解。一旦澄清关于理性的古典经验之后就会发现，斯威夫特将人类描绘为有理性能力的动物（animal rationis capax），这完全契合亚里士多德式的对人类的定义，亦即思考动物（zoon noetikon）。

柏拉图和亚里士多德所阐发的，沃格林称之为"存在的紧张"。

哲人在一种不稳定的状态中经验到现实。沃格林写道，"人类，当他感觉到自己是一个存在者，就会提出关于自己从何处来，到何处去，自己存在的基础和感觉是什么这些问题，这时，他就会发现自己具体的人性"（《理性：古典经验》，页92-93）。人类当然一直以来就是一个提问者，①但哲人决定性地指出，恰恰正是这种提问的意识构成了人性。因此，"疑惑"和"追寻"这类词汇遍布于柏拉图和亚里士多德的著作。例如，在《泰阿泰德》中，苏格拉底说惊异（to thaumazein）是哲学的唯一开端，人类是在惊异的驱使下转向哲学研究的（《泰阿泰德》155d）。而亚里士多德《形而上学》的开场白即"求知是所有人的本性"（980a）。人对自身无知的认识是他追寻知识的起点。众所周知，这种洞察就是苏格拉底接受的德尔菲神谕的意义来源：他是最聪明的人，因为他比其他所有人都深刻意识到自己的无知。正如亚里士多德随后如此解释这种洞察："一个疑惑或惊异的人，总是感觉到自己的无知"（《形而上学》982b18）。

柏拉图和亚里士多德都认为，人类生存在无知与知识的紧张之间。在柏拉图看来，哲人是那些为精灵占据的人（daimonios aner，《会饮》203a），他们意识到自己存在于无知与完全的知识两种状态之间。对柏拉图和亚里士多德来说，人处于哲学探索过程中，就是

---

① 例如《奥德赛》中奥德修斯的返乡旅程，当然它在荷马笔下是一次旅程，但也可以视为一种关于"存在的紧张"的前理论的（我这里指的不是"寓言式"）象征。荷马甚至相当精确地预见了柏拉图学派阐发的沃格林所谓"存在的紧张的终极形式"。奥德修斯为了继续自己的返乡旅程，必须克服抹去意识的诱惑，包括：1、享乐地沉浸在未分疏的特殊性之中（女神卡吕普索）（《奥德修斯》卷十二，行184-191），2、塞壬们允诺给予的完美知识（《奥德修斯》卷十二，行39-46），那些被诱惑接受了的人就会导致灵魂的死亡。换句话说，奥德修斯受到实体化了的两种极端的存在紧张的诱惑。

在培养自身不朽的部分,也正是这种探索帮助人们在人性可能的范围内分有神圣(对比柏拉图《蒂迈欧》90a-b)。亚里士多德写道,"我们不要理会有人说,人就要想人的事,终有一死的你就要想有死之人的事。我们应该努力追求不朽之物,过一种与我们身上最好的部分相适合的生活"(《尼各马可伦理学》1178a),即符合理性(努斯)的生活。

如果人类生存在一种居间状态,生存在不朽与必朽的紧张之间,"那么任何企图将人定义为一种彻底此世的(即完全是终有一死的)存在者的做法,都将破坏其生存的意义,因为这剥夺了他独特的人性"(《理性:古典经验》,页104)。换句话说,人之为人,就是要追求关于存在问题的答案,从而在探求问题的过程中令我们的灵魂不朽。正如亚里士多德在《形而上学》(1073a)中所说,神是"永恒的、不变动的,并且和感官事物相分离";神在其纯粹性之中超越于现实,是神圣的推动者。如果一个人认为自己只是一种纯粹此世的存在,那么,他就会封闭自己的能力,不再能够进入思考的过程——但他至少具有思考的可能。他将停留在一种自鸣得意的无知状态。沃格林关于思考过程的阐释的关键之处,就在于他在《理性:古典经验》和其他作品之中不断警告,"紧张的两极绝对不能被具体化为与紧张无关的客体,它们是在这种紧张之中才被经验为两极"(《理性:古典经验》,页104)。神性与人性,或者说一(to hen)与无限(to apeiron,《斐勒布》16d-e),超越的与此世的,这两极都不是世界之中的客体,甚至也不是认知的对象;它们是柏拉图和亚里士多德经验和阐释这种紧张进程时,对存在的紧张感所进行的象征性描绘。任何试图将这两极视为与一种经验知觉无关的做法,都会破坏居间存在的现实。在《斐勒布》(17a)中,苏格拉底比较了神所认可的思考进程与那种"这些日子以来被认为是智慧之人"的智力活动；苏格拉底认为这种人：

> 在造出他的一或者他的多的时候，不是太快，就是太慢，但终归是不恰当的，他得到了一，马上就趋于无限，远离了（ekfeugei）那些居间的东西，而恰恰是对这些居间的东西的认识，令对问题进行哲学式的讨论（dialectikos）明显重要于争吵式的讨论（eristikos）。

由于人是居间的（metaxy）存在，所以，他提出的那些界定了其人性的问题，就不能还原为关于客观事实的问题，即那些只容许以数字进行回答的问题。这也许是对格列佛的提问意识的恰当定义，不过，古典理性经验中的提问意识，首先就是意识到自己参与那些他试图理解的现实。正如韦伯所言，"在古希腊观念中，努斯从未像关于理智的现代观念那样，是一种超然、中立的沉思或者一种不动感情的计算过程"（《沃格林——历史哲人》，前揭，页96-97）。

让我们回忆一下，格列佛从慧骃国的启蒙之旅返家之后，如何拒绝与家人重聚：

> 我的妻子和家人又惊又喜地迎接我，因为他们都以为我早已死了；但是我必须坦白承认，我看到他们时心里充满了憎恨、厌恶和鄙视；想到要跟他们关系密切就越发觉得他们可恨、可恶、可卑。因为尽管自己遭逢不幸，从慧骃国被放逐了出来，我不得不和雅虎们见面，不得不跟孟戴斯先生谈话，但是我脑子里、想象中还时时刻刻记着高贵的慧骃们的美德和思想。我想到由于我自己曾和一个雅虎类交媾过，结果就成了几个雅虎的父亲，这真叫我无比惭愧、惶恐和恐怖。
>
> 我一到家，我的妻子就把我抱在怀里，并和我接吻。因为

我多年没有接触过这个可厌的动物,所以她这样一来我就昏晕倒地,差不多过了一个钟头才苏醒过来。我写这本书的时候,我已经回英国五年了。回家后第一年,我更不允许他们跟我在一个房间里吃饭。直到现在他们还不敢动一动我的面包,也不敢用我的杯子喝水。我也不让他们中间任何一个抓住我的手。(《作品集》卷十一,页272 – 274)

格列佛深深的疏远感来自哪里?这和关于理性的古典经验有怎样的关系?

沃格林写道,"人类,当他感觉到自己是一个存在者,就会提出关于自己从何处来,到何处去,自己存在的基础和感觉是什么这些问题,这时,他就会发现自己具体的人性"(《理性:古典经验》,页92 – 93)。正如《格列佛游记》开篇所说,格列佛完全不是一个提问者:他是一个正派且颇为乏味的中产阶级守旧者。他作为一个学生,研究医学和航海之类课程,他认为对自己这个有志旅行的人来说,这些将会是"有用的",而且他相信"总有一天"会"交上好运"出去旅行(《作品集》卷十一,页3)。课程中没有神学和哲学。对格列佛来说,婚姻绝非神圣的仪式,纯粹是一项出于体面和经济的考虑而去做的事情,他告诉我们,"大家劝我改变一下生活方式,我就跟新门街做袜子、内衣生意的爱德蒙·勃尔顿先生的二女儿玛丽·勃尔顿小姐结婚,我得到了四百镑嫁资"(同上,页3 – 4)。这就是格列佛自己口中的佩涅洛佩,他在经历漫长艰难的旅行之后回到了她的身边。格列佛当然经验到自己处于一种不安定的状态;这种状态是无法逃避的,因为这就是人的境况,但是,格列佛却多少忽略了这种经验的现实性;他告诉我们,自己"受到自然和运气的诅咒要劳劳碌碌地过一辈子"(同上,页67)。然而这种劳碌没有指向，并且明确说来没有超越性的指向。《格列佛游记》显然不是一部《天路历程》。①格列佛第一次离家远行，不是为了追寻拯救或知识或智慧，而是"为了致富，借此在返家之后养活自己和家人"（同上，页227）。尽管他有更好的判断，但是某种对于旅行的热情却难以打发——这是他对不安定的经验的表现。格列佛在第四次旅行的开始时坦承，"我待在家里跟妻子、儿女一起过了约摸五个月的快活日子，如果那时我懂得怎样才算好日子就好了"（同上）。在斯威夫特笔下，格列佛很大程度上是一个"内在的此世"之人。他不习惯于经验现实性（reality），也就是说，不习惯于经验现实的超越维度，就像斯威夫特笔下的小人国居民，他们发现那个奇怪的机器，我们现代人马上认出那是格列佛的手表，但他们困惑不解。"他把机器放到我们耳边"，一位小人国居民报告说：

> 它却发出不停的喧声，像一座水磨一样。我们猜想这不是一头叫不出名色的动物就是他崇拜的上帝；但是我们比较倾向于后一种说法，因为他对我们说，他无论做什么事，都要向他请教。他管它叫先知，而且说他这一生不管做什么事，都由它来指定时间。（同上，页19）

---

① 十八世纪的读者并未忽视它与这部较早著作之间隐含的对照。在《格列佛游记》发表后不久，阿巴斯诺特（John Arbuthnot）1726年11月6日写给斯威夫特的信中提到，他相信这本书"将会像班扬的作品一样大受欢迎"（《通信集》卷三，页179）。斯威夫特赞赏班扬。他在《写给一位近来获得圣职的绅士的信》（*A Letter to a Gentlemen Lately Entered in to Holy Orders*）中写道，我从《天路历程》中一个章节收获的愉悦和知识，远超过阅读《意志、智力以及简单或复杂观念》的长篇论文（《作品集》卷九，页77）。认为《格列佛游记》是班扬作品中基督徒精神朝圣的一个世俗版本，这种看法就体现在 Morrissey 著作的题目之中——《格列佛的历程》（*Gulliver' Progress*, Hamden, Conn: Archon, 1978），这指明了斯威夫特的讽刺作品与《圣经》的联系。

斯威夫特暗示格列佛彻底沉浸在此世的时间之中,局限了自己在超越性维度上经验现实性的能力。

格列佛在慧骃国的旅行经验使他摆脱了自满。这些神奇物种的体态给格列佛留下了深刻的印象,觉得他们"就像哲人一样",慧骃代表了哲学理念的实现。格列佛告诉我们,他们的"伟大格言"就是:

> 发扬理性,一切都受理性的支配。同时,他们的理性也不像我们的理性那样,会引起争论。在我们这儿,人们很可能就一个问题的两面似是而非地辩论一番。但是它们却会使你立刻信服,它们的理性并不受感情、利益的蒙蔽和歪曲,所以它必然会令人信服。我记得我好不容易才让它明白为什么一个问题会引起争论;因为理性只教导我们去肯定或者否定我们认为是确实的事情;我们既不能肯定也不能否定我们一无所知的事情。所以慧骃根本不知道还有什么辩论、吵闹、争执、肯定虚伪或者含混的命题等等罪恶。(同上,页251)①

---

① 新柏拉图主义者普罗提诺关于辩证法的描述,与这段话惊人地相似,普罗提诺认为,辩证法是在第二实体(努斯)的最纯洁的部分。如同真理使慧骃"立刻信服"一样,无论辩证法呈现什么内容,"都可以凭直觉来认识,就像别的感官知觉(aisthesis)一样,但是它不涉及言辞中并不重要的精确性问题(akribologeisthai),把它们留给研究这些问题的学科。"(《九章集》[*Enneads*, 1.3.5, A. H. Armstrong 译, Loeb 古典丛书,六卷本, Cambridge and London: Harvard and Heinemann, 1968],页161。[译按]中译参石敏敏译本,北京:中国社会科学出版社,2009,页31,译文略有修改)。慧骃凭借直觉认识到真理,而不是屈尊利用"话语的精确性"。格列佛发现,"我费了不少口舌,才勉强使我的主人听明白我的话。它们的词汇不很丰富,因为它们的需要和情感远比我们简单"(《作品集》卷九,页226)。慧骃没有"字母"这一点让人联想到普罗提诺描绘的辩证法进程,当它到达太一时,"它抛弃了关于命题和推论的所谓的逻辑活动,转向另一种技艺,就如它抛弃关于如何写作的知识一样"(《九章集》1.3.4,[译按]中译参石敏敏译文,同上,页30)。

真理可能会令慧骃"立刻信服",但是在纯然必死的存在身上,这种"立刻信服"无疑标志着智识傲慢和刚愎自用;简而言之,它标志着精神上的骄傲,正是这种骄傲导致格列佛在返家之后对自己的家人感到疏远,他"记忆和想象中还时时刻刻记着高贵的慧骃们的美德和思想"(同上,页273)。然而,读者们切不可犯格列佛的错误,将存在紧张的两个极端具体化为极度的无知与知识、人性与神性、雅虎与慧骃。而斯威夫特恰好是将慧骃描绘为具体化的纯粹理性。他们已经达到了不可能的境地。他们直接认识到绝对真理,他们的心灵不受激情或利益的干扰。正由于直接认识到绝对真理,所以他们难以想象什么是撒谎;他们认为人类所谓的谎言"实属乌有"。他们对于所有同类表现出一种普遍的仁爱,因为"自然教导他们热爱整个物种",斯威夫特认为自己无法经验到这种爱(《通信集》卷三,页103),①在这个意义上,慧骃已经达到了神一样的完美理性的状态,因为就像蒲柏在《论人》中所写,"神的爱是从整体到部分,而人的灵魂则是从个体到整体"(《通信集》卷四,页361

① 在之前提到的斯威夫特1725年9月29日致蒲柏的信中,他说:

> 我始终痛恨作为一种职业和共同体的国民,而我所有的爱都是针对个体的,比如我痛恨法律人团体,但我会热爱某个具体的律师。我评判作为个体的医生(我不会去谈论我自己的业务)、军人、英格兰人、苏格兰人、法国人或者其他什么的,但我又在原则上感到痛恨和厌恶那种被称作人的动物,尽管我热爱约翰、彼得、托马斯等等。(《通信集》3,页103)

斯威夫特所说的"乌有之事"可以准确地翻译为柏拉图《智术师》中的"非存在",他的说法也许就是从这来的。柏拉图在《智术师》中,通过修正帕默尼德将真理等同于完全的存在的做法,认为有必要理解介于完全真理与完全谬误的居间状态的存在物。慧骃像帕默尼德一样,将真理等同于完全的存在;在他们那里没有真正存在的谎言(《智术师》236e)。

—362)。借用柏拉图《斐勒布》中的语言：格列佛已经太久地生活在一个没有被分殊为个体——也就是无限性——的世界之中，甚至，一旦发觉自己已经理解了"一"，他就无法返回到居间状态（即柏拉图所谓的 metaxy）中的生活现实。格列佛在自己被慧骃感化之后说道：

> 跟人类的腐化堕落对比，这些杰出的四足动物有许多美德，使我睁开了眼睛，扩大了认识领域，因为我开始用另一种眼光来观察人类的行为和感情，使我感到对待同类的尊严用不着那样谨小慎微。

格列佛接着说，他的慧骃主人"每天都使我在自己身上发现上千的错误，而这些是我过去从未察觉过的……真理在我的心目中是那么可爱，所以我决心为真理牺牲一切……我到了这个国家还不到一年，就十分敬爱当地的居民，决心不再回到人类中来"（《作品集》卷十一，页 242）。

柏拉图的分析与斯威夫特之间的类似可能还要更多。例如，克莱恩（R. S. Crane）将格列佛极端不情愿重返人类社会，与柏拉图在《王制》第七卷描述的洞穴囚徒的经验进行比较，他认识到了《格列佛游记》第四卷的柏拉图底色。洞穴囚徒的脖子从小就被链子锁住，导致他们无法转过头，无法发现他们曾经一直以为真实的东西实际上都是纯粹的投影。囚徒的身后有一堆火，火的前面有一堵墙刚好挡住了那些人，他们举着意见世界的物体来回移动而把影子投射在墙壁上面。曾经有一位囚徒转过头来，发现了这个投影——现实的真实情况，并且爬到了阳光之下。苏格拉底说他将很难再返回到光线昏暗的洞穴生活，这就像格列佛从慧骃的经验返乡一样。赖歇特（John F. Reichert）沿着克莱恩的提示，给出令人信服的证据，证明《王制》对于《格列佛游记》第四卷的影响远远超过其他著作（比如，斯威夫特拥有1578年日内瓦印刷的柏拉图作品集）。我们还可以找到更多的证据。①

这样，格列佛就逃脱了居间状态生活的现实性，逃脱了斯威夫特好友蒲柏在《论人》（页3）中提到的"这种中间状态的地峡"；这样，他就加入了《格列佛游记》中描绘的其他类似种类的人群之中，例如那些陷入沉思而肉体迟钝的勒皮他人，关于这些人，布鲁

---

① 例如，小人国首相的马屁精们为了升职而参与的荒唐游戏，与《王制》第七卷提到的荒唐游戏极具相似性（《王制》516d）。苏格拉底问格劳孔：

> 如果那时在他们中间有任何光荣、赞誉，以及奖赏给最敏于辨识过往东西的人，还有最能记住哪些一贯先通过，哪些紧随其后，哪些和其他的同时出现的人，还有那些因此最能神算接下来会出现什么的人，在你看来，他会渴望它们吗，他会妒嫉那些得到荣誉且在这些人当中拥有权力的那个人吗？（Paul Shorey 译，《柏拉图对话集》[*The Collected dialogues of Plato*, E. Hamilton 与 H. Cairns 编，Princeton, 1961]，页749。[译按] 中译参史毅仁译本，北京：华夏出版社，2017，即出。）

将这段话与斯威夫特在《格列佛游记》第一部分的类似描述比较一下：

> 皇帝手里拿着一根棍子，和地面平行，候选人员一个个依次跑上前去，有时候跳过横杆，有时候在横杆下面来回爬几遍，这完全要看横杆上升或下降的情形而定。有时候皇帝和首相各拿着木棍的一头。有时候也由首相一个人拿着木棍。谁表演得最敏捷，跳来爬去的时间最长，就赏赐给他一根蓝丝线。第二名赏给红丝线，第三名赏给绿丝线。他们都把这些丝线缠两道围在腰间。你可以看到朝廷里的大人物几乎没有人不用这种腰带做装饰的。（《作品集》卷九，页23）

格列佛在第四卷中尚未艰难爬出洞穴并且进入炫目的光照之地，他以未加评判的语调描述了小人国社会的一个侧面。

姆（Alan Bloom）富有洞见地写道：

> 飞岛上的人们一只眼睛朝向内，另一只朝向天顶，他们是完美的笛卡尔式的人——一只以自我为本位的眼睛沉思着自我，一只宇宙论的眼睛探索着最遥远的事物。两者之间的事物，既界定了自我，又界定了研究星空的模式，从前曾是关注的中心，现在则根本不在勒皮他人的视野范围内。①

格列佛在第一卷关于小人国居民的描述，也是对他自己的真实写照，那时的他还没有狂热、真诚地信仰实体化了的哲学理念："他们看得非常清楚，可是看不多远"（《作品集》卷十一，页41）。到了第四卷结尾，格列佛"脑子里、想象中时时刻刻记着道德高贵的慧骃们的美德和思想"（同上，页273），这些美德和思想恰恰被他一直以来无意识地沉浸其中的真实的特殊性排斥在外。在他从沉浸于无限急速地逃向对"一"的真诚信仰时，他就刻意使自己丧失了分享关于理性的古典经验的能力。

二

以上便是我们以《格列佛游记》为反面例子，能够从中推测出来的斯威夫特关于理性的看法。人类更应被定义为有理性能力（capax rationis），而非理性的动物（animal rationale），从斯威夫特对这

---

① Alan Bloom,《〈格列佛游记〉述略》（An Outline of Gulliver's Travels），收于 Ancients and Moderns: Essays on the Tradition of Political Philosophy in Honor of Leo Strauss, Joseph Cropsey 编, New York: Basic Books, Inc., 1964, 页238 – 257。［译按］中译参秦露译文，收于布鲁姆文集《巨人与侏儒》，张辉选编，北京：华夏出版社，2007，页430。

个观点的阐发来看，我们可以认为，他实际上呼吁的是，从与其经验之根断裂了的陈腐的流行定义转身，返回到柏拉图和亚里士多德所阐发的关于理性（noesis 或 ratio）的古典经验。不过，理性只是斯威夫特讲述的故事的一小部分。他并不是一位哲人。他推崇柏拉图，但是，比起柏拉图和亚里士多德，他更怀疑人类是否可以凭借自己的理性上升到阳光之中。可能性更大的情况是，斯威夫特似乎已经发觉，人类会逐渐对自己的居间状态感到厌烦，并且开始教条地信仰某种危险的抽象理论，这只会严重破坏、伤害人类生活于其中的经验现实性。例如，他也许会变成《一项小小的建议》（A Modest Proposal）中的经济规划者，谦卑而愚蠢地建议说，只要实施关于吃掉穷人孩子的利民计划，就可以治愈国家的经济危机。柏拉图和亚里士多德甚至已经认识到，几乎没有几个人有成为哲人的能力，能够坚韧不懈地攀升到阳光之中。不过，在斯威夫特看来，神圣启示的光照已经降给全人类，只要人们愿意承认它。

我已经试图以沃格林分析的柏拉图和亚里士多德关于理性的阐释为背景，来解读斯威夫特的理性观。现在，我将试图处理另一个更困难的问题，沃格林对基督教的启示性经验分析更具有争议，但我将以他的分析为背景，考察斯威夫特对启示的态度。不过，在此之前，我想先以一个争议较少的讨论为背景，考察对理性真理与启示真理之间关系更为正统的处理。至于这种正统的处理，我们最好的方法是求助于吉尔松的《中世纪的理性与启示》。

吉尔松简明扼要的著作划分为三个部分，分别命名为信仰的首要性、理性的首要性（他指的是所谓"自然"理性）以及理性与信仰的和谐。认可信仰之绝对首要性的人当中，公元2世纪的德尔图良是其中一位极端的代表。他们认为哲学是宗教信仰的绝对敌人。不过，奥古斯丁和他的追随者代表了另一类人，他们以更加平衡的态度支持信仰的首要性。在奥古斯丁看来，启示真理的宗教信仰并没有排除人们使用所谓的"自然理性"，相反，它构成了理性知识的出发点："相信那些你可以理解的东西"（《论〈约翰福音〉29：6》）。奥古斯丁的传统在他的追随者中形成了"理性主义"传统，如坎特伯雷大主教圣安瑟伦（11世纪晚期），罗杰·培根（Roger Bacon）（13世纪晚期）以及陆里（Ramon Lull）（卒于1315年）；安瑟伦和陆里曾经试图以数学般的精确，证明基督的道成肉身以及三位一体的存在。

我们有时会认为，文艺复兴标志着一个理性主义重生的时期，从而开启了我们现代的理性占据首要地位的时期，然而，正如吉尔松提醒我们的，12世纪西班牙的阿威罗伊（卒于1198年）具有一种更加古老的理性主义，他试图结合伊斯兰宗教信仰与亚里士多德哲学。阿威罗伊在《论宗教与哲学的和谐》（*The Agreement of Religion and Philosophy*）中认为，启示真理实际上也是哲学真理，只是更容易被那些想象力强于理性的人所理解。阿威罗伊在13世纪的基督教后学把阿威罗伊对哲学的信仰改造成一种所谓双重真理的学说，这种学说鼓励理性与启示的分离。这些阿威罗伊主义者发现，自然理性的结论常常指向一个维度，而启示的结论则指向另一个。但是，他们宣称理性与启示之间并不矛盾，只要我们严格区分那些必然被认为是哲人的人与我们相信是基督徒的人。只要结合了神学上盲目的信仰主义与哲学上的怀疑主义，阿威罗伊主义的立场就不会颠覆基督教。然而，阿威罗伊主义也会导致不信宗教，导致一种对于宗教的理性主义批判，这就预示了法国启蒙运动中的类似批判。吉尔松举1277年的巴黎主教谴责阿威罗伊主义的某个观点为例："建立在胡编乱造之上的神学"（《中世纪的理性与启示》，前揭，页64）。

因此，阿威罗伊主义鼓励理性真理与启示真理的分离，只要阿威罗伊主义坚持哲学怀疑主义与宗教信仰主义的结合，它就能够与基督教相协调；然而，如果信仰者试图以哲学的精确来考察自己的宗教信仰，就会颠覆基督教信仰。在吉尔松看来，正是阿奎那完成了理性与启示的和谐。圣托马斯区分了两种类型的知识，它们需要两种不同的认可：即科学的对象和信仰的对象（《神学大全》，2.5.2）。圣托马斯指出，在我们承认这两个领域的差异之后，仍然会有不少启示真理能够被独立的理性所理解，比如上帝的存在、上帝作为终极因、人类灵魂的存在及其不朽等启示真理。然而，还有一些启示真理超越了人类理性的限度，如三位一体和道成肉身。吉尔松指出，当我们进入晚期中世纪时，只能为信仰所把握的真理随着司各特、奥卡姆的威廉等人而不断增加，直到在16世纪早期的路德那里发展出了针对思辨神学的彻底敌意。路德写道，"亚里士多德的全部学说与神学相比，就像是黑暗与光明的关系"（《驳经院神学论纲》[Disputatio Contra Scholasticam Theologia]，1517）。16世纪的中世纪末期，我们达到了这样一种境地：理性真理和信仰真理的领域几乎被拉扯到无法克服的分离状态，我们一边只剩下一种对哲学充满敌意的神学，另一边则是培根或笛卡尔所代表的纯粹理性的哲学。

在吉尔松勾画的理性真理与启示真理的关系史背景下，我们如何定位斯威夫特的观念？首先必须承认，斯威夫特并不敌视古典哲学。相比于那些支持一种狂热排他的神学主义的基督徒，斯威夫特在《致一位近来获得圣职的绅士》（A Letter to a Gentleman, Lately Entered into Holy Order）中推荐一位年轻人阅读"异教的哲人"。斯威夫特写道，

> 我希望你不仅要宽恕他们，而且还要将他们的作品变成你

研究的重要一部分，我可能还要再大胆补充一些演说家、历史学家，也许还有一些诗人。通过阅读这些作品，你将很快发现自己的心灵和思想得以扩展，你的想象力得到延伸与升华，你的判断力变得有方向，你对别人的钦佩感减轻了，但你的毅力更加强大。（《作品集》卷九，页74）

我之前已经提到，斯威夫特赞赏柏拉图。例如，他在阅读过自己朋友蒲柏的《论人》之后，写信给他说，"在柏拉图那里苏格拉底的思想是最好的，因为那是上帝所允许的或者所造就的……我在多年前阅读过柏拉图之后就一直坚信这一点"（《通信集》卷四，页153）。在前面提到过的《致一位近来接受圣职的绅士》中，斯威夫特关于古典哲人的说法甚至如此出格：

> 我错误地以为，以福音书中的道德内容为基础而整理的论述优于从那些卓越之士的作品中所整理的。甚至连"爱你的敌人"这条神律也是柏拉图极力主张的，我记着他是通过苏格拉底之口所说。

不过，尽管存在这些引人注意的让步，斯威夫特还是认为真理存在于福音书之中，但像圣托马斯一样，通过理性的努力尝试理解信仰奥秘的做法，在斯威夫特看来，不仅毫无意义，而且非常危险。斯威夫特在《关于基督教之优越性的布道》中说道，"基督教因为与异教哲学的混合而饱受伤害"。[①]此外，他在《关于宗教的思考》中的信仰告白认为，"如果说，神学家们不曾在缺乏《圣经》依据

[①] 《关于基督教之优越性的布道》（*A Letter to a Gentle - man, Lately Entered into Holy Order*），见《作品集》卷九，页248。

的情况下过于好奇地将正统信仰缩减到细枝末节的范围,那么,数以千计的人在某些观念上应该是足够正统的"(同上,页262)。斯威夫特认为理性与启示的领域最好相互分开。这也是研究斯威夫特的卓越学者昆塔纳(Ricardo Quintana)的观点。在阐释斯威夫特关于这个问题的看法时,昆塔纳指出,由于基督教的奥秘是由启示所认可的,所以,斯威夫特认为就应该"不带好奇"地接受它们。他还总结了斯威夫特关于宗教的看法如下:

> 至于基督教启示的奥秘,人类的理性纵使摆脱了激情的干扰,仍然被上帝的意志限定在自然的真理之中。位于自然之上的是超自然,是人类知识无法把握的,但可以由基督教的奥秘加以预示。对于理性无力解释之物,我们必须通过信仰来接受。①

昆塔纳接着评论道,这种斯威夫特式"理性与信仰的二分法,在现代作者看来就是斯威夫特宗教体系的核心缺陷"。②

例如,斯威夫特《论三位一体》(On the Trinity)的布道词就几乎没有涉及三位一体的奥秘本身。斯威夫特甚至借助这篇布道词向他的会众宣讲,人类理性不仅不足以理解三位一体的奥秘,也不足以理解其他重要的基督教奥秘。特别是从17世纪晚期开始逐渐形成了一种反三位一体的观念,这在克拉克(Samuel Clarke)的《三位一体的圣经解释》(The Scripture Doctrine of the Trinity, 1712)中达到

---

① Ricardo Quintana,《斯威夫特的心灵与技艺》(The Mind and Art of Jonathan Swift), Chicago and London, 1961, 页151。
② 试图把斯威夫特有关理性与启示二者关系的看法明确归入托马斯主义传统的不同观点,可参Phillip Harth,《斯威夫特与英国国教理性主义》(Swift and Anglican Rationalism), Chicago and London, 1961, 第二章。

了顶峰，这部作品被正统宣布为阿里乌斯派（Arian）。相应地，也出现了一些复杂详尽的为三位一体辩护的作品。为了回应这场论辩思潮，在《论三位一体》的布道词中，斯威夫特认为最好是将三位一体作为一种人类理性无法把握的事实而接受，而不是像有些人做的那样：

> 根据哲学的原则，寻找关于三位一体学说的更深层解释，这种做法已经将争议激化到非常强烈的程度，其引发的顾虑扰乱了许多清醒基督徒的心灵，而原本，他们永远不会考虑这些。（《作品集》卷九，页160）①

吉尔松可以被称为一个托马斯主义者，与他相比，沃格林关于理性真理与启示真理关系的看法就不太正统。首先，沃格林并不接受教父们关于理性真理与启示真理的区分，而西方传统事实上一直以来不加批判地接受了这点。他不接受的理由，部分原因在于，根据自己关于理性的古典经验的解释，他明显看到这种进程与所谓的"自然"理性毫无关系，在柏拉图和亚里士多德那里，所谓追求"理性的"理解，指进入一种"神灵显现的状态"，或者启示的经验。在柏拉图和亚里士多德看来，哲学就是要在人性可能的范围内参与到神圣之中。此外，我们还可以用下面的证据支持沃格林的观点：不只是在基督教之中，而且在希腊的启示经验中，都有关于神灵显现的至关重要的内容。例如，在柏拉图著名的洞穴喻里，囚徒

---

① 关于斯威夫特布道词的神学时代背景的简要且有益的讨论，可参兰达（Louis A. Landa），《斯威夫特、奥秘与自然神论》（Swift, the Mysteries, and Deism），见 *University of Texas Studies in English*，1944，页239-256。兰达教授的论文还包括关于斯威夫特宗教思想中的"正统"问题有用的文献提要。

是在某种未知力量的推动之下转身（periagoge），并且随着这次转身他开始向阳光爬升；理性探究的起点并非一种单纯的意愿；一个人不可能把自己从无知的锁链中解放出来，但是存在这样一种可能性，即一个人可以被神秘地解放（lytheie，《王制》515c），就像这个词在希腊语中的被动构词所暗示的。在沃格林看来，正如理性并非"自然的"，启示也并非由一个实体化的上帝发布的一组超自然信息。对他来说，将理性经验与基督教的启示经验（或者"圣灵"分殊的真理，这种名称来自基督的圣灵，基督教信徒可以有分于这位圣灵）区分开来的，是一种侧重点上的明显转移，而非一种内容上的分殊。在古典和基督教的解释中，人类都经验到自己是在不朽与必朽之间来回移动。并且，它们都使用类似的三重复杂符号来解释这种经验：启示的景象——斗争——拯救。在希腊和基督教经验中都可以找到这三项内容，但是希腊的侧重点是前两项，即启示的景象和斗争，而基督教则侧重于第一和第三项，即启示的景象和拯救。希腊人极为清楚地解释了知觉的构造，即人类的理性工具，借助这些工具，人们可以从身为意见世界的囚徒而经验到的精神死亡出发，向拯救的真理前进。相较而言，基督教不太重视这种知觉的构造，它更强调基督复活景象中的拯救恩典。正如沃格林的简略评论："在圣灵的景象中，重点发生了转移，从人类参与到神的不朽转移到上帝参与到人类的必然朽亡。"①

---

① 沃格林有关启示经验的理性解释和圣灵解释所共享的三重复杂符号的观点，出自于《智慧与极端的魔法》（Wisdom and the Magic of the Extreme），见 *The Southern Review*, Spring, 1981, New Series, XVII, 2, 页 282–283。沃格林认为，保罗看到的（基督复活）异象就其思维过程来说是有缺陷的，这导致保罗产生"期望，明确期盼在不远的未来会出现形体变化的事件"（《秩序与历史》，卷四，《普通的时代》[*The Ecumenic Age*, Baton Rouge, Louisiana State

不过，对于理解前启蒙运动的问题来说，最重要的是沃格林区分两种理解：一是关于基督教真理或者说圣灵分殊的真理的学说性（或教条性）理解，一是存在论（或经验性）理解。②例如，在教条

Univ. Press，1974]，页240，参《普世的时代》第五章。沃格林写给舒兹（Alfred Schutz）的一封信中讨论道，基督教与柏拉图的"解放"所象征的恩典经验以某种方式有着彻底的区别，该信收录出版在《秩序的哲学》(*The Philosophy of Order*)，Peter J. Opitz、Gregor Sebba 编，Stuttgart：Kett – Cotta，1981，页450。

② 有必要澄清一下沃格林所说的"经验性"理解，他的说法不同于洛克和休谟这些感觉论所强调的内容，后者倾向于将经验等同于原始的感官数据。正如韦伯所指出的那样，沃格林所谓的经验，颇为类似于亚里士多德在《形而上学》第一卷中的概述，亚里士多德把经验描述为介于纯粹的数据与完全恰当的感官知识之间的一种认知方式。根据这种看法，经验可以被描绘为一种紧凑、含蓄的认知方式，需要通过批判性的反思来形成完全意义上的知识（《沃格林，历史哲学家》前揭，页53 – 54）。桑多兹（Ellis Sandoz）写道，沃格林使用的"经验"，"包括了人类意识的整个领域，不能被缩减为单纯的感官知觉"（《沃格林革命：传记性引论》，[*The Voegelian Revolution：A Biographical Introduction*]，Baton Rouge and London，Louisiana State，1981，页23 – 24 ［译按］中译参徐志跃译本，上海：上海三联书店，2012）。沃格林关于经验性基督教与学说性基督教的区分，相当准确地对应于基督教传统本身，例如，可以最早追溯到教父时代神秘神学与教条神学的紧张关系，关于此问题可参桑多兹记载的沃格林本人的评论，《沃格林的思想：一项批判性评价》(*Eric Voegelin's thought：A Critical Appraisal*)，Ellis Sandoz 主编并撰写导论，Durham，N. C：Duke，1982，页190。也可以比较下文将提到的托马斯主义有关没有生命的知识与有爱的信仰二者的区分，参见《神学大学》2 – 2，q. 4，a. 3 – 6，q. 6，q. 23，a. 6，a. 8，以及可比较佩利坎（Jaroslav Pelikan）讨论的消极的或否定性神学与积极的或肯定性神学的区分，参见《基督教传统：学说发展史》(*The Christian Tradition：A History the Development of Doctrine*)，三卷本，Chicago：Chicago，1971，卷一，页347 – 348，以及卷二、页30 – 32、页54 – 55、页258 – 59、页264 – 270。还可以比较斯威夫特本人在《论英国不应废除基督教》(*An Argument Against Abolishing Christianity*) 中关于"名义上的"基督徒与"真正的"基督徒的区分。

神学看来，首先在公元325年的尼西亚大会，随后是在451年的卡尔西顿大会正式确认了道成肉身学说，以反对阿里乌斯派基督不是神而只是一个人的主张。卡尔西顿信经坚持认为，基督结合了神圣和人性这两种本性。自卡尔西顿会议以来，正统思想就是当时所宣布的教义内容。这个教义曾经以教条的形式服务于传播使徒关于基督神性的经验，但是，对于那些已经接受教义的人来说，就没有必要在他们的灵魂中唤起这种经验。在沃格林看来，过去有些人在耶稣这个人身上经验到神性的显现，如果有人重现了这种经验，那么，基督神性的问题就可以肯定性的方式得到解决。例如，《马太福音》16章13-20节，耶稣问彼得认为自己是谁，彼得回答说"你是永生神的儿子"，对此耶稣回应说："这不是属血肉的指示你的，乃是我在天上的父指示的。"此外，在《约翰福音》6章44节，耶稣说："若不是差我来的父吸引人，就没有能到我这里来的。"沃格林对这两段话解释如下：

> 除非上帝存在，而上帝之子作为人，不必变得不真实就可以达到存在的真理，否则，上帝之子就不存在，而且，上帝之子无法被其他人认识，除非他们在他身上"看到"上帝的完全显现，他们根据上帝的显现令他们现存的运动变得有秩序。（《智慧与极端的魔法》，前揭，页282）

在沃格林看来，那些将反思怀疑投向基督神性的人们所犯的哲学错误，就是把一项经验问题变成了哲学命题。人类生活在居间状态（mataxy）之中，即一种人类经验与神圣经验两极的紧张状态之中。因此，"神性"并不是指一个人们可以断言其存在与否的世界中的一种客体；"神性"象征性地代表了存在的紧张中的一极。一种试图设想神性及其特质的宗教教义，只要它引导人们反思教义中的象征含义，就会有助于自身的目的。一个人通过沉思例如卡尔西顿信经这种宗教教义，就能够从圣托马斯所说的"没有生命的知识"转移到"有爱的信仰"，从"通过教会的教导，恰当地但尚未成熟地朝向上帝"，转移到"灵魂彻底朝向上帝，不只通过关于他的正确教义，还通过灵魂所经验到的他的爱"。①但是，如果一项教义被接受为一种关于此世对象的命题陈述，那么，终究有一些人会将这种命题视为谬误而加以拒绝。

根据基督教真理的教条理解和存在性理解的区分，至少从其公开陈述来看，斯威夫特应该被归为教条主义者。我们可以毫无困难地设想，斯威夫特有能力在自己的灵魂之中重现前人的经验，即经验到基督之中的神性显现；然而，在进行这种想象性重现时，对任何可能动摇既有信仰的教义基础的尝试，斯威夫特都持敌视的态度。他的敌视并非没有严重的刺激。血腥的清教徒革命是斯威夫特刚刚经历过的历史，在他看来，清教徒宣称的他们关于圣经的"存在论"理解，只不过就是换了另一种名称的狂热的主观主义，他们把自己的理解视为绝对真理，进而强加给那些不像他们那么确定的人。斯威夫特在其《关于查理一世受难的布道词》（*Sermon upon the Martyrdom of King Charles*）中认为，如果一个人

> 自己获得了任何新的异象，他有义务保持安静，并且默默

---

① 此处圣托马斯"无生命的知识"与"有爱的信仰"相关概念（《神学大全》2-2，q.4，a.3-6，q.23，a.6，a.8）的简要解释引自韦伯的作品（《沃格林：历史哲学家》，前揭，页281-282）。韦伯在《沃格林：历史哲学家》一书（页189、219-220、262-264）以及论文《沃格林的启示理论》（Eric Voegelin's Theory of Revelatio，收于《沃格林的思想》，前揭，页168-169）中也讨论了这种托马斯主义的区分，后一篇论文最早发表于 *The Thomist* 42（1978），页95-110。

持守，而不要以一种想要改宗的狂热情绪扰乱共同体。这就是过去那些清教狂热分子的愚蠢和疯狂之处：他们一定要颠倒天堂与人间，破坏上帝与人类的一切律法，将自己的国家变成一片血泊，传播他们脑海中产生的不论多么奇怪野蛮或邪恶的想法，宣称他们一切荒谬亵渎的行为都是来自圣灵的教导。①（《作品集》卷九，页227）

即使斯威夫特能够在自己的灵魂中重现使徒的经验，他也肯定不会要求其他希望自视为基督徒的人也做到这一点。例如，关于基督神性的问题，斯威夫特在他的《关于宗教的思考》中如此坚定地回应：

> 想要消除宗教中的基本意见是不可能的，无论那些意见是真是假，这种尝试都是有害的，除非你承认想要同时废除这个宗教。因此，比如关于基督神性的著名学说，自康士坦丁大帝及其后继者对阿里乌斯派的谴责以来，已经为所有基督教团体普遍接受。为什么索齐尼派（Socinian）的做法既无用又错误呢？因为他们除了在此世制造怀疑和动乱之外，永远无法发展自己的意见或者取得任何成功。……当信仰上的缺陷无法克服时，就应该掩藏这个瑕疵。（《作品集》卷九，页261）

从斯威夫特这段话来看，基督神性的问题与如何解决一种或真

---

① 斯威夫特这里似乎想到了胡克《教会组织法》（*Laws of Ecclesiastical Polity*）前言中的一段话，胡克说，清教徒相信他们的教义"必须被接受，尽管接受了这种教义之后，世界将被彻底颠覆"，参《教会组织法》（*Laws of Ecclesiastical Polity*），London and New York：J. M. Dent and Sons, Inc. and E. P. Dutton, Inc, 1907, 卷一，页132。斯威夫特对于狂热和虚假地宣称受到启示这类行为更著名的攻击，出现在他的《木桶的故事》和《论圣灵的机械运转》之中。

或假的意见有关。他实际上也暗示说,这个意见可能确实是假的,然而情形如此,为了维持社会秩序和精神秩序,最好在内心隐藏这种看法。斯威夫特有充分的理由担忧社会秩序和精神秩序的维持,不过,斯威夫特没有为了寻找一种解决问题的方法,尝试返回那些在基督身上看到"上帝之子"的人的所谓经验。在斯威夫特看来,至关重要的是,正确学说得到了应有的赞成。然而,当我们把目光逐渐从前启蒙运动转向启蒙运动本身时,会看到这种赞成并未出现。按照沃格林的说法,到了18世纪,

> 象征与经验之间的鸿沟已经变得太深,理性和现实的约束标准甚至已经不复存在。衰退的教义、形而上学还有神学都严重失去了信誉,它们再也无法充任一种有约束力的权威,另一方面,理性和圣灵的创造性经验被深深地埋在千年学说的堆积之下,复苏它们所要面对的巨大困难,已被证明远远超越过去所有人的预想。(《普遍的时代》,前揭,页266)

因此,生活在一个日益理性主义的时代之中,斯威夫特感到最好不要将基督教的奥秘放在理性的审查之下,以免自然神论者之类的理性主义信徒将它们当作纯粹的虚幻之物而意欲废除。在18世纪伟大的基督徒作家那里,到处都可以发现这种不愿讨论基督教信仰奥秘的态度。虔诚且精神敏感的约翰逊(Samuel Johnson)对宗教题材的诗歌感到极度不安,并严厉批评弥尔顿的《利西达斯》(*Lycidas*),因为它将"轻浮的虚构"掺进了"最严肃和圣洁的真理之中,后者绝不应该受到那些无关混合物的玷污"。[①]蒲柏这位虔诚的天主

---

① Samuel Johnson,《弥尔顿生平》(Life of Milton),见 *Lives of the English Poets*,三卷本,G. B. Hill 编,Oxford:Clarendon Press,1905,卷一,页165。

教徒写下了一本名为《论人》的神正论作品，但其中没有具体涉及基督教的内容，因此，有人指控这部作品是自然神论，不过从他在《愚人志》(Dunciad) 第四卷中的尖刻评论来看，他对自然神论者非常厌恶；①蒲柏最直接涉及基督教的内容也许出现在《致巴瑟斯特》(Epistle to Bathurst)，主要是信中关于罗斯人的描述。②小说这种文学形式的发展，逐渐将视野局限到纯粹的世俗维度：在《弃儿汤姆·琼斯的历史》(Tom Jones) 中，菲尔丁（Henry Fielding）还能欣然迎接试图协调特华康先生的极端神学主义与方正先生极端哲学主义时带来的挑战；到了简·奥斯汀时就不再谈论这种问题了。

斯威夫特不愿将基督教奥秘放到理性的判断之下，因此，我们就不会在他的文学作品中发现那种奥秘的一系列象征，不同的做法则出现于中世纪晚期但丁的《神曲》、文艺复兴晚期的邓恩与弥尔顿，或者更近一些与斯威夫特同时代的卫斯理兄弟的圣诗。然而，斯威夫特是一位虔诚甚至有些教条的基督徒，而且，他的基督徒品性在那些伟大的讽刺作品中有生动、深刻和非教条性的表现。

首先，即使斯威夫特不愿探究基督教的奥秘，他仍然是一位描写基督教真理如何受到世俗歪曲的大师。正如前文所述，《格列佛游记》显然不是《天路历程》。在旅行的结尾，格列佛并没有经验到

---

① 参见《论人》(An Essay on Man)，Maynard Mack 编，London：Methuen & Co. Ltd.，1950，页 487-492，蒲柏谴责了沙夫茨伯里（Shaftesbury）和廷代尔（Matthew Tindall）。新近一篇试图解除对蒲柏的自然神论指控的公允研究，参 G. Douglas Atkins，《蒲柏与自然神论：一项新的分析》(Pope and Deism：A New Analysis)，见 Huntington Library Quarterly, 35, 1971-1972，页 257-278。

② 参《致巴瑟斯特》，249 页及以下。沃瑟曼伯爵（Earl Wasserman）讨论了蒲柏刻画的罗斯人对基督的影射，参《〈致巴瑟斯特〉：一项结合手稿的批判性解读》(Pope's "Epistle to Bathurst"：A Critical Reading with an Edition of the Manuscript)，Baltimore：Johns Hopkins，1960，页 42。

飞跃进入精神上的存在,而是转向了精神上的骄傲。因此,《一项小小的建议》中的提议者把自己呈现为无私的人类救星,但实际上,他的提议却是以大屠杀吃人的办法来拯救国家,也就是说,把它看作纯粹经济层面的问题。或者考虑一下《毕克尔斯塔福—帕特里奇论战》(*Bickerstaff - Partridge Papers*)之中似乎完全时事性并且相对轻松的例子。当斯威夫特在《论三位一体》的布道词中说道,"我们的救主称上帝之国是一个谜"(《作品集》卷九,页162),这时,他重述了由圣奥古斯丁阐释的影响极为深远的观点(《上帝之城》20.7-9),即上帝之国应该在一种精神的和非历史性的层面上理解。①有人宣称,上帝之国就将在历史时间中不远未来的一个可预测的日期到来,完成其终末的未来,但在斯威夫特看来,这些人只是假装自己看透了奥秘而已。这些亵渎者包括宣布共和国只属于"基督及其圣徒"的清教活动家,包括他们近期的后继者——这些人都变成了斯威夫特讽刺作品的攻击对象。这些后继者们不只包括那个提出小建议的人,这位明确宣称自己已经看到了应许之地的人,还包括公然自称不守国教的帕特里奇(John Partridge)(《作品集》卷二,页155),他吹嘘自己能够预测自己的终末之事。在斯威夫特看来,他就是一个精神上的死人,尽管这个死人会愤怒地提出相反的论断。②

---

① 根据科亨(Norman Cohn)的看法,圣奥古斯丁的反千禧年主义要早于3世纪的俄利根,"也许是古代神学家中最有影响的",他"开始把天国看做一个并不是发生在空间或时间之中的事件,而是只发生在信徒的灵魂之中"。参《对千禧年的追求》(*The Pursuit of the Millennium*, 1961), New York: Oxford, 1977,页29。

② 毕克尔斯塔福(Isaac Bickerstaff [译按] 这是斯威夫特针对帕特里奇刻意编造的笔名)写道:

> 我只是要证明帕特里奇先生不再活着,就没有必要就他的死亡时间问

其次，关于人类，斯威夫特给出了一个非常不讨喜的看法，如果某位读者在思考基督教的抉择问题，但很可能会在阅读了《格列佛游记》这种作品之后，他自己选择了基督教。卫斯理向他们的会众诵读斯威夫特关于雅虎的描写，并非没有缘故，而是为了让他们认识到原罪的现实。《格列佛游记》的读者们很可能得出结论认为，诚实地献身于追求一种可以理解为理性的生活，肯定无法获得精神上的健康，更不用说获得永恒的拯救。换句话说，雅虎尽管可以努力，尽管意图向慧骃看齐，还是无法令精神健康。斯威夫特认为，即使雅虎努力尝试，甚至非常迫切地尝试，也只会像《格列佛游记》最后的格列佛那样，不断受到骄傲的折磨。斯威夫特坚持认为，只有通过信仰上帝对我们的仁慈接纳，通过基督救赎人类的致命缺陷，人才可能获得精神健康。一个生活在18世纪的人，如果试图跟上潮流，阅读关于三位一体或者反三位一体的作品，他很可能感到自己可以自由地同意或者不同意基督论教义这种或者那种观念。然而，一个阅读完《格列佛游记》的人，却可能深刻意识到精神拯救的必要；他未必一定会因此而选择同意基督教的学说，但是，他几乎肯定会特别容易在存在论的意义上对《新约》产生迫切的阅读需要。

题来进行鉴定。我的第一个论据是，上千名绅士购买了他今年的历书，只是为了找到他所说的反对我的话。他们在阅读每一行时都会瞪大眼睛并且在愤怒和笑声中喊叫道，他们确定没有活着的人能够写出这种该死的东西。我也从未听到上述意见遇到争议，因此，帕特里奇先生处于这样一种困境，要么否认自己与历书的关系，要么让自己成为死人。第二，所有哲人都将死亡定义为灵魂与肉体的分离。现在可以肯定，那个可怜的女人在临近的小巷走一段时间并且接触一些流言，就足以发现，她的丈夫既没有生命也没有灵魂。因此，如果有一具行尸走肉仍然在人群中漫走，那么它很高兴称自己为帕特里奇。毕克尔斯塔福先生认为自己不需要对此作出任何回应。(《斯威夫特文集》[*The Writings of Jonathan Swift*], Greenberg 和 Piper 编, New York: Norton, 1973, 页 438–439)

因此，斯威夫特和沃格林都希望保存基督教的存在论精髓。与他们的努力截然不同的就是启蒙运动这个巨大的分水岭。在其明确的神学论述中，斯威夫特热情捍卫基督教的相关教义，因为他担心理性主义批判将同时摧毁制度化宗教与信仰的现实。自斯威夫特的时代以来，这种理性主义批判当然已经取得了极大的成功。沃格林希望通过质疑那些人的前提来恢复信仰的现实，他们在攻击基督教教义的同时，那些教义最初产生时呈现的精神拯救的经验，已不再能为人们所体会。

古典作品研究

隐秘的颂词

——尼采读卢梭

菲尔德(Laura K. Field) 著
冷昕然 肖羽彤 译

真正智慧之人不自觉地将其敌人理想化,从他的反对意见中去掉所有缺陷和疏忽:只有当他的敌人通过这种方式变成了一位荷枪实弹的神,智慧之人才与他作战。(尼采,《朝霞》,节431)①

把各种因素集拢起来,确定这些因素所构成的人是什么样的人,这都是读者的事情;结论应该由读者得出。这样,如果读者下错了结论,一切错误都由他自己负责。(卢梭,《忏悔录》,页184)②

---

① [译注]作者引用尼采时使用章节号,引用卢梭时使用英译本页码。故中译文略去作者列出的尼采英译本,保留作者列出的卢梭英译本。同时,尼采和卢梭的中译文,均参考中译本译出,并仅在首次出现某一部著作时标出中译本信息。《朝霞》中译参田立年译,上海:华东师范大学出版社,2007。

② 卢梭,《忏悔录》(*Confessions*),Christopher Kelly 译,Hanover,1995。[译注]中译本参李平沤译,北京:商务印书馆,1986。

关于卢梭和尼采之间实质性的对立，学界有丰富的研究，尤以涉及政治时为多。卢梭自称"日内瓦公民"，尼采则自诩"第一位优秀的欧洲人"，在政治变革、人类不平等、政治文化、公民权等本质问题上，二人观点都完全不同。《社会契约论》的作者卢梭具有革命性，呐喊着倡导平等主义情感（sentiment），反对启蒙理性，也是文化浪漫主义之祖；至于尼采，则强烈批判法国大革命，在一个日益民主化的世界上坚定捍卫贵族式感情（sensibilities），并创造了一种新肃剧式的、反浪漫主义的世界观。那么，尼采的思想遗产中含有对卢梭的尖刻批评，大概丝毫不会令人惊讶。对于他口中"道德毒蜘蛛"、"狂热者"、"流产胎儿"、"理念论者和群氓的复合体"的卢梭，尼采强调自己对他的诸多异议，并集中修辞火力来对付他，这种态度散见于尼采公开出版作品的许多地方，且在其晚期著作中达到顶峰（参尼采，《朝霞》节3－4；《偶像的黄昏》节48）。① 正如安塞尔－皮尔逊（Keith Ansell－Pearson）所言："尼采为卢梭式的人创作了一幅肖像，最终沦为漫画。"② 梅罗（Kathleen Merrow）更细致地论证了尼采如何凭借卢梭表达对当时政治的诸多不满："卢梭"在尼采的口中代表着18世纪欧洲一切成问题的事物，从平等之爱和自由国家，到柏拉图—基督教式的理念论以及怨恨。③ 因此，尼采不满足于仅提出异议，而是视

---

① ［译注］《偶像的黄昏》中译参见卫茂平译，上海：华东师范大学出版社，2007年。
② Keith Ansell－Pearson,《尼采反卢梭》（Nietzsche Contra Rousseau），Cambridge, 1991, 页49。［译注］中译参安塞尔－皮尔逊，《尼采反卢梭》，宗成河译，北京：华夏出版社，2005，页55。
③ Kathleen Merrow,《"以……之名"：尼采文本中的卢梭，或如何不让革命发生》（"In the Nature of..."：Rousseau in Nietzsche's Texts, or, How One Makes the Revolution Not Happen），载于 Rethinking History 8, 2004, 页223—245，参页224、237。

卢梭为一幅哲学布景,他对卢梭的呐喊式抨击,一直以来都标明了二人之间的实质性鸿沟。

然而,从我们这个新世纪的视角来看,卢梭和尼采似乎并非只是简单的哲学对手。归根结底,在对历史主义问题的关注中,以及在对人类心理的深思之中,他们都是一致的。他们一致忧虑现代理性主义的阴影、现代文化的卑琐以及现代道德的脆弱。他们也都是卓越的文体修辞家,共同致力于一类能吸引各种人类心灵参与的哲学——大众的、文学化的哲学。最后,在其各自的自传描述里,他们都代表着现代的另一种生活方式。因此,卢梭和尼采都诊断了现代性,且都付出了大规模的努力,即通过写作和出版哲学手稿来实现文化改造;在这些方面,若撇开他们所有的分歧,二人之间有一种深层的亲近关系。

确实,考虑到所有这些密切关系,尼采对卢梭的批评便显得格外刺耳。德里达(Jacques Derrida)提出了一个留待我们解决的问题:"既然二人中一个如此贬低另一个,那么,调和这两个值得赞赏的人物,或者说这两种个性",如何成为可能?①如果我们考虑到学界的主流观点,那么,这个问题会显得很严重;学界的主流观点就是,尼采几乎从不阅读卢梭,即便阅读,也不会带着赞同态度去阅读。例如,安塞尔-皮尔逊论证道,"对于卢梭的思想,对于卢梭思想的复杂性和矛盾性……尼采既没有进行精细的阅读,也没有进行

---

① Jacques Derrida,《多义的记忆——为保罗·德曼而作》(*Memories for Paul de Man*),New York,1986,页128,引自 Ruth Abbey,《中期尼采》(*Nietzsche's Middle Period*),New York,2000,页200,注20([译按]《多义的记忆》参蒋梓骅译,北京:中央编译出版社,1999)。关于卢梭和尼采之间相似性的精彩论述,参 Ansell-Pearson,《尼采反卢梭》,前揭,页28-31;Katrin Froese,《卢梭和尼采:走向一种审美的道德》(*Rousseau and Nietzsche: Toward an Aesthetic Morality*),New York,2001,页1-3。

富有智性的阅读"。①布洛约尔（Thomas Brobjer），这位研究尼采阅读习惯的前沿专家，从尼采现存藏书中为这种说法找到了证据。②他们一致同意，尼采对卢梭的评价不仅是负面的——这种负面性具有压倒性和持续性——而且是基于对文本的无视。③相比之下，梅罗更宽容，也更严苛：她复杂而极端地断言，尼采对卢梭的处理源于对卢梭式怨恨的正确评价，而且尼采的批评之严厉是尼采自己相应的怨恨的体现。④因此，在这些学者看来，尼采对卢梭的阅读或是幼稚且流于表面，或是反动且工于心计（manipulative）。

拙文要重新讨论卢梭和尼采之间的关系，并向近乎权威的观点提出挑战，即尼采对卢梭几乎没有喜爱可言。我认为，在对卢梭完全负面的的批评之外，尼采也铺设了一条和解之路。我的理解是基于悉心思考《朝霞》第五卷，而《朝霞》恰恰是一部太受忽视的尼

---

① Ansell‐Pearson，《尼采反卢梭》，前揭，页 16，亦参页 20。

② 参 Thomas Brobjer，《尼采的哲学语境》（*Nietzsche's Philosophical Context*），Chicago，2008，页 62，页 145 注 7。Brobjer 注意到，尼采藏书中唯一一部卢梭作品是一套破旧的九卷本《忏悔录》（同上，页 62，页 145 注 7）。Ansell‐Pearson 认为，尼采对卢梭的阅读仅限于《爱弥儿》和《忏悔录》，可能也有《新爱洛漪丝》（*Julie*）（Ansell‐Pearson，《尼采反卢梭》，前揭，页 20，页 234 注 7）。

③ 参 Brobjer，《尼采的哲学语境》，前揭，页 62；Ansell‐Pearson，《尼采反卢梭》，前揭，页 30。

④ Merow，《"以……之名"：尼采文本中的卢梭，或如何不让革命发生》，前揭，页 242，页 243 注 6。Merow 此处的论证与 Daniel Conway 的论著一致，后者认为，一种个人无能为力的感觉造成了尼采晚期作品的极端。参 Daniel Conway，《尼采的危险游戏》（*Nietzsche's Dangerous Game*），New York，1997，页 2；Daniel Conway，《被缚的奥德修斯》（*Odysseus Bound*），载于 Alan Schrift 编，《为何仍是尼采》（*Why Nietzsche Still*），Berkeley，2000，页 41。不同于 Merow 和 Conway，Ansell‐Pearson 论证道，尽管卢梭的确受制于怨恨，但尼采有能力把自己从怨恨中解放出来（Ansell‐Pearson，《尼采反卢梭》，前揭，页 8）。

采中期作品。①《朝霞》告诉我们，尼采不仅对卢梭持有正面评价，而且他的评价是基于悉心且长期思考卢梭全部作品中某些最重要的主题。认为尼采总体上排斥卢梭的学者们不幸犯了一个普通错误，即基于尼采的晚期著作来概括他的观点。②《朝霞》中的尼采心理上与卢梭相当一致，且对他深为赞同。艾比（Ruth Abbey）有说服力地论证道，某种程度上，通过尼采与过去伟大思想家们的对话式交流，中期尼采使我们有机会窥见他"正在变成他之所是"。③这篇文章还有更具体的论证：尽管尼采对卢梭的批评广泛而严厉，但他实际上是卢梭的杰出弟子——尤其师从于《忏悔录》。卢梭曾断言，他的自传永远是"哲人们的珍贵著作"（卢梭，《忏悔录》，前揭，页589）。我认为，在尼采身上，可以发现《忏悔录》的印记。

当代学者为弄清尼采作品的分期，尤其是"中期"尼采的含义，还付出了更广泛的努力，我的论证也是这番努力的一部分。了解尼采作品的发展轨迹，对理解他作为政治思想家的发展历程至为重要。④正如其他人所注意到的，中期作品独树一帜，具有探索性和沉

---

① 关于此书受忽视的简史，参 Maudemarie Clark 和 Brian Leiter 为 Hollingdale 译本写的导言（导言，页 vii – viii）。

② 参 Abbey,《中期尼采》，前揭，前言，页 xiii。

③ 同上，前言，页 xv，页 142 – 156；关于这个主题，也参 Brobjer,《尼采的哲学语境》，前揭，页 95。

④ 若要总揽当代对尼采政治学的思考，参 Herbert Siemans 和 Vasti Roodt 的文集《尼采、权力与政治：重新思考尼采的政治思想遗产》（*Nietzsche, Power and Politics: Rethinking Nietzsche's Legacy for Political Thought*），New York, 2008。另参 Brobjer 和 Don Dombowsky 在《尼采研究》（*Nietzsche Studien*）上的讨论：Thomas Brobjer,《尼采著作中政治理念的缺席》（The Absence of Political Ideals in Nietzsche's Writing），载于 *Nietzsche-Studien* 第 27 期，1998，页 300 – 318；Don Dombowsky,《回应布洛约尔〈尼采著作中政治理念的缺席〉》（A Response to Thomas H. Brobjer's "The Absence of Political Ideals in Nietzsche's

思性，而其后的作品包括《扎拉图斯特拉如是说》在文体上更少游戏性，同时修辞上更多攻击性。许多注疏者在中期作品中找到了证据，证明存在一位真正主观主义的和多元主义的——或"后现代的"——尼采，可在晚期作品中，很难找到这样一位尼采。②艾比对这种转变描述如下："矛盾的是，随着尼采的智识发展，那'构成生活中最大收获的精微性（nuance）的艺术'逐渐衰弱了，而不再发展了"。③弗兰科（Paul Franco）注意到，"中期作品的主旨是反政治的"，反之，在晚期的作品中，尼采在指向未来的"大政治"时，更具有实践关切。④其他人认为，晚期的尼采似乎完全抛弃了他的质疑性好奇心，并将他的政治观点塑造得越发坚硬而保守。⑤我支持弗

Wrtings"），载于 *Nietzsche - Studien* 第 30 期，2001，页 278 - 290；Thomas Brobjer，《尼采作为政治思想家：回应汤波斯基》（Nietzsche as a Political Thinker: A Response to Don Dombowsky），载于 *Nietzsche - Studien* 第 30 期，2001，页 394 - 396。

② 赞美尼采的"视角主义"（perspectivalism）及竞争学说（agonism）的解读者，通常服务于自由民主政治，包括 William Connolly、David Owen、Lawrence Hatab、Dana Villa、Alan Schrift；Siemans 和 Roodt 的《尼采、权力与政治》很好地介绍了这些人的思想。

③ Abbey，《中期尼采》，前揭，前言，页 xv，尼采引文来自《善恶的彼岸》，节 31；也参 Bruce Detwiler，《尼采与贵族激进主义政治》（*Nietzsche and the Politics of Aristocratic Radicalism*），Chicago，1990，页 171 - 178。

④ Paul Franco，《尼采的启蒙》（*Nietzsche's Enlightenment*），Chicago，2011，页 191 - 192、178 - 180。关于尼采对自身写作史的描述，参尼采，《瞧这个人》，第三章；《论道德的谱系》，前言。关于尼采作品分期的精彩讨论，参 Abbey，《中期尼采》，前揭，前言，页 xi - xvii；Ansell - Pearson，《尼采反卢梭》，前揭，页 1 - 21；Franco，《尼采的启蒙》，前揭，页 ix - 12、161 - 227。

⑤ 例如，参 Frederick Appel，《尼采反民主》（*Nietzsche Contra Democracy*），Ithaca，1999，页 140、160；Detwiler，《尼采与贵族激进主义政治》，前揭，页 40、109；他们都总结道，尼采热衷于用实践支持他的激进贵族制（即一种法定的种姓系统）。

兰科对这一转变的描述，他强调晚期作品中政治性的不断增加，而非所谓精微性的缺乏——因为，虽然尼采的晚期作品可能较少沉思，但它们可以说展现出更多政治上或者说修辞上的敏锐。确实，我们从《朝霞》中所知道的事情之一，就是尼采在多大程度上受到了卢梭本人政治修辞和戏剧风格的直接启发。尽管梅罗正确地指出，卢梭在尼采思想中扮演了一个重要的标志性角色，但《朝霞》表明，尼采晚期作品里对卢梭工于心计的使用，是出于作者有预谋的选择，而非出于对现代性的极度失望，也非出于一个日益变窄的视角。

在接下来的讨论中，我首先简要论述卢梭在尼采思想中的总体重要性，这种总体重要性显现于1882年前出版的一系列作品中。接下来，在第二及第三部分中，我会转向对《朝霞》的讨论。在《朝霞》里，尼采回应了他在早期作品中提出的关于卢梭的疑问，确定了在哪些特定方面与卢梭一致或认同卢梭，然后清晰地说明了此后与之决裂的理由。他故意以一种含糊的方式表达这些内容——但是，正如我在第三部分中讨论的，在《朝霞》这部作品里，尼采毕竟阐明了这条"隐秘的"道路。作为总结，我会讨论，尼采在《朝霞》中与卢梭的交流，如何提供了一些新的洞见，用以理解尼采晚期作品中两极分化的政治性。

早期的含混

尼采对卢梭的评论散见于他的全部作品中，但在早期和中期文本里，尼采已经发展出三个主题，这三个主题将构成尼采关于卢梭的讨论之核心：卢梭在实践上的巨大力量，他天真得很危险的自然概念，还有他令人着迷的个人心理。

尼采对卢梭在实践上的影响力早有察觉，《肃剧的诞生》中灵光一闪地提及卢梭，就是明证。在那里，尼采提到，由于像《爱弥儿》这样的作品，卢梭式的浪漫主义已经渗入欧洲人的心理，甚至连荷马都得到了浪漫主义式的阐释（《肃剧的诞生》节3）。①但《作为教育者的叔本华》最清晰也最明确地体现出，尼采察觉到了卢梭在实践上的影响力。在这里，尼采指出，卢梭、歌德及叔本华都是非凡的现代人，能抗击对文明构成威胁的那些"野蛮的、原始的的、全无怜悯之心的"力量。通过榜样的力量，尼采指出，这三个人能够"激发有死的凡人改变他们自己生活的面貌"，并由此"护卫和支撑人性的事业"（《作为教育者的叔本华》第四节）。②他特别将卢梭视为带来"最大的火灾"的"现代人形象"，这个形象"无疑会产生最大的大众影响力"；卢梭是伟大的革命者，"在每一场社会主义地震和动荡中，都是卢梭式的人成为这场暴动的原因，就像埃特纳（Etna）火山下的堤丰（Typhon）。"（同上）③

在最早的作品里，尼采承认并赞赏卢梭作为一个既浪漫又革命的空想家的力量；在中期作品里，这种赞赏变成了谴责，因为尼采察觉到卢梭的"迷信"具有特殊的危险性，此"迷信"就是，他信仰自然的原初之善（the original goodness of nature）（《人性的，太人

---

① ［译注］中译参见尼采，《悲剧的诞生》，孙周兴译，北京：商务印书馆，2012。

② ［译注］中译参见尼采，《不合时宜的沉思》，李秋零译，上海：华东师范大学出版社，2007。

③ 尼采似乎不是第一个因为法国大革命谴责卢梭的人。正如 Merrow 所言，"'这是卢梭的错（C'est la faute à Rousseau）'是十九世纪反革命政治的一大固定套路，尼采的观点似乎是对此的病态复制"（Merrow，《"以……之名"：尼采文本中的卢梭，或如何不让革命发生》，前揭，页228）。

性的》节463)。①尼采宣称，这个浪漫主义理念十分危险，因为它会鼓舞错误的希望，这个希望就是，只要革命实施了破坏，"美好人性的最傲人的神殿"将自发地拔地而起；实情与此恰恰相反，革命最终"复活了那些最野蛮的能量，诸如早被埋葬的、远古时代的恐怖和无度"（同上）。正如尼采在《朝霞》中以更长的篇幅所阐释的，卢梭对自然之善的信仰仅仅是基督教理念论的又一个范例——它是"通往古代诸种理念的谎言之桥"（《朝霞》，前言，节4），也是一次危险的从现实中的撤退（同上，节17）。因此，它牵涉到那持存于现代问题根源中的东西（同上，节163）。正如梅罗所言：

> 在尼采的表述中，卢梭通过另一些方式，使启蒙运动的未来进程堕入或转向了基督教的延续，只不过基督教的延续被改写成了可能的地上天国，它具有可完善的人性，且立足于作为其政治原则的平等。②

通过做作地赞美自然之仁慈，卢梭加剧了现代性诸病症的发

---

① 在《人性的，太人性的》中，尼采明确认同伏尔泰，并一度呐喊："辗碎贱民（Ecrasez l'infame）!"但此刻尼采反对卢梭的迷信（节463）。关于尼采与伏尔泰的关系，参Abbey，《中期尼采》，前揭，页52、144；Merrow，《"以……之名"：尼采文本中的卢梭，或如何不让革命发生》，前揭，页229；Franco，《尼采的启蒙》，前揭，页52；Thomas Brobjer，《尼采、伏尔泰与法国哲学》（Nietzsche, Voltaire and French Philosophy），载于 *Nietzsche and France*，Berlin，2009，页13-32。［译注］《人性的，太人性的》的中译参见尼采，《人性的，太人性的：一本献给自由精神的书》，魏育青等译，上海：华东师范大学出版社，2008。

② Merow，《"以……之名"：尼采文本中的卢梭，或如何不让革命发生》，前揭，页227；另参Ansell-Pearson，《尼采反卢梭》，前揭，页4、41-49。

生,同时阻碍了强力和修复的产生,而强力和修复往往通过潜移默化(例如,通过文化)而产生(《朝霞》节163;另参《人性的、太人性的》节221,"诗中的革命")。这是一个相当尖锐的批评,只有尼采在《朝霞》前言中修辞激烈的主张可以比拟,后者直指卢梭是将狂热传染给康德的"道德毒蜘蛛"(《朝霞》,前言,节3)。

于是,在早期尼采看来,卢梭的思想是一座伟大而充满力量的堡垒,可对抗文化的整体崩塌,但在之后的沉思中,他认为浪漫主义无非是改头换面的柏拉图主义和基督教。尼采对卢梭心理的评价同样含混。在《作为教育者的叔本华》一段简短的描述中,尼采提供了一幅卢梭的画像,它令人深为赞同,并且细节丰富。据尼采所言,卢梭经历了巨大的痛苦并饱受市民社会的玩弄,这令他最终极度渴求生命(《作为教育者的叔本华》第四节),这令人想起尼采在《肃剧的诞生》中对古希腊人的描述。他如此描述卢梭对"神圣的自然"的痛苦呐喊:

> 他恶意讥诮地抛掉所有花哨的服饰,而就在刚刚,这些服饰还似乎一直构成他的本质性的人性,构成他的精致生活中的艺术和科学;……他用拳头捶打着墙壁,在墙壁的晨昏蒙影中他如此蜕化,他向光、太阳、森林和高山呼唤。而当他喊道"唯有自然是好的,唯有自然的是人性的"时,他鄙视自己,并渴望超越自己:这是一种情调,在其中灵魂已经准备做出可怕的决定,但它也从灵魂的深处召唤最高贵的和最罕见的东西(尼采,《作为教育者的叔本华》,第四节)。

正如尼采所显明的,卢梭转向自然,是高贵地背弃他的时代的习俗性——也是勇敢地召唤他自身之内的高贵之物。①

在《人性的、太人性的》中,卢梭的性格特征在题为"个人缺陷上的播种和收获"的格言(节617)里显得更似明非明(ambiguous light)。这则格言探索了"卢梭式的人"如何利用他们的"弱点、缺陷和恶行,仿佛这些是他们才华的肥料"。尼采认为,这种人对文化的攻击直接来源于他自身的体验,他们也因此格外刻薄。但是,在这则格言的结尾,尼采总结道,这种人具有一系列古怪的动机,并试图治疗社会,以便最终维护他们自己。很难说清,这则格言是否意在批评这种自私倾向,但比较清楚的是,从早期贯穿至中期,尼采一直都对卢梭的心理感兴趣。

侵入《朝霞》的灵魂景观

尼采早期对卢梭的描绘十分含糊。在最早的几部作品里,尼采视卢梭为一类人的典型,这类人借助文化浪漫主义,能够充任先锋卫士,抵御文化的整体崩塌。之后,在中期作品中,尼采看待卢梭影响力的视角变得更具批判性,因为他开始将卢梭的自然主义视为造成社会动荡的危险源头。《朝霞》强调"善"的道德与理念论的源头,这标志着尼采对卢梭的实质性批评达到了顶峰。但《朝霞》

---

① 尼采的描述使人想起卢梭在《第二论》(*Second Discourse*)中所宣称的:"正是由于每个人都几乎终日疯狂地想出人头地,才产生了人间最好和最坏的事物:我们的美德和我们的恶行,我们的科学和我们的谬误,我们的征服者和我们的哲人"(卢梭,《第一论和第二论》[*The First and Second Discourses*],Roger Masters 译,Boston,1964,页175;[译注]《第二论》即《论人类不平等的起源和基础》,中译参卢梭,《论人类不平等的起源和基础》,李常山译,北京:商务印书馆,1962,页143–144)。

也重新提出了一些尚未解决的问题，即卢梭的性格，还有他的力量的特征。实际上，在将之与其他重要的哲学形象相对比时，卷五惊人地包含了对卢梭心理状态的一种复杂而个人化的思考。要弄清在何种意义上卢梭出现于这部作品的这个部分之中，就有必要极其详细地考察特定的一些篇章——尼采正是从这些篇章开始指名道姓地提及卢梭。

尼采在《朝霞》卷五中首次提起卢梭，就呼应了他在《肃剧的诞生》中对卢梭的第一次讨论，这标志着行文回到了卢梭浪漫化的自然观这个主题。《朝霞》节 427 强调，[尼采刻画出来的]卢梭颇有前景的浪漫主义展望，明显不同于尼采自己的更严厉也更现实的观点。这则格言的标题是"科学之美化"，而其复杂论证的核心就是，哲学之于科学，正如洛可可园艺（rococo horticulture）之于自然。尼采描述了何以哲学的出现是为了应对科学的丑陋，正如洛可可园艺的出现为了应对自然的丑陋：

> 洛可可园艺来自这样一种感觉："自然是丑的、野蛮的、单调的——来！让我们美化它！"（embellir la nature［美化自然］）；同样，某些自称哲学的东西也总是来源于这样一种感觉："科学是丑的、枯燥的、冷酷的、困难的、艰苦的——来！让我们美化它！"

这段话呼应了尼采早先那些意见，即：卢梭转向"神圣的自然"，是在逃避文明的病症——可现在美化或者说迷信的产生正是因为科学真理十分丑陋。括号里的 embellir la nature［美化自然］也是在暗引卢梭：就在卢梭死前，他的朋友兼学生吉拉尔丹（René louis de Girardin）写了一本园艺手册，其标题就包括这个短语 moyens d'embellir la nature［美化自然之路］。吉拉尔丹这部作品受卢梭启发，并影响了整个法国的园林景观，但这类园林中最重要的是吉拉尔丹在埃尔芒翁维尔（Ermenonville）的庄园，卢梭便在此去世。这座庄园的设计包括一座哲人的神殿，几处瀑布，一块"荒"地，还有几个人造洞穴。自从卢梭死后，这里便因所谓"卢梭崇拜"成为朝拜的目标和圣地，成百上千的游客观光此地，其中包括玛丽-安托瓦内特（Marie-Antoinette）、拿破仑、富兰克林及罗伯斯庇尔。

但是，这种园林不会永远都 en vogue［时尚］。尼采继续解释道，正如人们最终厌倦了洛可可园艺，精巧的哲学也走上了相同的道路。这时，人们就会发现这是哲人美化工程的人造产物，并呐喊着要求回到"科学的自然和自然性"。尼采如此总结这则格言："也许，一个时代由此开启，这个时代将发现，科学'野蛮、丑陋'的地方正好包含了最崇高的美，就像只有从卢梭的时代开始，人们才发现高山和荒原是美的"（节427）。此处对比了卢梭式"洛可可科学"与尼采式"野蛮科学"。我们又一次听到这种观点：卢梭独特的"自然之美化"极度浪漫化——因此，实际上也极度做作且不真实，或者说，带有迷信色彩且具有"洛可可"特征。①虽然卢梭能美化自然的固定部分——高山和荒漠，即荒僻之地——但是，最崇高的美仍然只能发现于科学与自然的那些"野蛮、丑陋"的部分。深化哲学视野的时刻到了。

即使卢梭的美化工程表达了一种天真的、慈母般的对自然与科学的看法，但在《朝霞》的这则格言里，尼采却明确赞扬卢梭的成就。请看他如何描述这样一种哲学扮演的角色：

> 像所有艺术和诗歌一样，哲学主要求娱乐，但由于其固有

---

① 这则晦涩的格言，还有一种稍稍不同的解释，参 Franco，《尼采的启蒙》，前揭，页93。

的骄傲,它在一群经过拣选的观众面前,以更崇高而超然的方式求娱乐。为这些人创造一种园艺,使其像"更普通的"园艺一样,主要魅力在于(通过诸如神殿、远景、人造洞穴、曲径、瀑布,若形象地讲)一种视觉幻象;选取科学的某些内容,配上种种奇特而出乎意料的启蒙,挽上大量不确定性、非理性和遐想,使人们置身其中宛如置身"蛮荒自然",但却没有蛮荒自然之辛苦或不便——这是不小的野心,有此野心者甚至梦想借此使人类过去所奉为最高娱乐艺术的宗教成为多余。(节427)

此时,在这则格言这里,尼采尚未点明卢梭的名字,但之前他提到吉拉尔丹,并且顺带提及埃尔芒翁维尔的装饰建筑(follies),这表明尼采自始至终都在谈论卢梭。尼采的观点是,实际上,卢梭的哲学作品意在使一群经过拣选的读者全身心地参与一场轻松的智识漫步,从而娱乐这样的读者。这位哲人试图用"奇特而出乎意料的启蒙"愚弄心智之眼,这种启蒙涉及"不确定性、非理性",还有"遐想"(Träumerei)。除了著名的漫步遐想之外,它还让人想到卢梭充满矛盾和"不确定性"的植物研究,例如"萨瓦省牧师的信仰自白"。① 此外,此处再没有任何线索暗示卢梭的理解是天真的,或迷信的;确实,尼采相信卢梭深谙欺骗之道。

---

① 关于"信仰剖白"(Profession of Faith)的有用研究,参 Athur Melzer,《反启蒙的源头:卢梭与真诚的新宗教》(The Origin of the Counter-Enlightenment: Rousseau and the New Religion of Sincerity),载于 *American Political Science Review*,第90期,1996,页344 - 360、345 - 351。甚至那些认为牧师的观点就是卢梭观点的评论家也很少论证其一致性。例如,参 Morris Dickstein,《一个牧师的信仰:卢梭宗教中的理性与道德》(The Faith of a Vicar: Reason and Morality in Rousseau's Religion),载于 *Yale French Studies*,第28期,1996,页48 - 54,尤参页48。关于卢梭采取欺骗性修辞的总体倾向,参 Peter Emberley,

尼采在《朝霞》中对"洛可可园艺"的简要讨论，是一篇费解的、反讽的、高度隐喻性的、恰当的卢梭颂词。这篇颂词在讨论卢梭对自然的描绘的"洛可可式"人造特性时，戏谑地提及卢梭，正在这个过程中，这篇颂词抓住了卢梭工程的几个基本维度——其欺骗性、亲和性（agreeableness）及伪宗教的性质。在之后的格言中，尼采又回到了卢梭性格和动机的问题，因为这些问题此时同一个更广泛的问题有关，即哲人的生活与其哲学思维之间的关系。

在《人性的、太人性的》中，尼采描述的卢梭"个人缺陷上的播种和收获"，在《朝霞》中得到了进一步描述。在题为"思想者的大度"的第459节，尼采提醒我们注意卢梭和叔本华共同的座右铭：将生命献给真理（vitam impendere vero），并开始哀叹他们都没能充分地"将［他们的］真理献给生命"。这种想法似乎是说，卢梭和叔本华都没能协调其生活与其哲学思维："他们的生活就像是一件发出与乐曲不和谐声音的古怪低音乐器一样，发出与他们的知识不和谐的声音！"但尼采接着解释道，这显而易见的虚伪几乎不值得关注：

> 如果知识只能按照它碰巧适合每个思想家的生活的程度呈

《对比卢梭与萨瓦省牧师：思索"信仰自白"》（Rousseau versus the Savoyard Vicar: The Profession of Faith Considered），载于 *Interpretation*，第14期，1986，页299-329，尤参页299-301、324-329；Athur Melzer，《人的自然之善：论卢梭思想的系统》（*The Natural Goodness of Man: On the System of Rousseau's Thought*），Chicago，1990，页253-282；Jonathan Marks，《卢梭思想中的完美与不和谐》（*Perfection and Disharmorny in the Thought of Jean-Jacque Rousseau*），Cambridge，2005，页89-117；Heinrich Meier，《卢梭论哲学生活》（Rousseau on the Philosophical Life），*Recovering Reason: Essays in Honor of Thomas L. Pangle*，Lanham，2010，页305-324。

现自己，那么这就是一种不怎么样的知识！如果思想家的虚荣心是这样强大，使他只能忍受那些与他生活适合的知识，那么，他就是一个不怎么样的思想家！

这些思想家并没有如此虚荣地坚持其生活与作品之间的完美一致。确实，尼采进一步以如下难以捉摸的主张总结道：

> 一个思想家的主要美德在于他的大度，这种大度使他作为一个献身知识的人，常常丢脸地带着高贵的轻蔑和微笑，无所畏惧地牺牲他自己和他的生活。

这句话涉及丢脸、缺少虚荣、无所畏惧及"高贵的轻蔑和微笑"，尼采暗示道，一个思想者可能会出于知识的缘故，以一种大度的姿态牺牲关于他自己和他的生活的真理——换言之，他可能自愿放弃他的荣誉而乐意让自己看起来状态糟糕。值得注意的是，这正是卢梭在《孤独漫步者的遐想》的第四次漫步中供认的所作所为。当他写作自传时，他戏谑地坦白道，他"在隐善方面时常比隐恶下更多的功夫"。①

格言538重新提起生活与作品的关系这一主题，这则格言题为

---

① 卢梭，《孤独漫步者的遐想》（*Reveries of the Solitary Walker*），Charles E. Butterworth 译，Indianapolis，1992，页55。在《忏悔录》中，卢梭恰好嘲讽道："我不怕读者忘记我是在写忏悔录，而以为我是在写申辩书。"（前揭，页234）许多卢梭同代人的反应中都有相似的怀疑，即他的行为有做作及表演的成分；关于这点，参 Raymond Trousson，《卢梭传》（*Jean-Jacques Rousseau*，Jules Tallandier，2004），页 195-197、200、227、242。也参尼采，《快乐的科学》，节91，这一节认为《忏悔录》充满谎言。［译注］文中《孤独漫步者的遐想》引文中译参见卢梭，《一个孤独漫步者的梦》，李平沤译，北京：商务印书馆，2008。

"天才的精神错乱",是另一则关于卢梭与叔本华的格言。尼采再次提到,他们"伟大的精神"与其个人体魄似乎极不相称。他在此宣称,因为这样的人本性上是高度智识化的,所以倾向于以道德和心智的形式表现身体的痛苦。尼采认为,对于他们人格中较丑陋的部分——那"不可理解的焦虑、虚荣、恶意、嫉妒、苛求和被苛求,他们性格中极端的不自由和个人性"——应该从生理学上将其理解成"机理缺陷"的症状。①他的意思是,道德影响是身体缺陷的表现,而其语气稍有责难。因此,令人惊讶的是,尼采在这则格言的中间部分突然改用第一人称复数,暗示他个人与他刚刚描述的体验具有非常亲密的关系。他转而发自内心地描述这种心理状态,强调了两种时刻之间的断裂:当人们感觉到与智识的"天才"同在时那种妙极的时刻("只要天才与我们同在,我们就勇敢甚至疯狂,不在乎生命、健康和荣誉;白天我们比雄鹰飞翔还自由,夜里我们比猫头鹰凝视还清楚"),与当其离开、留下他一人错愕而不知所措的时刻("我们就像换了一个人,一切我们经历的都使我们痛苦,一切我们没有经历的也使我们痛苦:我们如置身暴风雪中,站在光秃秃的礁石上无可躲避,又像是一个稚弱的小儿,害怕事物的影子和声响")。

令人惊讶的是,尼采的描述极富同情心地抓住了卢梭全部自传作品中最庄严的崇高与属于偏执狂的卑下。②《忏悔录》通篇称卢梭

---

① 《朝霞》卷五的其他格言也对此问题有所涉及:节462、节500、节538、节539。

② 关于卢梭的这两种不停交替的模式(alternating moods),参 Marks,《卢梭思想中的完美与不和谐》,前揭,页51-52;Jean Starobinsk,《卢梭:明白与晦涩》(*Jean-Jacques Rousseau: Transparency and Obstruction*),Athur Goldhammer 译,Chicago,1971,页57。

的身体为他的"机器"。① 他这样描述自己:"我这个人的天性,也许是大自然所曾产生的最易激动而又最易羞怯的天性"(同上,页134),而这整部作品就是一部他所谓心理的"不停摇摆"(ever renewed oscillations)的戏剧性展示(同上,页351)。全书处处追问身体与心智关系的本性。请看下面的选段——首先,卢梭如是描述他"神经过敏症"(vapors)的体验:

> 神经过敏症乃是幸福的人常得的一种病,这也正是我的病:我常常无缘无故地流泪,树叶的沙沙声或一只鸟的叫声往往会把我吓一大跳,在安适的宁静生活中情绪也不平静。所有这一切都表明我对舒适生活的厌倦心情,使我多愁善感到不可思议的地步。(同上,页207,另参页96)

之后我们将听到卢梭顿悟了:

> 我表面上是怎样一个人,实际上就是怎样一个人。这种激昂慷慨之情,酣畅淋漓地延续了至少达四年之久,在这四年当中,凡是人的心灵所能包容的伟大的、美的东西,我都能在天我交感之中体会到。(同上,页350,另参页218)

像尼采一样,卢梭有时会退入可怕的不安全感和胆怯,但其他时候,他也会感觉到一个给人以自由的(liberating)天才的存在。

《朝霞》卷五的其他格言里,尼采继续与各式思想家展开较量,并提出有一种灵魂石(soul-calculus),通过后者,他进一步阐明了他在多大程度上赞同卢梭。例如,在格言481中,我们知道尼采认为卢梭就性格而言优于叔本华。我们看到,尼采如何评价这两位哲

---

① 参 Rousseau,《忏悔录》,前揭,页195、207、343、374、576。

人，他们因其作品而遭受苦难；我们还看到，尼采在一定程度上赞同他们。现在，通过对"两个德国人"康德与叔本华的消极评价，他进一步完善了他的立场。他将这两人与柏拉图、斯宾诺莎、帕斯卡尔、卢梭及歌德并列比较，且认定他们还称不上哲人，因为"他们的思想并不构成一部充满激情的灵魂历史"。虽然康德显得真诚而令人尊敬，但他缺少宽容，且未能以自身例子来说明这种［哲学］生活"有闲暇，又燃烧着思想激情"。叔本华至少拥有激情，"他的恨、欲望、虚荣和怀疑具有一种特定的、强烈的丑陋"——但他的性格和思想都缺少发展，或言"历史"。因此，可以假定，包括卢梭在内的其他五人都不属于这种情况。

格言497题为"起纯化作用的眼睛"，尼采又一次提出了人格气质的问题。在此他比较了那些"如叔本华"一般的人，他们无法摆脱个人环境，走向拥有"起纯化作用的眼睛"的其他人，如柏拉图、斯宾诺莎和歌德。对后一类人而言，"精神与人格气质似乎只有松散的联系，精神作为一种能飞的存在者，可以轻易摆脱人格气质，自由飞行在人格气质上空"。可见，这"起纯化作用的眼睛"就类似于节538中描述的那类引人飞翔（flight-inducing）的内在的天才；这种才能属于一位思想家，它可以从对日常生活的关注中转移开，并保持一种相对公正的、理论化的视角；它"俯视着世界，有如俯视一位神，而且它爱着这位神"。此处并未提及卢梭，但我们一旦从节481、538及539中得知尼采认为卢梭在某些方面与叔本华类似，而其他方面则类似于柏拉图、斯宾诺莎和歌德，我们就会好奇，在这则格言中，尼采是否认为卢梭也拥有"起纯化作用的眼睛"。

这个疑惑不是轻易能解决的，但尼采确实给我们提供了一条线索。他在节497中继续解释道，虽然柏拉图、斯宾诺莎和歌德"起纯化作用的眼睛"看似"不是从他们的气质和人格生长出来的"，但其实确乎如此，因为这一类洞见要求时间与训练——这就是节481中尼采归之于卢梭而非叔本华的东西。以这一考虑为基础，并带着"思想者的大度"来阅读（节459，前文已述），这种本质性区别就清楚可见了：尽管柏拉图、斯宾诺莎和歌德隐藏个人历史，并突出其"起纯化作用的眼睛"，卢梭却正好相反。他假装自己因人格气质而精疲力竭，并用这种方式掩饰且牺牲他"更纯净"的哲学面相。①尼采表示，一个人如果拥有一位具有这种视野——他在其他场合称之为"剧场之眼"（Theatre Eye，节509）——的老师，将是何等幸运，他以此作为对这节格言的总结。卢梭之于爱弥儿，当然正是这样一位老师：

> 我打算就把离开我们很远的人指给他看……以便使他虽能看到那种场合，但绝不能到那种场合中去进行活动……通过历史，他就能作为一个普通的观众，不带任何偏见和情绪，以裁判人而不以同谋或控诉人的身份对他们进行判断。②

尼采讨论"起纯化作用力量的眼睛"时显然没有涉及卢梭，尼

---

① 卢梭在第四次漫步中的看法是，他在《忏悔录》中经常更多谈及他的缺点，而非他的优点；与这种看法一致，尼采此处的看法是，卢梭众所周知的自我表现癖和伤感（pathos），某种程度上是为了掩饰其欢乐。一些学者从卢梭的自传作品中得出了相似的结论。例如，参 Christopher Kelly，《著作家卢梭：将生命献给真理》（*Rousseau as Auhtor: Consecrating One's Life to Truth*），Chicago，2003，页111；Anne Chamayou，《卢梭，或可笑的对象》（*Jean-Jacques Rousseau ou le sujet de rire*），Arras，2009，页20；Meier，《卢梭论哲学生活》，前揭，页311。

② 卢梭，《爱弥儿：论教育》（*Emile, or on Education*）；Allan Bloom 译，New York，1979，页237，整个讨论参页236-242；也参卢梭，《忏悔录》，前揭，页29。[译注] 中译参见卢梭，《爱弥儿》，李平沤译，商务印书馆，1978，页330。

采很快在接下来的几则格言中转向卢梭——并证明了这一观点，即卢梭在自传中自我隐瞒。

格言498没有明确提及卢梭，而是提到某个未提及姓名的人对孤独的需要：

> 不可强求。——你们不了解他！全是，他对人和事物都很友好，随时准备自由地顺从它们，以便他的宁静不受打扰，条件是人和事物不要求他顺从。任何要求都会使他立刻变得骄傲、羞惭和好战。

这种对孤独、平静与独立自主的需要，是《忏悔录》中反复出现的主题。①但是，这样一个人与义务的复杂关系，也是卢梭第六次漫步的明确主题。卢梭写道：

> 这种（一小件好事的）乐趣一步一步地变成了一种习惯，后来也不知怎么就变成了一种义务，我马上就感到这是一件伤脑筋的事……为了高高兴兴去做一件好事，我必须有行动的自由，不受拘束，而只要一件好事变成了一种义务，那做起来就索然无味了……只要我能自由行动，我就是好人，做的都是好事；然而一旦我感到受束缚，无论是必然性加之于我的束缚也好，别人加之于我的束缚也好，我就反抗，或者说得更正确些，我就发犟脾气。②

《朝霞》节498中那个未提及姓名之人的主题就显而易见了。
而且，卢梭明显是节499的主题，这一节题为"恶人"（也是

---

① 例如，参卢梭，《忏悔录》，前揭，页96、160、319、336。
② 卢梭，《孤独漫步者的遐想》，前揭，页76–84。

《朝霞》卷五的中心格言）。此处，尼采宣称，卢梭就是那典型的恶人。他的邪恶源于对孤独的需要，这种需要本身就诞生于对于逃避社会生活层层掩饰和束缚的需要。尼采在前面一些格言中阐明了这种邪恶的"原则"：哲学性的思想家在每个地方都被视为邪恶，因为，"作为所有习俗的批评者，他必然是每一个善男信女的敌人"（节496）。接下来是关于卢梭的格言：

> 确实，在社会生活和社交生活中，每一种邪恶的本能都不得不让自己受到严厉的束缚，戴上各种各样的面具和经常躺在美德的普罗克洛斯特床上，以至于我们完全可以谈论恶人的殉道。在孤独中，所有这一切都不复存在。邪恶者在孤独中最为邪恶：这是他自我感觉最好的时刻——因而对于以一种欣赏态度看待一切的人来说，也是他最美的时刻。（节499）

这一段表明，尼采清楚地洞察到卢梭拒绝社会的根源（过分克制及随之而来的对孤独的渴望），明白了他自我隐瞒的特征（他戴上的面具，包括像牧师似地承认传统美德），并觉察出社会强加给卢梭的痛苦（"我们完全可以谈论一种殉道"）。尼采深为赞赏卢梭之"邪恶"的崇高性，虽然他并没有说清楚：卢梭是体验到了"在每个地方都只看见美景的人"的"起纯化作用的眼睛"，还是仅仅为这样的人提供了美景？

隐匿的对话

> 隐身者。——你难道从来没有遇到过这样的人，他们什么时候都把心灵大门关得严严实实，即使满心欢喜也不露半点声色，宁可装聋作哑，也不肯失态于人？——您难道也从来没有

遇见过这样的人,他们往往和善得令人难受,总是蹑手蹑脚,唯恐别人认出自己,甚至不停地抹去他们留在沙滩上的脚印,一边欺骗别人和欺骗自己,一边一直隐藏下去?(节527)

当尼采在《朝霞》卷五中明确提及卢梭时,他的笔调是满怀赞赏的。他不再继续展开批判,而是去解释卢梭如何启发了一种对自然与科学的新理解——这种新理解美化了世界,且尤其关注如高山与荒漠这样的荒僻之地。卢梭也是少数完整记录自己生活——写下一部"充满激情的灵魂历史"——的哲人之一,这些记录因逼真地展现了思想与生活(或说灵魂与身体)的关系而富有教益。但依尼采之见,卢梭的自画像并不完全诚实。卢梭戴上了许多面具,他是一位自嘲的伪君子,试图藏匿自己"起纯化作用的眼睛"。尼采进一步说道,即便卢梭外表谦卑,但他仍是个喜爱在孤独中逃离社会束缚的邪恶反叛者,这为尼采自己的"起纯化作用的眼睛"提供了一种美景。考虑到前述分析,整个卷五就呈现出新的意义,显而易见,自传中的卢梭始终是尼采隐蔽的对话者。接下来,我将首先从卷五的首则格言开始,为这一说法提供进一步的证据。

尼采以一则名为"大沉默"(节423)的谜样格言为卷五开篇。这则格言一开始即令人想起卢梭式的遐想——第一句为"这就是大海,在此我们可以忘却城市",接下来则是对自然沉默而壮美的夜色的呼唤。然而,我们知道,对尼采而言,卢梭是典型的"恶人",对孤独的追求使他逃离社会,并把自己的名声当作一种自嘲牺牲掉;因此,确凿无疑,尼采在这则格言中影射的是卢梭:

啊,这缄默之美的虚伪!如果它愿意,它可以说得多么好,以及也可以说得多么坏!它们的缄默和它们忧郁而幸福的表情是一个诡计,目的是嘲笑你的同感!随它去!我不羞于被这样一种力量嘲笑。

这些话暗示，《朝霞》卷五的开篇是对卢梭所呈现的人类天性的呼唤（关于人具有"变成"自然的一切的可能性，参节502）。随后，在这则格言末尾，尼采具体地展现了"沉默的自然"，表现出他对他主题的全心全意的认同：

> 随着大海越来越寂静，我的心再一次在寂静中沉浸：一种新的真理使它震惊，它同样不能言，倘若这时嘴里对着这无言之美说了什么出来，它就嘲笑自己，它享受自己最甜蜜的沉默的恶意。我开始恨说话，甚至恨思想；在每个词语背后，我不都听见了错误、幻想和疯狂在发笑吗？

卢梭自觉难以表达体验的真正的全部丰富性，并为此忏悔；尼采也怀着这种想法沉浸在完全的孤独中："真正的幸福是不能描写的，它只能体会，体会得越深就越难加以描写，因为真正的幸福不是一些事实的汇集，而是一种状态的持续。"①

尼采含蓄地提及晚祷钟声，这也许是此则格言最引人入胜的细节，一幅生动的画面由此清晰地展现在我们眼前，黄昏时分，两个人在城墙外散步谈话。卢梭在他的《忏悔录》中也记录了一个极相近的时刻，他在城外漫步，聆听"那一向使我心弦颤动的钟声"（同上，页90，另参页52），体验到了一种怀旧而忧伤的幸福（同上，页90）。在《忏悔录》后文，当他描述他在比埃纳（Bienne）湖畔想象着自己身在海边时，他坦率地呼唤自然：

> 然后，我就一人在这湖上荡漾，有时也接近湖边，可是从

---

① 卢梭，《忏悔录》，前揭，页198，另参页189、361、437。

来不上岸。我时常让我的船听凭风吹水推，自己则沉醉于无目的的遐想之中，这种遐想，尽管是难以捉摸，却并不因此而不甜美。有时我心头一阵发软，就叫将起来："啊！大自然啊！我的母亲啊！我现在是在你单独的守护之下了，这里绝对没有什么奸诈邪恶的人插在你我之间了。"就这样，我一直漂离陆地有约半里之遥，我恨不得这个湖是一个汪洋大海。（同上，页539）

尼采在他的格言末尾问道：完全自失于自然之海，是否也许并无危险？这一想法使人清晰地回忆起卢梭在第五次漫步中的忘我状态。

之后的格言完全颠覆我们在节423中看到的活动，但这样一来，卢梭宁静的孤独状态也得以维持。在节423，尼采首先谈论自然，接着隐晦地讨论卢梭，然后又讨论他自己，可是在节449，尼采首先讨论自己的体验，而后将这一自我描述与对一位虚构的"神父—忏悔者"的描述结合起来。这则格言名为"精神上有需要的人在哪里"。它首先思考了尼采在教与学上的品味："呜呼！把自己的思想强加给别人，多么让我厌恶！让另一个人的思想战胜自己的思想，使我的心中产生新的感情，并悄悄发生的变化，多么让我欢喜！"然而，尼采之后的想法却变得更难以理解。他继而描写了一个"甚至更崇高的节庆"，将它比作一位"神父—忏悔者"的体验，他"坐在自己的小屋中，焦急地等待着某个不幸的需求者前来倾诉他思想的困苦，从而再次充满他的手和他的心，使他那苦恼的灵魂重新轻松起来！"尼采继续描述这种体验，他的论述显然特指某人，然而他并没有说清他在描述谁的体验：

他不仅不追求声名，而且甚至希望逃避感激，因为感激是逼迫性的，缺乏对孤独和沉默的应有的敬重。不为人知和有点可笑地生活，谦卑得不致唤起任何嫉妒和敌意，有冷静的头脑，一把知识和一碗经验，就像是一个贫穷的心理郎中，……他就是一爿小客栈，来有求者不拒，而去者忘怀或竟嘲笑！他没有任何优势，既没有更精美的饮食，也没有更纯净的空气，也没有更换了的心灵——但他赠与，回报，交流，变得更为贫穷！他是如此谦卑，无论什么人走近他都不会自惭！加自己以许多的不公，蜗行于一切错误的篆道上，以便沿着那许多隐蔽灵魂的秘密道路走到他们的内心深处！永远地怀有某种爱，同时又永远怀有某种自私和自我欣赏！拥有一块领地，同时又隐姓埋名和拱手相让！永远躺在优美的和煦阳光之中，然而又知道通向崇高的阶梯伸手可及！这将是一种真正的生活！一种使人有理由活得更长的生活！

难以想象尼采在写这段话时，头脑中真有一位"神父—忏悔者"。这一段所描述的，反而更像是尼采在阅读和学习卢梭的《忏悔录》之后的个人反应——首先，他作为一位"神父—忏悔者"聆听卢梭的话语，然后开始欣赏这部作品的作者的深度。我们知道，尼采认为，卢梭实质上是一个孤独者，他找得到"通往高山和荒漠的道路"，尼采也认为，卢梭个人的故事充满自嘲的谦卑与隐蔽。这则格言总体上的意义是，以抹除自我的精神写就的《忏悔录》，最终向它的读者提供了一个发现自我的"更崇高的节庆"——尼采在"科学之美化"（节 427）中称赞这种哲学漫步是卢梭的专长。

《朝霞》卷五的其他一些格言也可以视作对《忏悔录》阅读体验的反思。如节 506，尼采阐明了当好的作品脱离"时代的潮湿气息"，变得"干燥"之后，再去阅读它们有什么好处。我们常常在一部作品出版许久后才能更好地理解它，因为在它的时代，"它还没有同市场的东西、敌人的东西、舆论的东西以及一切从早到晚变个不停的东西分离"。他进一步解释道："经过一段时间以后，它的水分消失了，它的'时代性'（timeboundness）不见了——这时它才开始放射出内在的光华和散发出美好的气息，以及如果它追求的是永恒的沉静的目光的话，开始获得永恒的沉静的目光。"毫无疑问，卢梭的《忏悔录》所追求的正是这样的读者，他在开篇请求"永恒存在者"（Être éternel）把无数众生叫到他的跟前，成为他的审判者（《忏悔录》，前揭，页5）。

其后，尼采"离题"谈起他阅读的一本未提及名字的书：

> 像这样的一本书不是用来通读或朗读的，而是用来翻阅的，即在散步中和旅途中翻阅；人们必须一次又一次埋下头去和一次又一次抬起头来，直到发现自己进入一个完全陌生的天地。（节454）

抑或细读他在节553中的讨论：

> 哲学的道路迂回曲折，高深莫测，它将通往何处？我们是否可以认为，它所做的一切都只不过是为理性注入某种强烈而持久的欲望：对和煦的阳光，清新自由的空气，南方的植物，海风，不断变换的肉、水果和蛋类，饮用的热水，镇日无声的漫游，简短的谈话，不经常的和检点的阅读，离群索居，清洁，简朴和几乎军人般的生活习惯，总之，对一些最适合我们的口味而别人也许觉得不能忍受的事物的欲望？……一条通过我的头脑的迂回曲折的道路，寻找适合我自己的空气、海拔、气候和健康方式的本能？当然，存在着其他许多更为超然和更为崇高的哲学……然而，

就在同时，我的目光一转，看到了一片新天地：在一片布满岩石的海岸上，生长着许多奇花异草，一只蝴蝶神秘和孤独地飞舞在它们之上：它飞着，舞着，轻盈地，一点也不关心它只能再活一天和它那脆弱的身体将不能承受夜的寒冷的事实。

无疑，这些话语与卢梭在《忏悔录》中的叙述方式形成了共鸣。仅举一例以比较上文与卢梭对自己写作习惯的描述：

> 我任何时候也没有像我独自徒步旅行时想得那样多，生活得那样有意义，那样感到过自己的存在，如果可以这样说的话，那样充分地表现我就是我。不幸时有一种启发和激励我的思想的东西。而我在静静坐着的时候，却差不多不能思考，为了使我的精神活跃起来，就必须使我的身体处于活动状态。田野的风光，接连不断的秀丽景色，清新的空气，由于步行带来的良好食欲和饱满精神，在小酒馆吃饭时的自由自在，远离使我感到依赖之苦的事物：这一切解放了我的心灵，给我以大胆思考的勇气，可以说将我投身于一片汪洋般的事物之中，让我随心所欲地大胆地组织它们，选择它们，占有它们。……如果我竟有闲情逸致通过我的想象把这些稍纵即逝的景象描绘出来，那该用多么劲健的笔锋、多么鲜艳的色调和多么生动的语言来表现呀！（《忏悔录》，前揭，页136）

也许下文尼采的写作就是在回应与卢梭共度的时光：

> 认识者的幸福增加了这个世界的美，使一切存在的东西都更加光彩照人，认识不仅把自己的美投射到事物之上，而且还不断把自己的美渗透到事物之中——但愿未来的人类能够为这一命题作出见证！（节550）

抑或细读下文：

> 思想者的曲折。——就许多思想者而言，其思想道路作为一个整体是严格和没有任何回旋余地的，有时甚至对他们自己也是残酷无情的，但在细节上却和缓而且柔韧；但凡遇一事，必百绕心思，用心良苦，虽然最终还是向前去了。他们像是一条充满了曲折和秘密的河流，不时在这里或那里推波助澜，沉醉在岛屿、树木、岩洞和瀑布的牧歌中，然后奔腾而去，在最坚硬的岩石上劈出一条道路，流向远方。（节530）

现在，听听卢梭是怎么说的："一个平原，不管那儿多么美丽，在我看来决不是美丽的地方。我所需要的是激流、巉岩、苍翠的松杉、幽暗的树林、高山、崎岖的山路以及在我两侧使我感到胆战心惊的深谷。"（《忏悔录》，前揭，页145）。我们一度发现卢梭的思绪之河相当汹涌，甚至不会因讨厌的人群而改道：

> 我依然继续安安静静地在叱骂声中散步；对植物学的爱好……为我的散步添上了一种新的兴趣，使我走遍各处，采集植物标本，对那些无聊之人的叫嚣毫不在意，而我这种镇静又只能更激起他们的狂怒（同上，页528）。

即便在暴力迫害之中，卢梭仍继续"采集植物标本"。一个世纪以后，尼采读到《忏悔录》时，远离了卢梭的控告者们具有的"时代性"，二人可以自由地交流。

仿佛要正式证明自己与卢梭之间存在这种灵魂交谈，尼采在《朝霞》卷五的若干格言中虚构了两位不知名的谈话者 A 与 B 之间的几段短对话（参节465、472、477、483、485、491、492、493）。

由此得出的结论（见附录一）富于启发性，且感人至深。它开启了一扇窗户，通往哲人对孤独的需求（参节483、485、491），但它同时也表明，在忧郁的怀疑论时代，尼采从阅读卢梭中获益匪浅（参节465、477、483、492、493）。

然而，《朝霞》卷五并不是只有少数几则精挑细选的格言与卢梭相关。相反，在全卷153则格言中，尼采都在试图复制他在《忏悔录》中寻获的发现自我的"更崇高的节庆"。①虽然严格而言，尼采与卢梭的作品彼此迥异，格言的形式只是利于尼采在节449中所描述的那种"心中悄悄的变化"。②尼采也在卷五大量使用了一种语言，这种语言令人联想到《忏悔录》中的景象，包括威尼斯、修道院与岛屿、植物、遐想、年轻时候的不幸遭遇与追求、回想青春的愉悦、穿过高山以及踏上旅程。③此外，卷五中反复出现的主题一直都是尼采明确认定的那些卢梭式主题。它们包括自然、④孤独、⑤哲人对欺骗与自嘲的需要⑥和激情或痛苦。⑦尼采也谈到了想象、创造与幸福这

---

① 有可能整部《朝霞》都是这一计划的组成部分，因为它以"在这本书中"开篇，目的是在"慢读"中提供教益（前言，节1，节5）。但显然这一观点的论证不在本文讨论范围以内。

② 关于格言形式与尼采式启蒙的关系，参Abbey，《中期尼采》，前揭，页157–158；Franco，《尼采的启蒙》，前揭，页xiii、15。

③ 例如，参节424、427、452、454、458、468、469、476、482、492、530、531、534、553、575。

④ 节423、426、427、428、434、455、464、468、486、513、540。

⑤ 节423、432、435、441、443、466、469、473、478、485、488、491、510、524、531、566、569。

⑥ 节423、432、437、438、441、449、464、466、472、511、512、522、523、524、526、527、532、533、550。

⑦ 节425、429、440、451、457、462、467、469、474、475、476、478、479、480、518、543。

些卢梭式主题。①

每一个对这些主题的讨论都自有其值得充分考虑之处，但这里着重详述的一条线索是，尼采致力于弄清并解释卢梭表面上的心理病变——包括他掩饰的习惯和泛滥的个人情绪化倾向。我们已经看见，尼采暗示卢梭惯于自我坦白——即便是最私密和尴尬的话题——这是因为他渴望隐藏他"更纯净的"智识面相。在节449中，我们知道蕴含在这种坦率中的谦卑的可能意味，他在教学上十分慷慨，他渴望孤独和沉默而非名声，他渴望拥有广泛的吸引力，他渴望不让任何人感到难堪。尼采在别处详细阐述道，有的人仅仅觉得蕴含直率激情的语言比任何其他事物都更好理解（节502）；有时富有隐秘的夜梦激情的精巧语言使得"他的火把几乎像太阳一样耀眼，肖似现实的幸福的光辉"（节572）。他也在一些格言中给出了一些更复杂的暗示，描述了匿名言说给人带来的特别益处（节464），名声带来的危险（节466），自我辩白的尴尬（节472），自卫的徒劳与被误解的无可避免（节475，480），守护人内心最隐秘的欢乐与痛苦的需要（节524），以及那些意欲一直隐藏下去的好脾气者的虚伪与节制（节527）。尼采讨论道，那些对人性和历史具有广阔视野的人容易激起嫉妒，从而容易冒犯他人，因此他们需要伪装是正当的（节441）。他指出，公开展示自己的缺陷，是高手（the master）的人性的一部分（节447），真正的智慧之人会用自己的缺陷掩盖自己的优越，始终为别人提供报复自己的机会，让他们得以发泄自卑感（节469）。这基本上是一份详尽无遗的清单，涵盖了所有造成《忏悔录》那看似情感质朴直露、实则极具欺骗性的文学风格的潜在动机。

---

① 节424、426、427、428、433、439、440、450、492、550、561、566、572。见附录二对《朝霞》卷五每则格言主要的卢梭式主题的鉴定及分类。

尼采没有选择指名道姓地把卢梭当作卷五的主题,这美妙地反映了他对这些卢梭式教诲的尊重。但是,正如他阐明卢梭的虚伪和隐秘,尼采也在整个卷五的那些格言中充分阐明了他自己有意的沉默。请看下文:

> 最终沉默。——有人就像是位寻宝者,无意中发现了另一个心灵精心隐藏的东西,获得了一种知识,这种知识每每使他心神不宁。有时,我们对于活着和死去了的人是如此了解和心有灵犀,以至于向别人谈论他们对我们而言变成了一种痛苦:我们每说出一句话都唯恐泄露天机。——我完全能够想象一个聪明绝顶的历史学家为什么会突然变得沉默。(节457)

或者请看这句话:"致孤独者。——如果我们不能在独白中和在公开场合一样尊重别人的荣誉,那我们就是下流坏子"(节569)。最后,我们读到了令人心碎的节478:"让我们走开!——不要碰他!让他一个人待着!你难道想让他完全破碎吗?他岂不像一只玻璃杯子,当你把开水一下子倒进去,他就会裂成碎片吗?而他是这样一只珍贵的杯子!"尼采隐藏了卷五的主题,以此象征且表示他尊重卢梭隐秘的深度。他选择维护卢梭的外表,因为他认为,卢梭不会真的在意他惯于做的事,即伪装和殉道(参节492、494、547、553、575)。

通往永恒的岔路

> 走向地狱——我也像奥德修斯一样,在地狱里待过,而且还会常去;为了和一些死人谈话,我不仅献上了羊肉,而且也不吝惜自己的鲜血。有四对人,没有拒绝我这个献祭人:伊壁

鸠鲁和蒙田，歌德和斯宾诺莎，柏拉图和卢梭，帕斯卡和叔本华。在长时间独自漫步之后，我必须要和这些人切磋探讨，如果他们彼此之间交换对与错，我也愿意接受他们的对与错，并愿意倾听他们的诉说［……］

希望那些活着的人愿意原谅我，有时，他们在我眼里就像影子，这样苍白，这样苦闷，这样不安，唉，这样贪恋生活：而那八君子在我面前显得如此生机勃勃，好像他们现在，也就是死后，永远不会厌倦生命。永远生气勃勃才是关键，而"永恒生命"，或者干脆说生命，又何足轻重！（尼采，《人性的、太人性的》节408）

《人性的，太人性的》的这则格言对尼采学者们来说是一个谜，他们感到好奇，何以卢梭会出现在尼采列出的地狱中一系列哲人—法官们之中。① 但如果联系尼采在《朝霞》中对卢梭的看法，我们也就不会太惊异于卢梭出现在这群人中。

确实，还需要解释的是，尼采为何在后期作品中粗暴地与卢梭分道扬镳。在《扎拉图斯特拉如是说》中，除了偶然一次影射卢梭式毒蜘蛛的洞穴近旁的美丽废墟（尼采，《扎拉图斯特拉如是说》，"论毒蜘蛛"），尼采对卢梭的态度一直都是驳斥性的。《扎拉图斯特拉如是说》中的毒蜘蛛具有"隐秘的僭主式欲望"，它们散布谎言，向"一切有权力的事物"复仇，并称这为正义和美德（同上）。卢梭现在成为了梅罗所谓尼采"表演性"修辞的一部分：他的名字如同一个速记符号，让人想起尼采思想中结合了理念论与平等主义的恶人。最激烈的抨击出自《偶像的黄昏》：

---

① 参 Abbey，《中期尼采》，页 143–144；Brobjer，《尼采、伏尔泰与法国哲学》，前揭，页 25–26。

就是这个躺到新时代门槛上的怪胎［卢梭］也想"退回自然"——再问一遍，卢梭想退回何处？——我憎恨卢梭已在革命中：它是理想主义者和恶棍之双重存在的世界历史的表达。……这个平等的学说！……不过没有更毒的毒药了：因为这个学说看上去宣扬公正自身，其实正是公正的终结……"以平等对平等，以不平等对不平等"——这大概是公正的真话：不过，其结论是，"决不让不平等变得平等"。围绕着平等学说发生了如此可怕和血腥的事件，这赋予这个出色的"现代理念"某种荣誉和火光，以至于革命作为景观也诱惑了那些最高贵的英才。（尼采，《偶像的黄昏》，"一个不合时宜者的漫游"，节48）

基于诸如此类的描述，可见尼采对卢梭的看法在写作《朝霞》和《偶像的黄昏》之间的七年内似乎发生了戏剧性的变化。或者如康威（Daniel Conway）所述，这类爆炸性的修辞是尼采渐增的颓废与怨恨的症状。或者至少如艾比所言，这代表了尼采的期望的某种封闭倾向。然而，在《朝霞》卷五中，尼采竭力预防并拒绝此类阐释。

在《朝霞》卷五中，尼采预设并解释了自己与卢梭的决裂，同时也预设并解释了自己与现代自由政治的决裂。他采用的方式既凸显某些熟悉领域与卢梭的分歧，却又不完全破坏他在更深层面与卢梭的一致性。例如，他说明卢梭对哲学的终极影响并不完全是健康的，因为这导致人们颂扬反对理性的、模糊的、准宗教的"直觉"（节544），并助长了一种不以现实体验为基础的道德肤浅（节545），而且卢梭之 laissez‐faire［放而任之］拥抱自然，培育了一种反对真正教养和教育的偏见（节560）。尼采进一步指出，隐藏一个人的美德有些令人反感（节558），如果一个人在他的位份上工作得过于努力，他将不可避免地在世界面前显得失真——这一发现可能会令他的读者灰心（节559）。最后，"也让其幸福放射光芒"同样重要（节561）。尼采温和地表达了卢梭思想存在的问题，以此开始解释两人渐增的分歧。

但在《朝霞》卷五中，尼采也使用更生动的话语预示他将选择驳斥卢梭的期望，这些话语解释了后来攻击中的修辞为何如此激烈。首先，尼采解释道，即便在最优异的思想者面前，无尽的新的荒漠仍在延伸（节554），每个伟大心灵都注定被超越："就连伟大天才的体验，也只有他们的五根手指并起来那么宽"（节564）。然而，这也是欢乐的缘由：

> 我们所有伟大的导师和先驱最终都在某个地方停了下来，精疲力竭，姿势可能既无威严也不优雅：这也将是你我之辈的下场！但你或我又算得了什么！其他鸟儿将飞向更远的地方！我们的这种信念和希望随着它们的翅膀上下翻飞，飞上云端，飞向远方；它超越于我们自己和我们自己的无力之上，从云端上举目眺望，看见一群又一群比我们更强健的鸟儿仍然不懈地向着我们曾经飞向的地方飞翔，向着大海，向着无边无际的大海飞翔！（节575）

尼采再次指出，最伟大的人的思想不是为了满足虚荣心，他们是活生生的实体，将不可避免地被更新、更高的潮流取代。①这解释

---

① 尼采再次回应了卢梭，见《第一论》（The First Discourse）："如果一定要有某些人来从事科学和艺术的研究，那就只能是这些自问能独自追踪前任的足迹、并能超越前人的人；为人类精神的光荣树立起纪念碑的，只能是这样的一些少数人"（《第一论和第二论》，前揭，页63）。[译注]《第一论》指《论科学与艺术》，中译参卢梭，《论科学与艺术》，何兆武译，北京：商务印书馆，1963，页36。

了他背离卢梭时表现出来的夸耀和无耻。但在名为"诗人与凤凰"的格言中,我们读到了尼采对卢梭真情实意的歉意:

> 诗人与凤凰。——凤凰鸟给诗人看一卷正在慢慢烧掉的东西。它说:"别害怕!这是你的作品!它没有时代精神!它更没有反时代精神!因此,它必须烧掉。不过这是一个好兆头,它具有朝霞的某些性质。(节568)

实际上,尼采在后来的作品中在修辞上对卢梭的攻击就是《朝霞》此处描述的烧书之举。

尼采就是烧掉诗人—哲人卢梭的作品的凤凰,现在他将从这种毁灭中飞升。尼采在这些话语中预示的他的转变之所以值得注意,有诸多原因。首先,在更普遍的层面上,这为尼采所谓"成熟"作品有意识的修辞性提供了重要实证。末期作品中拼凑起来的修辞——不仅包括对卢梭的攻击,也包括他那反对以卢梭为象征的一切事物的立场——是出于作者深思熟虑的选择,而不是因为他新发现了一些与卢梭的分歧,不是因为作者的绝望日渐增加,也不是因为尼采的期望走向了封闭。

其次,"诗人与凤凰"简明地描述了这种攻击背后的动机。这种言辞上的激烈是必要的("它必须烧掉"),但这并非因为卢梭的观点完全错误,而是因为其不再与正确的诗性声音对话:他的作品缺少"时代的精神"。此外,若现在回到节496和节499展现的邪恶性问题,卢梭的作品便不再具有"那些反时代的人们的精神"。据尼采之见,哲学性的思想家作为习惯和习俗的批评者,邪恶地存在于每一个社会中(节496)。但卢梭式的政治思想——它曾如此反文化、如此邪恶——却变成了一种危险而具有力量的正统思想。尼采在此处的观点某种程度上具有历史性:时代要以一种新的、不同的东西反对有力然而现在已变得陈腐的卢梭式的诗性。这一反对运动的目标实际上不是宣传任何单一的教诲，而是确保多种可供选择的思想方式一直存在。尼采服务于邪恶的柏拉图式目标，即在习俗的洞穴上保持一定距离。

"诗人与凤凰"也揭示了《朝霞》一处深层的反讽。这则格言宣告了朝霞即将到来，这一意象以一种明显的方式呼应了启蒙运动。尼采在某种程度上当然是通过《朝霞》来宣告他充满欢乐的、反洛可可的科学方案。但尼采同时承认，他的计划模仿了卢梭诗性的反启蒙方法——以他自己最后的修辞火焰风暴来对抗卢梭火焰般的力量。① 对尼采而言，在《扎拉图斯特拉如是说》之前，他还没有那么流行，作为一部新圣经式的准肃剧，《扎拉图斯特拉如是说》标志着尼采背离了中期那些更温和的"乐观主义者"作品。如弗兰科所言，转变发生的同时，扎拉图斯特拉到来了，这"在一种奇异的程度上是政治性的"，也反映了尼采"认为处理虚无主义的文明危机需要什么东西"。② 这一转变也在一种奇异的程度上是卢梭式的。尼采后期作品反映出，尼采成为了诗人—立法者（同上，前言，页 xii，页 178-180）。而且，尼采无疑对于把卢梭漫画化感到愧疚，《朝霞》告诉我们，尼采表达这种愧疚，是通过有意识的修辞，这种修辞以反讽向卢梭本人的极端修辞致敬。考虑到尼采特别欣赏《忏悔录》，

---

① 在《瞧这个人》中，尼采将《扎拉图斯特拉如是说》描述为一个新的反理念（counter-ideal），这个反理念所针对的正是基督教—卢梭式思想（尼采，《瞧这个人》，"论道德的谱系"）；联系尼采对诸理念的看法，这可能是一个信号，告诉我们，看待《扎拉图斯特拉如是说》时不应该过于严肃。关于另一种可能性，参 Kathleen Marie Higgins，《喜剧之书〈扎拉图斯特拉〉》（Zarathustra is a Comic Book），载于 Philosophy and Literature，16 期，1992，页1-14。

② Franco，《尼采的启蒙》，前揭，页 162-163。

他在自传《瞧这个人》中夸张的修辞无疑最清晰明确地表明了卢梭对他的影响。①

除了尼采,还有哪位现代哲人像卢梭一样有如此普遍的影响?难以想象还有谁像这两位代表性人物一样被如此广泛地阅读,被如此多样地阐释、使用乃至滥用,而且如此具有影响力。至少在一定程度上,这是因为他们都选择广泛地将激情注入作品中——这些作品构成了"充满激情的灵魂史",且试图变得具有吸引力,即使对多数人来说并不总是容易接近。但这不是说,尼采对卢梭严厉的批评,或者他对自由民主和基督教会的类似批评,都仅仅是修辞性的。如果尼采对卢梭的讨论是某种象征,那么,他决定持一种驳斥性的立场,就是因为他清楚地认识到无节制的修辞具有潜在的危险。他对民主和平等主义政治的攻击,应当视作一种真正而严肃的努力,试图抵消——也许甚至是颠覆——一个时代的虔敬和偏见。因此,我们的任务并非消解掉尼采对卢梭、平等和理念论的攻击。相反,我们的任务是判断我们是否同尼采的读者持有一样的偏见,或者说,我们的任务是思考一种卢梭式或尼采式的爆炸性修辞是否会再次成为我们的前进的方向。同时,在一个由破碎的当代世界所铺陈的环境中,希望尼采的作品因其异教精神而得以倍受赞赏,这也许不算过分。不容置疑的是,这其中还有许多不曾被发现的领域——许多新的荒漠和景致,变得荒蛮的临时花园,还有更多与地狱里的崇高人物的悄声对话。

---

① 参 Sarah Kofman,《爆炸 I:尼采的〈瞧这个人〉》(*Explosion I*: *De L' Ecce Homo de Nietzsche*),Paris,1992,页 50;Merrow,《"以……之名":尼采文本中的卢梭,或如何不让革命发生》,前揭,页 236。这两项研究对两部作品显而易见的相似之处(但同样也是有区别的 [dichotomous])做出了有用的阐释。

附录一：尼采与卢梭的对话

§465

一次邂逅。——甲：你在望什么呢？你悄悄站在这已很长时间了。

乙：总是老一套的新东西！一件事情之需要帮助状态，使我不由地深深卷进去，然而当我好不容易到达它的基础，我却发现它并不值得如此费力。在所有这类经历的最后，我都产生了一种悲哀和恍惚的感觉。每天我都在较小的程度上如此经历三次。①

§472

不去证明自己。——甲：你为什么不愿意证明自己？

——乙：我可以证明自己，我可以在这件事上和在其他一百件事上证明自己，但我蔑视这种证明中所包含的自我满足的快乐：因为这些事情于我还不够伟大，我宁肯背着坏名声，也不愿意看到那些可怜虫幸灾乐祸地宣称："他很看重这些事啊。"这完全不是真的！也许我应该考虑自己更多一些，把订正有关我的错误意见当作自己的一项责任——我对于我自己以及我自己所造成的东西实在是太不关心和太懒散了。②

---

① ［译注］中译本参见尼采，《朝霞》，前揭，页369。文中不知名的谈话者 A 和 B 即译本中的甲和乙，下同。下面几则对话都出自《朝霞》。

② 卢梭在《忏悔录》中明确写道，他并不是在写作他自己的《申辩》(*Apology*)，参页234；而且他时常提到，他的懒惰和遐想常使他从任务中分心。

§477

从怀疑中走出。——甲：经过一场道德怀疑的大病后，许多人变得忧郁，虚弱，空虚和虚无，在某种程度上被蛀空了。然而，当我从怀疑主义中走出来之后，我却变得比以前更勇敢和更健康，并且恢复了我的本能。哪里狂风呼啸，哪里波涛汹涌，哪里危险重重，哪里我就感觉最好。我并没有变成一只蛀虫，虽然确实经常不得不像一只蛀虫一样工作和打洞。

——乙：你已经不再是一个怀疑者！因为你否定！

——甲：通过这种否定，我重新学会了肯定。

§483

厌倦人类。——甲：认识？是的！但永远都是作为人的认识！我们永远只能看同样的戏，扮演同样的角色，永远只能用这种眼光观察事物：难道不是这样？然而也许存在着无数类型的生物，它们的感官却比人类更适于认识事物！在其所有认识的最后，人们最终认识的真理是什么？是其感官！这也许说明了，认识是不可能的！令人痛苦和厌恶！

——乙：这确是一个可怕的袭击——理性在袭击你！但是到了明天，你又会沉浸在知识也就是非理性的海洋中，为一切人性的东西欢呼。让我们走向海！

参页337："我虽然懒散，可当我愿意勤劳的时候，还是勤劳的；我的懒散不是游手好闲的人的懒散，而是一个独立不羁的人的懒散，他只是在爱干活的时候才干活。"也参《忏悔录》，前揭，页95、97、153、169、241、342、338-339、534及544。

§485

远观。——甲：为什么这样孤独？

——乙：我没有生任何人的气。我只是觉得，当我独处时，我看我的朋友，比我与他们共处时，更清楚也更美；我最热爱音乐和最受音乐感动的时候，也就是我远离音乐而生活的时候。看来，我需要远观，以便更好地欣赏事物。①

§491

孤独生活的另一个理由。——甲：现在你打算回到你的荒野？

——乙：我不是一个快成急就者；我必须长时间地等待自己——水总是迟迟不肯从我的自我之泉喷涌而出，我经常焦渴得失去了耐心。我所以隐退到孤独之中，就是为了不从众人饮水的水池饮水。当我生活在人群中，我的生活恰如他们的生活，我的思想也不像是我自己的思想；在他们中间生活过一段时间

---

① 关于卢梭对孤独的热爱，参《忏悔录》，前揭，页96、160、204、241、319、336、331、332、357、473、534及536-538。以下是关于卢梭对孤独的热爱最直观的篇章：

我曾说，社交场中的闲逸使我感到社交场不可忍受，而现在我倒恣意于闲逸而追求孤独的生活了。然而，我就是这样的，如果其中有矛盾，那也是大自然的过错，而不是我的过错；实际上这里不仅没有矛盾，而且正因为如此，我才所以始终是我。社交场中的闲逸是令人厌恶的，因为它是被迫的；孤独生活中的闲逸是愉快的，因为它是自由的、出于自愿的。宾客满堂时，无所事事便使我苦不堪言，因为我是被迫无所事事的。我得呆在那里，钉在一张椅子上，或是直挺挺地象个哨兵那样站着，不动脚，不动手，不敢跑，也不敢跳，不敢唱，不敢叫，也不敢指手画脚，甚至连梦想也不敢。（页536）

以后，我总是觉得，所有人都在设法使我离开我自己，夺走我的灵魂——我对所有人都感到愤怒，并且恐惧他们。因此，我必须走进荒野，一边恢复正常。

§492

在南风中。——甲：我真不懂起来了！昨天，我心中狂风呼啸，同时又是如此温暖、阳光——明亮到极点。但是今天！一切都是静止的、死板的、阴沉的、像威尼斯的水巷一样暗淡：①——我什么也不想要，长长地舒了一口气，但是在内心里，这种"什么也不想要"又使我感到烦恼。波涛翻来滚去，在我深忧的海中。

——乙：你描述了一种可爱的微恙，下一阵东北风会把它吹走的！

——甲：为什么会这样！

§493

在自己的树上。——甲：没有哪个思想家的思想像我自己的思想这样让我愉快：当然，这并不证明它们就更有价值，但是，某些甜美可口的果实，如果仅仅因为它们碰巧长在我的树上就对它们视而不见，那我也是一个傻瓜！——而我曾经是这样一个傻瓜！

——乙：其他人的感觉正好相反，这同样不证明它们的思想更有价值，特别是不证明它们的思想更没有价值。

---

① 关于卢梭在威尼斯时任法国大使助手经历的详细论述，参《忏悔录》第七章，前揭，页348-375。

附录二:《朝霞》卷五中的卢梭式主题

下表涵盖了《朝霞》卷五(节 423 – 575)的每一条格言,部分格言出现了不仅一次。

主题	格言
旅行、漫步和行走	426、432、452、454、461、468、469、502、530、550、553、554、566、570、572
自然的意象:植物采集、植物学、悬崖、高山、沙漠	424、427、435、449、477、493、502、503、520、521、530、553、568、574、575
幸福	433、439、440、449、450、461、476、477、482、492、524、531、538、539、542、545、550、561、567
善与恶的习俗	423、425、432、441、455、468、473、479、484、486、489、491、496、499、503、510、512、516、521、529、545、552、562、563、574
撒谎、掩饰和修辞	430、435、438、441、446、451、456、459、464、466、468、469、470、472、479、489、502、508、511、512、515、523、524、526、527、528、532、533、534、535、536、542、543、544、550、558、565、569、570
视觉的意象:剧场之眼、起纯化作用的眼睛、飞	433、458、471、476、497、499、505、506、509、529、533、538、539、548、551、553、558、559、561、568、574、575

续表

主题	格言
阅读和写作	449、452、454、470、476、482、493、504、506、523、530、531、562、567、568
孤独	423、427、440、443、448、449、453、473、481、483、485、491、493、499、505、509、516、521、524、527、531、554、562、566、569、572、574
怀疑主义	423、424、432、436、455、465、483、490、492、501、507、519、539、575
虚荣和自嘲	423、449、459、463、464、469、480、482、484、487、494、499、508、521、525、558
激情,包括遗憾与爱	437、450、474、479、480、484、489、502、503、508、515、516、517、532、543、570
哲学品格	448、459、470、474、478、481、482、487、496、497、517、522、525、528、536、538、540、542、546、547、550、570
体验的重要性	448、452、453、458、459、460、462、476、477、481、490、494、497、504、545、555、564、572
对卢梭的批评/与卢梭决裂	431、456、478、514、520、543、546、551、552、556、557、559、561、562、563、564、567、568、571、573、575
名声、永恒和地狱	424、425、429（〔译按〕原文为529,疑为作者笔误）、431、441、463、485、490、495、501、520、541、542、544、562、566、575

思想史发微

章太炎学说对清末民初蜀学界的影响

王锐

在清末民初中国,要推列出对中国传统文化学术有全面并且深刻的了解,立论足以成一家之言,同时在当时学界有较为广泛之影响者,章太炎无疑堪称其中翘楚。他一生交游极广,师友与论敌众多,且治学上涉足许多领域,蕴含着各种解读与诠释的可能性。因此讨论章太炎之生平与学术,通过爬抉史料,多方参证,梳理其学说在清末民初中国不同地域及不同群体中间的影响及回应,关注到他与同时代学人之间或显或隐的往来与互动,以此或可更为全面地展示其学术形象,并呈现清末民初中国学术纷繁复杂的场景。

中国广土众民,不同地域,其学术与文化往往各具特色。而清末民初巴蜀地区,自张之洞于清季创办尊经书院后,士子向学之风日盛,学风独树一帜,学界名家辈出,在清末民初学界具有不小的影响力。① 清末以来，蜀地名家辈出。在经学方面，由于王闿运曾任教尊经书院，流风所及，遂有廖平、蒙文通一脉的宗今文经之学人，其经学观点独树一帜，随着今古文之争日炽，复广为人知，引起众多关注。在新思潮方面，吴虞在蜀地高举"打倒孔家店"之大旗，撰文系统批判儒学，开启反传统的洪水闸门，显示出新文化运动在全国范围内的巨大影响。而在另一方面，赵熙、宋育仁、林山腴、庞俊、吴之英等"五老七贤"声名广披，成为当地文教兴盛、学风彬彬的象征。生逢其时的刘咸炘曾颇为自豪地说：

> 吾蜀地介南北之间，民性得文质之中，虽经元、明两灾，而文风已渐有兴象，又自东西大通以后，中国南北之大势将变为东西，东如门闾，西如室内，蜀后负岷弥而前距海远，山环原野，水如罗纹，亦殊燕、豫、晋、秦之荒漠，后此或将为华化退据之地乎？②

自章太炎1906年东渡日本起，周围便聚集了不少川籍学子，人数仅次于江浙籍人士。③ 他们不但张罗章氏设坛讲学，而且帮助他创办学术刊物，甚至在其生活困难之际提供物质资助。④ 长于蜀地

---

① 关于近代蜀学的流变以及在当时学术脉络中的位置，参见张凯，《清季民初"蜀学"之流变》，《近代史研究》2012年第5期，页107－127。

② 刘咸炘，《史学述林》，载黄曙辉编校，《刘咸炘学术论集（史学编）》，桂林：广西师范大学出版社，2007，下册，页597。

③ 任鸿隽，《记章太炎先生》，载陈平原、杜玲玲编，《追忆章太炎》，北京：三联书店，2009，页211。

④ 这些方面，在《钱玄同日记》与章太炎的女婿朱镜宙的日后回忆中皆有记载。参见杨天石主编，《钱玄同日记（整理本）》，北京：北京大学出版社2014，上册页123。朱镜宙，《章太炎先生轶事》，载陈平原、杜玲玲编，《追忆章太炎》，页136。

的唐君毅后来回忆:"在我开始读中学的时候,那时讲什么整理国故,考据历史,说什么疑古,这些都是从章太炎先生的观念下传来的。"他自言其受教育经历:

> 我自己最初读书,与家庭的关系最大。我读书时代很早,我父亲(案:即唐迪风)是清朝的秀才,在蜀地教中学,后来教大学,他心目中最佩服的是章太炎,一谈便谈到章太炎。我最早读的书,就是章太炎与他一个朋友编的一本书好像是"教育经",是清朝末年的一本书,里面有讲文字学的,有讲诸子学的,是白话文,我七八岁时我父亲就叫我看。其实用白话文最早的是章太炎编的"教育经"。①

影响所及,"章太炎先生喜欢讲文字学,我父亲在我八九岁的时候就强迫我背《说文》"② 这一追述,呈现章太炎与蜀地学界关系甚深,蜀地学术繁荣,章太炎之学的流传或亦为一重要的助力。本文即以此为出发点,通过爬梳相关史料与同时代人之事后回忆,论述章太炎与清末民初蜀地学界之种种关系与互动,分析川籍学人对其思想学说的不同响应,以期从另一个角度呈现章太炎思想复杂且多元的面向。③

---

① 唐君毅在这里所言的"教育经",按照他的描述,很可能是章太炎、陶成章等人在清末编的《教育今语杂志》。
② 唐君毅,《民国初年的学风与我学哲学的经过》,载《唐君毅全集》,台北:学生书局,1988,页9卷页374–375。
③ 对于章太炎与川籍人士的交往,彭华先生在《章太炎与巴蜀学人的交往及其影响》(《淮阴师范学院学报》2013年第4期)一文里勾稽了近代四川学界与章氏有过往来的学人名录,并道及章太炎对他们的影响。凿空之功,值得重视。但是对于太炎学说在四川引起的回响以及章太炎与川籍学人在学术上的论争,从材料到观点,在笔者看来,皆仍有进一步梳理与探讨的必要,故不揣浅陋,草成此文。

一、借诸子以批孔

贺麟尝言：

> （章太炎）对哲学的贡献，第一在于提倡诸子之学的研究，表扬诸子，特别表扬老、庄，以与儒家抗衡，使学者勿墨守儒家。这是他承孙诒让、俞曲园之续而加以发扬的地方。其对革新思想，和纯学术研究的贡献，其深度远超出当时的今文学派，而开新文化运动时，打孔家店的潮流之先河。①

在这一点上，章太炎于清季所撰的子学著作中，《诸子学略说》（又名《论诸子学》）无疑是最具代表性的一篇。这篇文章本为章太炎在东京国学讲习会中的记录，后来在《民报》上公开刊行，方广为人知。在这篇记录里，章太炎虽未诋国学为无用，却对汉代以来被奉为官学的儒家及其创始人孔子进行了强烈的批判与露骨的讥刺。在他看来，

> 儒家之病，在以富贵利禄为心。盖孔子当春秋之季，世卿秉政，贤路壅塞，故其作《春秋》也，以非世卿见志。其教弟子也，惟欲成就吏材，可使从政。而世卿既难猝去，故但欲假借事权，便其行事，是故终身志望，不敢妄希帝王，惟以王佐自拟……孔子之讥文人，谓之"不仕无义"，孟子、荀卿皆讥陈仲，一则以为无亲戚、君臣、上下，一则以为"盗名不如盗货"。而荀子复述太公诛华仕事，由其不臣天子，不友诸侯。是

---

① 贺麟，《五十年来的中国哲学》，北京：商务印书馆，2002，页 4-5。

儒家之湛心荣利，较然可知。

虽然孔子视乡愿为"德之贼"而讥之，但是，

> 夫一乡皆称愿人，此犹没身里巷，不求仕宦者也。若夫"逢衣浅带，矫言伪行，以迷惑天下之主"，则一国皆称愿人。所谓中庸者，是国愿也，有甚于乡者也。孔子讥乡愿，而不讥国愿，其湛心利禄又可知也。

所以"用儒家之道德，故坚苦卓励者绝无，而冒没奔竞者皆是"。① 总之，章太炎全篇对于诸子流派、哲理方面较少言及，而重点谈诸子与现实政治的关系，以及评价当时学者的道德与学品之高下。当然，在这一方面，儒家无疑甚为低劣。

民国成立之后，出于对现实的强烈不满与失望，人们对于传统思想，特别是儒家学说，展开了更为激烈的抨击，大有儒学不除，中国无救的架势，一时间，"儒家规范伦理的核心与德性伦理的核心都在动摇之中"，展现出思想转型时代中的波诡云谲。② 当时身为北京大学校长的蔡元培撰文指出，古人批评异端思想，多将其视为"洪水猛兽"，而今日的新思潮更是堪比浩浩荡荡的洪峰，

> 他的来势很勇猛，把旧日的习惯冲破了，总有一部分的人感受痛苦；仿佛水源太旺，旧有的河槽，不能容受他，就泛滥

---

① 章太炎，《论诸子学》，载章念驰编订，《章太炎演讲集》，上海：上海人民出版社，2011，页38–40。

② 张灏，《中国近代思想史的转型时代》，载《时代的探索》，台北：联经出版事业公司，2004，页50。

岸上，把田庐都扬荡了。①

这股思想界惊涛巨浪的始作俑者之一，便是蜀人吴虞。胡适对他说，自己非常敬重他的奋斗精神，视他为自己的"神交"。② 随后为其《吴虞文录》作序，赞曰：

> 吴又陵先生是中国思想界的一个清道夫。他站在那望不到尽头的长路上，眼睛里、嘴里、鼻子里、头颈里，都是那迷漫扑人的孔渣孔滓的尘土。他自己受不住了，又不忍见那无数行人在那孔渣孔滓的尘雾里撞来撞去，撞得破头拆脚。因此，他发愤做一个清道夫，常常挑着一担辛辛苦苦挑来的水，一勺一勺地洒向那孔尘迷漫的大街上。③

清末民初以来，人们对于传统思想批判时所用的"武器"，多为西方自启蒙运动以降的各种学说，不管它在西方清末民初学术史中的地位如何，只要觉其对于医治中国之病症有效，遂秉"拿来主义"，将其引进中国，广为宣传利用。吴虞在晚清之时，东游日本，学习法政，对于西方清末民初的一些著名思想家，已有一定程度的了解。例如他曾赋诗云："苍茫政学起风涛，东亚初惊热度高。手得

---

① 蔡元培，《洪水与猛兽》，载《蔡子民先生言行录》，济南：山东人民出版社，1998，页56。
② 胡适，《胡适致吴虞》（稿），载中国社会科学院近代史研究所中华民国研究室编，《胡适来往书信选》，北京：社会科学文献出版社，2013，上册，页82。
③ 胡适，《〈吴虞文录〉序》，载欧阳哲生编，《胡适文集》，北京：北京大学出版社，1998，第2册，页608、610。

一编《民约论》,瓣香从此属卢骚。"① 同时于孟德斯鸠、斯宾塞尔的思想也颇为关注。但是在撰文之时,他更多的则是借助诸子之学来宣传新思想,以及对儒学进行批判。而章太炎在清末的相关论著,便给予了吴虞很大的启示。

现存的《吴虞日记》,起始之期为1911年10月,但是在这之前,吴虞就已经开始借诸子之学来抒发自己对于时代的感观与期望。1910年,他借《管子》一书当中所载的管仲治齐之事迹,指出:

> 管子之治齐国,虽本一定之学说,发为一时之政策,而其要尤在使智愚皆知之,智愚皆能知,立政布令,上下咸喻。

吴虞希望当时的蜀地舆论能够有开民智之效,"同德同力,扩其群策,览列强之诡画,弘爱国之大愿,上以慰先皇之玄灵,下以谋全蜀之幸福"。② 此外,同年他还强调,"教主之专制,禁锢人之思想",因此指责孟子辟杨墨之非。因为"杨子主利己,近于小康,所谓人人亲其亲,长其长,其范围小;墨子主兼爱,近于大同,所谓不独亲其亲,不独子其子,其范围大",各有一定的思想价值,所以禁止其流行,实为谬误。而他之所以对此事重新评价,目的就是为了"鼓舞思想界言论自由之风潮也"。③《吴虞日记》中记载关于他阅读、评论章太炎的著作,时间始于1912年1月,在这之前他是否已经对章氏关于诸子学的言论有所了解,现今已不得而知。因此,

---

① 吴虞,《读〈卢骚小传〉感赋》,载赵清、郑城编,《吴虞集》,成都:四川人民出版社,1985,页280。

② 吴虞,《读〈管子〉感言以祝〈蜀报〉》,载赵清、郑城编,《吴虞集》,同上,页11、12。

③ 参见吴虞,《辨孟子辟杨墨之非》,载赵清、郑城编,《吴虞集》,同上,页13–17。

很难说是他受到了章太炎之影响，然后在论说之时借诸子遗言来批判传统、传播新知；抑或是他先有了这一观念，然后看到了章太炎之著作，便深感如获我心，从而进一步坚定了他的想法。但是，不可否认，他对章太炎的著作兴趣非常高，这在他的日记中有着非常清楚的体现。①

1912年1月7日，吴虞在日记中写道："国学扶轮社印《章谭合钞》，太炎后来之文多录入。《诸子学略说》，攻孔子处尤佳。饭后将诸书略为清检，深苦其苦多而劳神矣。"② 对于《诸子学略说》——这一章太炎在东京国学讲习会上讲演诸子之学的记录本，吴虞在称赞之余，还欲使其在蜀地广为传播。于是2月12日，"早孙少荆来，同至昌福公司印《诸子学略说》，三千五元五百本。旋过源记，陆寅生愿印，遂将样本付之"（《吴虞日记》，上册，页28）。第二天吴虞去源记，过问之后，得知《诸子学略说》已经开始排印（《吴虞日记》，上册，页28）。2月14日，他的友人孙少荆"交来《国故论衡》一本"（《吴虞日记》，上册，页29）。可见不只是吴虞，他周围的熟人同样对章太炎之学说颇有关注。2月29日，他"在源记见《诸子学略说》底本颇精雅，五六日后当出版，为之快慰"（《吴虞日记》，上册，页31）。3月11日，吴虞在午后又往源记，询问《诸子学略说》的排印情况，得知第二天即可出版。三天之后，"源记送来《诸子学略说》十本。刘意如来，言多视云限期

---

① 关于这一点，王汎森先生先前业已点出："《吴虞日记》出版之后，吴氏及当时四川新学界受太炎思想洗礼的实况就更清楚了。"参见王汎森，《章太炎的思想》，台北：花木兰文化，2010，新序。笔者不敢掠美，特引出以作说明。

② 吴虞著，中国革命博物馆整理，荣孟源审校，《吴虞日记》，成都：四川人民出版社，1984，上册，页23。

定移。余赠意如、王子云《诸子学略说》各一本,又送陆择之一本,令桓儿交去"(《吴虞日记》,上册,页35)。虽然这本书并非吴虞自著,但是他仍旧热心传布,分赠友人,由此可见他对于其中思想主张的认同。或许是感觉到《诸子学略说》在当地的影响力还不够广泛,所以吴虞特意于报纸上刊登广告,以便在当地宣传(《吴虞日记》,上册,页36)。

吴虞对章太炎思想的热衷,不只是将其著作刊印流传,在平日与朋友的交谈中,章太炎也是他们之间一个颇为热门的话题。4月24日"午刻刘意如同贾姓、郑姓来,皆其同学也。取《女界》广告十张,《宋元学案粹语》二本。贾姓颇可与谈,盖甚佩章太炎者也"(《吴虞日记》,上册,页38-39)。数日之后,吴虞又与友人熊小崖谈起章太炎。他认为章氏"学深而才小。""小崖颇以为知言。因评太炎如此说者亦有其人也。太炎小学、经学、文学是其特长,史学不熟,精于子书"(《吴虞日记》,上册,页56)。其实,章太炎对于史学非常重视,将其看作国粹的最主要载体,他的考史论史之作甚多,早年甚至一度有志于写一部《中国通史》,因而此处二人谈及的章氏"史学不熟",颇值得商榷。不过,他们却承认章太炎"精于子书",这也一定程度上体现了吴虞对章太炎诸子学研究的推崇。

虽然章太炎自己时常以保存国粹自任,反对一味的仰慕西方,但是在吴虞看来,章氏思想实则甚为新颖。他在日记中评论道:

> 太炎喜霍宾索尔学说,保重其书,不轻借人。霍氏既发狂自杀,其书德国亦毁其版;欧洲近日亦罕流传。霍氏谓华、拿不过迎合社会之意,建立功业。不足为真英雄。真英雄必独立社会之外,而先事指导者也。太炎不取严复,以其太旧,而又

仅采唯物派，专重科学实验；如社会学，非唯新派之说不能圆满；严氏所译《社会通诠》，则仍唯物派之书也。然太炎于严氏，仍称其精深……生平最喜康德派哲学；又曾取中外学者列一榜：王壬秋列斗方名士第一、康南海第二等；谭嗣同、梁启超六等；古人，则孔子列八等，在荀子、刘歆之下，其精识独出，真振古奇人也。（《吴虞日记》，上册，页216）

此外，他比较王闿运、章太炎二人之特点，认为

王闿运、章太炎皆怪人也。章富于世界知识，其学去国家社会近；王缺于常识而甚旧，其学去国家社会远。远则遨游公卿，依隐玩世，而可以自全；近则影响政治，切激人心，而常不免祸。王怪于旧，章怪于新也。（《吴虞日记》，上册，页216）

所以，章太炎既然被吴虞诠释为如此富于新思想，以至于广译西书的严复与之相较亦属守旧，那么章氏关于诸子学的著作，在考索古人遗言的同时，所蕴含有对于儒学的强烈批判以及对于新思想的大力提倡，也就很符合他自己的思想倾向了。

因此在吴虞于新文化运动前后极具思想批判性的文章中，可以发现章太炎的论诸子之语对他所产生的影响不小。1917年，吴虞在《新青年》杂志上发表《儒家主张阶级制度之害》一文，开始了他"只身打倒孔家店"的"光辉"经历。其中他指出："盖孔丘之七日而诛少正卯，实以门人三盈三虚之私憾，所以一朝权在手，便把令来行。"（《吴虞集》，页96）此与章太炎在《诸子学略说》里面所刻画的孔子胸怀忌刻之心这一形象非常相似。此外，吴虞认为："盖孔氏之徒，湛心利禄，故不得不主张尊王，使君主神圣威严，不可

侵犯，以求亲媚。而当时之人格高洁如沮、溺之流，皆鄙夷不屑……则孔氏之诮佞，当时固暴于社会也。"（《吴虞集》，页97）这一段话，不禁让人想起了章太炎所强调的"儒家之病，盖以富贵利禄为心"。而在文章末尾，吴虞痛斥历代儒者打击异端之举，其中特意强调"谬种流传于今日，某氏收取章太炎《诸子学略说》，烬于一炬，而野蛮荒谬之能事极矣"（《吴虞集》，页98）。这更显示出，在吴虞心目中，章太炎的《诸子学略说》实为新思潮的代表，所以才被顽固守旧之徒深恶痛绝。

在《读〈荀子〉书后》一文里，吴虞认为："孔学之流传于后世，荀卿之力居多；孔教之遗祸于后世，亦荀卿之罪为大"（《吴虞集》，页109）。荀子的学说，助长君主专制，主张思想控制，这些都极不合于共和理念。吴虞的这一看法，其实与向来主张"尊荀"的章太炎并不相合，而更可能受到了戊戌年间排荀甚力的谭嗣同、梁启超等人的影响。不过吴虞在文中历数晚近以来的改革家，认为，

> 知政治当改革者，容纯父诸人也；知政治儒教当改革者，章太炎诸人也；知家族制度当改革者，秦瑞阶诸人也；知政治、儒家、家族制度三者之联结为一而皆不可不改革者，严几道诸人也。（《吴虞集》，页110）

他并未因章太炎对于荀子颇多褒扬而视他为守旧，而是更看重他反对"政治儒教"的思想贡献。

在《儒家大同之义本于老子》一文里，吴虞指出："孔氏问礼于老聃，《礼运》'大同'之说，乃窃道家之余绪，不足以翘以自异。"（《吴虞集》，页118）这一观点，仿佛让人看到了章太炎所描绘的儒道两家师承关系中暗藏心机、彼此防范的场景。吴虞本此论

点,来强调不能因为儒家主张"大同"而视其为反对君主专制,实则历代儒者多略"大同"而详"小康",以此迎合君主,以期得位乘时。在文章末尾,吴虞说道:

> 孟氏攻杨朱无君,则其学说亦不合于今日。惟孟子性刚,以"草芥寇仇"之语被朱元璋逐出太庙,而孔氏仍然安享太牢无恙,章太炎目为"国愿",于此可以思其故也。(《吴虞集》,页121)

言下之意,在他看来,章太炎的"国愿"之论,一针见血地将孔子之卑劣用心给揭示出来。

总之,章太炎作于晚清时期的论诸子学之文章,特别是《诸子学略说》,对于民国建立之后借诸子以批孔的吴虞影响极大。由于这些文章本身所具有的强烈批判意味,吴虞也视章太炎为引领新思想的代表人物。正如论者所言,"吴虞后来推重诸子文,据管子以言经济,举墨学以为平等,以老庄、佛学为哲学堂奥等,皆循太炎之迹"。① 陈独秀在1917年时也认为:"墨氏兼爱,庄子在宥,许行并耕,此三者诚人类最高之理想,而吾国之国粹也。奈均为孔孟所不容何。"② 不过随着时代激进程度的加剧,吴虞承章太炎之余绪,借诸子以批孔,在对传统思想更为厌恶的人眼中,这一行为与晚年的章太炎本人一样,亦为落伍。依钱玄同之见,

> (吴虞)那部什么《文录》中"打倒孔家店"的话,汗漫

---

① 周昌龙,《新思潮与传统——五四思想史论集》,南昌:百花洲文艺出版社,2004,页116。
② 陈独秀,《答李杰(墨、庄、许之评价)》,载任建树主编,《陈独秀著作选编》,上海:上海人民出版社,2010,第1卷,页349。

支离，极无条理，为何如此？因为孔家店（无论老店或冒牌）中的思想固然是昏乱的思想，就是什么李家店、庄家店、韩家店、墨家店、陈家店、许家店中的思想，也与孔家店的同样是昏乱思想，或且过之。还有欧洲古代的思想和印度思想，一律都是昏乱思想。所以若是在李家店或韩家店等地位来打孔家店，实在不配！孔家店里的伙计们，只配被打，决不配打孔家店，这是不消得说的。他们若自认为打孔家店者，便是"恶奴欺主"，别人若认为他们为打孔家店者，未免是"认贼作子"了！

同时他对吴虞说：

> 孔家店里的老伙计呀！我很感谢你：你不恤用苦肉计，卸下你自己的假面具，使青年们看出你的真相；他们要打孔家店时，认你作箭垛，便不至于"无的放矢"；你也很对得起社会了。①

同样的，据周辅成回忆1920年代他的故乡江津县青年之读书风气：

> 在新文学上，彼此都一致，文学研究会、创造社，鲁迅、郭沫若、托尔斯泰、高尔基，常常出现在口中。由于这些人的出现，什么康有为、梁启超、章太炎，早被青年遗忘了。②

可见，随着新文化运动以来趋新之风愈发猛烈，批判儒学已

---

① 钱玄同，《孔家店里的老伙计》，载《钱玄同文集》，北京：中国人民大学出版社，1999，第2卷，页60。
② 周辅成，《我与20世纪》，载《论人和人的解放》，上海：华东师范大学出版社，1997，页494–495。

经扩大为批判诸子,诸子学已经不再是青年一代借以批判传统的利器。在这样的情形之下,章太炎的批孔之论在青年中间已然失去效力,吴虞的相关言论也就成为了陈言刍狗,个人形象从名盛一时的"老英雄"渐渐没落为默默无闻的老学究,从而淡出了时代的舞台。

此外,吴虞在个人私生活方面,狎妓冶游,纳妾藏娇,甚为风流。然在老辈看来,有此等行为而批孔,其心术实属可疑。张尔田1930年代致信陈柱,说道:

> 即诋毁孔孟者,亦必学问与道德孔孟齐等,而后方可开口,而后孔孟乃真正引为我之学敌。是故无孟子之知言养气而辟杨墨者伪,无墨子之摩顶放踵而非儒者妄。近有川人某某者,以打倒孔□□自命,前在□□大学教授室中,乃亲自盗书。其后又因作狎妓白话诗,为人所逐。试问此口更向谁开。①

字里行间,对吴虞深表鄙夷。而章太炎对于个人道德之高下,向来十分注意。他在论述历代学术史的文章当中,时常视当时学风以及学人品德的高低,来作为判断一代学术良莠之重要标准。在作《诸子学略说》以批判儒家的同时,他于《革命道德说》中强调革命能否成功,一个基本要素即为革命者是否具备高尚的道德,公德固然重要,私德也不应有缺憾,并以"知耻"、"重厚"、"耿介"、"必信"四种品德以为倡。② 据其学生许寿裳回忆,章太炎于日本主

---

① 张尔田,《与陈柱尊教授论学书》,《学术世界》,1936 年第 1 卷第 1 期,页 95。
② 章太炎,《革命道德说》,载《章太炎全集》,上海:上海人民出版社,2014,第 4 册,页 284 – 297。

《民报》笔政之时,"注意于道德节义,和同志们互相切励;松柏后彫于岁寒,鸡鸣不已于风雨,如《革命道德论》、《箴新党论》二篇,即系本此意而作"。① 终章氏一生,虽然因学术与政治立场毁誉并至,但是在私人道德方面,他却是清末民初名人中难得的少有缺憾者。两相比较,可以看到吴虞虽然对《诸子学略说》甚为推崇,但是在做人上,他与章太炎之间的差距着实不小。

二、关于经学的论争

提及清末民初蜀学,被时人谈论最多且争议最大者,当推井研廖平。陈寅恪尝言:

> 曩以家世因缘,获闻光绪京朝胜流之绪论。其时学术风气,治经颇尚公羊春秋,乙部之学,则喜谈西北史地。后来今文公羊之学,遂演为改制疑古,流风所被,与近四十年间变幻之政治,浪漫之文学,殊有联系。此稍习国闻之士所能知者也。②

康有为于晚清之时,编撰《新学伪经考》、《孔子改制考》,借助今文经学来宣扬变法思想,正因为如此,使得本属阳春白雪的经学论争广为时人注意。廖平其人,乃一经生,本无多少澄清宇内之志,其论学之作,虽不无学以致用之意,但大体上乃是就经学本身,

---

① 许寿裳,《章炳麟》,转引自汤志钧编,《章太炎年谱长编》,北京:中华书局,1977,上册,页225。
② 陈寅恪,《朱延丰突厥通考序》,载《寒柳堂集》,北京:三联书店,2001,页162。

梳理渊源流变，评价前人得失，提出自己观点。但由于康有为曾与之有过学术互动，加之他的许多经学观点，至少在表面看来，与廖平《知圣篇》、《辟刘篇》所言相似处颇多，因此当时不少人认为康氏之学剽窃自廖氏，于是廖平之学渐为全国士人瞩目，而其受关注程度往往超出了学术本身。

廖平治学，一生多变。最开始以礼制平分今古，撰有《今古学考》一书。后来变为尊今抑古，以此臧否六经，进退圣人。而章太炎自言"二十四岁，始分别今古文师说"，并且"专慕刘子骏，刻印自言私淑"。① 虽然在那一时期，他还没像后来那样严守古文经学壁垒，说经之时与今文经学的绸缪缱绻之处所在不少，并未完全独树一帜，但他已经开始努力尝试批判当时今文经学的相关论点。发表于戊戌政变之后的《今古文辨义》一文，便是其代表之作。

在这篇文章当中，章太炎认为廖平之"《群经凡例》、《经话》、《古学考》等书，虽所见多偏戾激诡，亦由意有不了，迫于愤悱之余，而以是为强解，非夫故为却偃以衒新奇者。余是以因通人之弊而为剖释焉。"在他看来，廖平尊孔之心过于强烈，遂主张六经皆为孔子所撰，上古史事，纯属子虚，诸子九流，悉宗仲尼，如此方能凸显出孔子超迈古今，为生民所未有。但是这种诠释孔子、六经与上古史事的方式弊端极大，会造成"欲摈古文于经义之外，而反引珍说于经义之中；欲摈尧、舜、周公不得为上圣，而反尊庄周、墨翟为大师"。并且"孔子贤于尧、舜，自在性分，非专在制作"。章太炎具体说道：

---

① 章太炎，《民国章太炎先生炳麟自订年谱》，台北：台湾商务印书馆，1980，页5。

然即以群经制作言之，《春秋》自为孔子笔削所成，其旨与先圣不同，即《诗》、《书》亦具录成、康后事，其意亦不必同于尧、舜、周公矣。惟《易》与《礼》、《乐》多出文、周，然《易》在当时，为卜筮所用，《礼》、《乐》亦为祝史瞽蒙之守，其辞与事，夫人而能言之行之也。

所以"孔子自有独制，不专在六经；六经自有高于前圣制作，而不得谓其中无前圣之成书"。① 在这里，章太炎以历史的眼光看待古代经典的形成过程以及孔子的地位，这一视角也正是他后来阐述中国历代学术流变的一个基本特色。② 基于此，章太炎指出：

> 就廖氏之说以推之，安知孔子之言与事，非孟、荀、汉儒所造耶？孟、荀、汉儒书，非亦刘歆所造耶？邓析之杀求尸者，其谋如此；及教得尸者，其谋如彼。智计之士，一身而备输、墨攻守之具，若好奇爱博，则纵横错出，自为解驳可也。彼古文既为刘歆所造，安知今文非亦刘歆所造以自矜其多能如邓析之为耶？而《移让博士书》，安知非亦寓言耶？然则虽谓兰台历史，无一语可以征信，尽如蔚宗之传王乔者亦可矣，而刘歆之有无，亦尚不可知也。"果如是，"则欲以尊崇孔子而适为绝灭

---

① 章太炎，《今古文辨义》，载汤志钧编，《章太炎政论选集》，北京：中华书局，1977，上册，页109－111。

② 1901年孙宝瑄在日记中写道："诣彦复及枚叔谈。余尝论史分五种：曰国史，曰年史，曰政史，曰事史，曰人史。枚叔于政史之下，为增学史。彦复于国史之上为增地史。合为七史，史学该备矣。"参见孙宝瑄，《忘山庐日记》，上海：上海古籍出版社，1983，上册，页356。可见在对历史的关注方面，章太炎尤其重视学术的历史。

儒术之渐，可不惧与？①

章太炎在当时，虽然于经学上有自立门户的愿望，在政见上却依然未放弃改良变法之路。他说自己与康有为"论学虽殊，而行谊政术自合也"。即便是学术主张，"所与工部论辩者，特左氏、公羊门户师法之间耳。至于黜周王鲁、改制革命，则未尝少异也"。② 戊戌变法期间与之后，康学被反对变法者大肆抨击，他们认为康有为包藏祸心、图谋不轨。③ 据章太炎自己说，当时身任湖广总督的张之洞得知他治学与言今文经学者有异，于是遂招章氏至湖北，让他写文章驳难康有为等人。④ 所以在《今古文辨义》一文里，章太炎特意强调"若夫经术文奸之士，藉攻击廖以攻击政党者，则塪井之鼃，吾弗敢知焉"，⑤ 将自己对今文经学的批评与反对变法区分开来，以防贻人口实。所以他在整篇文章中皆以廖平为对话对象，并无一语涉及康有为等人。不过或许另一方面，章太炎也对康、廖之间的学术交往有所耳闻，因此借着批评廖平，来表示对康有为相关学术主张的微辞。⑥

章太炎此文刊出不久，黄镕、胡翼等廖平门生便致信回应。他

---

① 章太炎，《今古文辨义》，载汤志钧编，《章太炎政论选集》，上册，前揭，页114—115。
② 章太炎，《康氏复书》，载《中国文化研究集刊》，第1辑，上海：复旦大学出版社，1984，页357。
③ 汪荣祖，《康有为》，台北：东大图书公司，1998，页60-61。
④ 章太炎，《民国章太炎先生炳麟自订年谱》，前揭，页6。
⑤ 章太炎，《今古文辨义》，载汤志钧编，《章太炎政论选集》，上册，前揭，页115。
⑥ 章太炎虽然在那一时期依然显示出与康有为等人的惺惺相惜，但是他曾与康党因论学不合而拳脚相加也是事实，所以似不能排除他在《今古文辨义》中有比较隐晦的借批廖而顶康之意。

们指出:

> 窃以当今海内老师宿儒相聚而谈四益（廖平）者，皆以防流弊为说。轻躁之士发愤著书，每多非常可骇之论，托名卫道者以此归罪于四益，大著亦以为言，虽四益虚受改易，某等实不能无疑。①

尽管章太炎强调自己撰文批评廖平绝非与反对变法有关，但是在他人看来，这一嫌疑终究难以排除。或许在当时士人眼里，今古文之辨，表面上所争者为学术，本质上则多属于政争。黄、胡等人认为:

> 说经之书，但当问与经义忤合如何？流弊有无，初非所计。何则？考鲁、齐传经有微言、大义两派：微言者，言孔子制作之宗旨，所谓素王制作诸说是也……自西汉以后，微言之说遂绝，二千年以来，专言大义。微言一失，大义亦不能自存。六经道丧，圣道掩蔽，至今日统中外贵贱智愚老少妇女人人心意中之孔子，非三家村之学究，即卖驴之博士。故宋元流弊，动自谓为圣人，信心蔑古。此不传微言之害，彰明较著，有心人所伤痛者也。嗟呼！人才猥琐，受侮强邻，《诗》、《书》无灵，乃约为保教，以求倖于一日。四益心忧之，乃汲汲收残拾缺，继绝扶危，以复西汉之旧。合中国学术而论，以孔子为尊，必先审定孔子，规模光欱，宫墙美富，迥出迂腐学究万万之外，俾庠序之士，心摹力追，以求有用之学，庶几圣道王猷，略得

---

① 黄溶、胡翼等，《致莉室主人书》，载《廖平选集》，成都：巴蜀书社，1998，下册，页623。

班管。(《廖平选集》,下册,页623)

可见他们虽然极力撇清廖平与康有为厉行变法之间的联系,但是其为廖氏辩护的思路,依然是强调乃师之学的致用之效。因此他们认为章太炎的文章不但"所採六朝以下狂乱之人事,迥非其比,何足以相难",而且所征引者"多采之旁人,郢书燕说,变本加厉,以遂讐仇之口"(《廖平选集》,下册,页624)。说到底,还是在怀疑章太炎之论廖平,是在当时异常紧张的政治气氛之下深文周纳、借题发挥。

其实章太炎对于廖平,在评价标准上与对康有为绝不相同。立志于排满革命以来,他对康氏鲜有好评。不是说他学无根底,就是称其利欲熏心。据汤炳正回忆,章太炎论学时的"偏激之语","往往跟他的政治思想倾向联系在一起。"章氏"对康有为的经今文学家观点的敌视,往往跟憎恶康的维新保皇相纠缠。推广之,乃至康尊北碑,先生则倡法帖;康喜用羊毫,先生则偏爱狼毫"。① 而对廖平,章太炎却未带太多因政见歧异而附加其中的感情因素,基本能够从学术本身对廖氏进行评价。在《訄书》重订本的《清儒》篇中,章太炎对于晚清宗尚今文经学者少有肯定,但却认为廖平治学"时有新义,以庄周为儒术,说虽不根,然犹愈魏源辈绝无伦类者"。② 在《程师》一文里,他说道:"余见井研廖平说经,善分别古今文,盖惠、戴、凌、刘所不能上,然其余诬谬猥众。"在附注中他进一步指出:

---

① 汤炳正,《忆太炎先生》,载陈平原、杜玲玲编,《追忆章太炎》,前揭,页368。
② 章太炎,《訄书·清儒》(重订本),载《章太炎全集》,第3册,前揭,页157。

> 廖平之学，与余绝相反。然其分别古今文，墒然不易。吾诚斥平之谬，亦乃识其所长。若夫歌诗讽说之士，目录札记之材，亦多诋平违牾。已虽无谬，所以愈于平者安在耶？①

章太炎对于廖平的认可也仅止于此。廖平论学，三变之后，流于所谓"天人之学"，喜为臆度，妄谈六合之外，预测未来之事。章太炎对于清代朴学的治学方法甚是推崇，在《说林》一文中，他以戴震学位权度，衡鉴晚近学人。其中如是评价廖平：

> 归命素王，以其言为无不包络，未来之事，如占蓍龟，瀛海之大，如观掌上。其说经也，略法今文，而不通其条贯，一字之近于译文者，以为重宝，使经典为图书符命。②

因之被列为最低一等。章太炎治学，强调"学名国粹，当研精覃思，钩发沈伏，字字徵实，不蹈空言，语语心得，不因成说，斯乃形名相称"。③ 他对廖平的评价，抑扬之间，便是以此作为标准。

反观廖平，据朱镜宙所言，其于海内学人，

> 独佩先生（章太炎），当贺伯钟自东京携先生《齐物论释》归，廖往索阅。伯钟曰，欲读此书，须先解三种基本学问。一训诂，二子书，三印度及西方哲学。一二君已优为之，惟印度与西方哲学非君素习。廖得书穷数日之力读竟。叹曰，以吾廖

---

① 章太炎，《程师》，载《章太炎全集》，第4册，前揭，页139。
② 章太炎，《说林下》，载《章太炎全集》，第4册，前揭，页118。
③ 章太炎，《与人论国学》，载马勇编，《章太炎书信集》，石家庄：河北人民出版社，2003，页219。

某之力,仅能领解十之七八,诚奇才也。①

不过在经学领域,据吴虞转述廖平之言,后者仅认为"章太炎文人,精于小学及子书,不能谓为通经也"。② 可见,廖平对章太炎虽有推许,但对其说经水平却不甚认可。

廖平逝世之后,其孙廖宗泽请章太炎为乃祖撰写墓志铭。章太炎在文中回忆,民国初年在北京与廖平晤面,发现后者论学甚为平实,未尝涉及迂怪。遂认为"君学有根柢,于古近经说无不窥,非若康氏之剽窃者,应物端和,未尝有倨容,又非若康氏自拟玄圣居之不疑者也"。廖氏一生,学凡六变,依章太炎之见,"其第三变最可观,以为《周礼》、《王制》,大小异治"。但是即便如此,其论学仍有瑕疵,"君以清世版图,外及蒙古、伊犁,南北财距六千里,故推《周礼》以为治地球之书,岂未考古今尺度有异耶?"推其原因,章氏认为廖平"顾其智虑过锐,流于谲奇,以是与朴学异趣"。③

章太炎尝言:"学术的进步,是靠着争辩,双方反对愈激烈,收效方愈大。"④ 因此章太炎或许视廖平为学术上难得的诤友。姜亮夫回忆,廖平殁后,章太炎颇感怅然,之后便"未尝以经今文家许人"。⑤ 而章太炎晚年曾撰《汉学论》,指出:"清世言《公羊》已乱视听,今《公羊》之学虽废,其余毒遗蠚犹在",甚至于"祸乃

---

① 朱镜宙,《章太炎先生轶事》,载陈平原、杜玲玲编,《追忆章太炎》,前揭,页136。
② 吴虞,《爱智庐随笔》,载赵清、郑城编,《吴虞集》,前揭,页224。
③ 章太炎,《清故龙安府学教授廖君墓志铭》,载《章太炎全集》,第5册,页298–299。
④ 章太炎,《国学概论》,北京:中华书局,2003,页33。
⑤ 姜亮夫,《论余杭先生学与徐一士三书》,载《姜亮夫文录》,前揭,页1。

流于人民种姓"。① 在这里他虽对晚清今文经学进行严厉批评，但其主要所指者乃是时常强调与晚清今文经学之渊源的古史辨派，而非有意针对廖平。② 姜亮夫又言："先生论廖先生曰：'好奇善变，然变而不离其宗，宗旨民族德性之本也。'"对其独行孝友之德深表赞许。③ 章太炎晚年论学，十分强调躬行践履传统道德，以此拯救世风，鼓吹民气。基于此，廖平之言行，或许在他看来，正有值得表彰之处。

廖平治学，最初致力于以礼制分辨今古。对此其弟子蒙文通论曰：

> 最风行一世的，前十年是今文派，后十年便是古文派。什么教科书、新闻纸，一说到国学，便出不得这两派的范围。两派的领袖，今文家便是广东的康先生，古文家便是浙江的章先生。二十年间，只是他们的两家新陈代谢，争辩不休，他们的争议便占了汉学的大部分了。但是他们却莫有截断众流的手段、精明的眼孔，古、今的界线何尝分别清楚！到得近世井研廖先生著一部《今古学考》，真是平分江汉，画若鸿沟，真是论今、古学超前绝后的著作。因为他头脑分明，手段简捷，他擅长是讲《春秋》说礼制，仪征刘先生称他'自魏晋以来无此识力。'我敢说，石渠议后莫有可和他比拟的。④

---

① 章太炎，《汉学论上》，载《章太炎全集》，第5册，前揭，页1。
② 王锐，《章太炎晚年学术思想研究》，北京：商务印书馆，2014，页78-80。
③ 姜亮夫，《思师录》，载《姜亮夫文录》，昆明：云南人民出版社，1999，页22。
④ 蒙文通，《经学导言》，载《经学抉原》，上海：上海世纪出版集团，2006，页16。

言下之意，廖平之学，段数高出康、章，能从礼制入手，将今文经与古文经的区别划分清楚。廖平学问多变，后期愈显怪诞，然在蒙文通看来，

> 廖师既通《谷梁》，明达礼制，以《谷梁》、《王制》为今文学正宗，而《周官》为古学正宗，以《公羊》齐学为消息于今古学之间，就礼制以立言，此廖师学根荄之所在。①

以此为标准，蒙文通遂对章太炎之学术进行评价。1912年时任蜀地都督的尹昌衡发起创办蜀地国学院，聘请当时落难至蜀的清末民初另一位古文经学大家刘师培担任院副，与廖平共事一处。② 蒙文通曾经受教于刘氏，认为后者"能扬西汉学，而未必即张大古文学，廖师实真能张古学者也"。③ 盖廖平能洞察古文经学本意，分疏其家法，而不惑于西汉、东汉师说之争。基于此，蒙文通指出：

> 章太炎虽未必专意说经，其于家法之故，实不逮于左庵，然于《左氏》主杜氏，于费《易》取王弼，以《周官》为孔子所未见之书，学虽逊左庵，识实比于六译。夫《周官》自有其价值，岂以附于孔氏则重，不附于孔氏则轻。（《经学抉原》，页100）

不过在其他文章中，蒙文通却强调：

> 言今文者，莫不宗先生（廖平），而言古文者亦取先生之论

---

① 蒙文通，《井研廖师与近代今文学》，载《经学抉原》，前揭，页95。
② 万仕国编著，《刘师培年谱》，扬州：广陵书社，2003，页219。
③ 蒙文通，《井研廖季平师与近代今文学》，载《经学抉原》，前揭，页100。

以为说。余杭章氏、仪征刘氏最为古学大师,而章氏于《左氏》主于依杜以绝二传,尤符于先生之意,然于礼犹依违于孙、黄之宗郑;刘氏为《礼经旧说考略》及《周官古注集疏》以易郑注,符于先生说礼,而于《春秋》犹守贾、服,衡以先生之论,则章、刘于古学家法犹未能尽,翻不若先生论古学之精且严也。①

蒙文通对于乃师廖平,极力表彰其依礼制平分今古,而于其后来的学术转变鲜有涉及,并以此为标准来评价章太炎,这其实与他自己的论学取向颇有关系。蒙氏虽然少治经学,但是后来受到时代风气的影响,其关注点已经转入古史,他对廖平《今古学考》的阐释,便是主要从史学角度看待这一经学遗产,借之建立自己的学术体系。② 蒙文通1930年代在江南访学时曾去拜会章太炎,十余天中,章氏对他侃侃而谈,视若知音。他承认今、古皆为汉代之学,今日所应研究者,乃是先秦之学。然蒙文通对此论却不能完全认同,后来他比辑秦制,始见秦制之所以异于周,于是今学之所以异于古学者,亦因之了然。随后他从历史的角度梳理周、秦、汉典制之区别与汉代儒生对于古代经说的吸取及诠释,最终认为"廖、刘二师推今、古之歧异至于周、孔皆非情实;章氏言今、古止为汉代之学固是,然其离汉师于先秦又未必是也"。③ 他在这里扬弃了老一辈的今古文之争,转而用历史的眼光来讨论古代学术之流变。

---

① 蒙文通,《廖季平先生传》,载《经学抉原》,前揭,页198。
② 王汎森,《从经学向史学的过度——廖平与蒙文通的例子》,载《近代中国的史学与史家》,上海:复旦大学出版社,2010,页84。
③ 蒙文通,《治学杂语》,载蒙默编,《蒙文通学记》,北京:三联书店,2006,页4。

1932年廖平去世之后，蒙文通在为他所撰的传记里面专门提到："犍为李源澄俊卿，于及门中为最少，精熟先生三传之学，亦解言礼"，

> 余杭章太炎善其文，延至苏州，为说《春秋》义于国学讲习会，俊卿守先生说以论章氏，人或言之太炎，太炎不以为忤。太炎谓闻人言廖氏学，及读其书不同，与其徒人论又不同，殆正谓俊卿也。

因此在蒙氏看来，"能明廖师之意而宏其传者，俊卿其人也"。① 李源澄1935年赴苏州从章太炎游，成为章氏晚年弟子，但是在学术传承上，依然深受廖平与蒙文通的影响。所以时人言李氏之学"根柢于蒙文通先生，遇廖氏而深邃，经章氏而广大。故三先生最所服膺，而与蒙先生师弟之谊尤笃"。② 李源澄在当时曾经致信章太炎，讨论今古文问题，此信今已亡佚，然章太炎之回函依然可见。章太炎在其中提到，李源澄认为《礼》与《春秋》，如车如辅。《礼》如法令条文，《春秋》如理官之判词。对此他基本上同意。但是从历史演进的角度看，"时王之制，不能无所变更。重以文襄霸制，亦列国所承用，其不能无异于《周官》者，势也。"所以"时制异于成周，而《春秋》因时制以成其例。"基于此，章氏说道：

> 仲舒之徒，未尝参考《左氏》，乃云文家五等，质家三等，以就其改制之说。岂独诬《春秋》，亦诬公羊子矣。盖《春秋》者，以拨乱反正为职志，周道既衰，微桓文起而匡之，则四夷

---

① 蒙文通，《廖季平先生传》，载《经学抉原》，前揭，页200。
② 赖高翔，《李源澄传》，载林庆彰等编，《李源澄著作集》，台北：中央研究院中国文哲研究所，2009，第4册，页1783。

交侵，中国危矣。故就其时制，以尽国史之务，记其行事得失，以为法戒之原。孙卿云：有治人，无治法。则知圣人不务改制，因其制皆可以为治也。若云"为汉制法"，孰有大于废封建，行郡县者。《春秋》乃绝无一言，徒以伯、子、男同等，少变秩敍，此何益于治乱之大数耶？仆尝谓《谷梁》、《公羊》二家，不能知国史根原，因文襃贬，往往失之刻深，乃如托鲁改制之说，又《公羊》本文所无有，汉世习今文者，信其诬罔，习为固然。《白虎通》多采今文师说，《五经异义》虽备存古今，要其所谓古文说者，亦时不本经传，而本师家新义。由是言之，以《礼》证《春秋》，亦何容易。①

章太炎自清季以来，一直视六经为史书，视孔子为史家，强调"孔氏之教，本以历史为宗"，"《春秋》而上，则有六经，固孔氏历史之学也；《春秋》而下，则有《史记》、《汉书》以至历代书志纪传，亦孔氏历史之学也"。② 晚年他撰写《春秋左氏疑义答问》一书，从历史著作的角度讨论《春秋》与《左传》，认为孔子作《春秋》，因鲁史旧文而有所治定，所剩余义，付与左丘明，后者编撰《左传》，以保存史事。并强调孔子著书缘起，乃是由于"四夷交侵，诸夏失统，奕世以后，必有左衽之祸，欲存国性，独赖史书，而百国散记，难令久存，故不得不躬为采集，使可行远"。③ 这一观点，与他视历史为民族主义之源泉息息相关。因此在这里，他本此

---

① 章太炎，《答李源澄书一》，载林庆彰等编，《李源澄著作集》，第2册，前揭，页999—1001。

② 章太炎，《答铁铮》，载《章太炎全集》，第4册，前揭，页388–389。

③ 章太炎，《春秋左氏疑义答问》，载《章太炎全集》，前揭，第6册，页270。

见解向李源澄进行阐述。

对于章太炎的答复,李源澄复函以为回应。他承认,

> 常州诸子于《公羊》本不深晓,所好乃在仲舒、邵公。董、何二子之于经义,澄岂敢妄非之哉,乃常州诸子取其三统改制之诬说,以为微言所寄,以此释经,翻其反矣。

降至康有为,"究其所谓微言大义者,直董、何污垢秽浊之物耳"。对章太炎的观点表示认同。不过他依然坚持"至谓《公》、《谷》因文褒贬,往往失之刻深,似未尽然"。《春秋》中的褒贬之辞"不可书见,故资于口授,是《春秋》微言,胥赖于此也"。而"孔子以匹夫而行天子之事,褒讳贬损,故有所避",同时,

> 丘明同观国史,故得据本事而作传。其始不过孔门弟子之参考,自史记沦亡,春秋数百年之事,仅赖存其梗概。

所以,

> 欲观《春秋》微言,必自《公》、《谷》始,以其为口说流行之本,《左氏》所记则档案,足资稽考而已。若谓《公》、《谷》为附会,《春秋》无义例,安得左右逢源若此耶?"总之,"《春秋》是经非史,《左氏》虽胜于《公》、《谷》者多,若说《春秋》,则当以《公》、《谷》为本,宜分别观之。①

针对李源澄的观点,章太炎再次向其申说己意。他强调:

---

① 李源澄,《上章太炎先生书二》,载林庆彰等编,《李源澄著作集》,前揭,第 2 册,页 994、999。

> 古之六艺，《易》与《连山》、《归藏》同列，《诗》犹汉乐府，《书》犹唐大诏令与杂史，《周官》则会典，《礼经》则仪注，如《春秋》者，即后代纪年之史与正史之本纪耳。

不特此也，单就经、史重要性而言，

> 旷观海外通达之国，国无经而兴者有矣，国无史，未有不沦胥以尽者也。夫中国之缕绝复续者，亦国史持之耳。经云、史云，果孰重孰轻耶？档案者，儒生之所轻，而国家之所重。编档案者，非独左氏，马、班、陈、范所录，皆档案也。

对于这一点，他特别奉劝李源澄，"此不须苦辩者，读书阅世久，自知之也"。

此外，"夫《春秋》者，夫子之文章，非性与天道也，成败垂殁，讲授日浅，既有之，安得所谓微言？称微言者，即孟喜枕膝之诈尔"。若是"必以畏时难闷之，是孔子、丘明之勇，不逮董狐远甚，乃与韩愈之畏史祸等也"。①

对章太炎的经学主张，李源澄终究还是持保留态度。章氏逝世之后，他发表了《章太炎先生学术述要》一文以为纪念。在文中他指出：

> 凡事专看本身，不能显示其价值，必从前后左右，多方比较推察，然后明了。惟此法通常学生于老师多不应用，只言其长而不言其短，或者讳莫如深，或者置而不谈。不知一人之真正评价，终有显露之时，固然当时之是非或蔽于感情，后世之是非或蔽于后世学风之顺逆，但真正之是非，在有识者心中，终不可以磨灭。

---

① 章太炎，《答李源澄书二》，同上，页 1002–1003。

所以他强调:"吾论先生,皆一出本心,不为阿私。"① 本此立场,李氏认为章太炎《春秋左氏疑义答问》一书"发明甚多,惟左氏说经,不无问题。虽先生之才学,终未能使其血脉贯通"。此外,"《周礼》一书,先生既信《周礼》,自不能于《周礼正义》之外,有何独创之见"。对此李氏认为:"先生以史观经,而明于古代之政术。固执内诸夏外夷狄之义,为一生精神之所寄托,此又非通常所谓汉学家能至也"(《李源澄著作集》,第2册,页1462－1463)。虽不完全同意章太炎的经学主张,但对他说经时的苦心孤诣颇能理解。或许也正是因为如此,李源澄在参与1930年代社会上关于读经问题的论争时,申述其支持读经之理由如下,

> 六经皆史也,汉人言通经致用,犹言通史致用也。经史分途,始于荀氏《中经簿》,撰述者虽殊才德,而其质不异,世之谤经、疑经者,率未尝窥经,语之通经致用则大哗,语之通史致用则了喻。盖异国有史而无经也,然亦无有轩轾。为古史,为吾国文化之滥觞,从源至流,故当先河后海,束于则此不可,不足以尽斯理之变也。②

很明显,其所言者与章太炎对经的诠释若合符契。可见,对于章氏的经学思想,李源澄还是有所汲取的,而非一味深闭固拒。

三、教外别传

刘咸炘曾对蒙文通言:"蜀中学人无多,而有不能容异己之病。

---

① 李源澄,《章太炎先生学术述要》,同上,页1457－1458。
② 李源澄,《读经杂感并评胡适读经平议》,同上,页1006。

先辈不肯屈尊，后进又每多侮老。学风衰寂，职此之由。"① 清末民初蜀学，井研一脉，名声在外，几成独尊之势，不少人攀附其下，以求有成。然即便如此，当其时不一意趋附者，亦非无人。成都龚道耕便是其中一位代表人物。龚氏勤于治学，尤致力于群经，精通三礼，宗尚郑玄，曾撰有《郑君年谱》，历任蜀地诸学堂、大学之教习。友人庞俊论其学术，指出：

> 先生既尽睹诸儒之书，左右采获，不为偏倚。当是时，蜀人言经，必曰廖氏。游食之士，攀附光景，惟恐弗及。至有不读注疏，不知惠、戴、庄、刘为何人，而日言"三科九旨"、"五际四始"，附会牵引，无所不蕨。先生故深耻之，益闭门自精，于廖说不为苟同。尝欲作书申郑君，以辨廖氏之加诬，属草未具，会治他书而辍。虽善今文，而不喜康氏言变法，以为哗世取宠，殆非君子之学。②

龚道耕对当时学风中的深持门户之见、斤斤饾饤之学、持论博而寡要、治学华而不实者皆表示不满。③ 此外，对于清末民初以来的趋新之风，他更是深以为非，慨陈：

> 近世醉心欧化者，乃谓小说为文学正宗，且欲以白话文代文言。黄口小生，随声附和，贾竖射利，遂以《红楼》、《水

---

① 刘咸炘，《与蒙文通书》，载黄曙辉点校，《刘咸炘诗文集》，上海：华东师范大学出版社，2010，页172。
② 庞俊，《记成都龚向农先生》，载《养晴室遗集》，成都：巴蜀书社，2013，上册，页374。
③ 龚道耕，《与人论学书二首》，载李冬梅选编，《龚道耕儒学论集》，成都：四川大学出版社，2010，页234。

浒》编入教科。狗吠驴鸣，遍于天下，而文学不可复问矣。①

凡此种种，可以窥见龚氏论学旨要。

龚道耕于民初曾任教于成都高等师范学校。姜亮夫回忆道：

> 龚向农先生的教法是另一种风格。他教我们《国学概论》和《经学史》。《经学史》的教材是龚先生自己编的，他说在外面流传的《经学史》都有问题，所以他自己编讲义。至于国学概论是采用章太炎先生的《国故论衡》。他讲的时候，一句话一句话讲得清清楚楚，我们都认真地一一记下。有时对某个观点某句话他觉得不对，他就批评。他说："我自己为什么不编这课讲义呢？我直率地说，我编这讲义不会比章太炎先生这个讲义高明，我也会有错误的，哪个没有错误呢？问题在于我们要知道错误是为什么产生的。"他讲，太炎先生的《国故论衡》中有些错误就是太炎先生思想有矛盾，太炎先生一方面在反对满清，反对专制，要倾向民国，但是另一方面又觉得民国的故障多得很。这个时候已经是民国十三四年了，太炎先生已经是在不得已的困难时候了，所以他的文章已经开始回头讲经学，讲史学这些东西，同他在写《訄书》的时候大不相同了。所以龚先生教导我们，读书应该将著书的时代背景弄清楚。②

可见龚道耕对于太炎学说颇为推崇，以至于将《国故论衡》作为授课讲义，但同时亦非常注意在他看来章氏论学的瑕疵之处，强调其立论时的特殊背景。

---

① 龚道耕，《中国文学史略论》，同上，页95。
② 姜亮夫，《忆成都高师》，载《姜亮夫文录》，前揭，页185。

姜亮夫在这里谈及龚道耕讲授经学史时自编讲义。诚如他所言，对于经学，龚氏曾撰有《经学通论》一书，阐述历代经学之流变。在这本书中可以比较清晰地看到他对于章太炎学术思想的吸收与批评。关于"经"的定义，龚道耕谓：

> 《说文》曰："经，织，从丝也。"古者以简策为书，必以丝绳连贯之，故从其质而名之曰"经"。犹佛书称"修多罗"，亦因彼以贝叶写经，用丝绳连贯也。说"经"之书谓之"传"，"传"与"专"同……"经"之始名，盖未甚尊，儒家之外，道家、墨家、兵家之书，皆称之……自儒学统一，学者乃尊严经名而不敢僭。①

姜亮夫曾说龚氏以《国故论衡》为讲义向学生讲授，并对之逐字详解。在这里，龚道耕对"经"的定义很明显便是本于《国故论衡》中的《文学总略》。章太炎在其中以比较文化的眼光，借用天竺佛书之样式为参考，对中国古代的"经"进行诠释，并视之为用丝线连接起来的"线装书"。② 这一观点某种程度上将经学的权威性与神圣性一举打破，在当时堪称石破天惊之论。尽管章太炎本人并非激烈的反传统主义者，但是流风所及，新文化运动以来的不少抨击经学之论，皆时常搬用章氏此论以为立说之助。前文谈到，龚道耕在论学上并不趋新，却也在此处以这个观点来解释何谓"经"，犹能显示出他对章太炎学说的认同。不过即便如此，他在这本书中对

---

① 龚道耕，《经学通论》，载李冬梅选编，《龚道耕儒学论集》，前揭，页2。

② 章太炎，《国故论衡·文学总略》，上海：上海古籍出版社，2011，页53–54。

于章太炎的论学主张并非全盘接受。章氏在《国故论衡·原经》篇中以史视经，对此龚道耕指出：

> 至其谓编年之史始于周宣，五十凡为史籀、尹吉甫成式，尤属无稽之谈。又谓经史分部始于荀勖，以今文学家异《春秋》于史为非，不知经史之异，在性质，不在形貌。以太史公之闳意眇指，犹自谓整齐故事，不敢拟于《春秋》，可知经史自有区别。徒执目录家经史部录之法言之，于义无当也。①

此处他强调经史有别，不能完全以史视经。

清末民初蜀地，虽未亲炙章太炎教诲，但对其学术却推崇有加，并在学界有一定地位者，当推前文曾提及的綦江庞俊。庞氏曾问学于龚道耕、林山腴等蜀中前辈学人。1924年任教于成都高等师范学校，自是以后，历掌成都各大学教习，在蜀地学界颇具名气。庞俊曾经致信当时还在主编《学衡》杂志的吴宓，陈述其对当时学界之感观：

> 盖尝思之，学术之坏，其始无过二三驰说者，歆心于俄顷之声誉，务为奇觚不恒之说，趣以惊动庸俗耳目已尔。而其迁流所极，有不胜其偏且蔽者。遂令四方承学之士，人人自圣，中风狂走，往而不反。

及至流弊泛滥，许多青年学子，对于古书只是粗通大义，便开始扬榷其得失；同时深受当时疑古思潮的影响，动辄言上古载籍尽皆伪造。凡此种种，不但不识其弊，而且步武一二名流，俨然以"整理国故"之追随者自居。②庞俊不但对新文化运动以来学界的趋

---

① 龚道耕，《经学通论》，载李冬梅选编，《龚道耕儒学论集》，前揭，页51。
② 庞俊，《与吴雨僧书》，载《养晴室遗集》，上册，前揭，页277-278。

新之风颇不以为然,还对当时的一些老辈学人复有微词。他在同一时期致信《学衡》杂志编辑部,谈到:

> 敝乡自名山吴伯揭先生下世,则井研廖氏最为老师,顾其暮年以儒为戏,诚有如余杭章先生所诃者……若富顺宋芸翁,骈文诗歌,皆入湘绮之室。既老且衰,乃弃捐不道,而喜言经国,识者惜焉。①

此外,1927年王国维逝世之后,庞俊评论道:

> 大抵静安所说,多本之乾嘉诸儒,高邮王氏,尤所服膺。至于讲堂口述,无取繁词,不复一一,非剿说也。而弟子不知,震而矜之,暧暧姝姝,以为莫非先生之孤诣独造,而伛偻以承之,则多见其固陋而已矣。②

庞俊眼界如此"挑剔",却对章太炎甚为青睐。他曾致信赵熙,言及自己的读书经历:

> 俊往者亦稍窥雅故诸书,于清儒则高邮王氏,尤所心醉。近时俞、孙、章、刘诸家,亦多尽得其书读之,然于古今音韵,仍多疑滞。多好无成,当为尊者所笑冈尔。上午买得《章氏丛书》一部,敚误甚众。近方借一浙本雠校之,日得十许叶。③

不久之后他又对赵熙说:

---

① 庞俊,《与〈学衡〉杂志》,同上,页275。
② 庞俊,《跋〈国学论丛·王静安先生纪念号〉》,同上,页385。
③ 庞俊,《上赵尧生先生书》,同上,页253。

近阅《章氏丛书》毕,惟不能读《齐物论释》及《别录》玄理诸篇,自昔未窥内典,忽睹胜义,翻致迷罔,斯以爽然自失也。端居多暇,稍稍复理吟咏。

同时感慨:

自顷世途辀张,民生日蹙,病每变而益危,药历试而不验。或有谓巴菽、甘遂可帝者,激而行之,异喙加厉。遂乃诡更风雅之体,崇饰鄙倍之辞,横舍小生,乐其汗漫,探喉而出,一日百篇。然而坑谷皆盈,势亦难久。(《养晴室遗集》,上册,页253-254)

其实章太炎对于当时学风也深感忧虑,他曾撰《救学弊论》一文,对眼中学界的种种弊病进行批评。他指出新式教育之下,学子染习西风,使得国性渐失,爱国之心无由发越;而一二师长,误人子弟,导致年轻人学乏根底,唯风气是趋,因而建议重整文科教学,让学风返于正轨。① 而这篇文章同样引起了庞俊的共鸣。他痛感"庠序之间,浊然淆乱,黠者务为奇淫,以悦少年,而生徒每下愈况,适有浅陋唱而和之,遂至颠倒黑白,以枉者为巧"。于是强调:"往读余杭章氏《救学弊论》,窃为悲之。"②

1934年庞俊访学江南,本欲赴苏州拜谒章太炎,但因行程突然改变,遂不克实现。翌年他致信章氏,说道:

西垂鄙生,读先生《丛书》久,自惟固陋,不足以宣究微

---

① 章太炎,《救学弊论》,载《章太炎全集》,第5册,前揭,页88-96。
② 庞俊,《上赵尧生先生书》,载《养晴室遗集》,上册,前揭,页253-257。

言。客岁南游,谓当弭棹吴江,瞻郑乡之乔木。何意故乡祸变,仓卒西还,至今犹邑邑也。近获吴中消息,知有学会之兴,及所为《制言》杂志,亦得寓目。发声振铎,地动铃铃,诚不胜望风增气。《传》曰:"不有君子,其能国乎。"间者雅废夷侵,莠言日出,承学多佻达之士,在野乏不二之老。独有魁垒耆艾,经纬本末,白头奋笔,令儇者毋敢妄訾儒术,吾安得不为之距跃三百者哉。不肖钻仰宝书,忽将十稔,承乏横舍,亦时为诸生讲述。有所为《国故论衡疏证》,颇有疑滞,恨不得攝齐请益也。今先寄上近作杂文一首及《疏证》一篇,先生有所诲正,何幸如之。先生蜀中弟子,有钟正懋、李植、董鸿诗辈,俊皆识之。与李植同教一校,时闻绪论,其情尤陶陶尔。吾蜀自廖井研下世,犹有一二耆秀,文辞斐然,言经术者稍希矣。其治文字音韵,有李植、赵世忠,皆以先生为本。俊以《国故论衡》、《检论》诸书为教,学者亦渐知依归。①

对于庞俊此函,章太炎是否有回复,今已不得而知。1936年他在苏州逝世之后,庞俊又撰《章太炎先生学术述略》一文,比较系统地阐述了自己对于章氏学术的理解。他在文中指出,章太炎治学,继承清代朴学"实事求是"之优良传统,治经必先以小学为基础,

> 于是作《文始》以明语言之根,次《小学答问》以见文字之本,述《新方言》以通今古之邮;其《国故论衡》上卷十一篇皆言小学。如谓语言之缘乎天官,转注之系于造字,皆能道前人所不能道。

---

① 庞俊,《与章太炎先生书》,同上,页267-268。

因此"论者推其集一代小学之大成"。而对于经学,章氏虽然推崇清代汉学,但晚年撰《汉学论》,于其中不黜魏晋经说,这一点在庞俊看来堪称卓见,认为"此其闳通不党,所以不同于清儒者也"。而《春秋左传疑义答问》一书,"明孔、左之同时述作,刘知几之所惑,至是始解;桓谭所谓经之与传,如衣表里,至是始得大明"。在文论方面,章氏力破阮元文笔之辨,认为一切著于竹帛者皆应视之为"文学","其规模至闳远,足以摧破一切狭见之言"。①

此外,庞俊对于章太炎的诸子学研究尤为表彰。他指出清代宗朴学者,治经之余,旁及诸子,但其成绩,基本不出校勘文字、训释名物,对于诸子玄言少有阐释。而章太炎因目睹世变,感事既深,返观子书,遂多心得。后来研治佛典,东渡日本之后,复广览西方哲学著作,视野越发开阔,新知旧学,融汇无间。在清末民初中西思想激荡的大环境下,能够拥有广阔的知识背景,于是,

> 作《原道》、《原名》、《明见》、《辨性》、《道本》、《道微》、《原墨》诸篇,精辟创获,清儒不能道其片言。其说始出,闻者震惊,而卒莫之能易。

在这里,庞俊论章太炎子学研究之成绩,能够从后者对于欧洲及印度哲学皆有所涉猎这一点上立论,而不把他归列于一般的笃旧老辈之列,这一认识可以说深具眼光。而后来与庞俊学术及政治立场不大相同的侯外庐,在分析章太炎哲学思想时,也指出他对哲学领域的诸多概念问题皆有论及,其知识背景是对古今中外的哲学思

---

① 庞俊,《章太炎先生学术述略》,同上,页367-369。

想广泛吸收，所以"这种运用古今中外的学术，糅合而成一家言的哲学体系，在近世他是第一个博学深思的人"。① 不过，对于倍受吴虞推崇的《诸子学略说》，庞俊却颇有微词。他说："若《诸子学略说》之属，譬之刍狗，用在一陈，本非定论也。而哗世者窃其绪馀，遂至肆无忌惮，则先生固不能尸其咎。"② 前文谈到，庞俊对新文化运动以来的趋新蔑古之风很是不满，所以他自然不会认同《诸子学略说》中的诋毁孔子之论。而他在这里所说的"哗世者"，大概很可能便是他那位蜀地老乡吴又陵。

庞俊对于章太炎学术最为重要的阐扬，当数他在致章氏信中所谈到的《国故论衡疏证》（以下简称《疏证》）一书。《国故论衡》分为上中下三卷，上卷论小学，中卷论文学，下卷论诸子学，庞俊只完成了中卷与下卷的疏证工作。在《疏证》一书中，庞俊在一些篇目前撰写了简明的提要，对于章太炎在《国故论衡》中所用的生僻字词进行了解诂，对于章氏行文中间所涉及的人名、学说、史事也进行了颇为详细的说明，使读者能够大致明了章太炎立论时所指为何。此外，他还在注文中征引章太炎在某一具体问题上于其他论著中的相关言论，附于《国故论衡》的正文之后，如此排列，可以比较清楚地看到章氏在不同时间不同论著中的阐释之异同。

庞俊治学，私淑章氏，所以在《疏证》一书里，他对章太炎的一些较有争议的观点进行申论。如章氏在《文学总略》中对于"文学"之定义在民国学界引起不少论争，有人视其为开承认白话之先河，有人则认为这一定义大而无当，失之疏阔，庞俊在注文中说道：

---

① 侯外庐，《近代中国思想学说史》，上海：生活书店，1947，下册，页861。
② 庞俊，《章太炎先生学术述略》，载《养晴室遗集》，上册，前揭，页372。

或病其过为广漠,然文学本以文字为基,无句读文与有句读文初无根本之别,其容至博,不可削之使狭。证之西方,亦有谓游克力之几何、牛顿之物理,莫非文学者矣。专主藻采,则必远于修辞立诚之旨。世人惟不能抉破一切狭陋文论,故有应用文与美文之别。流宕不反,竟有谓美文乃可不重内容,乃可不求人解,乃可不受常识与论理之裁判者,良由持论偏狭,故不胜末流之弊矣。①

在《原学》篇中,章太炎认为诸子之学皆出于古之王官,对此庞俊强调:

九流皆出于王官,其说发自《七略》。古者,治教未分,官师无别,学术本诸官守,其道有不得不然者。近人胡适始为《诸子不出于王官论》,徒为攻难,而持之无故,说虽辩而实非也。(《国故论衡疏证》,下册,页650)

诸子起源问题,为清末民初子学研究中的一个热点,胡适反对《汉志》旧说,坚持诸子乃应世变而兴,其立论背后,实有与章太炎一较高下的意味存焉。所以庞俊在这里特意申论章说,强调其主张的正确性。老庄之学,历代多以玄虚视之,而在《原道上》中,章太炎认为老庄学说实为经国治民之术,庞俊在注文中阐释:

老聃清虚自守,卑弱自持,端居深观,以究万物之情。其极深研几,无为而无不为,所谓君人南面之术是已。庄周亦叹

---

① 庞俊、郭诚永,《国故论衡疏证》,北京:中华书局,2011,上册,页340-341(按:这一版本,中卷下卷乃庞俊旧作,上卷论小学部分为郭诚永所撰,系合刊本)。

内圣外王之道,暗而无明,郁而不发。则《老》、《庄》同为经国之言,夫何疑哉?(《国故论衡疏证》,下册,页686)

进一步强调章氏观点的正确性。

此外,庞俊在《章太炎先生学术述略》一文里认为章太炎之论诸子,因为有对西方哲学的深刻体会,所以立论极具特色。因此在《疏证》中他对《国故论衡》所涉西学部分亦作扼要说明。如《辨性上》中章太炎提到了叔本华,庞俊在注文里遂对叔氏生平与学术梗概进行介绍,谓其学说渊源于康德,认为世界万物皆出自我表象,世界根柢在于非理性的意志,不论圣贤凡俗,皆同此意志,意志实难以满足,故人生终无可得安宁之日。而意志之要,在于利己,所以人生而性恶,难以改变。此论基本上抓住了叔本华学说的要旨(《国故论衡疏证》,下册,页800-801)。又如在《辨性下》中章太炎谈到有人主张国家自有其本体,庞俊在注文里便梳理了法国大革命以降西欧各国主要政治学家关于国家的定义。特别对黑格尔与伯伦知理的国家论进行介绍,如此章太炎下笔时背后所预设的论争对象便可一目了然(《国故论衡疏证》,下册,页819-820)。可见庞俊虽然对社会上尘嚣直上的趋新之风甚为反对,却绝非对西学一无所知。杨树达曾言:"太炎本以参合新旧起家",[1] 庞俊在阐释章太炎著作时能够注意到章氏的西学背景,这一点很值得世上喜谈章太炎生平与学术者借鉴。

四、结语

章太炎与蜀地学界颇多因缘。清末以来,章太炎对诸子之学论

---

[1] 杨树达,《积微翁回忆录》,北京:北京大学出版社,2007,页55。

述甚夥，其间不乏激烈的反传统之语。吴虞对章太炎的子学著作甚为青睐，尤为叹服其中的批孔言论，他在日记里面留下了不少在蜀地期间阅读、宣传章氏子学著作的记录。在新文化运动时期只身打倒孔家店时，章氏的相关言论，给予了他很大的影响与启示，成为他借诸子以批孔时颇为重要的思想来源。而同样是在蜀地，龚道耕与庞俊对于章太炎之学术亦颇为推崇，二人皆以《国故论衡》作为授课讲义，龚氏在自己的说经之作中征引章太炎的观点，庞俊更是以太炎私淑弟子自居，不但勤于阅读其文章著作，于章氏逝世之后撰文纪念，高度评价其学术思想，还致力于疏证《国故论衡》一书。不过龚、庞二人对新文化运动以来的趋新之风皆深为不满，认为青年一代群众运动式的学术宣传弊病极多，基本上可视为新文化运动以来新思潮的批评者，然而他们与吴虞一样，都对章太炎青睐有加。这从一个侧面展现了章氏思想本身所蕴含的复杂性：既可以视为功底深厚能自成一家之言的国学翘楚，又可以视为引领潮流的新派人物，而从吴虞与龚、庞二人对于章氏的不同认知与评价，也可以窥见清末民初蜀地新旧思想并行于世的复杂景象。①

不过章太炎与蜀地学界的最主要互动，当属今古文以及相关问题的论争。戊戌政变发生后不久，紧张空气犹存，经学上正在尝试自立门户的章太炎于《今古文辨义》中对廖平的经学主张进行批评，从历史的角度论述古代经典的形成过程，认为廖氏欲尊孔子而适足以将孔子与儒学虚无化。虽然他极力声称自己与廖平辩论，乃是就

---

① 吴虞在1920年致信胡适，谈及四川"近一二年风气渐开"，但是"惜乎杨沧白用人惟旧，如高等师范校长杨伯钦、联合成都县中学校长张铮、成都县中学校长龚向农、华阳县中学校长林山腴，皆异常反对白话文及新思潮"（吴虞，《致胡适》，载赵清、郑城编，《吴虞集》，前揭，页419）。可见在当时他还是视龚道耕为思想上的对立面。

学术论学术，并无借机深文周纳之心，但是从廖平弟子的回复来看，彼等依然是在极力撇清与康有为之间的关系，并对章太炎撰文之动机表示怀疑，同时坚持廖平治经有助于光大圣人之道，挽救民族危机，透露出戊戌年间士人经学立场背后的现实焦虑。章太炎对康有为之学大加抨击，但在经学上还是对廖平的观点有所肯定，认为其依礼制评分今古实为卓见，超出清代朴学家之上，但是对于廖平后期学术愈发流于怪诞，他则不以为然。晚年为廖平撰写墓志铭，于其孝友之行又多有表彰。他在不同时期对于廖平的认识，基本上是以自己的学术见解为标准。章氏历来主张学术争辩的重要性，因此，若把他对廖平的态度视为高下之争或者心存惧怕，未免失之刻薄。廖平弟子蒙文通极力表彰乃师根据礼制分辨今古的功绩，对于其学术变化则鲜有论及，并以此评价章太炎，认为他虽然在某些观点上有独到之处，但是总体说来依然逊廖平一筹。他的这些看法，也与他自己在学问上有心从经学转向史学息息相关。而曾经分别受教于廖平、蒙文通与章太炎的蜀学后劲李源澄，则与章太炎讨论经史关系，章氏坚持以史视经，并强调这一观点背后的民族主义立场；李源澄虽依然坚持经是经、史是史，经有微言大义，但是需要的时候，他还是援引章太炎的这一观点，作为自己立论时的辅助。终其一生，章太炎与廖平及其门生，皆有互动，从中可以看到清末民初经学论争背后的学术与政治诸面向。

古文今刊

直注道德经

德异 著

问永宁 余绵纯 校注

校注说明

　　德异俗姓卢，号蒙山，一号绝牧叟，世称古筠比丘，高安（江西）人，皖山正凝的法嗣，与雪岩祖钦、高峰原妙、绝学世诚等同时，是宋元之际临济宗杨岐派高僧。至元27年，他在苏州休休庵（一名圆觉寺，又名普光王禅院）刊梓的《坛经》，就是著名的德异本。除了德异本《坛经》，他的著作，有释吾靖等辑集的《蒙山和尚普说》，韩国翻刻本名《蒙山和尚六道普说》。①《五灯严统·二十二卷·蒙山异禅

---

① 可参周春生、韦光燕，《休休庵本坛经版本考》，《世界宗教研究》，2004年第4期。

师》,《续灯存稿·卷五·蒙山德异禅师》,《续灯正统卷八》等也收有德异的相关文字和资料。德异在大陆学界被关注不多,但在韩国影响很大,关于德异的生平,韩国著名学者许兴植有《蒙山德异의著述과生涯》与《蒙山德异의行迹과年谱》发表,可参看。关于德异的佛学思想,韩国有多种专著与论文发表,如韩国东国大学校金炯录(印镜)的博士论文《蒙山德异의禅思想研究》及专著《蒙山德异의高丽后期禅思想研究》等。

德异还著有《直注道德经》一书,是比较早的僧人系统注释《道德经》的著作,有比较高的学术价值。元人刘惟永《道德经集义》收录了"道可道"至"三十辐共一毂"共十一章的注文,其余篇章在大陆可能已经失传,周云青《老子道德经书目考》、王重民《老子考》、严灵峰《周秦汉魏诸子知见书目》、丁魏《老学典籍考》以及严灵峰编《无求备斋老子集成初编》、《续编》,日本学者波多野太郎《老子道德经研究》,熊铁基、马良怀、刘韶军《中国老学史》等均未提及全书情况,尤其是严灵峰编《周秦汉魏诸子知见书目》,对《老子》书目搜罗毕尽,亦云"未见",只依据毛利贞斋《老子直注》说此书"康熙时尚存"①。熊铁基等编《老子集成》收书涉及宗教、哲学、文学、政治等广泛领域,收录了很多孤本、善本,关注到只存于国外图书馆的罕见版本,但对于德异《直注道德经》一书,仍然没有提及。② 就笔者管窥所及,研究性的文献,可能只有

---

① 严灵峰编,《周秦汉魏诸子知见书目》,台北:正中书局,1975,页135。
② 熊铁基等,《老子集成》,北京:宗教文化出版社,2011。

许兴植的《蒙山德异의直注道德经과그思想》一篇文章。①

笔者有幸搜得日本早稻田大学藏本《直注道德经》,此书系"至元戊寅作解",前有至元丁亥中顺大夫广东道宣慰副使游立之序,后有至元丁亥吾靖之跋。查至元戊寅即公元1278年,为至元15年,至元丁亥即公元1287年,为至元24年,是德异注《道德经》尚在刊《坛经》之前。此书多用佛家思想解说《老子》,而传统上说德异本《坛经》有道家气息,从文献看,确实不为无因。至元年间,佛道教争激烈,政府打压宋人。② 至元15年(1278年)之后,杨琏真迦、桑哥等在南方打击道教,至元18年(1281年),释道辩论中,道教失败,除《道德经》之外,其余经典均被列为伪经。而至元22年(1285年),杨琏真迦则干出了发掘宋陵的勾当。在这样一个背景下,德异注释《道德经》,有没有一种文化上的反抗意向,也是值得研究的一个问题。

除早稻田大学藏本外,尚未发现其他版本的《直注道德经》,为保存文献计,今以早稻田大学藏本为基础,参考刘惟永《道德真经集义》等相关文献,对《直注道德经》做一初步标点注释,至于研究,还只能俟诸来日。计开元、汪刚迪二君,对于此一工作,贡献不少,谨致谢忱。

---

① 许兴植,《蒙山德异의直注道德经과그思想》,《정신문화연구》,1995,页18。

② 参周清澍,《论少林福裕和佛道之争》,载姚大力、刘迎胜主编《清华元史》第一辑,北京:商务印书馆,2011。

直注道德经序

——古筠释绝牧叟 德异 述

欲观大达家风,①须识本来面目,②不可思议,③难以智知。若非再世圣人舍悟入,无由洞彻,纵是超方贤士执能解,有所昏迷。涤尽诸尘,正眼闻,圆通一法,④真机活,浅深易辩,玄妙难谩。夫《道德经》者,复明妙剂也。修身治家治国治天下,⑤舍道德而用他术者,昧冥也。⑥善为士者,微妙玄通。无为而身修,不令

---

① 大达,大,古人以大为美;达,道德和学问都有很高的造诣,《孟子·尽心上》:"穷则独善其身,达则兼善天下";大达,通于大道。《庄子·外物》:"饰小说以干县令,其于大达亦远矣。"

② 本来面目,(公案)又曰本地风光,自己本分等。示禅门法道极度之语也。显教之本觉,密教之本初,亦不外乎是。然则何物为本来面目,请参之。《六祖坛经》:"不思善,不思恶,正与么时,那个是明上座本来面目。"

③ 不可思议,或为理之深妙,或为事之希奇,不可以心思之,不可以言议之也。《法华玄义序》:"所言妙者,妙名不可思议也。"《维摩经》:"罔知所释然而能然者,不思议也。"

④ 圆通,妙智所证之理曰圆通。性体周遍为圆,妙用无碍为通。《楞严正脉疏》:"六根互用,周边圆融,成兹妙果。其修入方法,最为方便者,即从耳根修入,耳根闻性。人人本自圆通。如十方击鼓,一时并闻,是圆也。隔墙听音,远近能悉,是通也。声有动静,循环代谢。而闻性湛然常住,了无生灭。若不寻声流转。而能反闻自性。渐至动静双除,根尘回脱,寂灭现前,六根互相为用,遂得圆通。"一法,一切事物尽备法则,故总名为法。一法者,犹言一事一物也。《三藏法数四》:"法即规则之义。"

⑤ 此处"修身治家治国治天下"之语,即是化用大学之语,其后"物格"之语皆是。《大学》:"物格而后知至,知至而后意诚,意诚而后心正,心正而后身修,身修而后家齐,家齐而后国治,国治而后天下平。"

⑥ 昧当作昧。昧,迷也,蒙蔽无知也。

而家治。若也施之于国于天下，其德广矣。贤良来归，民物顺化，淳风大复，国用有余，海晏河清，①万邦入贡，圣治也。②烁群昏统众德者，③道也，三才之本也，④万物之母也。为人不造道，如饥者不食，寒者不衣，良可悯也。⑤周末时世废道失德，老子弃藏室史，将隐去，关令尹喜劝请著书，遂留五千余言，惟述道德。道者，妙道也，⑥大道也。⑦德者，上德也，下德也，标月指也。⑧无诡异乱伦之术，无惑众密传之法，能一览而直前者，未即至圣而亦贤矣。三教一体也，万法一源也。三教之道即二仪之道，二仪三教一道也。道之妙者，大包无外细入无内，至明无相至灵无为，至顺无私至尊无我，大功不宰大用无穷，独立不改，周行不殆，浩浩荡荡，历历明

---

① 海，沧海。晏，平静。沧海波平，黄河水清。形容国内安定，天下太平。也作"河清海晏"。唐薛逢《九日曲池游眺》："正当海晏河清日，便是修文偃武时。"

② 圣治，即至善之治。《庄子·天下》："官施而不失其宜，拔举而不失其能，毕见其情事而行其所为，行言自为而天下化，手挠顾指，四方之民莫不俱至。此之谓圣治。"

③ 烁，《说文新附·火部》："灼烁，光也。"引申为照亮，言消也。众德：《圆觉经序注一》："统众德而大备，烁群昏而独照，故曰圆觉，其实皆一心也。"

④ 三才，天、地、人。《易·说卦》："是以立天之道曰阴与阳，立地之道曰柔与刚，立人之道曰仁与义。兼三才而两之，故《易》六画而成卦。"

⑤ 良，诚然，的确。

⑥ 妙道，《庄子·齐物论》："夫子以为孟浪之言，而我以为妙道之行也。"

⑦ 大道，自然法则。《庄子·天下》："天能覆之而不能载之，地能载之而不能覆之，大道能包之而不能辩之，知万物皆有所可，有所不可。"

⑧ 标，表之意。指示月之指，称为标月指。佛教将"真如"比喻为"月"，故对不知真如（月）者，以诸种法来说明（指）真如（月）实相。标月指，即指佛所说之诸法，亦即八万四千法门、五千余卷之经文。《圆觉经》："修多罗教，如标月指。若复见月，了知所标毕竟非月。"

明，方隅不可定其居，劫数无能穷其寿，绝对待，没比伦。如是虚明，如是灵妙，人人有之，在人曰心，迷悟有殊，善恶异矣。古之大达者，悯诸迷昧，①或为直指单提，②或为宛转开示，或以物格，或以事喻，方便多门，如大医王随病与药，③德无望报，功有大全。呜呼！去圣时遥，见见识识各党宗教，夹截虚空，弃明投冥。以病为药，弃真逐末，日益浇漓，伤哉！德异择友求师，游历湖海，观诸利害，誓与有志气者共知，宋咸淳间数载，留闽遇二朝士，④力恠释老。⑤余勉之曰："详看老子，怒或息。时点捡《华严》，却与本色衲僧说话。释老果有未善，明指其非，罪之可也。"二公遽取老子，阅数章。余问之曰："有过否？"二公有省，同声曰："禅家善指人见道如此，当告诸友朋释老大有过人处。"二公由是誓彻此道。贱迹出阃十有三年，⑥丁丑秋，飓下澉山杓柄，戊寅春，不赴清凉请，乐寂寥于吴庵曰："休休闲中日永，注此一经。行无缘慈作不请友，愿诸仁者举目洞彻，广弘至德，挽回古风。"或曰："达磨西来，⑦直指见性，不立文字，注经述叙，流入知解矣。"山僧谢之曰：幸遇子期，三教圣人面目现在，公见否？草

---

① 迷昧，《黄氏日钞》："近惟觉彼之迷昧为可怜，而吾道不振之可忧，诚实痛伤不能自已。"

② 单提，禅家直指之旨也。单提宗旨，不涉余岐。

③ 大医王，佛教语。譬佛菩萨也。《维摩经·佛国品》："为大医王善疗众病。"《无量义经》："医王大医王，分别病相晓了药性，随病授药令众乐服。"

④ 朝士，周代官名。掌朝士官次及刑禁之类，见《周礼·秋官·朝士》，泛指中央的官吏。

⑤ 恠同怪，怪，责备、埋怨。力怪释老，言二朝士用力于非议释老。

⑥ 阃，音 kǔn，门槛，内室。

⑦ 磨通摩。古德偈云："达摩西来一字无，全凭心地用功夫；若要纸上谈人我，笔影蘸乾洞庭湖。"

木瓦砾，鳞甲羽毛，浩浩地宣扬此道，公闻否？见闻俱彻，正好进步，至元乙酉鲜制日叙。①

天下无二道，圣人无二心。圣人悯迷方之人逐末而失道也，立言垂训，以为司南之车，②引而指归本道。达本道矣，③然后以之修身，则身修。以之齐家，则家齐。以之治国，则国治。以之平天下，则天下平。无所施而不可。蒙山绝牧叟寓闽，逢儒者诽释老，听其语脉，未及释老之门，轻议释老之室，则其家性与天道可知矣。④于是念三教门人不达圣人之心，私为町畦，疆封天下之道，⑤将三教圣训敷畅，厥旨扫除边见，犹如今日山河大地一统归元。翻译万邦之言，一以贯之，⑥则从前疆封边见，皆是妄立，始知四海元同一家。如是则前圣后圣，本无二心，⑦曰儒曰释。物无二道，道无二道，道即是心，心无二心，心即是道。及乎心道俱忘复是何物○若也？究得彻

---

① 鲜同解。鲜制即"解夏"《五杂俎·天部二》："四月十五日，天下僧尼就禅刹搭挂，谓之'结夏'，又谓之'结制'，盖方长养之辰，出外恐伤草木虫蚁……至七月十五日，始尽散去，谓之'解夏'，又谓之'解制'。"

② 《鬼谷子·卷中》："奇计非自今也，乃始于古之顺道，而动者盖从于顺也。故郑人之取玉也载司南之车，爲其不惑也。"

③ 本根之道，《京氏易传·蛊》："蛊适六爻，阴阳上下，本道存也。"

④ 《论语·公冶长》："夫子之文章，可得而闻也；夫子之言性与天道，不可得而闻也。"

⑤ 町畦，吕大临《克己复礼铭》："立己与物，私为町畦。"疆通强，封，音 kuī，割取。

⑥ 《论语·里仁》："子曰：'参乎！吾道一以贯之。'曾子曰：'唯。'子出，门人问曰：'何谓也？'"曾子曰：'夫子之道，忠恕而已矣。'"

⑦ 前圣后圣，古代圣贤。《楚辞·离骚》："伏清白以死直兮，固前圣之所厚。"后世圣人，《孟子·离娄下》："得志行乎中国，若合符节，先圣后圣，其揆一也。"

去，方悟天下国家由斯而建立，山河大地由斯而发生，到这里儒也、释也、道也，皆强名尔。其或未然，蒙山释语甚明，各顺乡谈具眼，至元丁亥重阳中顺大夫、广东道宣慰副使明本山人游立书。

直注道德经正文
——古筠释绝牧叟　德异　述

道可道，非常道。名可名，非常名。无名，天地之始。有名，万物之母。常无欲以观其妙，常有欲以观其徼。此两者同出而异名，同谓之玄，玄之又玄，众妙之门。

休休庵曰：虚明湛寂，无相无名，空而有灵，是谓真空；有而无相，是谓妙有。真空妙有，①灵妙无穷，大达者尊而称之曰道。道本无言，因言显道，可以说也。非寻常之道，妙道也，大道也。妙也者，大包无外，细入无内，无为而普应，无私无始而灵妙无竭，无相而现一切相，无名而立一切名。大也者，无极无上，至尊至贵，为一气之母，是三才之祖。名可名者，②虚明无相，故无名也。一气动而清浊判，二仪位而阴阳显，三才立焉，万物生焉，可得而

---

① 真空妙有，非空之空而非如小乘偏执之但空，谓之真空，非有之有，而非如凡夫妄计之实有，谓之妙有。故以真空之故，缘起之诸法宛然，以妙有之故，因果之万法一如也。《济缘记一上》："妙有则一毫不立，真空乃因果历然。"

② 名可明者，刘惟永《道德真经集义》作"故无名也。"《中华道藏》第12册，北京：华夏出版社，2004，页37。（下引此书，作刘惟永《道德真经集义》，只标页码）

名矣。非常名者，妙道也，大道也，三才之大本也。①何谓大本？灵妙气清者刚，在上成象曰天；灵妙气浊者柔，居下成形曰地；得灵明至真中和之气具刚柔者，人也。虚明灵妙，在人曰心，为一身之主，为万法之王，亦曰性，即大命也。天命之谓性者，是也。②

无名至万物之母。无相而极虚明，有灵而无声色，一气于其中发现，是谓天地之元始，三才由是以立。③三生万物，故有名万物之母，世界成矣。万物虽殊，承恩一也。大道无为，至德显矣。道体也，德用也，用无体不生，体无用不妙，无为而有妙用者，道也。

常无至玄妙之门。老子以自利之旨，普利世人，④曰常舍诸缘，⑤一念不生，⑥绝无所欲以观其妙，自妙至玄廓达大道。儒以大道曰大本，指其要曰喜怒哀乐未发谓之中，中字是寄宣此道也。不可以字义论，如标月指也。⑦向一念未萌时，着眼乃可悟

---

① 大本，《庄子·天道》："夫明白于天地之德者此之谓大本。"《四书章句集注·中庸》："喜怒哀乐之末发谓之中，发而皆中节谓之和。中也者，天下之大本也，和也者，天下之达道也。"

② 是，刘惟永《道德真经集义》作"久"（页37）。《四书章句集注·中庸》："天命之谓性，率性之谓道，修道之谓教。"

③ 以，刘惟永《道德真经集义》作"而"（页37）。

④ 旨，刘惟永《道德真经集义》作"皆"（页37）。

⑤ 诸缘，佛教语。色香等百般之相，总为我心识之所攀缘者。据大乘之实义，则诸缘皆心识之所变也。《首楞严经一》："汝今识精元明能生诸缘，缘所遗者。"

⑥ 一念不生，超越念虑之境界也。《五教章上之三》："顿教者，言说顿觉，理性顿显，解行顿成，一念不生，即是佛等。"顿教为华严宗所立五教之一，禅之宗旨当之。

⑦ 论，刘惟永《道德真经集义》作"伦"（页37）。

达。释以大道曰实相、曰真如、曰如来地、曰无生法忍。①指其要曰不思善不思恶，回光自看，忽然悟明。三教之旨，见道一也。

常有欲以观其徼者。举念之际，机将发时，见闻觉知中动静施为处，返观灵变亦可悟达。所谓常无欲，是无念从理入，②常有欲，是有念从事入。③有念无念同出于心，而名异矣。

同谓之玄。真心无相，视之不见，听之不闻。玄之又玄者，极虚明而不可以智知，不可以识识，绝思议，无譬喻，真空妙有，阴阳自此发现，三才自此而立，万物自此而生。三纲五常、法度刑政、治世语言、工巧伎艺、资生之业、种种德行、出世经书、力量神通、光明寿量、智慧辩才、方机妙用、清净世界、浊恶世界，总由是而出现，故曰众妙之门。④

天下皆知美之为美，斯恶矣。皆知善之为善，斯不善矣。故有无之相生，难易之相成，长短之相形，高下之相倾，声音

---

① 实相，佛教语。实者，非虚妄之义，相者无相也。是指称万有本体之语。曰法性，曰真如，曰实相，其体同一也。就其为万法体性之义言之，则为法性；就其体真实常住之义言之，则为真如；就此真实常住为万法实相之义言之，则为实相。真如，佛之位也。《首楞严经二》："如来禅者，入如来地，得自觉圣智相三种乐住。"《起信论》："一切菩萨，皆乘此法到如来地故。"无生法忍，略云无生忍。无生法者，远离生灭之真如实相理体也，真智安住于此理而不动，谓之无生法忍。于初地或七八九地所得之悟也。《宝积经二十六》："无生法忍者，一切诸法无生无灭忍故。"

② 无念，佛教语。无妄念也，即正念之异名。《三慧经》："问曰：何等为能知一万事毕？报曰：一者谓无意无念万事自毕，意有百念万事皆失。"

③ 有念，以具体之事物为修观之对象，称为有念。反之，体观真如本性，称为无念。

④ 方，刘惟永《道德真经集义》作"玄"（页37）。

之相和,①前后之相随。是以圣人处无为之事,行不言之教。万物作而不辞,生而不有,为而不恃,功成不居,夫惟不居,是以不去。

休休庵曰:三才立,万物生,光华盛,名相显。②世间人皆知万物之美可以济用,以斯为美者,不知生育之恩,斯谓恶矣。直饶皆知造化运行生成为善,以此为善者,但见三才之德,不明大道,斯为不善矣。呜呼,昧道而迷德,逐末而忘本,日见浇漓矣。唯人最灵,③不能返观虚明灵妙之性,具大神通,能为万象主,有无为妙用。却乃逐妄而竞作有,为情识持权,被五欲八风,④贪嗔痴爱作乱。⑤无而生有,有而生无,有无相生不已。所为之事,有难有易,难者生苦,易者生乐,苦乐难易互相成就。事有善恶,理有长短,长短相形,而力有高下,互相倾动,美恶声音相和相杂,是是非非,前者未灭,后者随生,孰肯猛省,还其淳,返其朴?

---

① 王弼本《老子》作"故有无相生,难易相成,长短相形,高下相倾,声音相和,前后相随。是以圣人处无为之事,行不言之教。万物作焉而不辞,生而不有,为而不恃,功成不居,夫惟弗居,是以不去。"王弼本老子:《老子道德经注校释》,曹魏经学家王弼注,楼宇烈校释,中华书局2008年12月第一版,以下只注出王弼本。

② 名相,佛教语。五法之一。一切之事物,有名有相,耳可闻,谓之名,眼可见,谓之相,皆是虚假,而非契于法之实性者,凡夫常分别此虚假之名相,而起种种之妄惑也。《楞伽经四》:"愚痴凡夫,随名相流。"

③ 唯,刘惟永《道德真经集义》作"惟"(页75)。

④ 五欲,佛教语。色声香味触也,能起人贪欲之心,故称欲。《释氏要览下》:"五欲谓色声香味触也。智论云:五欲名华箭,又名五箭,破种种善事故。"八风,佛教语,又名八法。世有八法。为世间之所爱憎。能扇动人心,故名八风。一利、二衰、三毁、四誉、五称、六讥、七苦、八乐也。

⑤ 贪嗔痴,贪欲与嗔恚愚痴三种之烦恼也,毒人最剧,故称三毒。《涅槃经二十九》:"毒中之毒,不过三毒。"恚,音 huì,恨,怒。

是以圣人处无为之事以至不去。圣人者，达大道弘至德之人也。释云断欲去爱，识心达本，①悟无为法，②内无所得，③外无所求，心不系道，亦不结业，④无念无作，⑤非修非证，不历诸位，而自崇最，名之曰道。无为之道，统众德，烁群昏，应机济事，持颠扶危，⑥有自然之妙。如春行万国，风行太虚。大达者不尚有作之功，⑦任无为之道，以自然之德，等及世间，不言而人自化，修身齐家治国平天下，不可须臾离乎道。以道为体者，德合天地，高明博厚，⑧万物并作而不辞，生育万物而无我，⑨为万象主而不恃其尊，大功成而不居其位。夫

① 识心，佛教语。六识或八识之心王也。《首楞严经一》："一切世间十种众生，同将识心居住身内。"

② 无为法，佛教语。离因缘造作之法也，有三无为六无为等。三无为中之择灭无为，六无为中之真如无为，即涅槃也。涅槃为无为法中之最胜者。《四十二章经》："解无为法，名曰沙门。"

③ 无所得，佛教语。体无相之真理心中无所执着，无所分别，是曰无所得。即空慧也，无分别智也。《涅槃经十七》："无所得者，则名为慧。有所得者，名为无明。"又"有所得者，名生死轮。一切凡夫轮回生死，故有所见。菩萨永断一切生死，是故菩萨名无所得。"

④ 业，惑谓之结，由惑而起之善恶所作谓之业。《宝积经百二十二》："百千万劫，久习结业，以一实观，即皆消灭。"

⑤ 无作，佛教语。无因缘之造作也。如言无为。《七帖见闻七》："圆教意十界三千万法皆中道，法尔任运自然体，始令造作法无之故，名无作教也。"

⑥ 持颠扶危，刘惟永《道德真经集义》作：扶颠持危（页75）。

⑦ 有作，对无作之语。与有相同。《传通记杂钞五》："旧译经论云有作无作，新译经论云安立非安立。安立者有作义也，非安立者无作义也。"

⑧ 愽，刘惟永《道德真经集义》作"博"（页75）。

⑨ 无我，又云非我，佛教语。常一之体，有主宰之用者为我，于人身执有此，谓之人我，于法执有此，谓之法我，于自己执有此，谓之自我，于他执有此，谓之他我。然人身者五蕴之假和合，无常一之我体，法者总为因缘生，亦无常一之我体，既无人我，无法我，则无自我他我，不待言矣。如此毕竟无有我，是究竟之真理也。《金刚经》："通达无我法者，如来说名真菩萨。"

惟不居大功，不宰者无所失也。①无荣辱，绝是非也。去者失也。

> 不尚贤，使民不争。不贵难得之货，使民不为盗。不见可欲，使心不乱。②是以圣人之治，虚其心，实其腹，弱其智，强其骨。常使民无知无欲，使夫知者不敢为也。为无为，则无不治矣。

休休庵曰：抱道行不言之教者，中虚外顺，无所好恶，是以不尚贤，不贵难得之货。有所好尚者，情识使然也，未免使人生能所生，贪求或争功、或为盗。进道育德者又当一念不生，至于虚极，微妙玄通，然后自己灵明，亦不贵重，③若有可爱可欲之念，则妄情作，④惑乱真心矣。是以圣人修身齐家治国平天下，虚其心，无我而量宽大，⑤无为而物自化。⑥以道为怀，实其腹也。弘无诤之德，⑦弱其智也。力行此道，强其骨也。能如是者，使其识灭而无所知情亡，而无所欲，使夫世间之人知有大道不敢妄为，能任道无为者，则无不治矣。⑧

> 道冲而用之或不盈，渊兮似万物之宗。挫其锐，解其纷，

---

① 所，刘惟永《道德真经集义》无此字（页75）。
② 王弼本作"使民心不乱"。
③ 亦不，刘惟永《道德真经集义》作"不亦"（页75）。
④ 妄情，虚妄不实之情识也。《唯识论一》："随自妄情种种计度。"《顺正理论二十三》："又彼所说唯率妄情。"
⑤ 大，刘惟永《道德真经集义》无此字（页106）。
⑥ 刘惟永《道德真经集义》："无"前有"其"字（页106）。
⑦ 无诤，安住于空理，与物无诤也。《金刚经》："佛说我得无诤三昧，人中最为第一，是离欲阿罗汉。"
⑧ 刘惟永《道德真经集义》无此句（页106）。

和其光，同其尘。湛兮似或存。吾不知谁之子？象帝之先。

休休庵曰：深广虚明谓之冲。造道者致虚极，尽玄妙，然后发用，则不为物碍，亦无盈满之相，渊深无所不容也，①为万物之宗也。不可太刚，刚则锋锐伤物；不可太柔，柔则昏弱多事，无能决当。挫其锐，②解其纷，用中和之妙，混圣而无影，同凡而绝迹，妙体湛寂，虚明无比。众目不能睹，如无随缘应感而有准，故云似或存。老子赞曰吾不知谁之子者，持言此道自然而然，虚明灵妙，在万象主之先有矣。帝者主也。

天地不仁，以万物为刍狗。圣人不仁，以百姓为刍狗。天地之间，其犹橐籥乎？虚而不屈，动而愈出。多言数穷，不如守中。

休休庵曰：刍狗者，祭祀用草结龙，以朱匣盛之，纶巾覆之，③祭毕弃之。天地圣人任无为之妙，生育万物不望报恩，亦不为主，任万物自化，如刍狗焉，是以似不仁。天地之间空虚如韝囊，一气运行，生育万物，人心虚明，亦如是也灵机一动，妙用不竭，是谓虚而不屈，动而愈出。橐者，韝囊也。籥者，管也，鼓风吹运之器。虽以是而喻造化之妙，然言多去道远矣。纵大辩才数数举其喻，然譬喻之数有穷，此道实无可喻，不如无言，守中虚之妙，可以见彻造化。

谷神不死，是谓玄牝。玄牝之门，是谓天地根。绵绵若存，

---

① 也，刘惟永《道德真经集义》无此字（页106）。
② 挫，刘惟永《道德真经集义》作"到"（页126）。
③ 纶，刘惟永《道德真经集义》作"绣"（页126）。

用之不勤。

休休庵曰：虚明谓之谷，灵妙谓之神，虚明灵妙无穷谓之不死，即玄牝也。玄者，大道也。牝者，母也。一气生于虚明之中，然后分清浊立天地，故云玄牝之门，是谓天地根。妙道无为，一气运行不绝，是谓绵绵若存。应时应机，利生济物，不劳而办，故云不勤。虚明灵妙，在人曰心。心为万法王，能生育天地，运行日月，玄机妙用，任运无穷，随缘应感，不劳而办。悟明者不言而知已。

天长地久。天地所以能长且久者，以其不自生，故能长生。是以圣人后其身而身先，外其身而身存。非以其无私邪？故能成其私。

休休庵曰：有相之物难逃成住坏空四劫，①惟天地所以能长久者，非自生也。一气发而现二仪，真气运行无始无终，故能长生。圣人者，天地位后始现有相之身，三才显而世界成矣。身先者，灵明真性在太极前而有已。外其身而身存者，人能建立世界而不滞着，谓之物外身。世界有坏，②真性无坏，③非以其无私邪？真性异于物，

---

① 佛教主张万有皆空，心体本寂。称造作之相或虚假之相为"有相"。相，指事物的形象状态。《大日经疏》卷一："可见可现之法，即为有相；凡有相者，皆是虚妄。"成、住、坏、空四劫。是佛教对于世界生灭变化之基本观点。佛教认为，一个世界之成立、持续、破坏，又转变为另一世界之成立、持续、破坏，其过程可分为成、住、坏、空四时期，称为四劫。

② 世界，世为迁流之义。谓过现未时之迁行也。界谓具东西南北之界畔。即有情依止之国土也。又曰世间。间为间隔之义，故与界之义同。此二者虽通用于有情与国土。而常言者为国土也。《首楞严经四》："世为迁流，界为方位。汝今当知：东西南北，东南西北，上下为界，过去现在未来为世。"

③ 真性，不妄云真，不变云性。是吾人本具之心体也。《首楞严经一》："前尘虚妄相想，惑汝真性。"

故善能成其私。

上善若水。水善利万物而不争,处众人之所恶,故几于道。居善地,心善渊,与善仁,言善信,政善治,事善能,动善时。夫惟不争,故无尤矣。①

休休庵曰:道之至德,谓之上善。喻之若水,水能利益万物而不与物争功,无我也。水能就下,是谓处众人之所恶,水无心而有德。故几于道。几者,近也。抱道有至德者,动静一如居善地也。量包无外,心善渊也。博施济众而不矜,与善仁也。②出语可法,言善信也。道德之化,风行草偃,③政善治也。无为妙用,不劳而办,事善能也。非理不言,非道不行,动善时也。种种任道,物我无争。夫惟不争,④故无过尤矣。

持而盈之,不如其已。揣而锐之,不可长保。金玉满堂,莫之能守。富贵而骄,自遗其咎。功成名遂身退,天之道。⑤

休休庵曰:持盈揣锐,达士不为也。持守待满足者当知盈必有亏,徒费心力,不如且止。揣磨待锐者,锐必有折,不可长保。金玉满堂,莫之能守。光阴有限,无常迅速,人间富贵皆梦幻尔。或处富贵当深思猛省,乘时进道修德,入圣超凡。若或无知恣情骄奢

---

① 王弼本作"正善治,事善能,动善时。夫惟不争,故无尤。"
② 仁,刘惟永《道德真经集义》作"七"(页201)。
③ 风行草偃,语出《论语·颜渊》:"君子之德风,小人之德草。草上之风,必偃。"
④ 惟,刘惟永《道德真经集义》作"唯"(页201)。
⑤ 王弼本作"功遂身退,天之道。"

者，自昧其道，自取其咎。功成名遂者早宜保身退步，结果收因，乃可合天之道。从赤松子游者，①张良也。②

载营魄抱一，能无离乎？专气致柔，能如婴儿乎？涤除玄览，能无疵乎？爱民治国，能无为乎？天门开阖，能为雌乎？明白四达，能无知乎？③生之畜之，生而不有，为而不恃，长而不宰，是谓玄德。

休休庵曰：人之灵明，字之曰心、曰神。神俗谓之魂，神气曰魄。前因妄为，劳神而气衰。今知其非，息念寝机，营养神气，契合清明大道，④是谓抱一。能永无失乎？专一真气而致柔顺，能无念无欲，如出胎之婴儿。又当洗涤玄妙，见解莹净，无一点瑕疵，乃见了事。修身齐家治国平天下，能任无为之道，无作之德者，内则心清气顺，⑤外则民安国治也。天门开阖，能为雌乎？天者，心也。门者，万法由是而出。开阖者，放收也。雌者柔也，玄机妙用，或放或收，⑥善柔和而无刚利之害，履践相应，微妙玄通，廓达无碍而不自矜自伐，兀兀然如无所知者。三才任道而生，万物以德畜养，虽然生之畜之，而不言有其功；为造化之主，而不恃其尊；万物承恩，皆得生长，而不作主。任其自然生长成化，是谓大道

---

① 赤松子，秦汉时传说中的仙人。
② 张良，字子房，秦末汉初谋士，与韩信、萧何并列"汉初三杰"。《史记·留侯世家》记载西汉名臣张良在辅佐刘邦建立政权后，为保全自己，功成身退，对汉高祖说："愿弃人间事，欲从赤松子游耳。"
③ 王弼本作"能无为乎？"
④ 清明，刘惟永《道德真经集义》作"情冥"（页250）。
⑤ 清，刘惟永《道德真经集义》作"情"（页251）。
⑥ 或放或收，刘惟永《道德真经集义》作"放收"（页251）。

之德也。①

　　三十辐共一毂，当其无，有车之用。埏埴以为器，当其无，有器之用。凿户牖以为室，当其无，有室之用。故有之为利，无之以为用。

　　休休庵曰：悟达大道，谓之得体，又须得用。得体不得用，谓之死物。得用不得体，谓之弄业。识道、德备、体用全，谓之达士。老子特以造车置器，凿户牖为室譬喻，显无为而有妙用，利济世间，故有道之士所为皆利益也。世间无者得之以为应用，舍道与德，何以成人世界。

　　五色令人目盲，五音令人耳聋，五味令人口爽，驰骋田猎令人心发狂，难得之货令人行妨。是以圣人为腹不为目，故去彼取此。

　　休休庵曰：惺惺灵利之士，见色闻声尝味，无非入道之门。迷痴之徒有所爱，有所着，故眼被色牵，耳随声走，舌为味谩，逐妄而乖真，何况不律而好田猎，颠狂心发而废道失德矣。以难得之物为贵者，情识使然，与道行全相妨已。是以圣人能容物而物自化，故谓之为腹也，绝诸见，不为目也，去彼之华取此之实也。

　　宠辱若惊，贵大患若身。何谓宠辱？宠为下，得之若惊，失之若惊，是谓宠辱若惊。何谓贵大患若身？吾所以有大患者，谓吾有身。及吾无身，吾有何患。故贵以身为天下者，则可以

---

① 德，刘惟永《道德真经集义》作"得"（页251）。

寄于天下；爱以身于天下者，乃可以托于天下。①

休休庵曰：宠辱若惊至可以托于天下。大达者，中虚绝忻，厌宠辱，大患皆不能及。未达者，物我两立，八风五欲，得失是非，一切境界未免触动，皆生惊恐。老子谓及吾无身，何患之有？厌身为大患之本也，世间人宜猛省。或有贵以身为天下，爱以身为天下者，则可暂时寄托尔，不可久恋。此身是父母遗体，生必有灭，岂可以为世界？当洞明妙道，以道为体，则长生不灭，乐真乐之有永也。

视之不见名曰夷，听之不闻名曰希，搏之不得名曰微。此三者不可致诘，故混而为一。其上不皦，其下不昧。绳绳兮不可名，②复归于无物。是谓无状之状，无物之象。是谓恍惚。迎之不见其首，随之不见其后，执古之道，以御今之有，能知古始，是谓道纪。

休休庵曰：虚明灵妙，无色无声无相，举意视之听之搏之，已是向外驰求，曰夷曰希曰微，似乎自惑。三者不可致诘。息诸念、绝攀缘，③回光自看，混而为一，庶几有悟，达也。此道在人曰真

---

① 王弼本作"吾所以有大患者，为吾有身。及吾无身，吾有何患。故贵以身为天下，若寄天下；爱以身为天下，若可托天下。"
② 王弼本作"绳绳不可名"。
③ 攀缘，心不独起，必有所对之境，攀缘于彼而起。恰如老人之攀杖而起，谓之攀缘。又心忽彼忽此，驰回外界之事物，如猿攀木枝，忽在彼处，忽在此处，谓之攀缘。常略之以缘之一字而说之，心为能缘，境为所缘，心涉于境，谓之缘。《首楞严经一》："法佛者离攀缘，攀缘离一切所作根量相灭。"《维摩经·问疾品》："何谓病本，谓有攀缘？（中略）云何断攀缘？以无所得，若无所得则无攀缘。"

性。颜子云："仰之弥高，鑽之弥坚；瞻之在前，忽焉在后。夫子循循然善诱人，博我以文，约我以礼，欲罢不能，既竭吾才，如有所立卓尔。"①竭吾才者，尽其心也。尽其心，见其性也。②此道在天在地在贤在愚，不增不减，无古无今。纵其在上亦不皦。皦，明也。在下亦不昧。妙应无私，古今无竭，是谓绳绳兮不可名，复归于无物。虚明无极，灵妙莫测，是谓无相状之相状，无物之象。象，真气也，是为恍惚。无相而有灵，有灵而无相，无前无后，无首无尾，若不顿悟，③举心动念迎之随之，远之远矣！惟大达者，持上古之大道调御今之有情，④能知无极为造化之元始，是谓大道纪纲。

　　古之善为士者，微妙玄通，深不可识。夫惟不可识，故强为之容。豫若冬涉川，犹若畏四邻，⑤俨兮其若客，涣若冰将释，敦兮其若朴，⑥旷兮其若谷，浑兮其若浊。孰能浊以静之徐清？

---

①　语出《论语·子罕》"仰之弥高，钻之弥坚，瞻之在前，忽焉在后。夫子循循然善诱人，博我以文，约我以礼，欲罢不能，既竭吾才。如有所立卓尔。虽欲从之，末由也已。"这里缺"虽欲从之，末由也已。"鑽，音zuān，同钻。
②　《孟子·尽心上》："孟子曰：'尽其心者，知其性也。知其性，则知天矣。存其心，养其性，所以事天也。夭寿不贰，修身以俟之，所以立命也。'"
③　顿悟，有一类大心之众生，直闻大乘，行大法，证佛果，此为顿悟。初得小果，后回入大乘，而至佛果，此为渐悟。又自初虽入大乘，而以历劫之修行，渐成佛道，为渐悟。速疾证悟妙果，为顿悟。但以初义为通说。《顿悟入道要门论上》："顿者顿除妄念，悟者悟无所得。又云：顿悟者，不离此生即得解脱。"
④　有情，梵语曰萨埵。旧译曰众生，新译曰有情。有情识者，有爱情者。总名动物。《成唯识述记》："梵言萨埵，此言有情，有情识故。（中略）又情者爱也，能有爱生故。（中略）言众生者，不善理也，草木众生。"
⑤　原书中"豫"，"犹"两字后面都空了一格。王弼本作"豫兮若冬涉川，犹兮若畏四邻"。
⑥　王弼本作"涣兮若冰之将释，敦兮其若朴"。

孰能安以久动之徐生?保此道者,不欲盈。夫惟不盈,故能弊不新成。

休休庵曰:老子云古之善造道之士,不草略,彻精微,尽要妙,达玄奥,圆通无碍,虚廓无涯,渊深无底,湛寂无我,故世人不可识。又且强为之形容:应事接物之际不直前,豫兮似冬月之涉川流,低细静应。犹兮如畏惧四邻,恐其知见,不自尊大。俨然若客,施德济物,散诸凝滞如水之将释。释者,解也。言行真实,敦厚如朴木,自心虚旷如空谷,得大自在。①和光浑九,似乎愚浊若中下之士,谁能以静徐徐清其浊?达乎大道。谁能久静之中以动徐徐发生妙用?平等利济也。保此道者,不欲盈,虚而不屈,动而愈出是也。人心若不虚明,旧弊未除,新弊又生,虚极为妙。

致虚极,守静笃。万物并作,吾以观其复。夫物芸芸,各归其根。归根曰静,静曰复命,②复命曰常,知常曰明,不知常,妄作,凶。知常容,容乃公,公乃王,王乃天,天乃道,道乃久,没身不殆。

休休庵曰:微妙玄通,不存玄妙于心,此心亦忘。始致虚极,中寂不摇,外撼不动,谓之静。知者、守者俱忘,乃为静笃。荡荡无我,闲闲无为,万物并作,不久返本,是谓吾以观其复。夫物芸芸,馨香有时,终归于虚无。释云:"诸行无常,是生灭法。生灭灭

---

① 言广大之力用无论何事皆作得也。《法华经·弟子授记品》:"诸佛有大自在神通之力。"

② 原书中"各"后空一格,王弼本作"各复归其根。归根曰静,是谓复命"。

已,寂灭为乐。"① 归根曰静,静曰复命,寂静虚明而有灵妙者,大命也,亦曰天命。复命曰道。常者,道也。知道者明,不知道而妄作者凶,败国亡家丧身灭后也。知道者,量包虚空,能容物,有德无私,故谓之公。公而为众人所尊,故谓之王。王者,万法之主,无为任自然之妙,谓之天。自然之妙出自虚明,故云天乃道。此道无始无终,无生无灭,古今不坏,故为长久。达道者,幻身亡没,②而妙体无危险之患也。③

太上,下知有之。其次,亲之誉之。其次,畏之。其次,侮之。信不足,有不信。犹其贵言。功成事遂,百姓皆谓我自然。④

休休庵曰:上古之世,君臣达道,下民淳朴,无欲无求,彼此相忘。中古之世,人之情见渐生,⑤故结绳为政。尚有亲向者,多称誉者众,画卦显道,文籍生焉。人皆畏惧道理,不敢妄作。呜呼,去古日远,淳风日襄。夏商周末,浇漓日盛,⑥轻侮此道者众矣。妄

---

① 《心地观经·卷一》:"时佛往昔在凡夫,入於雪山求佛道;摄心勇猛勤精进,为求半偈捨全身。"此半偈指的即是"诸行无常,是生灭法。生灭灭已,寂灭为乐"一偈之后半偈。北本《大般涅槃经》卷十四谓释迦如来于过去世为凡夫时,入雪山修菩萨行,从帝释天所化现之罗刹闻前半偈:"诸行无常,是生灭法。"欢喜而更欲求后半偈,罗刹不允,乃誓曰捨生于彼,而得闻之。故亦称雪山半偈,或雪山八字。
② 人身无实如幻,是名幻身。《圆觉经》:"幻身灭故,幻心亦灭。"
③ 殊妙之体性。
④ 王弼本作"太上,下知有之。其次,亲而誉之。其次,畏之。其次,侮之。信不足,焉有不信焉。悠兮其贵言。功成事遂,百姓皆谓我自然。"
⑤ 妄情之所见也。《唯识枢要上本》:"情见各异,禀者无依。"
⑥ 浇漓,多用于指社会风气。《啸亭杂录·德济斋夫子》:"人心为风俗之本,未有人心浇漓而风俗朴厚者。"

作者纵横,因信之不笃而生不信之心,疑其道无益。但贵言语侥幸。功成事遂,由是习以成风矣。百姓无知皆谓我得其自然,何用进道修德?

> 大道废,有仁义;智慧出,有大伪;六亲不和,有孝慈;国家昏乱,有忠臣。

休休庵曰:老子次第言之至此,伤心叹曰:"大道废而仁义显矣!"有道时世,仁义行乎其中而不取重,何也?仁义者,道之华也。因以德用为贵,世间机智慧辩出矣。情识持权,僭为智慧之主。①释氏云:世间智慧,由识发现思索而有出世间智慧。是达道者,无为妙用,自然而然也。呜呼!以仁义为主,早已废道,何况以世间智慧为主也?见见识识作乱甚矣!六亲不和者,②眼耳鼻舌身意六识各取境界也。有孝慈者,第八白净识常静。总见闻觉知,第七识,③为传送者也。国家昏乱即六识作乱也。忠臣即孝慈,白净识是也。如人间六亲和时,孝慈者不显。国家清平时,忠臣不显是也。

> 绝圣弃智,民利百倍。绝仁弃义,民复孝慈。绝巧弃利,盗贼无有。此三者,以为文不足,故令有所属,见素抱朴,少私寡欲。

休休庵曰:老子曰绝圣弃智者,不存圣量智慧之念,心得清闲

---

① 僭,同僣,超越本分。
② (名数)父母妻子兄弟也。《无量寿经下》:"六亲眷属。"《行事钞二之二》:"厌三界之无常,辞六亲之至爱。"《同资持记》:"六亲谓父母兄弟妻子。"
③ 末那识,唯识论所说八识中第七识,以由第八识为所依,以第八识之见分为所缘而生之识也。

谓之。民利百倍，不存仁义之念，则六识静，故谓民复孝慈。不存机巧求利之念，则情识不作，是谓盗贼无有。圣智、仁义、巧利三者，皆不存其念，则可以为文不足为道，故令有所属，①因此得见虚明。素性抱道无为，然而尚有见素抱道之念未去，故云少私寡欲。见即私也，抱即欲也，尽去之始，可语玄之又玄。

绝学无忧。唯之与阿，相去几何？善之与恶，相去何若？人之所畏，不可不畏。荒兮其未央哉！众人熙熙，如享太牢，如春登台。我独泊兮其未兆，若婴儿之未孩。乘乘兮若无所归！②众人皆有余，而我独若遗。我愚人之心也哉，纯纯兮！③俗人昭昭，我独若昏。俗人察察，我独闷闷。澹兮其若海，飂兮似无所止。④众人皆有以，而我独顽似鄙。我独异于人，而贵食于母。⑤

休休庵曰：见素抱朴，绝学无为无思无忧。较之用心，如唯阿。相远，唯诺也，阿慢也。无为者善，用心者恶。善之与恶，相远矣。恶事，人之所畏，我不可不畏。用心多求，逐妄奔驰，荒芜虚明，其未止哉？央止也。众人然以为乐，耽味世事，⑥如食太牢。太牢，牛也。如春登台，乐之甚也。我独泊兮，其兆若婴儿之未孩。泊者，静也。一念不生，如婴儿出胎未成孩童，不知有富贵贫贱。乘乘兮无思无着，如无归住者，逍遥之谓也。众人乐于世事有余，我独若

---

① 原书下注：属音烛。
② 王弼本作"儽儽兮若无所归"。
③ 王弼本作"沌沌兮！"。
④ 王弼本作"飂兮若无止"。飂，音 liù，飘。
⑤ 王弼本作"而贵食母"。
⑥ 耽，沉溺。

失心者,又似愚人之心,无知无解,纯纯兮无杂念也。俗人昭昭之明,我独若昏钝,如无能者。俗人察察一毫不可谩,①我独闷闷然,全无意思。澹兮其若海。澹者,多清水微动之貌。飂兮似无所止。飂者,高风也。老子谓我澹静而有自然之妙,量阔风高以澹兮飂兮喻之,众人皆有,所以我独无为而顽似鄙俚者。我独异于人者,何也?而贵求味于道母,道也。

孔德之容,惟道是从。道之为物,惟恍惟惚。惚兮恍其中有象,恍兮惚其中有物。窈兮冥兮其中有精,其精甚真,其中有信。自古及今,其名不去,以阅众甫。吾何以知众甫之然哉?以此。

休休庵曰:至德之气容,自大道中发现。道之为物,物者象也,惟恍惟惚,无相而有灵妙,②有灵妙而无相。惚兮恍其中有象。象者,气也。恍兮惚其中有物,重言也。窈兮冥兮其中有精,视之不见,听之不闻,其为天地四时行焉,万物生焉。其为人也,见闻觉知,六门放光。③其精甚真,至灵至妙,无有比者。随机而应,随时而用,寂然不动,感而遂通,④是谓其中有信。自古及今,此道常存,其名不去。去者,失也。以阅众甫。众甫者,万法之始也。吾何以知众甫之然哉?以此道而知,非妄见也。

---

① 原书下注谩音瞒,谩,欺骗,蒙蔽。
② 无相,佛教语。与"有相"相对。指摆脱世俗之有相认识所得之真如实相。唐·姚合《过钦上人院》:"有相无相身,唯师说始真。"
③ 六门,眼、耳、鼻、舌、身、意六根也叫六门。
④ 《周易·系辞下》:"《易》无思也,无为也,寂然不动,感而遂通天下之故。"

曲则全，枉则直；洼则盈，弊则新；少则得，多则惑。是以圣人抱一，为天下式。不自见故明，不自是故彰，不自伐故有功，不自矜故长。夫惟不争，故天下莫能与之争。古之所谓曲则全者，岂虚言哉！诚全而归之。

休休庵曰：抱道之士，善能曲顺其时，曲顺其物，成全其德。屈其己而伸他，则我直明矣。洼，下也，善谦下者，众德自盈。弊，隐也，韬光受晦，其德日新，求一而得道，多学则惑乱无成。是以圣人抱道为天下法式，不见己德，故明。不自是其是，其德乃彰。不自取其功，故有功。不自矜大，故为众人之尊。夫惟不争，不自见，不自是，不自伐，不自矜，故天下莫能与之争。所谓曲则全者，古人之言岂虚语哉？诚实全美而归之。

希言自然。飘风不终朝，骤雨不终日。孰为此者？天地。天地尚不能久，而况于人乎？故从事于道者，道者同于道，德者同于德，失者同于失。同于道者，道亦乐得之；同于德者，德亦乐得之；同于失者，失亦乐失之。信不足，焉有不信焉。

休休庵曰：大音发于希声，自然之妙也，人皆敬而信之。若躁暴多言，高大声势，非但使人厌之，亦且去道远矣。老子特以飘风暴雨譬喻，令人自省。天地尚不能久作，而况于人乎？安可强为也？

故从事于道者至有不信焉。学道之士，宜善用其心。毫厘有差，天地悬隔。若从事于道者，净除杂念，清净无为，同于妙道。若从事于德者，等心普利，不求报恩，同于至德。若失正念，① 不修道

---

① 八圣道之一。离邪分别而念法之实性也。《起性论》："心若驰散，即当摄来住于正念。"《慧远观经疏》："舍相入实名为正念。"

德者，恣情所为，同于泛海，失柂之舟，①三者皆乐然而然久。久有乐然而得者，乐然而失者，呜呼！皆自取之失者。因信不及焉而生不信焉，是故失道丧德，乐然取诸祸，伤哉！

跂者不立，跨者不行，自见者不明，自是者不彰，自伐者无功，自矜者不长。其于道也，曰余食赘行。物或恶之，故有道者不处。

休休庵曰：跂者，足疾，脚跟不能点地。跨者，腿疾，步不能举。老子举跂者、跨者譬喻自见、自是、自伐、自矜皆为障道之病。不能立，不能行，为废物也。造道者有四病，非但不能洞达大道，亦为人之所恶。其于道也，曰余食赘行。余食，恶食，人所不食之食。赘行，不善行，人所不行之行。物或恶之，有道者岂处四病之域哉？前举曲则全，次第言之及此，善针札进道之病，能省悟者，万不失一。

有物混成，先天地生。寂兮寥兮，独立而不改，周行而不殆，可以为天下母。吾不知其名，字之曰道，强为之名曰大。大曰逝，逝曰远，远曰返。故道大，天大，地大，王亦大，域中有四大，而王居其一焉。人法地，地法天，天法道，道法自然。

休休庵曰：老子于篇首指虚明无相者曰道，注云妙道，次指一气曰道，注云大道。今曰有物混成，先天地生者，一气也。一气生于虚明中也，先儒曰易，有太极是生两仪。易者，太易也。两仪者，

---

① 失柂之舟，柂，音 duò，同舵，船的控制方向的装置。失柂之舟，失去了控制方向装置的船。

天地也。大道湛寂寥廓，虚明灵妙，绝对待。独立而一真不变，周行而万德无危，普应不失生化无爽，是故为天下母。名相莫及，故老子谓吾不知其名，字之曰道，强之名曰大。大者，三才之祖也。达大道者，超然离诸尘浊，是故大曰逝；逝曰远者，高超达到微妙玄通；返其本，还其源，是以远曰返。妙道为一气之母，故云道大。自道以降，天大，地大，王亦大。王者，心王也。域中有四大，王居于一焉。人当体法于地，博厚载物。地法天者，顺天之道，高明覆物。天得一清明之气，无为而有造化，谓天法道也。道法自然者，一真气生于虚明中，自然妙用无穷无殆也。

重为轻根，静为躁君。是以君子终日行不离辎重，虽有荣观，燕处超然。奈何万乘之主，而以身轻天下？轻则失臣，躁则失君。

休休庵曰：虚明妙道，湛寂无为，是妙用之根本，在人曰真心，①一身之主，万法之王，故云重为轻根，静为躁君。理无事不显，事无理则危，是以君子终日行，不离辎重。辎重者，车库所须之物，备于其内，喻人不可离于道。失道者无物外，自然受用也。以世间富贵荣观心生喜乐者，失道也，非君子也。君子之心，清淡无情无欲，虽有荣观，燕处超然。老子见周末时，世废道失德，因举而叹云：奈何万乘之主以身轻天下？此有二说。一谓人君，一谓人心。心是万法之主，人君乃天下之主，自重则风行草偃，自轻则无以化下。人之心静，则所为皆正。轻躁，则所为昏乱。是谓轻则

---

① 真心，真实不妄之心也，又正信无疑之心也。净土真言约之于他力之信心谓之金刚之真心。《往生礼赞》："虽不能流泪流血等，但能真心彻到者即与上同。"《教行信证信卷》："金刚不坏之真心。"

失臣，躁则失君。臣表德也，君表道也，失道失德者，可为人乎？可为国王乎？

善行无辙迹，善言无瑕谪，善计不用筹策，善闭无关键而不可开，① 善结无绳约而不可解。是以圣人常善救人，故无弃人；常善救物，故无弃物，是谓袭明。故善人，不善人之师；不善人，善人之资。不贵其师，不爱其资，虽智大迷，是谓要妙。

休休庵曰：行无求，行为有理，事则无辙迹。非道不言，言则可法，故无瑕谪。万物纷纷不离其一，何用筹策？一念不生，虽无关键，诸尘无计，开我妙门，②以道接物，物皆受道，物我一如。虽无绳约，人莫能解，是以有道之人，常善救人。随根器大小，③皆可进善，故无弃人。常善救物，随物而用，故无弃物。以一灯之光明发众灯之光明，是谓袭明。相传无尽也。故善人，是不善人之师。师者，模范也。不善人，是善人之资。资，助也，徒也。资徒当尊道贵师，则能洞彻。玄玄师模当重学者，善导之，使其微妙玄通。道传有永若也。资，不贵其师，所学不能善达玄妙；师不爱其资，则道德绝传。虽有智而成大迷，此说是谓师资要妙。

知其雄，守其雌，为天下溪。为天下溪，常德不离，复归

---

① 王弼本"键"作"楗"，"键"通"楗"，指门闩，比喻事物中最紧要的部分，起决定性的因素。
② 妙门，疏妙之法门也。《华严经》："普应群情阐妙门。"
③ 根器，（譬喻）人之性譬诸木而曰根。根能堪物曰器。《大日经疏九》："略说法有四种，谓三乘及秘密乘，虽不应吝惜，然应观众生，量其根器，而后与之。"

于婴儿。知其白,守其黑,为天下式。为天下式,常德不忒,复归于无极。知其荣,守其辱,为天下谷。为天下谷,常德乃足,复归于朴。朴散则为器,圣人用之则为官长。故大制不割。

休休庵曰:雄雌,刚柔也,婴儿无念也。知刚守柔者,如天下深溪,众水归焉。常行此德,不可离也。复当无念无知,不自矜伐。知白者,达道也。守黑者,退步隐晦,保养力量,不减先圣光辉,乃可为天下式。如是,则常行之德无差忒矣,复当无限,极为妙。知荣之非荣,辱之非辱,常守无辱之辱,量宽如虚谷,何所不容也?行如是,常德乃足。复当离念而纯真归于大朴,大朴者,大道也。

朴散至大制不割。世人向道,洞明真性,不生不灭以为足者,不透玄关,不得无为妙用,如死物焉,是以老子云守辱归朴。朴散则为器,如是大用,彰而妙体显矣。一生二,二生三,三生万物,造化无穷,达妙道者,以真心为法,王用之则为官长。眼耳鼻舌心意顺而不敢违,是故造化不至割裂六识,不得各据境界是也,大制造化也。

将欲取天下而为之,吾见其不得已。天下神器,不可为也。为者败之,执者失之。故物或行或随,或嘘或吹,或强或羸,或载或隳。是以圣人去甚,去奢,去泰。

休休庵曰:此一章老子有二用,一者谓汤放桀,武王伐纣,意用甚深。二者谓人用心欲求世间事者,不省而为之。老子云吾见此等人,逐妄不能已,复戒之曰:"天下神器,不可为也。"神器者,真心也。真心不可用,用心为事者,必败之。执事役心者,必失之。物者,事也。世间之事,或得计行于前,又有计高者随其后,或有嘘而抑之,或有吹而扬之,或力强而盛,或势弱而衰,或成而隳,如是可畏。是以有道之人，常无思无为，清静常乐。是以去甚，去奢，去泰。甚与奢泰决有返覆，如寒暑往来，可不思之。

  以道佐人主者，不以兵强天下，其事好还。师之所处，荆棘生焉。大军之后，必有凶年。故善者果而已，不敢以取强。果而勿矜，果而勿伐，果而勿骄，果而不得已，果而勿强。物壮则老，是谓不道，不道早已。

休休庵曰：燮理阴阳，致君泽民，非达道者，莫有斯善。此外事也，人皆知之。以无为佐，灵明之主者不以机智用事，世间机智未免轮回，是谓其事好还。兵者，机智也，造机运智，情识大作，是谓荆棘生焉。用机智乐有为，则皆其道。背道者妄作，有凶随其后，是谓大军之后必有凶年。或者内情外识交扰，无能安静。权用圣智，恢复静邦，果而已矣，不敢取强。不得已而用之，是以勿矜，勿伐，勿骄。圆其事，勿敢强，何也？物壮则老，老则没亡，是谓不道，不道则早已。

  佳兵者，不祥之器。物或恶之，故有道者不处。君子居之则贵左，用兵则贵右。兵者，不祥之器，非君子之器，不得已而用之，恬惔为上，胜而不美，而美之者，是乐杀人。夫乐杀人者，不可得志于天下矣。吉事尚左，凶事尚右。偏将军处左，上将军处右。言以丧礼处之。杀人众多，以悲哀泣之。①战胜，则以丧礼处之。

休休庵曰：前所谓以道佐人主者，不以兵强天下，是以云佳兵者不祥之器，物或恶之，况人乎？有道者不用也。兵者，以诡计阴

---

① 王弼本作"杀人之众，以哀悲泣之"。

谋险机恶智为能，驰骋威武，杀伐立功，非吉善也，去道远矣。君子居之则贵左，左属阳。阳，明也。用兵则贵右，右属阴，阴谋诡计也。阳明阴诡益损不同途，故言兵者不祥之器，非君子之器。君子者，以道为体，以德为用，或以圣智清其纷浊，是不得已而用之。恬惔为上，胜而不美，若美之者，是乐杀人。若乐杀人，昧道之甚，损物丧德，谁不恶之？非贤非圣，岂可得志于天下？吉事尚左者，阳明有道。凶事尚右，阴昧无道。偏将军处左，无权，心静有阳明也。上将军处右，秉权杀伐，阴谋立功，故云处右。以丧礼处之者，非吉善事也，杀人众多，损物之甚，伤生失德，岂不以悲哀泣之？以悲哀泣之，即丧礼也。

  道常无名，朴虽小，天下莫能臣。王侯若能守，万物将自宾。天地相合以降甘露，人莫之令而自均。始制有名，名亦既有，夫亦将知止。知止所以不殆。①譬道之在天下，犹川谷之与江海。

休休庵曰：虚明妙体本无名相，字之曰道，曰朴，在人曰真性。其名虽小，世间无有大者，真性者，万法之王，故云天下莫能臣。谁敢不尊也？悟道者，超然不凡，如巢许善守，万世仰望不及。舜禹善守，万物自宾。桀纣昧之，身与国俱亡。人能守此道，施其德，万事自顺，如阴阳和合，以降甘露，平等普润，非人使令而自均。此道自三才分，万物生，始制其名曰道，曰朴，曰天，曰地，曰人，曰某物，道显矣，名著矣。故云夫将知止，知止所以不殆。既有其名，不可以名为道，宜还淳返朴，则长久不危。大道在天下，譬如川谷之与江海。海者，深广无涯，为川谷江河之宗。大道为万物之

---

① 王弼本作"知止可以不殆"。

宗，所以云得道者多助，失道者寡助。①

　　知人者智，自知者明。胜人者有力，自胜者强。知足者富，强行者有志。不失其所者久，死而不亡者寿。

休休庵曰：知他人善与不善者，有智而已。自知行履处有无过失者，谓之明。以事胜于人者，有财力而已。自有殊胜志气造道者强，随缘知足乐道无求者真富。力行此道，救人救物者，有大丈夫志。不失道德者，自然长久。世界坏而真性不坏，是谓死而不亡者寿。

　　大道泛兮，其可左右。万物恃之以生而不辞，功成不名有，爱养万物而不为主。常无欲，可名于小；万物归焉而不为主，可名于大。是以圣人终不为大，以其不自大，故能成其大。②

休休庵曰：大道浩浩荡荡，无涯际无始终，无今古无彼此，左之右之，无处不有。万物恃之以生而未尝辞，道生之，德畜之，大功成而不名我有。人能如是，可谓圣也。生育万物而无为，覆载一切而无我，万物生化各得自在，是谓不为主。常无欲，故可名小。万物宗之而不知为主，任物自化，可名大矣。是以有道之士常谦下不为大。道德感人，人自尊之，故能成其大。

　　执大象，天下往，往而不害，安平泰。乐与饵，过客止。

---

① 《孟子·公孙丑下》："得道者多助，失道者寡助。寡助之至，亲戚畔之。多助之至，天下顺之。以天下之所顺，攻亲戚之所畔，故君子有不战，战必胜矣。"

② 王弼本作"可名为大。以其终不自为大，故能成其大"。

道之出口，淡乎其无味，视之不足见，听之不足闻，用之不可既。①

休休庵曰：持大道纵横遍往，往而不生害，何也？大道至德，无往不利，是以云安平泰。无吉凶曰安，无高下曰平，无不通曰泰。过客者，情识也。情识所好者，声色而已。待过客者，饮食音乐而已，若以道相待，客则不悦，何也？言其道淡而无味。视之不足见，无相也。听之不足闻，无声也。所以下士闻道，大笑之。虽然淡乎无味，达者可以拯众苦，可以度有情。至德普及，同乎二仪，妙用全彰，超于诸有。是谓用之不可既。既者，穷也。

将欲歙之，必固张之；将欲弱之，必固强之；将欲废之，必固兴之；将欲夺之，必固与之。是谓微明。柔弱胜刚强。鱼不可以脱于渊，国之利器不可以示人。

休休庵曰：造化有机，寒暑往来，万物生化，皆有歙、张、弱、强、废、兴、夺、与之妙，世人多仿效为事，非道也。唯知几者，则不受惑，不被谩。阴阳之变，祸福反掌，善处者可谓微明，见道也。知道者，用柔弱而胜刚强，知白守黑，知荣守辱之谓也，与物无净也。人失其柔弱之道，如鱼离于渊，有丧身之祸。利器者，道也。道以无为为国，不可以示人。无相无声无色，是故臣不能献君，父不能传子。

道常无为而无不为，侯王若能守，万物将自化。化而欲作，吾将镇之以无名之朴，亦将不欲。不欲以静，天下将自正。

---

① 王弼本"泰"作"太"，"可"作"足"。

休休庵曰：大道未尝有作为，而应时生化无处不及，自然之妙也。侯王若能守此道，万邦自顺，万物自化。化而欲作，吾以虚明大道镇之，使其同复无名无相之真。到如是时，亦将不欲存其念。不存其念，始得安静，于身于家于国于天下，无有不正者也。

上德不德，是以有德；下德不失德，是以无德。上德无为而无以为，下德为之而有以为。上仁为之而无以为，上义为之而有以为，上礼为之而莫之应，则攘臂而仍之。故失道而后德，失德而后仁，失仁而后义，失义而后礼。夫礼者，忠信之薄而乱之首也。前识者，道之华而愚之始也。是以大丈夫处其厚，不处其薄；居其实，不居其华。故去彼取此。

休休庵曰：大圣人洞达妙道，具足至德等太易无极之德者，①是谓上德。任自然之妙，不存心修德，是以有无为之德也。达道而欠洞彻，未得自然之妙者，所施之德，谓之下德。惺惺不昧，随缘而应，虽不失德而欠自然之妙，是以无至德也。

上德至以为。无为妙用谓之上德，无为而无所不为，至德无量而无以为事。有为利益谓之下德，有为而有所不能为，有限量而有以为事。

结绳为政，淳将消，朴将丧矣。画卦造书契，情窦日凿矣。逐妄迷真，废道失德而贵仁，浇漓之风生矣。上仁者，虽有为而无以为事，失仁而贵义。上义有为而有以为事，人我生胜负现矣，况失

---

① 至德，最高的道德。《易·系辞上》："阴阳之义配日月，易简之善配至德。"太易，古代指原始混沌的状态。《列子·天瑞》："故曰：有太易，有太初，有太始，有太素。太易者，未见气也。"

义而贵礼也。呜呼！失道之后渐次至此，立赏罚，行刑政，有司公乎？明乎？分亲疎，①立物我，争荣恶辱，得失利害显而忠信薄矣。情识大作，贪欲炽然，亡命为之者有矣，是谓礼为乱之首也。

真心光华谓之先锋，识能见闻觉知。昧道者，以识为主，愚迷痴暗自是而始。释云："学道之人不识真，只为从前认识神。无量劫来生死本，愚痴唤作本来人。"②老子指为前识者也。是以大丈夫之不处其所处者，实际理地。不住浮华妄境，是故去彼情识取此大道。

> 昔之得一者，天得一以清，地得一以宁，神得一以灵，谷得一以盈，万物得一以生，侯王得一以为天下贞。其致之。天无以清将恐裂，地无以宁将恐发，神无以灵将恐歇，谷无以盈将恐竭，万物无以生将恐灭，侯王无以贵高将恐蹶。故贵以贱为本，高以下为基。是以侯王自谓孤寡不穀，此其以贱为本邪。非乎，故致数舆无舆，不欲琭琭如玉，落落如石。③

休休庵曰：一者，大道也。混沌判，天地人物皆得一以为本，各现其形，各彰其用，各正其名，成诸世界。其或致之。致者，极也。各各失其大本。天无以清必分裂，乏高明覆物也。地无以宁必发动，失厚德载物也。神无以灵将恐歇，神人之性若歇灭，则身亡矣。谷无以盈必穷竭，谷谓虚谷，造化绝而世界坏也。万物无以生必灭亡，万物绝灭则不成世界。侯王无以贵高必危蹶，未免丧身亡国也。是以云天人群生类，皆承此恩力。

故贵以贱为本至落落如石。似至贱至下者，道也。是以侯王之

---

① 疎，音 shū，同疏。
② 语出《心灯录》卷三。
③ 王弼本作"故致数与无与。不欲琭琭如玉，珞珞如石"。

贵，以道为本。上天之高，以道为基。失其道，则无能贵，无能高也。侯王自谓孤、寡、不穀，此其以贱为本者非乎？故去其数舆无舆。无数则无毁也。不欲琭琭如玉，落落如石，绝贵贱无好恶者，道也。

返者道之动，弱者道之用。天下之物生于有，有生于无。

休休庵曰：虚极静笃中，回机谓之返，随缘应感谓之动，无净谓之弱，有德谓之用。妙道无为，至德无净，是以世间万物皆自三才而生，天地人自虚明无相大道而生，是谓物生于有，有生于无。无名无相之道，能造化万物也。

上士闻道，勤而行之；中士闻道，若存若亡；下士闻道，大笑之。不笑不足以为道。故建言有之：明道若昧，进道若退，夷道若纇。上德若谷，大白若辱，广德若不足，建德若偷，质真若渝。大方无隅，大器晚成，大音希声，大象无形。道隐无名。夫惟道善贷且成。

休休庵曰：上士抱负清明，全无贪欲，是故闻道勤而行之。中士者，清明为世尘所混，是故闻道若存若亡。下士者，逐妄迷真，愚痴所障，贪欲炽然，不识廉耻，焉知大道？或闻说之则为怪事，是故大笑之。闻而不笑，不足以为道，道非下士所能行也。下士知而行者，人我是非，酒色财气之类也。

故建言有之至夷道若纇。立言显道自古有之。老子故陈其方便曰："明道若昧。"达此道，明逾日月，无幽不烛而不察察，是故若昧。进道若退者，为道日损，绝能所无，修证之谓也。无高下曰夷，达平夷妙道，绝修绝证，宜善护持，不可生狂旷之心，故云若有节纇。

上德若谷至质真若渝。具至德者，心包大虚，量周沙界，①是谓若谷。洞明妙道谓之大白。虽绝荣绝辱，恐人不善护持，老子诫之曰若辱。达道者，广行至德，绵绵不竭，谓若不足。至德无私，潜行密布，普利万物，谓之若偷。大道妙体，虚明真静，应物发理，故云若渝。渝，变也。

大方无隅至善贷且成。大道无极，岂有方隅？大器晚成，且如孔子。三十而立，四十而不惑，五十而知天命，六十而耳顺，七十而纵心所欲不逾矩。②大音希声。大达者，如愚如讷，言不妄发。大象者，真性也。人之真性，最大而无形。释云：佛真法身，犹若虚空。道隐无名，道无相故无名。虽无名，能立诸名。夫惟道，至柔弱而有妙力，善借贷诸物。生成行相，长养势力，发现光华也。

道生一，一生二，二生三，三生万物。万物负阴而抱阳，冲气以为和。人之所恶，惟孤寡不穀，而王公以为称。故物，或损之而益，益之而损。人之所教，我亦义教之，③强梁者不得其死，吾将以为教父。

休休庵曰：湛寂虚明谓之妙道，虚明中生一气谓之大道。故曰道生一。一气分阴阳，谓之一生二。阴阳分，三极立，谓之二生三。三生万物，成就世界，无不负阴抱阳，冲气以为和。虚明真气，是生成之本也。

人之所恶至吾将以为教父。人为情识所惑，不明大道，故恶孤

---

① "大虚"即"太虚"，元贤《净慈要语》："问唯心净土何用求生极乐乎？答曰汝谓唯心净土者，乃执此方寸之心为净土，而极乐远在十万亿之外，此全不知唯心之旨者也。所谓唯心者，谓心包大虚，量周沙界。"
② 语出《论语·为政》，原文作"七十而从心所欲不逾矩"。
③ 王弼本作："我亦教之"。

寡不穀，而王公以为称者，绝对待，无等比，至尊也。是故万物，或有损而益之，或有益而损之。造化之妙，无私也。古人以是教人，老子亦以是义教人。大道孤寡，至柔弱下贱，而天地人物无不承恩力。强梁者不得其死，吾将以为教父。父者，始也。

　　天下之至柔，驰骋天下之至坚。无有入于无间，是以知无为之有益也。不言之教，无为之益，天下希及之。

休休庵曰：水之至柔，金之至刚，孰能出入于无间？水虽善入诸坚，刚莫能妙于此道。道至柔无我而有灵妙，出入无间，无物不受化。刚强坚硬终不能逃，是以知无为之道，大有益也。天地不言，四时运行，万物自生自化。圣人无为，自他俱利，是谓不言之教，无为之益，天下希及之。

　　名与身孰亲？身与货孰多？得与亡孰病？是故甚爱必大费，多藏必厚亡。知足不辱，知止不殆，可以长久。

休休庵曰：好名利者，不以身为重。虎穴剑锋，忻然进步，情识使然也。不省一幻，身非久寄托于世，为妄幻空花所谩。虚名浮利纵得之者，未必是福。甚爱者，役心劳形生病丧身，大费也。货财随分，济用足矣。藏积多者，系心废道，悭惜失德，为财所役，矢寝忘餐，大祸生焉，必厚亡也。惟知足无求者不辱，知止休心者不危。无辱无危，可以保其长久。

　　大成若缺，其用不敝；大盈若冲，其用不穷。大直若屈，大巧若拙，大辩若讷。躁胜寒，静胜热，清静为天下正。

休休庵曰：成大器者，无能所，无我相，常无为，故若缺。

其用有道，故无败事。道德俱备，大盈也。胸中无物若冲，虽中虚而妙用不穷也。抱妙道者大直，任迷徒轻贱而不自伸，故云若屈。洞达大道弘至德者大巧，所为不轻易，故若拙。宗教俱通，一言能释众疑，谓之大辩。不驰骋，故云若讷。虽躁动可以胜其寒，安静可以胜其热，终不及离念清静，纯真无为，可为天下正道。

天下有道，却走马以粪；天下无道，戎马生于郊。罪莫大于可欲，祸莫大于不知足，咎莫大于欲得。故知足之足，常足矣。①

休休庵曰：世间人，有道者却除意识，以为粪秽。走马者，意识也。人或无道，强情恶识乱生，不停向外奔驰，如戎马，故云戎马生于郊。推其因由，贪欲使然。罪莫大于可欲，祸莫大于不知足，祸咎根本，欲得之念也。人能安分知足，极贫亦足。常无不足之心，斯乃近于道，可保安泰。

不出户，知天下；不窥牖，见天道。其出弥远，其知弥少。是以圣人不行而知，不见而名，不为而成。

休休庵曰：灵明妙道人皆有之，因逐妄奔流为六尘昏昧，②是故见不超色，闻不越声。若能收视返听，悟达大道，则明逾日月，无幽不烛，德合乾坤，无所不至。出户而知天下，窥牖而见天道者，

---

① 王弼本作"祸莫大于不知足，咎莫大于欲得。故知足之足，常足矣"，无"罪莫大于可欲"。

② 六尘，（名数）色声香味触法之六境也，此六境有眼等六根入身以坌污净心者。故谓之尘。《圆觉经》："妄认四大为自身相，六尘缘影为自心相。"

浅且窄矣。其出弥远，其知弥少，背觉合尘，失正知见也。是以圣人不动心而无不知者，不以见见而无不识者，不作为而大功成，无为之妙也。

为学日益，为道日损。损之又损，以至于无为。无为而无不为。取天下者常以无事，及其有事，不足以取天下。

休休庵曰：学事业者日有长益，造道者弃能所，①断攀缘，灭情识，舍爱欲，②泯机用，③专无为，④脱根尘净，玄妙至于无可损，洞彻大道，任无为而无所不为，妙用自然也。是故修身齐家，治国平天下者当任道。常无心于事，内外安静时自清，世自泰也。及其有心为事，不足以治天下，背道失德矣。

圣人无常心，以百姓心为心。善者，吾善之；不善者，吾亦善之，德善。信者，吾信之；不信者，吾亦信之，德信。圣人之在天下惵惵，⑤为天下浑其心。百姓皆注其耳目，圣人皆孩之。⑥

---

① 能所，佛教语。自动之法，谓为能。不动之法，谓为所。犹言主客观。

② 爱欲，爱者贪爱、亲爱。欲者贪欲、乐欲。深爱妻子等之情也。《无量寿经下》："爱欲荣华，不可常保。"

③ 机用，禅家之宗匠，以言语不及之机微证悟，用心施于学者，谓之机用。《谷响集九》："大机在宗师，施之学者，谓之大用也。"

④ 无为，为者造作之义，无因缘造作，曰无为，又无生住四异灭四相之造作曰无为，即真理之异名也。此无为法有三种六种之别，三无为中之择灭无为，六无为中之真如无为，是正为圣智所证之真理。曰涅槃，曰法性，曰实相，曰法界，皆无为之异名也。《无量寿经上》："无为泥洹之道。"

⑤ 王弼本作"圣人之在天下歙歙"。

⑥ 王弼本作"圣人皆孩之"，无"百姓皆注其耳目"。

休休庵曰：圣人者，以道为体，以德为用，大明不察，至尊无我，绝好恶，无变易，和光同尘，故无常心，以百姓心为心。善者，不善者，信者，不信者，一等以贤良待之，何也？施至德者，无二心也。见有不善、不信者，愈生怜悯，切切以道德化之，与世间人混其心，日久月深，百姓皆注于耳目，感恩从化，各复淳朴，圣人亦无喜，心皆以婴孩处之。

出生入死。生之徒十有三，死之徒十有三。人之生动之死地，亦十有三。夫何故？以其生生之厚。盖闻善摄生者，陆行不遇兕虎，入军不被甲兵，兕无所投其角，虎无所措其爪，兵无所容其刃。夫何故？以其无死地。

休休庵曰：出生入死者，造化显则万物生，隐则万物死。十三者，太极阴阳五行生成大数也。一气生二仪，天一生水，地六成之；地二生火，天七成之；天三生木，地八成之；地四生金，天九成之；天五生土，地十成之。十有三数成造化公事也。人之生，动之死地，亦十有三者，谓七情六识也。情识妄作，夺真性权，为不善业，取丧身之祸。夫何故？以其贪生养生之厚，纵情识恶其死，特地杀命养命，殊不知速其死也。盖闻善摄生者，灭情识，绝贪恶，任真无伪，断生死之根蒂，纵造化之枢机。明历历，活鱍鱍，① 物我一如，古今一念，我亦忘矣。荡荡乎，寂寂然，清风明月犹莫比。到此田地者，无恶事已。纵遇兕虎甲兵，我无是心，故无所投其角、措其爪、容其刃，害之莫及，何谓？生法尚无，岂有死地？兕者，似牛，一角，青色，重千斤。

---

① "活鱍鱍"即"活泼泼"，宋葛天民《寄杨诚斋》："参禅学诗无两法，死蛇解弄活泼泼。"

道生之，德畜之，物形之，势成之。是以万物莫不尊道而贵德。道之尊，德之贵，夫莫之爵而常自然。故道生之、畜之、长之、育之、成之、熟之、养之、覆之。①生而不有，为而不恃，长而不宰，是谓玄德。

休休庵曰：万物非道不生，非德不畜，物承道德而现形，形长大而势成，是以万物尊道而贵德。道之至尊，德之至贵，非官爵而尊贵也，常自然而然也。故万物皆承道德生之、畜之、育之、成之、熟之、养之。道虽生万物而不以为有功，虽为万物之母而不恃其尊，虽长养万物而不作主，是谓玄德也矣。

天下有始，以为天下母。既得其母，以知其子；既知其子，复守其母，没身不殆。塞其兑，闭其门，终身不勤。开其兑，济其事，终身不救。见小曰明，守柔曰强。用其光，复归其明，无遗身殃，是谓袭常。②

休休庵曰：世间万物生于有，有生于无。无相无名，虚明灵妙者，道也。万有之元始，为天下母。达道者谓之得其母。既得其母，以此当知其子。子者，用也。既知其妙用为德，万物承恩利济普矣。复当守其道。何以守道？以无为养之。在道之士，幻身亡没而安然不见有危险者也。

塞其兑至是谓袭常。兑者，情窦也。门者，眼耳鼻舌心意之谓也。造道者，塞其情窦，闭其六门，六尘不入，诸念不生，终身而不有勤劳若也。开其情窦，恣其六入，驰骋能解，以济世事，则逐

---

① 王弼本作"德畜之，长之、育之、亭之、毒之、养之、覆之"。
② 王弼本"袭常"作"习常"。

妄迷真，为妄幻空花所惑，作诸不善，堕于恶道，①终身不可救也。此虽小节，见彻者曰明，善守柔弱之道者故曰强。任无为之妙德，是谓用其光。绝奔驰，复归其明，明者，道也。善复大明者，得大受用。老子叮咛：无遗此力，行之则身安而乐，无有殃祸，是谓学习常行之妙道也。

> 使我介然有知，行于大道，唯施是畏。大道甚夷，而民好径。朝甚除，田甚芜，仓甚虚。服文采，带利剑，厌饮食，货财有余，是谓盗夸。非道也哉！

休休庵曰：道绝知见，②故无物我，介然者谓特地也。老子云：使我特地有所知，行于大道，非行道也，惟是施设能解，使人可畏尔，大道甚平夷，道即心，未尝离也。世人不能返达，而好外求径捷殊，不知去道远矣。朝甚除者，用机智得世间浮名甚显矣，不觉虚明，田地荒芜甚矣。平生全无实德，前程资粮乏矣，是谓仓甚虚也。服文采者，以诸伪严饰其身也。带利剑者，恣情识也，威锋可畏，外则伤其物，内则伤其真，略不知非。厌饮食有二义，恣情所好，非常饮食。一返厌无为清净上妙之食，好味世事有宗也。货财有余者，专用机知，贪求财物，蓄积有余，以快其意，不知是为家贼，反自矜夸，其迷甚矣，非道也哉。

> 善建者不拔，善抱者不脱，子孙祭祀不辍。修之身，其德乃真；修之家，其德乃余；修之乡，其德乃长；修之国，其德

---

① 恶道，乘恶行而往之道途。地狱、畜生等是也。《大乘义章八末》："地狱等报，为道所语，故名为道。故地持言，乘恶行往，名为恶道。"

② 就意识云知，就眼识曰见，又推求名见，觉了云知。又三智云知。五眼云见。皆为慧之作用。《法华经方便品》："开佛知见。"

乃丰；修之天下，其德乃普。①故以身观身，以家观家，以乡观乡，以国观国，以天下观天下。吾何以知天下之然哉？以此。

休休庵曰：为人不造道，习学他术者，背明投暗也。善立卓者，惟道是从，所以绝过恶。八风五欲，摇拔不动，君子深造之以道则无失，是谓善抱者不脱。正体明者，妙用无违，事有理也，绵绵如是，谓之子孙祭祀不辍。以此道修之于身者，其德无伪；修之于家，尊卑反朴，其乐无为，其德乃有余矣；修之于乡，一乡之人受惠，其德乃居众人之长；修之于国，合国受化，其德乃见丰厚；修之于天下，上下相安，四海无为，其德乃普。故以身观身，无不明矣。反观反闻，则能微妙玄通，内明以及，外无有不及者。身如是，家如是，国亦如是，天下亦如是。老子云吾何以知天下之然哉？身即天下，天下即身也。

含德之厚，比于赤子。毒虫不螫，②猛兽不据，玃鸟不搏。骨弱筋柔而握固，未知牝牡之合而朘作，精之至也。终日号而不嗄，和之至也。知和曰常，知常曰明，益生曰祥，心使气曰强。物壮则老，是谓不道，不道早已。

休休庵曰：含养至德之厚者，无心、无知见、无物，我以出胎婴儿比之。虽行世间而绝好恶，是故毒虫、猛兽、玃鸟不能害。婴儿者，骨虽弱，筋虽柔，九握其物则牢固，人不能夺，纯真也。虽未知阴阳之合而阳自作者，精之至也。终日号哭而无謷嘎之声者，③

---

① 王弼本作"修之于身，其德乃真；修之于家，其德乃余；修之于乡，其德乃长；修之于国，其德乃丰；修之于天下，其德乃普"。

② 王弼本作"毒虫虺蛇不螫"。

③ 謷，音áo，诋毁，诽谤。

和之至也。大和之道，妙而自然，是故知和者曰常。常者，道也。道常而不变也，知道者曰明。明者，无损益。若以有作之功，种种益其生者，非明也，妖祥也。气常妄作而返道，况用心使之，得不强乎？物强壮之甚则老，老则亡，是以谓不是道。不是道，则早见灭亡已。

知者不言，言者不知。塞其兑，闭其门，挫其锐，解其纷，和其光，同其尘，是谓玄同。故不可得而亲，不可得而疎，不可得而利，不可得而害，不可得而贵，不可得而贱，故为天下贵。

休休庵曰：知道者，不事言说，况达道者乎？好言说者，不知道也。言多去道转远。大道无言，至德显之，人能塞其情窦，闭其六门，中虚也。挫其锋锐，解其尘纷，外顺也。混其圣，同其九，是谓与道同矣。履践如是，则无亲疎利害贵贱矣。人欲亲疎利害贵贱于我，则不可得而反也。是故为世间至贵者也。

以正治国，以奇用兵，以无事取天下。吾何以知其然哉？① 天下多忌讳，而民弥贫；民多利器，国家滋昏；人多伎巧，奇物滋起；法令滋彰，盗贼多有。故圣人云：我无为而民自化，我好静而民自正，我无事而民自富，我无欲而民自朴。

休休庵曰：释云：无心则正，有心则邪。以无心而治，而无不治者，是以老子云以正治国是也。以奇用兵者，奇，一也，阳数也。用清明之道，以无为之兵，无不胜者，是谓以无事修身齐家治国平天下。极善也，无为之化，天上人间莫不乐从。吾何以知其然哉？

---

① 王弼本作"吾何以知其然哉？以此"。

天下多忌讳，而民弥贫；有心而治，多忌讳也。有忧虑，故生智谋，
设关防，故多费用也，民则弥贫矣，利器智谋之谓也。民因主者用
心为事，是故以智谋相待，展转滋益，国家昏乱其心。心愈迷而道
愈远矣。弃其本逐其末者，习学技巧，造无益奇异之物，惑人眼目，
滋长不善，日益浇漓矣。法令愈严而盗贼愈多，何谓一法立而一弊
生也？是故圣人云：我无为，而民自化，以道治也。我好静，而民
自正，以德感也。我无事，而民自富。无忌讳，不关防，无费用也。
我无欲，而民自朴，上不好华，而下无所用，心自然淳朴矣。

其政闷闷，其民淳淳；其政察察，其民缺缺。祸兮福所倚，
福兮祸所伏。①孰知其极？其无正邪？②正复为奇，善复为妖。民
之迷，其日固久。是以圣人方而不割，廉而不刿，直而不肆，
光而不耀。

休休庵曰：以道修身齐家治国平天下者，绝见识。善者、不善
者，信者、不信者，等以道德待之，故如昏闷者焉。久久，其民自
然淳淳矣。不以道治，恃其见识察察者，无大量含容也，其民未免
侮慢，心生机谋日盛，淳风日消。祸福互相倚伏，如寒暑往来也。
孰知其极？若至极，善则忘尔。我绝祸福，岂有正有邪也？呜呼！
世间多纵见识，正复为之奇怪，善复为之妖祥。民之迷乱颠倒，其
日固久。是以圣人方而不割，廉而不刿，直而不肆，光而不耀者，
其政闷闷而不察察化。

治人事天莫若啬。夫惟啬，是以早服。早服谓之重积德，

---

① 王弼本作"祸兮福之所倚，福兮祸之所伏"。
② 王弼本作"其无正？"

重积德则无不克，无不克则莫知其极。莫知其极，可以有国。有国之母，可以长久。是谓深根固蒂，长生久视之道。

休休庵曰：安民行道谓之治人事天，至妙莫若啬。啬者，无欲无为，方而不割，廉而不刿，直而不肆，光而不耀之谓。夫啬，能使物早自化，物皆早自化谓之重积德，重积德则无有不克应者。若一一克应，其德广大，人莫能知其极。德之无极，可以有国。国者，身也。有国之母，可以长久。母者，道也。身无道不生，人不昧其道，不失其道，是谓深根固蒂、长生久视之道若也。失道丧德，专机智豪强之力，为人、为侯、为王者，恐不长久也。

治大国若烹小鲜。以道莅天下，其鬼不神。非其鬼不神，其神不伤人。非其神不伤人，圣人亦不伤人。夫两不相伤，故德交归焉。

休休庵曰：治大国谓处清静无为之域者，不可举心动念，动着则失，故以烹小鱼为喻挠着便烂。以道临天下者，至德普及，平等无私，无为无求，道治也。虽有鬼而不敢神矣。非鬼不神，神亦不伤人，各安分，乐无为也。非神不伤人，有道者亦不伤人。道利万物，岂伤人乎？两不相伤，其德交归焉。

大国者下流，天下之交，天下之牝。牝常以静胜牡，以静为下。故大国以下小国，则取小国；小国以下大国，则取大国。故或下以取，或下而取。大国不过欲兼畜人，小国不过欲入事人。两者各得其所欲，故大者宜为下。

休休庵曰：以道修身治国者，万物从化。道若海，善下者也。是以老子云大国者下流。世间人相交接，如阴阳动静。牝常以静胜牝。牝者，阴也，阴静。牡者，阳也，阳动。静虽处下，动自归从。上者为下所化也。是故大国以下取小国，则取小国。小国以下取大国，则取大国。能下者，无不利也。高以下为基，万以一为本，是也。故大者宜为下。

> 道者，万物之奥。善人之宝，不善人之所保。善言可以市，尊行可以加人。人之不善，何弃之有？故立天子，置三公，虽有拱璧以先驷马，不如坐进此道。古之所以贵此道者何？不曰求以得，有罪以免耶？故为天下贵。

休休庵曰：道在万物而万物不知有者，何也？奥妙也。惟善人有之以为至宝，不善人虽不知有，而常藉此道保而扶之。道不离人也。美言者，大道之言也。可以教人进此道，则为贤为圣，尊行者，至德也，可以普及于人。不知有道者，谓不善人也。亦何必弃之？有道者，善救人，故无弃人。世间是以立天子，置三公，特赖君臣善以道德化人。若以天子三公为贵，有拱璧之富以先驷马之荣，不如坐进此道。此道虽至柔弱下贱，而为尊贵高大之根本也。自古所贵此道何也？不曰求以得，有罪以免耶？不善之人忽闻其道，能信而悟，力行而洞达无碍，便为圣人。是故此道为天下至贵者也。

> 为无为，事无事，味无味。大小多少，报怨以德。图难于其易，为大于其细。天下难事必作于易，天下大事必作于细。是以圣人终不为大，故能成其大。夫轻诺必寡信，多易必多难，是以圣人由难之，① 故终无难。

休休庵曰：为无为，致虚极，守静笃也。事无事，绝圣弃智，

---

① 王弼本"由"作"犹"。

绝仁弃义，绝巧弃利也。味无味，心法双亡，①常乐我净也。无为而有感必通，无事而随机普应，无味之味，六九莫测。大明之明，无昼无夜，无方无隅。事之大小，物之多少，莫能逃其终始，等以此道济之。昔之未悟，事事物物皆吾怨敌。今物我两忘，纵有大怨，以德报之，何也？冤亲平等一目视之。

图难于其易至故终无难。欲升高，必自下。欲达千里，一步为初。根本真实，无不成者。世间出世间，②事先图之易，而后必难。惟自细而为者，终必成其大，合其道也。是故圣人终不为大。而道德平等济物，万物尊之，故能成其大。有道者，不轻诺，不图易，是故终无难。又当知大达者无细，大绝易难，动静有道，不可以世眼观。③

其安易持，其未兆易谋，其脆易泮，其微易散。为之于未有，治之于未乱。合抱之木，生于毫末；九层之台，起于累土；千里之行，始于足下。为者败之，执者失之。是以圣人无为，

---

① 心法，一切诸法，分色心二法，有质碍为色法，无质碍而有缘虑之用，或为缘起诸法之根本者为心法。此心法，显密二教相违。显教以心法为无色无形，密教以为有色有形。显密共立种种心法。

② 世为迁流之义，破坏之义，覆真之义。间为中之义。堕于世中之事物，谓之世间。又间隔之义，世之事物，个个间隔而为界畔，谓之世间，即与所谓世界相同。大要有二种：一有情世间，谓有生者。二器世间，国土也。《楞严经四》："世为迁流。"《唯识述记一本》："言世间者可毁坏故，有对治故，隐真理故，名之为世，堕世中故名为世间。"《注维摩经不二》："什曰：世间三界也。"出世间，对于世间之称。一切生死之法为世间，涅槃之法为出世间。即苦集二谛，世间也，灭道二谛，出世间也。《法华经譬喻品》："开示演说出世间道。"《起信论》："用大，能生一切世间出世间善因果故。"

③ 世眼，佛之异名。佛为世人之眼，示导正道。又开世人之眼，使见正道。《无量寿经上》："今日世眼住导师行。"《净愿大经疏》："能开世人眼令见正道故名世眼。"

故无败；无执，故无失。民之从事，常于几成而败之。慎终如始，则无败事。是以圣人欲不欲，不贵难得之货；学不学，复众人之所过。以辅万物之自然而不敢为。

休休庵曰：无吉凶曰安，安静近于道，故老子云其安易持，以无为持守，清静常乐。譬如世间之事，未兆之时则易为求。如水结冰，薄脆之时，则易泮解也。如毒微小，则易散败。虽然如是，不若于未有而为之。所为者何？为无为也。未乱而治之，以何治？任道与德也。待有而后为，乱而后治者，非高明之士。岂不见合抱之木，非一日而大，生于毫末。九层之台，非一日而成，起于累土。千里之行，始于足下。用心而为者必败之。恣情而执者，必失之。是以有道者，无为无执，故无败无失矣。

民之从事至以辅万物之自然而不敢为。达者以道处世，以德从事，常安静无为，故无败无失。世人多从事，常于几成而败之者，何也？使心用意而为也，非道德也。祸福毁誉互相倚伏，荣辱得失互相反复，生死苦乐轮回无私也。慎终如始则无败事，是以圣人欲不欲，不贵难得之货，清静无为，无好无求，视珍宝如粪土，闻巧言若秋声。学世人之不学者，无为也。反众人之所过者，达大道，施玄德也。圣人以道德顺辅万物，纵万物自然生化，而不敢为主。

古之善为道者，非以明民，将以愚之。民之难治，以其智多。故以智治国，国之贼；不以智治国，国之福。知此两者，亦楷式。（常之楷式，是谓玄德。）玄德深矣，远矣，与物反矣，然后乃至大顺。

休休庵曰：古之善为道者，不以察察资益情识。民者，众生也，情识亦谓之众生。以昏昏闷闷，使其情识无知无解，是谓愚民。众生之难治者，智谋多也，机诈也。以智修身治国者，家贼也。日夕作乱，昏扰真境，夺权非为，使人丧身亡国。不以智治，以道化者，国之福也。知此二者，亦可为修身治国楷模，格式也。常知格式，是谓玄德。玄德深矣远矣，不可以目前见。历万古而无败无失，与物反矣，顺真逆俗之谓也。背尘合道，然后乃至大顺，永乐无为也。

江海所以能为百谷王者，以其善下之，故能为百谷王。是以圣人欲上人，以其言下之；欲先人，以其身后之。①是以处上而人不重，处前而人不害，是以天下乐推而不厌。②以其不争，故天下莫能与之争。

休休庵曰：道至尊贵，极高上，无我而能贱能下。虽然下且贱，诸贡高豪强刚硬顽狠者，③无不受其化。以江海喻之，以其善下，故为百谷王。是以有道者，众尊之曰圣。圣人者，非欲上人，非欲先人。谦下之道大，人莫能胜，自然在人之上，在人之先，是以处上无所重，处前无所害。世间乐然推其美而不厌者，何也？善利济万物而不争，是故天下莫能与之争。

天下皆谓我道大，似不肖。夫惟大，故似不肖。若肖，久矣其细也夫。我有三宝，保而持之。一曰慈，二曰俭，三曰不敢为天下先。夫慈，故能勇；俭，故能广；不敢为天下先，故

---

① 王弼本作"是以欲上民，必以言下之；欲先民，必以身后之"。
② 王弼本作"是以圣人处上而民不重，处前而民不害，是以天下乐推而不厌"。
③ 诸贡，骄傲自大《百喻经·磨大石喻》："方求名誉，憍慢贡高，增长过患。"

能□器长。①今舍其慈且勇，舍其俭且广，舍其后且先，死矣！夫慈，以战则胜，以守则固。天将救之，以慈卫之。②善为士者不武，善战者不怒，善胜敌者不争，善用人者为之下。是谓不争之德，是谓用人之力，是谓配天古之极。

休休庵曰：天地人物皆承恩力，是以天下皆谓道大。吾道，廓兮无际，寂然普应，荡荡乎无名，昭昭然普遍，无彼此，无荣辱，故云似不肖。若肖，则有拘束，有限量，细也久矣。老子云慈、俭、不敢为天下先谓之三宝。人能保而持之，自然超越，何也？慈故能勇者，慈之力量大也。俭故能广者，绝奢侈妙用普应也。不敢为天下先者，谦退而光明愈大。朴散成器，朴为器长。若舍其慈且勇，舍其俭且广，舍其后且先，弃本逐末，亡之早矣。用慈以战，则诸力不能胜。用慈而守，则无败无失。惟道善救人救物，故无弃人救物者何？以慈护卫之。

善为士者不武至是谓配天古之极。善为士者，深造之以道，不以威武立身，以慈、俭、不敢为天下先战诸不善。不以恚怒为能，以无为之德胜诸强敌。不以势力争，所以云善用人者为之下。能下者，人物顺化，是谓不争之德也，用人之妙也，配天之德也，是上古之至德也。

用兵有言，吾不敢为主而为客，不敢进寸而退尺。是谓行无行，攘无臂，仍无敌，③执无兵。祸莫大于轻敌，轻敌者几丧

---

① 王弼本作"故能成器长"。
② 王弼本"善为士者不武"。前面为《道德经》第六十七章，善为士者不武至是谓配天古之极为第六十八章。
③ 王弼本"仍"作"扔"。

吾宝。故抗兵相加,哀者胜矣。

休休庵曰:老子前谓道者万物之奥,善人之宝,不善人之所保。次第说而至此,故以用兵者有言喻之:吾不敢为主而为客。主者,生事者也。客者,应答之人也。抱道者,无为不生事也,但有感必应也。不敢进寸而退尺,尽忠而忘我,不见有死生之地也。任无为,以慈、俭、不敢为天下先行于世间,是谓行无行,攘无臂,仍无敌,执无兵。善莫加焉。祸之大者,莫大于轻敌。敌者,有我未忘也。任情恣识,昧道失德,丧失慈、俭、不敢为天下先之三宝,是故抗兵相加,哀者胜矣。哀者,谓能谦下而胜刚强也。

吾言甚易知,甚易行,天下莫能知,莫能行。言有宗,事有君。夫惟无知,是以不我知。知我者希,则我者贵。是以圣人被褐怀玉。

休休庵曰:老子谓吾言甚易知者,进道施德也。甚易行者,绝巧弃利,绝仁弃义,绝圣弃智,无思无为,致虚极,守静笃,万物并作,吾以观其复。世间人为情识所惑,向外奔驰,不肯回头,所以莫能知,莫能行也。出一言莫不有宗,行一事莫不有君,得不省也。宗君皆真心也。心为法王也,人皆有之,夫惟无知,因逐妄自昧,是以不我知。老子自谓知我者希,取法则于我者贵,达道超凡也。是以圣人被褐怀玉。释云:贫则身常被缕褐,道则心藏无价珍。①是也。

知不知,上;不知知,病。夫惟病病,是以不病。圣人不

---

① 《永嘉大师证道歌》:"穷释子,口称贫,实是身贫道不贫。贫则身常被缕褐,道则心藏无价珍。"

病,以其病病,是以不病。

休休庵曰:道不属知,不属不知。知是妄觉。不知是无记。①真知无知,真见无见,知而不知上矣。不具真知而知者,妄觉也,病矣。夫唯病病,不知病为病,是以不知病。圣人不病者,以其真知无知,非病为病,是以不病。

民不畏威,则大威至。无狭其所居,无厌其所生。夫唯不厌,是以不厌。是以圣人自知,不自见;自爱,不自贵。故去彼取此。

休休庵曰:世人迷真逐妄,为诸物威光所烁,若能虚其心,忘其情,无私无欲,齐得丧,一生死,怛然无所畏,则自己大,威光赫然现前矣。无狭其所居之卑陋,无厌所生之身小,天地日月,万象森罗皆在吾威光中也。②世人见不超色,闻不越声,有情识为障,有欣厌为碍,惟达者不狭不厌,能方能圆,大包无外,细入无内,是以圣人自知洞达妙道,不自见我为万象主,自保爱而不妄作,亦不自以为贵,故去彼所狭所厌,取此广大清静之道。

勇于敢则杀,勇于不敢则活,两者或利或害。天之所恶,孰知其故?是以圣人犹难之。天之道,不争而善胜,不言而善应,不召而自来,繟然而善谋。天网恢恢,疏而不失。

---

① 《赵州和尚语录》赵州问:"不拟争知是道。"泉曰:"道不属知,不属不知;知是妄觉,不知是无记。若真达不拟之道,犹如太虚,廓然洞豁,岂可强是非也!"

② 指宇宙间各种事物和现象。陶弘景《茅山长沙馆碑》:"夫万象森罗,不离两仪所育;百法纷凑,无越三教之境。"

休休庵曰：纵情识勇于敢为者，则无吉而终凶，不免于死。心常恐惧勇于不敢为者，无吉凶而得苟活。此两者或有利或有害。天之所恶者，敢为、不敢为皆用心，天道不如是。世人谁知其故？天任无作之妙也。是以圣人犹难从于勇敢，害在其中矣。天之道，无为而不争，万物莫不受其恩，善胜也。不言而四时行焉，万物生焉，善应也。温和寒暑不召而至，善来也。绰然而善谋也。天道高明，广大盖覆一切，如布网焉。虽疎阔无比，历历然，报应无一毫之失也。

  民常不畏死，奈何以死惧之？若使民常畏死，而为奇者吾得执而杀之，孰敢？常有司杀者杀，夫代司杀者杀，是谓代大匠斫。夫代大匠斫，希有不伤其手矣。

休休庵曰：君臣有道，世泰时清，民安则无由轻生。周末时世废道失德，天下祸乱，民不聊生，是故常不畏死，奈何有司以重刑示之？欲使其惧死而受科差。呜呼！非但使民不服，亦且去道远矣。若使其民安世泰，乐生畏死而为奇？惟妖祥者。吾得执而杀之，谁敢不服？大理然哉。司杀者，天也。人不遵道，不安分，非法妄为，天必弃之。有司杀人，非吾杀也。若非天杀而吾杀之，是代大匠斫，少有不伤其手者。祸必及身，理必然也。

  民之饥，以其上食税之多，是以饥。民之难治，以其上之有为，是以难治。民之轻死，以其上求生之厚，生生之厚是以轻死。①夫惟无以生为者，是贤于贵生也。

休休庵曰：上者昧道，好有为，食用无限，泛费浩博，收税课

---

① 王弼本作"以其上求生之厚，是以轻死"。

之多，是以下民饥苦乃生机谋，是故难治也。人之轻生，非得已哉。因上好有为，故苦于下，故人之轻易而死。居上者，贪生养生之厚，彼此失道，欲心不息，投身陷于死地。夫惟无求，不以利欲为生计者，心闲身安，随分乐道，则祸无所入。岂不贤于贵生多求者乎？

民之生也柔弱，其死也坚强。万物草木生也柔脆，其死也枯槁。故坚强者死之徒，柔弱者生之徒。是以兵强则不胜，木强则共。强大处下，柔弱处上。

休休庵曰：至微妙者，真气也。真气在体则柔弱，为事有理，则无凶危之患。失其真，昧其理，则有坚强之祸，凶危之患。故举万物草木喻之，亦如是。生也，得阴阳之气润泽，故柔脆。死也枯槁，失润泽之道已。为人得不造道乎？譬如用兵。若以强为上者，则决不能胜；又如木之强壮，则招其伐。强大者，下之徒。柔弱者为上。是故谓坚强者，死之徒。柔弱者，生之徒也。不详察而纵情识者，深可悯也。

天之道，其犹张弓乎！高者抑之，下者举之，有余者损之，不足者补之。天之道，损有余补不足；人之道则不然，损不足以奉有余。孰能以有余奉天下？唯有道者。是以圣人为而不恃，功成不处，其不欲见贤邪？

休休庵曰：天之道无私，故平等无我，故至明。老子以张弓喻之。张者，开也。人开其弓，当立身端正，眼不二用，力有准。力强则折其弓，力弱则弓不能开，要得恰好。心为主，一身二手为使者，手若高，宜放低；手若低，宜放起，其谓高者抑之，下者举之。除刚强过分之力，损有余也。益柔弱不及之力，补不足也。人则不然。强者陵弱，富者欺贫，贵者轻贱，与天之道反矣。多是损不足而奉有余。于身而言，向道之心久欠，贪欲之心有余，而又损其道念，奉其情识，盛发贪欲，全不思省，自取祸也。于世或事君，或事主，或为朋为党者，多是非理。损诸不足者，以奉有余。逞能解求其功，殊不知失道已。情识使然也。谁能损有余奉天下不足者？故有道之士，广行平等，利人济物，为而不恃，其能大功成而不宰。若恃其能宰其功，是自奉有余也，是欲天下人见我贤也。达道者，终不为也。

> 天下柔弱莫过于水，而攻坚；强者莫之能胜。其无以易之。故柔胜刚，弱胜强，①天下莫不知，莫能行。是以圣人言：受国之垢，是谓社稷主；受国之不祥，是谓天下王。正言若反。

休休庵曰：道至柔弱而无有不承恩力者，世人不知恩而反恶之。万物之中柔弱者莫过于水，攻坚强者莫不胜也，况道乎？诸刚强坚硬顽愚者，终从其化也。是故曰柔胜刚，弱胜强。世人皆知而不能行，何也？情识作弊。能行者，大有道之人也。是以圣人言：能消受世间之诸尘垢，量宽有力也，是谓社稷主。能消受诸不祥者，有道有德，是谓天下之至尊，万法之王也。此言虽正，世见若反也。

> 和大怨，必有余怨，安可以为善？是以圣人执左契，而不责于人。故有德司契，无德司彻。天道无亲，常与善人。

休休庵曰：心意识好有为，逐妄循尘，生诸贪欲，醉于梦幻空花，昧道失德，大怨也。灵利者回光返照，廓达虚明灵妙之道。心意识俱灭，大怨和矣。余怨何谓也？玄妙未尽，有我未忘也，安可以为善？不存玄妙，不立门庭，无物我，混圣同凡，绝余怨。是以

---

① 王弼本作"弱之胜强，柔之胜刚"。

圣人执左契，而不责于人。上古结绳为政，主执其左，老子以此喻。大达者，如执左契，遇有道者，一言相投，如右契符合也。何必责人也？故云有德司契，无德司彻。司彻者，撰诸巧言，使世人通，知求其尊也，诡诈之计，非善也。彻者，通也。殊不知，天之道无亲疏，善人者得之。

> 小国寡民，使有什伯之器而不用，使民重死而不远徙。虽有舟舆，无所乘之；虽有甲兵，无所陈之；使民复结绳而用之。甘其食，美其服，安其居，乐其俗，邻国相望，鸡犬之音相闻，民至老死不相往来。

休休庵曰：有道者乐无为。譬如小国寡民，纵使其民有才器，可为千人之长而不用者，何也？上有道，下淳朴，上下相安，无事无为，何用才器？虽有舟船车舆而无用，虽有甲兵亦无所陈，上下相安，事于无为。使其民复结绳而用之。结绳为政之时，胜今人之多矣，然又不及上古全淳朴之时，各各以道相处，虽粝食而亦甘，粗衣而亦美，绝奢侈之情，无贪欲之念，随处皆极乐之邦。虽居茅茨石室亦常安。风俗淳而自乐也。邻国相望，鸡犬之音相闻，而其民各各无欲无求，是以至老死而无事往来。乐道者，安静如此也。

> 信言不美，美言不信；善者不辩，辩者不善；知者不博，博者不知。①圣人不积，既以为人，己愈有；既以与人，己愈多。天之道，利而不害。圣人之道，为而不争。

休休庵曰：至言不文，直而无巧。巧言者多诈，非诚信之言也。

---

① 王弼本作"知者不博，博者不知"。

太达者言简,①不事辩,好辩者非善,未达之人也。廓达大道曰知。知者不向外博,闻一法通而法法通也。好博闻者,不知道也。大有道者曰圣人。圣人忘我而无心,冲虚明妙,故内外皆不积。何谓虚而不屈,动而愈出？圣人无己,靡所不已,故能切切为人。既以此道等为一切人,而于己愈有,何也？妙道无穷。既以广施利济平等与人,不倦不竭,何也？无为之德愈广而于己愈多,自然而然与天之道同也。天之道,利而不害。圣人之道,亦利而不害。圣人者,为无为,事无事,妙道至德,昭昭然,可贵可尊,不与世人争。善为士者皆可。微妙玄通为圣,为至圣。三才道同,唯人最灵,善总天地之道,全造化于一。已有逾日月之明,有胜乾坤之力,若能回光返看,点首廓达,便见老子一言一句,单单揭示大道至德,不以小径悮人。②至于终篇,复举天之道,圣人之道,明晦世人,有深意在焉。修身齐家治国平天下者,宜子细着眼,③切忌错会。毫厘有差,天地悬隔,善详之,善行之。

直注道德经卷终

蒙山和尚别号绝牧叟《直注道德经》一卷。伏承常州路无锡县居判簿、友梅王居士坦施财锓梓于吴中休休庵结殊胜缘者。

至元丁亥岁菖节日　　　　　　　　　　④吾靖　题

---

① 依前文,"太"当为"大"。
② 悮同误。
③ "子细"即"仔细"。
④ 菖节日即菖蒲节,为端午节的别称。

旧文新刊

然疑待徵錄・詩說十三則

張汝舟

《詩》之比興,義通乎《易》象,此聖人格物致知之實學,理事無礙之妙境也。子在川上曰:"逝者如斯夫,不舍晝夜;"又曰:"歲寒然後知松柏之後凋也;"此即聖人之《易》道,亦即聖人之《詩》學也。

程子曰"世言麻木不仁",最善形容。寂然不動,感而遂通天下之故,非仁胡以副之。仰觀俯察,皆《詩》科也,皆足以顯吾心之大用,證斯理之圓融,故曰"興於《詩》",所以成仁也。

陳古義以刺今,寓箴規於頌贊,言之無罪,聞之足戒,故曰"不學詩,無以言",此溫柔敦厚之至也。斯"可以羣,可以怨",可以事君父矣。

孟子曰:"說《詩》者,不以文害辭,不以辭害志,以意逆志,是為得之。"以文害辭,以辭害志,滯於言詞,不可得矣。然則逆志奈何。則亦曰：《關雎》之卷，好德也；《鵲巢》之志，尊賢也；《螽斯》《麟趾》，能裕後也，後嗣何觀，當可則也；《羔羊》攘矣，美威儀也，萬民所望，可不慎歟，"害澣害否"，致其功而有權也；"椓之丁丁"，能其事而有聲也；《兔罝》之志，伊尹識之，故安於畎畝，成湯識之，故急於三聘。二南二十五篇，其蓄義也閎，其為教也廣，姑示一二：用舉隅反。故曰："人而不為《周南》《召南》，其猶正牆面而立歟？"

《詩序》妙得聖人之旨，確有傳授，不可妄議。所謂"《關雎》，后妃之德也，《葛覃》，后妃之本也，《卷耳》，后妃之志也"云云，所謂后妃云者，即匡鼎所云"夫然後可以配至尊而為宗廟主"耳。後儒不察，以后妃專屬太姒，反據此以詆《序》，亦弗思矣。又《序》非必著作《詩》之本，往往示為教之宗，就事體認，曲得其微。所以《燕燕》之篇，《毛詩》以為莊姜送妾，三家以為定姜誚子；又《黍離》之詩，次在王風之首，故《毛詩》以為大夫閔宗周，《韓詩》以為伯封哀其兄，或又編在衛詩之末，故又以為公子壽之辭。各就時事體認，咸得諷詠之旨，不可輕詆孰得而孰失也。又《擊鼓》，怨州吁也，在今日則近衛矣；《木瓜》，美齊桓公也，在今日則羅斯福矣。某某為鄉邦之碩鼠，某某為君側之青蠅，孰是孔將之詆言，何為如砥之周道，不必古人，今多其例，善能體認，可以興矣。

《集傳》以《風雨》為淫奔之女，悅見所期之人，而《詩序》以為亂世之思君子。《集傳》縱得作詩之本，不見無邪之思。且也溱洧之上，男女雜沓，觀乎洧外，竇非絕俗超凡。是則《桑中》見好賢之切，《溱洧》寄出世之思，竟於鄭衛之淫辭悟作聖之妙諦，謂之無邪，誰曰不宜？必用本義，概曰淫奔，則宓妃佚女，媒使頻勞，燕趙佳人，冀巢其屋，是皆漁色之徒，穢亂之語，何以見尊，俾俾風雅。夫滯於言句,必用本義,施諸古辭,尚不可通,而況聖人刪定明著無邪者乎?

《毛傳》義理甚精。《關雎·傳》:"關關,和聲也;雎鳩,王雎也,鳥摯而有別。"開口便著禮樂。又如《葛覃·傳》:"喈喈,和聲之遠聞也。"《谷風·傳》:"涇渭相入而清濁異。"《簡兮·傳》:"動於近,成於遠也。"《有女同車·傳》:"將將鳴玉而後行。"《甫田·傳》:"大田過度,而無人功,終不能獲。"《鳲鳩·傳》:"執義一則用心固。"《六月·傳》:"言逐出之而已。"又"使文武之臣征伐,與孝友之臣處內。"《采芑·傳》:"言周室之強,車服之美也,言其強美,斯劣矣。"《吉日·傳》:"殪,壹發而死,言能中微而制大也。"《小宛·傳》:"背令不能自舍,君子有取節爾。"《鼓鐘·傳》:"欽欽,言使人樂進也。"《角弓·傳》:"比周而黨愈少,鄙爭而名愈辱,求安而身愈危。"《烝民·傳》:"清微之風,化養萬物者也。"《烈祖·傳》:"八鸞鶬鶬,言文德之有聲也。"語皆精美,耐人尋味,似此者多,不能盡述。程子之於漢儒,獨取毛公董子,有以也。

《毛傳》用字甚古,有非識通假不能明者。即以訓"大"一義言之,不得皆以為"大小"之義,有須取"安泰""驕泰"義者。《斯干》"君子攸芋",《傳》:"芋,大也。"此言安泰,與下文"君子攸甯"義洽。《巧言》"昊天大憮",蒙上《傳》:"憮,大也",此言"驕泰",與上文"昊天已威"義洽;箋以傲慢言之,申《毛》非易《毛》也。上傳大為大小之大,或太甚之太,言亂如此大,亂如此甚也,鄭亦以"敖"言之,則非矣。又《溱洧》"洵訏且樂","訏,大也";大應讀"安泰"之泰,與樂字協調,韓詩作盱,樂貌,義同毛也。《皇矣》"憎其式廓",《傳》:"廓,大也",大應讀"驕泰"之泰,乃可憎也。類此者多,不能盡舉。世儒望文生訓,不能說經，且難通傳矣。

"古訓是式"，世重經生。然同一今文也，而有三家之殊說；同一《毛詩》也，而有鄭王之異義。六朝義疏，近代考徵，波屬雲屯，言之鑿鑿。若必以篤守為極，是先儒人人可譏；若必以立異為能，則師說紛耘益甚。惟有編繹本經，諷詠涵濡，稽參眾說，驗諸身心，理必無違，義皆有本，是在好學而深思矣。

鄭《箋》易《毛》，多本三家。康成解經，雖以一家為主，而不沒眾長。毀之者曰，壞亂家法；譽之者曰，整齊百家。鄭書亡佚者多，猶存《詩》《禮》，《傳》《箋》並行，由來久矣。

清人誕娸宋儒，頗輕《集傳》。實《傳》則朱子訓詁審諦，可據者多；特辭不煩稱，覽者莫識耳。如云"言，辭也""周行，大道也"之類，皆貫通全經，得此正解。《既醉》"昭明有融"，句法同"有賁其實"、"瘒辟有摽"，猶言昭明融然也。《集傳》"融，明之盛也"得之，而傳箋辭義皆失。《釋名》："融，明也。"《左傳》昭公五年："明而未融。"融，服注高也，杜注朗也，孔疏，大明也。此《集傳》所本。又"遐不謂矣"，用《表記》注，殆魯詩也；"搔首踟躕"，用《文選》注，則韓詩也；"勿翦勿拜"，用施士匄說，"綠竹猗猗"，用洪适說；"燕譽"義取眉山，"緜蠻"說本長樂；所採博而折中甚當者，未易更僕數也。《集傳》顧不當與注疏並重耶。

《柏舟》"威儀棣棣，不可選也"，《傳》訓"選"為"數"，色主反；《東山》"九十其儀"，《傳》"言多儀也"，儀固可數，然鄭朱皆不承用。《斯干》"君子攸芋"，《傳》"芋，大也"，大當讀泰，已如前述，而王引之必讀芋為宇；《四月》"盡瘁以仕"，《北山》"或盡瘁事國"，王引之既知盡瘁二字平列，盡，猶瘁也，字或作燋；《瞻卬》"邦國殄瘁"，《傳》"殄，盡"，即用盡瘁之盡，而《經義述聞》必雜引"殄，病也"之訓以釋之，似不喻傳者。《燕燕》"仲氏任只,其心塞淵",《傳》"塞,瘞;淵,深也";錢辛楣謂瘞讀瘱,《說文》"静也";《漢書·外戚傳》王皇后"為人婉瘱有節操",注同;而陳奐《疏》以瘱為誤字。此數子者,說經謹嚴,猶不免失,世之好立異者,可以戒矣。

　　草木鳥獸,亦應多識,玩其比興,方能親切。而惑者不察,逐末忘歸,考天文、徵地理、博證蟲魚,窮年不倦;其於《詩》也,不已遠乎。

1933／1934 年校长任职

——事实与思想①

海德格尔　著
溥　林　译

1933 年 4 月,② 我被大学全体大会一致推选为校长。我这一职位的前任冯·默伦多夫（v. Möllendorff）,③在一段短暂的任期后基于

---

① 本文基于以下文本翻译：Martin Heidegger, *Die Selbstbehauptung der deutschen Universität, Das Rektorat 1933／1934, Tatschaen und Gedanken*, Vittorio Klosterman Frankfurt am Main, 1990, 页 21 - 43；Martin Heidegger, Gesamtausgabe, I, Abteilung: Veröffentlichte Schriften 1910 - 1976, Band 16, *Reden und andere Zeugnisse eines Lebensweges*, Vittorio Klostermann Frankfurt am Main, 2000, 页 372 - 394。

② 海德格尔当选的时间为 1933 年 4 月 21 日。5 月 27 日于校长就职庆典上发表校长就职演讲《德国大学的自我主张》（"Die Selbstbehauptung der deutschen Universität"）。

③ 冯·默伦多夫（Wilhelm von Möllendorff, 1887—1944）,德国著名解剖学家。1932 年 12 月被推选为弗莱堡大学校长。由于在政治立场上属于社会民主党（Sozialdemokrat）,故不为新政权所接受,他几乎是上任后就立马离职。

部长的指令不得不辞职。我同冯·默伦多夫多次深入谈论过继任问题，他本人希望我来接受校长职位。同样，前任校长绍尔（Sauer）①也尝试劝说我为了大学的利益而接受这个职位。在选举日的上午我还在犹豫，并想退出竞选。我同权威性的政府机关和党的机关没有任何往来；我本人既不是党员，也没有以任何方式从事政治活动。因此，在政治力量集中的地方，就那作为必不可少的东西和任务而浮现在我眼前的，我是否会被听从，这是不确定的。然而，同样不确定的是，大学在多大程度上会自愿一道去源始地发现和塑造它自己的本质；这一任务我已经在1929年夏天于我的教授就职演讲中进行了公开阐述。②

在教授就职演讲《什么是形而上学?》（Was ist Metaphysik?）中起引导作用的句子中，我说道：

> 此时此地，我们为我们自己而追问。我们的此是——在由研究者、教师和进行大学学习的人所形成的共同体中——已经被科学所规定。只要科学已然成为了我们的激情，那么，在此是之基础上于我们发生了什么本质性的事情？——科学的各个领域彼此离得很远。它们处理其对象的方法也有着根本的不同。今天，学科之间的这种碎片化的多样性还只通过大学和院系这种技术组织而结合在一起，并通过各个专业所确立的实用目的而保有某种意义。然而，诸科学的根在其本质基础上已经枯萎了。

---

① 绍尔（Joseph Sauer, 1872—1949），德国神学家、教会史家，曾于1925/1926年以及1932/1933年两次任弗莱堡大学校长。

② 海德格尔在1929年7月24日于弗莱堡大学的教授就职演讲，题目是《什么是形而上学?》（Was ist Metaphysik?），该文现收于海德格尔全集第9卷《路标》中。

该演讲在 1933 年已经被译成了法文、意大利文、西班牙文和日文。

人们随处都能知道我如何思考德国的大学，以及我把什么视为它那最紧迫的关切。它不应将自己保持在技术组织的一机构的虚假统一中，而应从其本质基础——这种本质基础正是科学的本质基础——出发，即从真之本质本身出发来革新它自己，重新赢得追问者和知道者之间的那种源始的、有生命的统一。

1930 年我谈论了真之本质，这是一个直至 1932 年我还在德国好些地方一再做过、并因复制的笔记而变得众所周知的演讲。该演讲 1943 年才出版。①在该演讲的同时期，通过对柏拉图洞穴喻的一种解释，我举行了一次（每次）两小时关于希腊的真之概念的讲座课。在 1933／1934 年冬季学期于我的校长任职期间再次做了该讲座课，并通过一场满座的讨论班"民族与科学"（Volk und Wissenschaft）对之进行了补充。对洞穴喻的解释，于 1942 年以"柏拉图的真之学说"（*Platons Lehre von der Wahrheit*）为标题发表在《精神传承年鉴第 2 辑》（*Jahrbuch für die geistige Überlieferung* II）上。②党明令禁止提及和讨论这篇论文，同样禁止单行本的印刷发行以及销售。

直到最后一天还让我犹豫接受校长职位的事情是，我知道我必

---

① 参见海德格尔《路标》关于《论真之本质》（Vom Wesen der Wahrheit）一文的说明："第一版于 1943 年在维托里奥·克洛斯特曼（美茵河边的法兰克福）出版社出版。该文包含数次加以审订的一个公开演讲的文本，该演讲构思于 1930 年，并在同一标题下进行过多次（1930 年秋季和冬季在不莱梅、拉恩河边的马堡、布莱斯高的弗莱堡，1932 年夏在德累斯顿）。"

② 参见海德格尔《路标》关于《柏拉图的真之学说》一文的说明："思路要追溯到 1930／1931 年冬季学期的弗莱堡讲座'论真之本质'。文本被整理于 1940 年，并首次出版于：《精神传承》，年鉴第二辑。赫尔穆特·屈佩尔出版社，柏林，1942，页 96–124。"

然会因自己的计划而陷入到同"新"和"旧"之间的一种双重冲突中。"新"此时在"政治性的科学"之形态中出场，其理念奠基在对真之本质的一种歪曲上。"旧"则力求坚持"专业"、促进它的进步并在教学中使之变得有用，每一对本质基础的反思被当作抽象—哲学性的而加以拒绝，或者最多只允许它作为外在的摆设；而不是将之作为反思去实行反思，并根据这种实行来思考大学并从属于大学。

因此危险在于，彼此对立的"新"和"旧"以相同的方式反对我的尝试，并使之变得不可能。在接受校长职位时我尚未看清以及没有料到的，是在第一个学期所发生的事情：新和旧最后一致联合起来瘫痪掉我的努力，并最终排挤掉我。

尽管我那源始地对大学本质进行奠基的计划面临着双重威胁，但在许多大学同事的规劝下，尤其是在被撤职的校长冯·默伦多夫和他的前任、那时是副校长的绍尔的规劝下，我最终决定接受校长职位。特别是鉴于绍尔教士有效地指出了下面这一可能性，那就是：假如我拒绝了大学，那么，会从外面任命某人为校长。

总的来说，决定我接受校长职位的有三个因素：

1. 我那时于已经取得了权力的运动中看到了这样一种可能性，那就是参加到民族的一种内在凝聚和革新中并找到一条道路，参加到它的历史的—西方的规定中去。我相信，革新着自己本身的大学能够同时是负有使命的，能够给出 - 尺度地（maβ - gebend）① 参与到民族的内在凝聚中去。

2. 由此我在校长职位中看到了这样一种可能性，那就是把所有

---

① maβgebend，本意是"决定性的"、"权威的"、"标准的"；该词由名词 Maβ（尺度／标准）和 geben（给出／赋予）构成。海德格尔在这儿有意强调其词源结构。

丰富的力量——不管党籍和党的主义——带到反思和革新的进程面前,并加强和确保这些力量的影响。

3. 我希望以这种方式能够对付那些不恰当的人的紧逼,以及党的机构和党的主义那有所恐吓的威权。

事实是:那时已经有许多劣质的和没有能力的东西、许多自私的和忌妒的东西在胡作非为。而对于我来说,鉴于我们民族总的形势,这恰恰更是尝试让各种丰富的力量和本质性的目标发挥作用的一种理由。袖手旁观、对那些"无能的人"嗤之以鼻、不顾西方的历史处境而对从前的东西高唱赞歌,这肯定是更为惬意的。或许下面这一提示就会表明我那时已经是如何在看待历史处境。在1930年,云格尔(Ernst Jünger)① 的文章《总动员》(Die totale Mobilmachung)已经发表;这篇文章已经预示了他1932年出版的《劳动者》(Der Arbeiter)一书的基本特征。那时,我在小范围内同我的助手布罗克(Brock)② 详细讨论了这些作品,并力图揭示其中如何表达对尼采的形而上学的一种本质理解——只要在这种形而上学的视域中已经看到和预见了西方的历史和现状。通过从这些作品,以及更加本质地从它们的基础出发进行思考,我们思考那正在来临的事情,

---

① 云格尔(Ernst Jünger,1895—1998),德国著名作家。他参加过第一次世界大战,二战时曾以上尉身份派往法国,在德军巴黎司令部任职。1920年根据战争经历写出《在钢铁风暴中》(In Stahlgewittern),1939年发表寓意小说《在大理石危岩上》(Auf den Marmorklippen),1950年发表《论线》(Über die Linie)。海德格尔在云格尔60岁纪念文集《友好相会》(Freundschaftliche Begegnungen)上发表《论"线"》(Über "die Linie"),该文后来以"朝向是之问题"(Zur Seinsfrage)为标题收集在《路标》中。

② 布罗克(Werner Brock,1901—1974),1931至1933年曾是海德格尔的助手;1933年因其犹太人身份而被迫离开弗莱堡大学。后来在海德格尔的大力帮助下前往剑桥大学,1951年作为编外教授重返弗莱堡大学,一直工作到1969年。

也即是说，我们尝试在与之的争辩中同时面对它。许多其他人在那时也读了这些作品；然而人们把它们连同许多其他读过的有趣东西一起束之高阁，并且不懂得它们的影响。1939／1940年冬季，我再次在同事圈部分地详细讨论了云格尔的书《劳动者》，并获悉甚至在那时这些思想也是何等地陌生和让人奇怪，直到它们被"事实"所证实。云格尔在关于劳动者的统治和形态的思想中所思考的，以及鉴于这种思想所看到的，是在行星上被看到的历史之范围内的权力意志的普遍统治。今天，所有的东西都立于这种现实性上，无论它被称作共产主义、法西斯主义还是世界民主。

从权力意志的这种现实性那儿我当时已经看到了什么是。权力意志的这种现实性也能够在尼采的意义上用这一句话来加以表达："上帝死了。"出于本质性的理由，我在我的校长致辞中引用了这句话。这句话同一种庸俗无神论的断言毫无关系。它意味着：超感性的世界、尤其是基督教的神的世界，在历史中已经失去了起作用的力量（参见我1943年的演讲，《尼采的话"上帝死了"》①）。如果事情是不同的，那么，第一次世界大战会是可能的吗？进而，如果事情是不同的，那么，第二次世界大战会变得可能吗？

因此，为了在源始地反思对权力意志的形而上学进行的克服中进一步思考，即通过回返到其开端处而开始同西方思想进行一种争辩，理由和本质性的急迫难道还不足够吗？为了对西方精神的这种反思而尝试在我们德国人那儿唤醒被视为培植知识和认识的场地的那种处所——德国大学，并使之成为前线，其理由和本质性的急迫

---

① 参见海德格尔《林中路》关于《尼采的话"上帝死了"》一文的说明："主要部分于1943年在几个小圈子里重复报告。内容依据在1936年和1940年之间于布莱斯高的弗莱堡大学五个学期中所做的尼采讲座。它们为自己设立的任务是：根据是之历史把尼采的思想理解为西方形而上学的完成。"

难道还不充分吗？

诚然，同历史进程进行论争，而这种论争始于这样的话："如果……，以及如果不……，那么，就会出现……"，这总是冒险的。但问题也可以这样被提出：如果在1933年所有丰富的力量为了在隐秘的团结中渐渐地纯化和控制那已经取得权力的"运动"而觉醒了，那么，什么就会出现以及什么就会被预防？

诚然，当人们把罪责算计和推到他人身上时，总是傲慢放肆的。然而，当一个人确实找到了罪犯并根据罪责来进行评判时：那么，岂不也有着一种本质性的疏忽之罪？那些在那时甚至有着先知般的禀赋以至于看清了所有事情会如其要来的那样来的人——我没有那样的智慧——他们为何几乎等待了十年才开始同灾难作斗争？那些认为知道了这些的人为何不在1933年，为何他们不恰恰在那时就动身去扭转一切，并将之从根本上引向善呢？

诚然，凝聚所有丰富的力量可能是困难的，对运动整体及其权力地位逐渐施加影响也是困难的，但这都不比我们后来不得不承负的东西更为困难。

通过接受校长职位，我冒险尝试挽救、纯化和增强那积极的东西。

我的意图从不是仅仅要实现党的主义以及依照某一"政治性的科学"之"理念"来行动。但我同样不愿意仅仅捍卫以前的东西，以及通过单纯的斡旋和调停去敉平一切，并将之保持在平庸中。我深信不疑，一些本质性的事情——它们远远高出大学所关乎的一切——危如累卵。

但下面这点对我来说也是清楚的，那就是：必须首先强调和肯定我那时在运动中所看到的那些积极的可能性，以便为所有丰富力量的一种不仅仅有着事实性而是有着实事性基础的凝聚作准备。立即和单纯地反对,既不符合我那时的信念(它决非对党的信仰),也是不明智的。

以下这些可视为在校长任职期间我的基本态度的标志:

1. 我从未被任何党的机构请去发表任何政治建议;我也从未寻求一种这样的合作。

2. 我也绝没有同党的干部维持个人或政治上的联系。

我在1933年5月的校长致辞中已经表达了我校长任职的意图和态度

当然,正如每一被说出的话一样,此处一切都有赖于解释,有赖于准备参与到本质性的东西中去并打量这种东西本身。甚至根据篇幅就能识别出来的校长致辞的核心部分,是对知识和科学之本质的阐明,而大学就奠基在这种本质之上,并基于该本质它才可以在其本质中主张它自己为德国的大学本身。同劳动服务和国防服务相比,知识服务之所以在第三个位置被提及,不是因为它次于那两个,而是因为知识是真正和最高的东西,大学的本质会聚到它身上、反思凝聚在它周围。与最先提到的劳动服务相关的,对此可以提请注意:早在1933年前,这种"服务"就已经从时代的困境中以及从青年的意愿中形成和塑形。而"国防服务",我既不是在一种军国主义的意义上也不是在一种侵略的意义上提及,而是将之思考为自卫中的防御。

致辞的核心部分服务于对知识之本质、科学之本质以及在科学上培育起来的职业之本质的阐述。在内容上可提取出四个要点。

1. 诸科学都奠基在对其专业领域的本质域的经验上。

2. 真之本质作为让是(Seinlassen),即让是者如其是的那样是。

3. 对在希腊人那儿的西方知识的开端之传承的保持(参见1932

年夏季学期我的〈每次〉两个小时的讲座课:"西方哲学的开端"["Der Anfang der abendländlischen Philosophie"])。①

4. 与之相应,西方世界的责任。

所有这些,都有着对"政治性的科学"——它作为关于尼采对真和认识之本质的见解的一种粗糙学说而被国家社会主义到处散布——之理念的明确拒斥。在致辞中清楚表达了对"政治性的科学"之理念的摒弃。

反思和追问的态度被置于"战斗"中。但在致辞中"战斗"意味着什么?如果反思中的本质性的东西会回溯到希腊的 $ἐπιστήμη$ [知识],也即是会回溯到 $ἀλήϑεια$ [真],那么,就的确可以设想"战斗"之本质不是随意摆出来的。"战斗"在赫拉克利特的意义(残篇 53)上被思考。但为了理解这经常被误解的箴言,必须首先注意两点,我在我的讲座课和讨论班中经常充分地提到了它们:

1. 残篇由之开始的 $πόλεμος$ [战斗] 一词,不意指"战争",而是意指赫拉克利特在相同意义上使用的 $ἔρις$ [争执] 一词所意指的东西。但这意味着"争执"。然而,争执不可被视为口角、吵嘴和单纯的不和,更加不是使用暴力和击倒对手,而是从 - 对方 - 确立(Auseinander-setzung)②,从而在这种从 - 对方 - 确立中,那些从 - 对方 - 确立的东西之本质在这种确立中把自己暴露给对方,并由此显示自己和露面,用希腊人的话即是:进入到无蔽的东西和真的东西中。因为战斗是相互承认着地把自己暴露给本质性东西的那种暴露,从

---

① 该讲座课的内容现收集在海德格尔《全集》第 35 卷中。

② Auseinandersetzung 本意就是"争辩"、"争论",海德格尔这儿用连字符有意强调其词源。

而在把这种追问和反思置于"战斗"上的致辞中,始终说的是"暴露"。被说的东西位于赫拉克利特箴言方向上,箴言自身能完全清楚地对之进行作证。还必须注意第二点。

2. 我们不仅不可以把πόλεμος [战斗] 思考为战争,更不可以利用所谓赫拉克利特的"战争是万物之父"这句话,认为它把战争和斗殴宣布为所有是(alles Sein)的最高原则,从而在哲学上为战事辩护。

我们必须首先且同时注意:以通常方式加以引用的赫拉克利特的那句箴言歪曲了一切,因为由此就会避而不谈箴言整体以及与之相随的那种本质性的东西。它完整说的是:

> 在万物中争执乃是播种,但在万物中它也(并且首先)是最高的东西——进行保持的东西,之所以如此,那是因为它让一些显现为神,让另一些显现为人;因为它让一些作为奴仆、让另一些作为自由者,进入敞开域。

πόλεμος [战斗] 的本质在于δεικνύναι [显示]、显示和ποιεῖν [创制]、摆-到这儿(her-stellen)①,用希腊人的话即是:摆-出(hervor-stellen)到敞开的样貌中。这就是在哲学上对"战斗"之本质的思考,并且在致辞中所说的,仅仅是在哲学上进行的思考。

对本质域的这种有所争辩的反思必须在每一科学中实行,否则它就依然是不知(ohne Wissen)的"科学"(Wissenschaft)。② 从对科学之整体的这种反思中,大学自身通过它自己本身而把自己带到

---

① herstellen 有"制作"之意,海德格尔这儿用连字符也是有意强调其词源。

② 德语 Wissenschaft(科学)同 Wissen(知道/知识)在词源上有联系。

自己的本质基础之上，而只有被它所看护的知识才能通达该本质基础；因而它的本质不可能从别的地方、从"政治"或从任何其他确立的目的那儿得到规定。

根据这种基本看法和基本态度，致辞以"德国大学的自我主张"（"Die Selbstbehauptung der deutschen Universität"）为题目。只有极少数人清楚单是这个题目在1933年已经意味着什么，因为在它所关乎的那些人中，只有少数会不带偏见地、不受闲谈的蒙蔽而花力气去清醒地仔细思考它究竟在说什么。

诚然，人们也能够有其他的态度。人们能够让自己不做思考并坚持下面这一轻易就能得到的想法：那时国家社会主义夺取政权不久，一位新当选的校长作了一个关于大学的致辞，该致辞"代表"了"国家社会主义"，也即是说喊出了"政治性的科学"之理念，大致一想，它的意思是："对于民族有用的，就是真的。"由此有人就会得出，甚至有权得出：这样一来，实质上否认了大学的本质，并为它的毁灭火上浇油；因而必须把题目说成是："德国大学的自我斩首"（"Die Selbstenthauptung der deutschen Universität"）①。一个人能够这样来看待这件事——如果他足够无知且无力进行反思，如果他满足于舒适安逸和逃遁到闲谈中，如果他仅仅满足于传播大量敌意的话。

一个人能够在解释致辞时这样不负责任地行事；但那时他就不可以把自己冒充为那种自诩对德国大学的精神和福祉是负有责任的人。因为如此肤浅地思考和如此肤浅地无忧无虑地闲聊，或许与各种政治方法相适应，却同思想的实事性那最内在的精神相冲突，而

---

① Selbstenthauptung［自我斩首］和 Selbstbehauptung［自我主张］在词源上有联系。

该精神恰恰是他假装必须进行拯救的。

致辞不为它所关乎的那些人所理解；无论是在内容上，还是在如下这些方面：它说的是这样一种东西，这种东西在任职期间引导我在本质性的、较少本质性的和仅仅外在的东西之间作出区分。

致辞以及与之相伴随的立场，甚至更不为党和权威机关所理解；但只要有人立即觉察到其反面，就会对之有所"理解"。在同一天于"科普夫"（Kopf）酒店①的校长就职宴会上，瓦克尔（Wacker）②部长对我说了他对他所听到的致辞的"看法"。

1. 它是一种绕开了党纲所展望的各种远景的"私人国家社会主义"（Privatnationalsozialismus）。

2. 整个内容尤其没有奠基在种族思想之上。

3. 他不能认可对"政治性的科学"之理念的拒斥，他甚至不愿承认该理念尚未被充分地奠基。

部长的这一表态并非无关紧要，因为它立即被告知给了一些党内同志，如那时的州学生领袖谢尔（Scheel）③、医学讲师施泰因博

---

① Kopf 是弗莱堡的一家酒店。海德格尔在 1933 年 5 月 12 日以校长名义签发的"校长交接典礼"（Feier der Rektoratsübergabe）的邀请函中写到：交接仪式将于 5 月 27 日周六上午 11 点举行，"在典礼之后，于'科普夫酒店'举行简单的聚餐"。Martin Heidegger, GA 16, *Reden und andere Zeugnisse eines Lebensweges*, Vittorio Klostermann Frankfurt am Main, 2000, 页 102。

② 即瓦克尔（Otto Wacker, 1899—1940），当时德国巴登州的教育部长、国会议员和党卫队高级领导。

③ 即谢尔（Gustav Adolf Scheel, 1907—1979）。此人曾在海德堡大学学习法律、国民经济学和神学，后改学医学，并于 1934 年通过国家考试，同年加入党卫队。他在 1928 年底加入"德国大学生联合会"（Verein Deutscher Studenten），一年后成为该组织的主席。战后他多次被捕，1954 年被释放后在汉堡当医生一直到死。

士（Dr. Stein）和法兰克福的克里克（Krieck）①。顺便一提，这三人从一开始就控制着在卡尔斯鲁厄（Karlsruhe）的文化部；分管高校的负责人费尔勒（Fehrle）② 处长本人尽管心地善良且富同情心，但完全受他们掌控。

校长就职庆典后不久，我被召到部里当面示意如下：1. 今后别指望大主教出席这类庆典活动；2. 我在校长就职庆典后宴会上的讲话有失体统，因为我多余地特意突出了来自神学院的同事绍尔，并强调我就自己的科学学术教育感谢他。

在部里谈论这些事情，这不仅一般地表明了它的立场，而且表明他们绝不愿意接受我为了大学的内在革新不顾所有的不和与争吵而力求取得的东西。

那时我已经在职位上几周了。就任校长第二天，我的第一个职务行为是禁止在属于大学的任何地方张贴"告犹太人书"（Judenplakat）。该公告已经张贴在德国所有大学中。我向学生领袖宣布，只要我还是校长，该公告在大学范围内就找不到任何位置。该学生领袖带着他的两位陪同者离开时对此表示，他将向帝国学生领导层报告这一禁令。大约八天后，我接到一个电话，它由一位冲锋队分队长鲍曼博士（Dr. Baumann）代表最高冲锋队领导层的冲锋队——高校处打来。他要求张贴告犹太人书，如果我拒绝，那么，我就要考虑离职，甚至考虑关闭大学。我还是拒绝了。瓦克尔部长表示，

---

① 即克里克（Ernst Krieck，1882—1947），法兰克福大学的教育学教授。1932 年加入纳粹党，1938 年加入党卫队；战后被捕，并死于拘留营。

② 即费尔勒（Eugen Fehrle，1880—1957），民俗学家、古典语文学家、海德堡科学院院士。他曾在海德堡大学学习古典语文学和宗教学，1931 年加入纳粹党。战后在非纳粹化运动中，被甄别为"随大流者"。1950 年在海德堡大学退休。

他不可能做反对冲锋队的任何事情，冲锋队那时扮演了一个后来党卫队所接管的角色。

　　上述事情只是在我校长任职生涯期间显得越来越清楚的形势中的第一个迹象。最为不同的政治力量团体和利益共同体带着各种主张和要求在大学中发言。部里的事则常常扮演着次要角色；此外，它还忙于替自己取得在柏林那儿的某种独立性。到处上演的仅仅是权力斗争；那些参与其中的人仅仅对大学感兴趣到下面这种程度：它作为一种机构、作为学生共同体或教师共同体，要扮演一种权力因素。此外，医生、法官和教师的职业团体表达了他们的政治诉求，并要求清除那些让他们不舒服和感到可疑的教授。

　　这种控制着一切的混乱氛围，没有提供任何可能性去看护甚或仅仅认识下面这些我唯一在乎并为之而接受校长职位的努力：反思知识态度，以及反思教育之本质。夏季学期匆匆过去，时间都耗费在对人事和机构问题的讨论上。

　　唯一富有成效的事情——哪怕仅仅在消极的意义上——是：在那经常威胁要超出目标和限度的"清洗行动"（Säuberungsaktion）中，我能够阻止对大学和同事的各种不公正行为和伤害。

　　这种单纯预防性的工作不会表现出什么业绩，并且也不必让同事们对之有所了解。法学院、医学院和自然科学院中的那些声名卓著、值得尊重的同事，一旦他们听到那时要加在他们身上的东西，他们可能会大吃一惊。

　　在我任职的第一周我就认识到部长对下面这点很重视，那就是：校长属于党。一天，那时的地区领导克贝尔博士（Dr. Kerber）[①]、

[①] 克贝尔（Franz Kerber, 1901—1945），1930年加入纳粹党，1932年成为纳粹党的地区领导，后来又出任弗莱堡的市长，1945年被法国占领军拘捕。

地区副领导以及地区领导层的第三把手出现在我的校长办公室，并邀请我入党。①为了在政治角力中没有任何分量的大学的利益，以前从未属于过任何政党，也未接受过任何邀请的我同意了，但要他们明确接受下述条件，那就是：我个人，更别提作为校长，绝不接受任何党的职务，或者从事任何党的活动。我遵守了这项条件，这也并不困难，因为在1934年春我就中断了校长职位（见下），我被视为在政治上不可靠，并且一年比一年受到更为严格的监视。

入党一直只是一种形式上的事情，因为党的领导层并不想同我商量大学、文化和教育问题。在我的整个校长任职期间，我从未参加过任何的协商和谈话，更未参加党的领导层和党的各种机关的决策。大学依然是受到怀疑的，而人们同时又想为了文化宣传的目的而利用它。

我自己每天更多地是忙于就我自己的计划而言我必定认为是不重要的那些事情。我不仅对在形式上完成这些空洞的公务不感兴趣，同时我也没有经验，因为我以前一直拒绝任何学术职务，由此一来就是一个新手。此外，困难的形势出现了，秘书处的主管也任职不久，对大学事务同样没有经验。于是一些不能让人满意的事情、不正确的事情、粗心的事情出现了，它们如它们所看起来的那样，只是让同事们忙活了一番。校长致辞白费唇舌，在就职庆典那天后就被抛之脑后；在整个校长任职期间，没有一位同事前来就致辞与我交换过任何意见。人们行进在院系政治那用了十年时间踩踏出来的道路上。

---

① 一种看法是海德格尔在1933年5月1日那天正式加入纳粹党；但根据萨弗兰斯基（Rüdiger Safranski）在其《一位来自德国的大师：海德格尔和他的时代》(*Ein Meister aus Deutschland, Heidegger und seine Zeit*) 一书中的记述，海德格尔大概在5月1日后不久参加纳粹党。Rüdiger Safranski, *Ein Meister aus Deutschland, Heidegger und seine Zeit*, Fischer Taschenbuch Verlag, 1998, 页273。

如果不是在1933年夏季学期两个对大学的危险越来越清楚地预示了出来，所有这些让人困惑的东西，以及非本质性的东西于其中显露出来的霸权，也许可以忍受。

在海德堡大学作一场关于科学之本质的演讲期间，我在那儿偶然通过施泰因博士和谢尔得知一些计划，那就是要对弗莱堡的不同教席进行一次重新安排。大学应安插一些可靠的党员，并由此为下面这点创造可能性，那就是尤其相应地把院长一职保留给一些党员。提出来作为理由的看法是：在对这些职位的占据中，作为大学教师此刻首先更重要的不是其科学价值和能力，而是政治上的可靠和积极的突破力。在这些表明出来的态度和意图那儿，复又显示出：从法兰克福来的克里克的影响在海德堡和卡尔斯鲁厄得到了增强。在卡尔斯鲁厄我被示意，留下以前的那些院长是不可忍受的。院系需要国家社会主义的领导。因此，为了预防对大学之真正本质的这种危害，是时候以相应的方式采取行动了。

第二个危险是来自外面的威胁，这在夏季学期于埃尔富特（Erfurt）① 举行的校长会议上就被察觉到。该危险在于企图让院系的整个教学活动被医生、法官和教师的行业以及它们的诉求和需要所规定，从而最终把大学碎裂为专科学校（Fachschulen）。② 由此不仅大学的内在统一性受到威胁，学术训练的基本方法由此也受到威胁，也即是说，我试图通过一种革新来加以拯救、以及单单为了它我才接受校长职位的那种东西受到了威胁。

我尝试通过建议修改大学章程来应对由海德堡和由专科学校之

---

① 埃尔富特（Erfurt），德国图林根州的首府。埃尔富特大学建于1392年，在德国是仅次于海德堡大学和科隆大学的第三古老的大学。

② 专科学校（Fachschulen），也可以译为"技术学校"。

倾向而来的这两个正在逼近的危险。修改大学章程使得能够在下面这种意义上任命院长一职，那就是让院系的本质和大学的统一性能够得到挽救。修改大学章程的动机完全不是渴望搞颠覆性的和改革狂似的活动，而是看清了上述危险，这些威胁从政治力量的分配和种类来看绝非臆想出来的东西。

在大学里面，人们只是越来越片面地观望那已经发生的事情，他们仅仅在机构和法律层面上考虑大学章程的修改；同时仅仅着眼于个人的偏好和冷淡来评价对院长一职的新任命。

我把一些同事任命为1933／1934年冬季学期的院长；不仅根据我个人的判断，而且根据普遍判断，他们在学术界和自己的专业里都享有一定名声，同时他们保证每个人都会以自己的方式推动在其院系工作中的科学精神。这些院长中没有一个是党员。党员干部的影响被排除了出去。存在着这样一种希望，那就是要在各个院系保持和振奋科学精神的一种传承。

但事与愿违。所有的希望都变得让人失望。为了真正的东西而付出的所有努力都是徒劳。

"托特瑙山营"（Todnauberger Lager）成了1933／1934年冬季学期的一个奇特先兆；它原本要让教师和学生对真正的学期论文有所准备，并澄清我对科学和科学工作之本质的看法，以及同时对之进行讨论和交换意见。

营地参加者的遴选，不根据所属政党的观点以及在国家社会主义意义上的活动来进行。当营地计划在卡尔斯鲁厄变得众所周知之后，从海德堡那儿立即传来声音，那就是坚决希望也可以派遣一些参加者；与此同时海德堡和基尔（Kiel）[①] 达成了一致。

[①] 基尔是德国石勒苏益格－荷尔斯泰因州的首府。

我通过关于大学和科学的一个报告尝试澄清校长致辞中的核心内容，并鉴于前述的那些危险更加紧迫地摆出大学的任务。在各个小组中立刻出现了关于知识和科学、知识和信仰、信仰和世界观的一些富有成果的交谈。第二天早上，州学生领袖谢尔和施泰因博士突然不打招呼地乘车前来，并热烈地同营地中的海德堡参加者进行交谈；他们的"作用"渐渐地变得明显起来。施泰因博士提出允许他本人作一场报告。他谈论了种族和种族原则。营地的参与者获悉了该报告，但没有进一步进行讨论。海德堡分组带有破坏营地的任务。但实际上要针对的不是营地，而是其院系不愿被党员所领导的弗莱堡大学。令人不愉快的事情出现了，其中一些更是让人痛苦；但如果我不想一开始就让即将来临的整个冬季学期一事无成的话，我就必须得忍受它们。或许此刻就离职是为更为正确的。然而，我那时尚未估计到随即就暴露出来的事情。敌意的加强，不仅来自部长以及影响着他的海德堡集团一方，而且来自同事一方。

尽管部长表面上同意对院长职位的新任命，但他还是认为下面这点是奇怪的：不仅没有党员占据这些职位，而且我甚至胆敢恰恰任命在半年前部长在校长职位上拒绝支持的那个人为医学院院长。此外，从部里传来越来越明确的要求，那就是：同迄今所发生的相比，在弗莱堡大学要更加认真地贯彻政治性的科学之理念。

这时下面这些就变得引人注目了：在整个冬季学期，医学院的一些人以及法学院的一些人一再向我提议重新安排院长一职，并用其他人取代冯·默伦多夫和沃尔夫（Wolf）。①我把这些愿望归因于

---

① 沃尔夫（Erik Wolf, 1902—1977），毕业于海德堡大学，著名的法学史家和法哲学家，著有四卷本的《希腊法学思想》（*Griechisches Rechtsdenken*）。他是海德格尔任弗莱堡大学校长后任命的首位法学院院长。

两个学院内部的不和与竞争，并且对它们没有进一步的重视。直到临近 1933／1934 年期末的晚冬，我被请到卡尔斯鲁厄；在那儿，部里的费尔勒处长在州学生领袖谢尔在场的情形下告诉我，部长希望我免掉冯·默伦多夫和沃尔夫这两位院长的职位。

我立即声明在任何情形下我都不会那么做，无论是从个人的角度还是客观上我都不可能为这样一种重新安排负责。如果部长坚持他的要求，那么，出于对这一无理要求的抗议，我除了辞去我的职位外别无选择。接着费尔勒先生对我说，尤其是关于同事沃尔夫，法学院希望另外任命院长一职。我于是宣布辞去我的职位并请求同部长面谈。当我宣布这点时，州学生领袖谢尔的脸上出现了幸灾乐祸的笑容。一个人以这种方式得到了他想得到的东西。但已经变得非常清楚的是：为了把我逐出校长位置，对所有看上去像国家社会主义的东西都感到愤慨的大学圈，并不害怕同部里以及影响着它的那些团体合谋。

部长立刻接受了我的辞职，① 在同他的面谈中，下面这些变得清楚起来：在国家社会主义关于大学和科学的观点和我自己的观点之间，有一条难以逾越的鸿沟。部长表示，他不希望基于我的哲学同国家社会主义的世界观不相容而来的这种对立，作为弗莱堡大学同部里的冲突而公之于众。我回应说，我不可能有任何兴趣这样做，因为大学已经同部里沆瀣一气，并且由于某种冲突而把我本人置于公众的闲谈中也非我所愿。部长回答说，如果我不更进一步，辞职时不引人注目，我可以做我认为必要的事情。

我也这么做了，因为我作为离职校长，拒绝以传统的方式参加随后的校长职位交接以及提交报告。人们在大学里也理解这种拒绝；并且正如以前和后来常见的那样，人们自然也不会请我这位离开的

---

① 海德格尔在 1934 年 4 月 23 日提出辞职，27 日得到批准。

校长发表进一步的意见。我也绝不期待这类事情。

从1934年4月开始，我住在大学外面，因为我不再关心"进程"，而只是尝试尽力完成教学义务中那必不可少的事情。但在接下来的岁月里，教学也日益成为了本质性的思想同它自己本身的一种自言自语。或许它在好些地方都切中和唤醒了人，但它没有把自己塑造成某一确定行为中的一种成长着的、源始性的东西复又能够从它本身那儿生起的接点。

本身根本无关紧要的1933／1934年的校长任职事件，也许是科学——它不再被革新之尝试所规定，它的本质向着纯粹技术的传递也不可能被阻止——之形而上学的本质情状的一个表征。我在接下来的岁月里才认识到这点（参见《形而上学对现代世界图像的奠基》[Die Begründung des neuzeitlichen Weltbildes durch die Metaphysik]①）。校长任职是这样一种尝试：在已经取得权力的"运动"中——摆脱它的所有不足和粗制滥造——看到那远远扩展出去的东西，这种东西或许某天能够把一种凝聚带到德国人那西方历史的本质那儿。绝不应否认，我那时曾相信这些可能性，并由此为了能在职位上实现它们而放弃了思想者那最本己的职责。自己在职位上的不足所造成的东西，绝不应被弱化。然而，这些展望并未切中支配我接受校长职位的那种本质性的东西。在一种惯常学术活动之视域中的对这次校长任职的各种评论，或许在它们自己的方式上是正确的，并且是有权得到辩护的，但它们都绝未切中本质性的东西。同那时相比，为那蒙蔽了的眼睛打开看这种本质性的东西的视界，甚至在

---

① 参见海德格尔《林中路》关于《世界图像的时代》（Die Zeit des Weltbildes）的说明："本讲座在1938年6月9日以'形而上学对现代世界图像的奠基'为题进行，它是由布莱斯高的弗莱堡艺术科学、自然研究和医学协会所举办的、以现代世界图像的奠基为主题的系列演讲中的最后一场。"

今天有着更少的可能性。

本质性的东西是：我们立于虚无主义的完成中间，上帝"死"了，没有为神性留下任何的时间－空间。然而，对虚无主义的克服在德国人那诗性的思想和吟唱中宣示了出来，德国人无疑还很少听闻这种创作，因为他们力求根据环绕着他们的虚无主义之尺度来调节自己，并错判了一种历史性的自我主张之本质。

离职后的时日

一些人乐于根据他们的评价方式来看我校长任职中的错误，以下这些事情一一列举给他们，并且仅仅给他们。就其本身来说，它同在过去的各种尝试和措施——在行星的权力意志之整个运动内，它们是如此的微不足道，以至于甚至几乎不值一提——中的那种毫无成效的折腾一样不重要。

对于1934年春离职所带来的各种可能后果，我是清楚的；在同年的6月30日后我对之更加清楚。①这一时间之后任何在大学领导层接受某一职位的人，都能够清楚地知道他在与谁为伍。

我的校长任职随后被党以及被部长、教师团体和学生团体如何评价，记录在我的继任者上任时于报刊上传播出来的那些论断中。此后这位继任者才是弗莱堡大学的第一位国家社会主义的校长；②他作为一位身经百战的人，确保了一种战斗的－军人似的精神以及

---

① 1934年6月30日，希特勒清洗了冲锋队。

② 1934年接替海德格尔出任弗莱堡大学校长的是爱德华·科恩（Eduard Kern, 1887—1972），一位法学家，于1934—1936年任弗莱堡大学校长。

它在大学的传播。

对我的怀疑开始了，直至变成了辱骂。指出克里克在那时创编的杂志《成长中的民族》（*Volk im Werden*）的当年那几期，① 就足以是证据。该杂志的一期勉勉强强地出版了，其中公开或装着不明就里的论战并未击垮我的哲学。由于直到今天我也毫不在意这种喧嚣，尤其绝不进行反驳，于是那些即使平庸我也不曾特意攻击过的人的愤怒就越来越大。博伊姆勒（A. Baeumler）② 在其代表罗森贝格（Rosenberg）③ 办公室所编的教育杂志上以某种不一样的形式进行了相同的怀疑。希特勒青年团（HJ）④ 的杂志《意志与权力》（*Wille und Macht*）则充当了先锋。我在此期间已经出版的那篇校长致辞，成为了在教师阵营中争论的一个流行的靶子。（伽达默尔［H. G. Gadamer］、克吕格尔［Gerh. Krüger］⑤、布勒克［W. Bröcker］⑥ 可以作证。）

甚至1934年后，我也很少完全在纯粹科学的领域内所举行的那

---

① 该杂志在当时是双月刊。
② 博伊姆勒（A. Baeumler，1887—1968），德国哲学家和教育家，纳粹时期德国教育界的领袖人物，1933起任柏林大学教授。他很早就开始把把尼采描述为国家社会主义的哲学家，1931年出版《尼采：哲学家和政治家》（*Nietzsche, der Philosoph und Politiker*）。
③ 罗森贝格（Alfred Rosenberg，1893—1946），德国纳粹政治家、理论家，意识形态领袖，1946年在纽伦堡被以反人类罪判处绞刑。
④ HJ是Hitlerjugend的缩写。从1933年起，该组织是纳粹德国唯一官方的青年组织。
⑤ 克吕格尔（Gerhard. Krüger，1902—1972），德国哲学家，海德格尔在马堡的学生。1952年，当伽达默尔到海德堡接替雅斯贝尔斯的教席后，他到法兰克福接替了伽达默尔的教席，一直在那儿工作到退休。
⑥ 布勒克（Walter Bröcker，1902—1992），德国哲学家，海德格尔在马堡的学生，在古代哲学领域卓有建树。战后长期在基尔大学工作，直至退休。

些演讲,本地的党报每次也会以一种令人厌恶的方式进行辱骂,并且当时的大学领导们每次也只能艰难地站出来反对这些做法。举行的演讲有这样一些:1935 年《论艺术作品的本源》(Vom Ursprung des Kunstwerks)、1938 年《形而上学对现代世界图像的奠基》(Die Begründung des neuzeitlichen Weltbildes durch die Metaphysik)、1941 年《荷尔德林的赞美诗"如当节日的时候……"》(Hölderlins Hymne "Wie wenn am Feiertage...")、以及 1943 年《荷尔德林纪念会》(Hölderinggedenkfeier)。

甚至扩展到我讲座中的这种围剿,也渐渐地取得了想要的成功。1937 年夏季学期,从柏林来的一位汉克博士(Dr. Hancke)出现在一个讨论班上,他很有天分,并且很有趣,在我那儿同我一起工作。不久他向我承认,他不能再对我隐瞒他替那时领导着保安部(SD)① 西南分部的谢尔博士工作。谢尔博士已经提请他注意,我的校长任职其实在为非—国家社会主义的面孔和弗莱堡大学的冷漠态度撑腰。我不想在这儿把任何功绩算到我的头上。我提到它仅仅是为了表明:1933 年开始的敌意一直在持续和增强。

同一位汉克博士还对我讲,在保安部盛行着我同一些耶稣会修士合作的看法。事实上,在我的讲座和讨论班上,直至最后都的确有一些天主教修会的成员(尤其是从弗莱堡分会来的一些耶稣会修士和方济各会修士)。这些先生同其他进行大学学习的人完全一样,能够同我一道工作,并通过我的讨论班而得到帮助。多个学期以来,耶稣会神父洛茨教授(Prof. Lotz)、②拉纳(Rah-

---

① SD 是 Sicherheitsdienst 的缩写。保安部当时是隶属党卫队的一个同盖世太保并列的情报机构。

② 即洛茨(Johannes Lotz,1903—1992),天主教生存主义哲学家,著有《海德格尔与阿奎那》(*Heidegger und Thomas von Aquin*)一书。

ner)、①维多夫罗（Huidobro）都是我高级讨论班的成员；他们经常在我们家。人们只需读读他们的著作就能马上认识到我思想的影响，也无需否认这种影响。

晚些盖世太保在我那儿的调查也只是扩展到我讨论班中的天主教参加者身上：舒马赫神父（P. Schumacher）、古根贝格尔博士（Dr. Guggenberger）、博林格博士（Dr. Bollinger）（与慕尼黑的索尔［Scholl］学生行动有关，②人们正在弗莱堡和我讲座课中寻找该行动的一个策源地）。

先前已经——在辞职后——有人指责我允许早前的一些学生（非雅利安人）出席我的讲座课。

此外众所周知，我的三位最有才能、在哲学上显著地超出新生代平均水平的学生（伽达默尔、格哈德·克吕格尔、布勒克）被冷落多年，因为他们是海德格尔的学生。只是当人们最终不再能回避他们的资格并且丑闻变得众所周知时，他们才得到任命。

从1938年起，报刊和杂志禁止提到我的名字，也禁止评论我的作品——只要它们还能够出新版。最后，《是与时》（*Sein und Zeit*）以及康德书的新版也遭到禁止，即使出版商已经取得了必要的文件。

尽管在自己的国家是一片死寂，但人们却试图用我的名字在国外从事文化宣传，并说服我做演讲。我拒绝了到西班牙、葡萄牙、意大利、匈牙利和罗马尼亚的所有这样的巡回演讲；我也从不参加

---

① 拉纳（Karl Rahner, 1904—1984），德国著名天主教神学家，受海德格尔思想影响很大。他译成中文的作品有《圣言的倾听者》（*Hörer des Wortes*）。

② 汉斯·索尔（Hans Scholl, 1918—1943）和索菲·索尔（Sophie Scholl, 1921–1943）兄妹于1942年在慕尼黑大学发起成立了反对纳粹的"白玫瑰"（Weiße Rose）抵抗组织。运动失败后，兄妹俩以及该组织的一些成员于1943年被判处死刑。

学院为在法国的驻军举办的演讲。

或许以下实事能够说明人们评判并尝试排挤我的哲学工作的方法：

1. 1935年于布拉格的国际哲学大会，我既不属于德国代表团，也根本不被邀请参加。

2. 以同样的方式我应继续被排除在1937年于巴黎的笛卡尔大会之外。这种针对我的做法在巴黎一方看来是如此奇怪，甚至巴黎的大会领导小组自己透过索邦大学的布雷耶教授（Prof. Bréhier）问我，为何我不属于德国代表团。大会打算自行邀请我做一个演讲。我回答说，关于这一情况或许应在柏林向帝国教育部打听。不久，我收到从柏林来的一个邀请，让我事后参加代表团。整个事情以不能让我随德国代表团前往巴黎的一种方式来进行。

在战争期间，筹划出版一系列关于德国人文科学的介绍性著作。"系统哲学"（Systematische Philosophie）部分由哈特曼（Nic. Hartmann）负责。为了规划这一计划，在柏林举行了三天的讨论；除了雅斯贝尔斯（Jaspers）和我，所有的哲学教授都被邀请。他们之所以不需要我们，那是因为与这一出版相联系，计划对"生存哲学"（Existenzphilosophie）展开一场攻击，这后来也得到了实施。

正如已经在校长任职期间那样，在这儿也显示出反对者的一种奇特爱好，那就是：尽管彼此对立，仍结盟反对所有他们由之在精神上受到威胁并感到会被追问的东西。

然而，这些事件也仅仅是投射在我们历史的一种运动——德国人现在也还没窥测到它的范围，甚至当灾难已经降临到他们身上之后——之巨浪上的一种转瞬即逝的浮光掠影罢了。

评论

评布利茨《古典共和的末路：莎士比亚的〈尤利乌斯·凯撒〉》

赫布莱希（Matthew Holbreich） 撰

刘禹彤 译

布利茨（Jan H. Blits），《古典共和的末路：莎士比亚的〈尤利乌斯·凯撒〉》（*The End of the Ancient Republic: Shakespeare's Julius Caesar*），Lanham，MD：Rowman & Littlefield，1993。

麦考莱（Macaulay）对萨克雷（Thackeray）《威廉·毕脱》（*William Pitt*）的评论，同样适用于布利茨的文集："自这部作品出版以来，多年一晃而逝，但我们相信，对多数读者而言，它仍是新著。"这本由四篇论文组成的文集将对关注罗马史、莎士比亚研究或政治哲学的人有所裨益。书中每篇文章只有大约二十页，笔底生花且有不蔓不枝的魅力。

前两篇论文探讨罗马的政治衰败，凸显罗马人在理解人的卓越时固有的弊病，并巧妙地展示了莎士比亚对此的诊断。后两篇论文具体阐释前半部分探讨的政治衰亡主题，如何经《尤利乌斯·凯撒》剧中的布鲁图斯（Brutus）和凯撒（Caesar）两位主角得以展现。

本书开篇将男子气概与友谊并而论之，由此考查了男子气概的种种危害。罗马显然是"一个男人的世界"，男子气概被简单地等同于人的卓越。罗马邦民们总是为出众而竞争，企图令所有内外敌手相形见绌，并击败他们。正是这样的美德，维持着罗马的军事扩张，然而，当他们为荣耀和高尚而战时，已经疏远了共和国守护者们彼此间的距离。在这样的交锋中，爱本身成为一种可分的利益，人们小心翼翼地追寻，锱铢必较地给予，直至最后，"爱不再以爱为目的，相反，'爱'踏着朋友的败北与耻辱凯旋，成为一种获胜的手段"（页8－9）。就这样，友谊牺牲于男子汉争占鳌头的战场上。为避免友谊的败坏，罗马人试图糅合友谊与男子气概。然而布利茨声称，带男子气概的友谊让爱"充满勇猛，而不是充满感情。这种友谊的目的不是消解人们之间的距离，使之亲密无间，而是拉大距离，直至友谊成为空中楼阁，凯撒自己就是一个活生生的标本"（页9）。有男子气概的罗马人，自诩共和政体"平等"的尊崇者，事实上，他们觊觎以统治他人的形式获得不平等。因此，罗马人的男子气概有一个极其自私自利与反共和政体的核心，这个核心激发着个人在公共利益中谋求荣耀。对出人头地的贪慕让人们彼此分离，最终，人们与罗马隔绝。由于轻视相对温和的美德，赞赏男子气概，罗马人建功立业的美德正是其毁灭之所在。

第二篇论文分析的是，在第一场的言辞与行动中，莎士比亚如何嵌入对罗马政治衰败的诊断。政治衰败使恢复和维持共和的努力惨淡收场，布利茨谈及五个衰落的征兆："个人或私人的解放"、"私人忠诚的崛起"、"'恶古'的决心"、"对共和政制传统的忽视"以及"公众演说与共和自由的终结。"这些病态的征兆迥然不同于

《科利奥兰纳斯》（*Coriolanus*）中人物健康的推动力，《科利奥兰纳斯》是布利茨衡量《尤利乌斯·凯撒》中共和政制的标准。在对第一场的解读里，布利茨中肯地提出，即便带头的反叛者们的诸多缺点不言自明，共和国也难以挽救。凯撒之死是一个"政权的自然结果……是必然的末路，而不是对罗马共和政制的拯救"（页22）。无论卡西乌斯（Cassius）和布鲁图斯有什么缺点，戏剧第一场已然暗示我们，"恶性肿瘤"太广泛地渗透进了整个罗马政治体，几乎不可救药。

前两篇论文清晰地呈现了罗马式美德的不足，以及这些不足加诸晚期共和国的局限。这两篇论文提供了一个概观，但没有评判戏剧中的个体角色。最后两篇论文剖析了戏剧的两位中心人物：布鲁图斯和凯撒。

布利茨几乎没有被布鲁图斯的魅力感染，在第三篇论文中，他坚持说莎士比亚巧妙地驱散了这样的幻象——布鲁图斯仅仅是一个大公无私的爱国者、披荆斩棘的勇士和深谋远虑的政治家，简言之，是一个"拥有罗马式美德的完美形象"（页41）。"一个传统的罗马人渴望为自己的嘉言懿行争取名誉，"布利茨解释道，"布鲁图斯追求名望与荣耀则是出于自视光荣的动机"（页48）。他的过错产生于单一的源头：布利茨称之为布鲁图斯的"意图伦理"，可这样理解此观点，"这个角色的动机成为……判断一种行为正义与否的唯一标准"（页47）。为了进一步支持该论点，布利茨驾轻就熟地展示了"莎士比亚如何改写原始素材，以便于表现由于布鲁图斯仅仅重视意图，招致了反叛者们的重大失误及挫败"（页40）。除"意图伦理"之外，布鲁图斯还扮演了"一个反共和派，他藐视自己政治事业的成功，甚至漠视自己国家的福祉"（页43）。为证明后一个观点，布利茨仔细剖析了戏剧第二幕第一场，此时布鲁图斯拒绝与反叛者们宣誓，反对邀请西塞罗（Cicero）加入，并劝服其他人不要杀害安东尼（Antony）。布利茨还抽丝剥茧地揭开了布鲁图斯卑劣或残忍的一面，这样的卑劣或残忍部分源于帝国的崛起，进而源于政治生活的败坏，政治生活吹落的枯枝败叶，蛊惑着个人利益走向高尚。当然这些都是大胆的文本解读，但布利茨作出了有力的解释。任何倾慕布鲁图斯的人都应严肃看待布利茨的解读。

第三篇论文阐述了布鲁图斯的失败，第四篇论文强调了凯撒的成功。乍一看，凯撒的角色似乎自相矛盾：他自称无所畏惧却又屈从于畏惧，他宣称自己不会被阿谀之徒煽动，却又溺于谄媚。布利茨有理有据地辩称，一旦理解了凯撒试图"神化自己"，矛盾便会化为乌有（页 63 - 64）。布利茨详尽分析了凯撒在卢伯克节上对王冠的拒绝，以及他在行将被刺的当天去元老院的决定，以求证明凯撒为了被尊为神，出色地计划和执行了自己的被刺。布利茨收集了很多资料来证实此观点，包括莎士比亚的语言使用、尤其是恰如其分的命名；对古代历史材料的改写；以及为突出更深远的主旨而插入的虚构情节。莎士比亚还加入了一些有趣的小话题，诸如基督教的兴起、非政治的普世帝国带来的萎靡不振……从而，这篇论文把凯撒为自己精心安排的死亡放入更广阔的背景之中，即莎士比亚所理解的共和制向帝国转变的历史处境。最后，布利茨冷静而严肃地评价了凯撒遗留的问题，以及凯撒在政治决断中一些潜在的失策。

布利茨的作品首先受益于布鲁姆（Allan Bloom），其次是坎托（Paul Cantor）。不过，布鲁姆重视作为个体的角色，布利茨强调个体及其行为如何被更复杂的环境约束和限制。譬如，布鲁姆认为若有一个更完善、更凶残的密谋，便可胜利在望。布利茨则认为密谋注定会失败，因为反叛者们自己也身陷晚期罗马共和国普遍的堕落之中。布利茨书中的最后一篇论文恰巧得到了洛文塔尔（David Lowenthal)最近著作的辅证。①显然,布利茨和洛文塔尔都试图更充分地证明布鲁姆提出的解读——凯撒希望"神化自己"。他们都揭露了凯撒表面的疏忽其实是出于精明的政治算计,凯撒步步高升之时,共和国已经一败涂地而徒有虚名;他们还揭示出凯撒如何表演了必然的失败,或说重要且英明的前后矛盾(见洛文塔尔,页128–132、142–146)。

虽然人们可能希望有一篇洋洋洒洒的介绍,能更充分地总括全书要旨,但布利茨这部简短的作品值得一读,其中有很多关于罗马衰亡本质的独到见解,以及旁征博引的论点,可谓视莎士比亚为政治哲人的解读典范,此外。布利茨文笔简练,颇值一读。

---

① 《莎士比亚与美好生活》(*Shakespeare and the Good life*),Rowman & Littlefield,1997。

图书在版编目（CIP）数据

斯威夫特与启蒙/娄林主编.--北京：华夏出版社，2017.10
（经典与解释）
ISBN 978-7-5080-9148-8

Ⅰ.①斯… Ⅱ.①娄… Ⅲ.①斯威夫特(Swift,Jonathan 1667-1745)－小说研究 Ⅳ.①I561.074

中国版本图书馆CIP数据核字(2017)第181334号

斯威夫特与启蒙

主　　编	娄　林
责任编辑	马涛红　李安琴
责任印制	刘　洋
出版发行	华夏出版社
经　　销	新华书店
印　　刷	三河市少明印务有限公司
装　　订	三河市少明印务有限公司
版　　次	2017年10月北京第1版
	2017年10月北京第1次印刷
开　　本	880×1230　1/32
印　　张	10.875
字　　数	271千字
定　　价	59.00元

华夏出版社　地址：北京市东直门外香河园北里4号　邮编：100028
网址：http://www.hxph.com.cn　电话：(010)64663331(转)
若发现本版图书有印装质量问题，请与我社营销中心联系调换。

西方传统：经典与解释
Classici et Commentarii
HERMES
刘小枫○主编

古今丛编
孟德斯鸠的自由主义哲学
——《论法的精神》疏证　[美]潘戈 著
莫尔及其乌托邦　[德]考茨基 著
试论古今革命　[法]夏多布里昂 著
托兰德与激进启蒙　刘小枫 编
图书馆里的古今之战　[英]斯威夫特 著
但丁：皈依的诗学　[美]弗里切罗 著
在西方的目光下　[英]康拉德 著
大学与博雅教育　董成龙 编
探究哲学与信仰
——基尔克果与苏格拉底　[美]郝岚 著
民主的本性
——托克维尔的政治哲学　[法]马南 著
梅尔维尔的政治哲学
——《切雷诺》及其解读　李小均 编/译
席勒美学的哲学背景　[美]维塞尔 著
果戈里与鬼　[俄]梅列日科夫斯基 著
自传性反思　[德]沃格林 著
黑格尔与普世秩序　[美]希克斯 等著
新的方式与制度
——马基雅维利的《论李维》研究
[美]曼斯菲尔德 著
科耶夫的新拉丁帝国　[法]科耶夫 等著
《利维坦》附录　[英]霍布斯 著
或此或彼（上、下）　[丹麦]基尔克果 著
海德格尔式的现代神学　刘小枫 选编
双重束缚　[美]基拉尔 著
古今之争中的核心问题
——施米特的学说与施特劳斯的论题　[德]迈尔 著
论永恒的智慧　[德]苏索 著
宗教经验种种　[美]詹姆斯 著
尼采反对卢梭　[美]凯斯·安塞尔-皮尔逊 著
舍勒思想评述　[美]弗林斯 著

诗与哲学之争　[美]罗森 著
神圣与世俗　[罗]伊利亚德 著
论古人的智慧　[英]培根 著
但丁的圣约书　[美]霍金斯 著

古典学丛编
探究希腊人的灵魂　[美]戴维斯 著
尤利安文选　马勇 编/译
论月面　[古罗马]普鲁塔克 著
雅典谐剧与逻各斯
——《云》中的修辞、谐剧性及语言暴力
[美]奥里根 著
莱园哲人伊壁鸠鲁　罗晓颖 选编
《劳作与时日》笺释　吴雅凌 撰
希腊古风时期的真理大师　[法]德蒂安 著
古罗马的教育　[英]葛怀恩 著
古典学与现代性　刘小枫 编
表演文化与雅典民主政制
[英]戈尔德希尔、奥斯本 编
西方古典文献学发凡　刘小枫 编
古典语文学常谈　[德]克拉夫特 著
古希腊文学常谈　[英]多佛 等著
撒路斯特与政治史学　刘小枫 编
希罗多德的王霸之辨　吴小锋 编/译
第二代智术师
——罗马帝国早期的文化现象　[英]安德森 著
英雄诗系笺释　[古希腊]荷马 著
统治的热望
——修昔底德笔下的阿尔喀比亚德和帝国政治
[美]福特 著
论埃及神学与哲学
——伊希斯与俄赛里斯　[古希腊]普鲁塔克 著
凯撒的剑与笔　李世祥 编/译
伊壁鸠鲁主义的政治哲学
[意]詹姆斯·尼古拉斯 著
修昔底德笔下的人性　[加]欧文 著
修昔底德笔下的演说　[美]斯塔特 著
古希腊政治理论　[美]格雷纳 著

神谱笺释　吴雅凌　撰
赫西俄德：神话之艺
　[法]居代·德·拉孔波　等著
赫拉克勒斯之盾笺释　罗逍然　译笺
《埃涅阿斯纪》章义　王承教　选编
维吉尔的帝国　[美]阿德勒　著
塔西佗的政治史学　曾维术　编

古希腊诗歌丛编
诗歌与城邦　[美]费拉格、纳吉　主编
阿尔戈英雄纪（上、下）
　[古希腊]阿波罗尼俄斯　著
俄耳甫斯教祷歌　吴雅凌　编译
俄耳甫斯教辑语　吴雅凌　编译

古希腊肃剧注疏集
希腊肃剧与政治哲学　[美]阿伦斯多夫　著

古希腊礼法
希腊人的正义观　[英]哈夫洛克　著

廊下派集
廊下派的城邦观　[英]斯科菲尔德　著

希伯莱圣经历代注疏
希腊化世界中的犹太人　[英]威廉逊　著
第一亚当和第二亚当　[德]朋霍费尔　著

新约历代经解
属灵的寓意　[古罗马]俄里根　著

基督教与古典传统
加尔文与现代政治的基础　[美]汉考克　著
无执之道
　——埃克哈特神学思想研究　[德]文森　著
恐惧与战栗　[丹麦]基尔克果　著
托尔斯泰与陀思妥耶夫斯基
　[俄]梅列日科夫斯基　著
论宗教大法官的传说　[俄]罗赞诺夫　著
海德格尔与有限性思想（重订版）
　刘小枫　选编
上帝国的信息　[德]拉加茨　著
基督教理论与现代　[德]特洛尔奇　著
亚历山大的克雷芒　[意]塞尔瓦托·利拉　著

中世纪的心灵之旅
　——波纳文图拉神学著作选　[意]圣·波纳文图拉　著

德意志古典传统丛编
穆佐书简　[奥]里尔克　著
纪念苏格拉底——哈曼文选　刘新利　选编
夜颂中的革命和宗教
　——诺瓦利斯选集卷一　[德]诺瓦利斯　著
大革命与诗话小说
　——诺瓦利斯选集卷二　[德]诺瓦利斯　著
黑格尔的观念论　[美]皮平　著
浪漫派风格——施莱格尔批评文集　[德]施莱格尔　著

美国宪政与古典传统
美国1787年宪法讲疏　[美]阿纳斯塔普罗　著

品达注疏集
幽暗的诱惑
　——品达、晦涩与古典传统　[美]汉密尔顿　著

欧里庇得斯集
自由与僭越
　——欧里庇得斯《酒神的伴侣》绎读　罗峰　编译

阿里斯托芬集
《阿卡奈人》笺释　[古希腊]阿里斯托芬　著

色诺芬注疏集
居鲁士的教育　[古希腊]色诺芬　著
色诺芬的《会饮》　[古希腊]色诺芬　著

柏拉图注疏集
哲学的奥德赛——《王制》引论　[美]郝兰　著
爱欲与启蒙的迷醉
　——论柏拉图的《会饮》　[美]贝尔格　著
为哲学的写作技艺一辩
　——《斐德若》疏证　[美]伯格　著
柏拉图式的迷宫——《斐多》义疏　[美]伯格　著
哲学如何成为苏格拉底式的　[美]朗佩特　著
苏格拉底与希琵阿斯　王江涛　编译
理想国　[古希腊]柏拉图　著
谁来教育老师——《普罗塔戈拉》发微　刘小枫　编
立法者的神学
　——柏拉图《法义》卷十绎读　林志猛　编
柏拉图对话中的神　[德]薇依　著

厄庇诺米斯 [古希腊]柏拉图 著

智慧与幸福
——柏拉图的《厄庇诺米斯》 程志敏 选编

论柏拉图对话 [德]施莱尔马赫 著

柏拉图《美诺》疏证 [美]克莱因 著

政治哲学的悖论
——苏格拉底的哲学审判 [美]郝岚 著

神话诗人柏拉图 张文涛 选编

阿尔喀比亚德 [古希腊]柏拉图 著

叙拉古的雅典异乡人
——柏拉图《书简七》探幽 彭磊 选编

阿威罗伊论《王制》 [阿拉伯]阿威罗伊 著

《王制》要义 刘小枫 选编

柏拉图的《会饮》 [古希腊]柏拉图 等著

苏格拉底的申辩（修订版）[古希腊]柏拉图 著

苏格拉底与政治共同体 [美]尼科尔斯 著

政制与美德——柏拉图《法义》疏解 [美]潘戈 著

《法义》导读 [法]卡斯代尔·布舒奇 著

论真理的本质 [德]海德格尔 著

哲人的无知 [德]费勃 著

米诺斯 [古希腊]柏拉图 著

亚里士多德注疏集

亚里士多德《政治学》中的教诲 [美]潘戈 著

品格的技艺 [美]加佛 著

亚里士多德哲学的基本概念 [德]海德格尔 著

《政治学》疏证 [意]托马斯·阿奎那 著

尼各马可伦理学义疏
——亚里士多德与苏格拉底的对话 [美]伯格 著

哲学之诗
——亚里士多德《诗学》解诂 [美]戴维斯 著

对亚里士多德的现象学解释 [德]海德格尔 著

城邦与自然——亚里士多德与现代性 刘小枫 编

论诗术中篇义疏 [阿拉伯]阿威罗伊 著

哲学的政治
——亚里士多德《政治学》疏证 [美]戴维斯 著

普鲁塔克集

普鲁塔克的《对比列传》 [英]达夫 著

普鲁塔克的实践伦理学 [比利时]胡芙 著

莎士比亚绎读

莎士比亚的历史剧 [英]蒂利亚德 著

莎士比亚戏剧与政治哲学 彭磊 选编

莎士比亚的政治盛典 [美]阿鲁里斯/苏利文 编

丹麦王子与马基雅维利 罗峰 选编

洛克集

上帝、洛克与平等 [美]沃尔德伦 著

卢梭集

论哲学生活的幸福 [德]迈尔 著

致博蒙书 [法]卢梭 著

政治制度论 [法]卢梭 著

哲学的自传
——卢梭的《孤独漫步者的遐思》 [法]戴维斯 著

文学与道德杂篇 [法]卢梭 著

设计论证
——卢梭的《社会契约论》 [美]吉尔丁 著

卢梭的自然状态 [美]普拉特纳 等著

卢梭的榜样人生
——作为政治哲学的《忏悔录》 [美]凯利 著

莱辛注疏集

汉堡剧评 [德]莱辛 著

关于悲剧的通信 [德]莱辛 著

《智者纳坦》研究版 [德]莱辛 等著

启蒙运动的内在问题
——莱辛思想再释 [美]维塞尔 著

莱辛剧作七种 [德]莱辛 著

历史与启示——莱辛神学文选 [德]莱辛 著

论人类的教育
——莱辛政治哲学文选 [德]莱辛 著

尼采注疏集

尼采引论 [德]施特格迈尔 著

尼采与基督教
——尼采的《敌基督》论集 刘小枫 编

尼采眼中的苏格拉底 [美]丹豪瑟 著

尼采的使命
——《善恶的彼岸》绎读 [美]朗佩特 著

尼采与现时代
——解读培根、笛卡尔与尼采 [美]朗佩特 著

动物与超人之间的绳索 [德]A.彼珀 著

施特劳斯集
原著
论僭政（重订本）——色诺芬《希耶罗》义疏
[美]施特劳斯 科耶夫 著

苏格拉底问题与现代性（增订本）
——施特劳斯讲演与论文集：卷二

犹太哲人与启蒙
——施特劳斯演讲与论文集：卷一

霍布斯的宗教批判

斯宾诺莎的宗教批判

门德尔松与莱辛

哲学与律法——论迈蒙尼德及其先驱

迫害与写作艺术

柏拉图式政治哲学研究

论柏拉图的《会饮》

柏拉图《法义》的论辩与情节

什么是政治哲学

古典政治理性主义的重生（重订本）

回归古典政治哲学——施特劳斯通信集

苏格拉底与阿里斯托芬

研究作品
论源初遗忘
——海德格尔、施特劳斯与哲学的前提
[美]维克利 著

政治哲学与启示宗教的挑战 [德]迈尔 著

阅读施特劳斯 [美]斯密什 著

施特劳斯与流亡政治学 [美]谢帕德 著

隐匿的对话
——施米特与施特劳斯 [德]迈尔 著

驯服欲望
——施特劳斯笔下的色诺芬撰述 [法]科耶夫 等著

施米特集
施米特对自由主义的批判 [美]麦考米特 著

宪法专政
——现代民主国家中的危机政府 [美]罗斯托 著

施米特对自由主义的批判 [美]约翰·麦考米克 著

伯纳德特集
古典诗学之路（第二版）
——相遇与反思：与伯纳德特聚谈 [美]伯格 编

弓与琴（重订本）
——从柏拉图解读《奥德赛》 [美]伯纳德特 著

神圣的罪业 [美]伯纳德特 著

布鲁姆集
巨人与侏儒（1960-1990）

人应该如何生活——柏拉图《王制》释义

爱的设计——卢梭与浪漫派

爱的戏剧——莎士比亚与自然

爱的阶梯——柏拉图的《会饮》

伊索克拉底的政治哲学

大学素质教育读本
古典诗文绎读 西学卷·古代编（上、下）

古典诗文绎读 西学卷·现代编（上、下）

中国传统：经典与解释
Classici et Commentarii

家亚肩卑

刘小枫　陈少明 ◎ 主编

周易古经注解考辨 / 李炳海 著
浮山文集 / [明]方以智 著
药地炮庄 / [明]方以智 著
药地炮庄笺释·总论篇 / [明]方以智 著
青原志略 / [明]方以智 编
冬灰录 / [明]方以智 著
冬炼三时传旧火 / 邢益海 编
《毛诗》郑王比义发微 / 史应勇 著
宋人经筵诗讲义四种 / [宋]张纲 等撰
道德真经藏室纂微篇 / [宋]陈景元 撰
道德真经四子古道集解 / [金]寇才质 撰
皇清经解提要 / [清]沈豫 撰
经学通论 / [清]皮锡瑞 著
松阳讲义 / [清]陆陇其 著
起凤书院答问 / [清]姚永朴 撰
周礼疑义辨证 / 陈衍 撰
《铎书》校注 / 孙尚扬 肖清和 等校注
韩愈志 / 钱基博 著
论语辑释 / 陈大齐 著
《庄子·天下篇》注疏四种 / 张丰乾 编
荀子的辩说 / 陈文洁 著
古学经子 / 王锦民 著
经学以自治 / 刘少虎 著
从公羊学论《春秋》的性质 / 阮芝生 撰

刘小枫集

古典学与古今之争 [增订本]
这一代人的怕和爱 [第三版]
沉重的肉身 [珍藏版]
圣灵降临的叙事 [增订本]
罪与欠
儒教与民族国家
拣尽寒枝
施特劳斯的路标
重启古典诗学
共和与经纶
设计共和
现代性与现代中国：现代性社会理论绪论
诗化哲学 [重订本]
拯救与逍遥 [修订本]
走向十字架上的真
卢梭与我们
西学断章
现代人及其敌人
好智之罪：普罗米修斯神话通释
民主与爱欲：柏拉图《会饮》绎读
民主与教化：柏拉图《普罗塔戈拉》绎读
巫阳招魂：《诗术》绎读

编修 [博雅读本]

凯若斯：古希腊语文读本 [全二册]
古希腊语文学述要
雅努斯：古典拉丁语文读本
古典拉丁语文学述要
危微精一：政治法学原理九讲
琴瑟友之：钢琴与古典乐色十讲

经典与解释辑刊

1 柏拉图的哲学戏剧
2 经典与解释的张力
3 康德与启蒙
4 荷尔德林的新神话
5 古典传统与自由教育
6 卢梭的苏格拉底主义
7 赫尔墨斯的计谋
8 苏格拉底问题
9 美德可教吗
10 马基雅维利的喜剧
11 回想托克维尔
12 阅读的德性
13 色诺芬的品味
14 政治哲学中的摩西
15 诗学解诂
16 柏拉图的真伪
17 修昔底德的春秋笔法
18 血气与政治
19 索福克勒斯与雅典启蒙
20 犹太教中的柏拉图门徒
21 莎士比亚笔下的王者
22 政治哲学中的莎士比亚
23 政治生活的限度与满足
24 雅典民主的谐剧
25 维柯与古今之争
26 霍布斯的修辞
27 埃斯库罗斯的神义论
28 施莱尔马赫的柏拉图
29 奥林匹亚的荣耀
30 笛卡尔的精灵
31 柏拉图与天人政治
32 海德格尔的政治时刻
33 荷马笔下的伦理
34 格劳秀斯与国际正义
35 西塞罗的苏格拉底
36 基尔克果的苏格拉底
37 《理想国》的内与外
38 诗艺与政治
39 律法与政治哲学
40 古今之间的但丁
41 拉伯雷与赫尔墨斯秘学
42 柏拉图与古典乐教
43 孟德斯鸠论政制衰败
44 博丹论主权
45 道伯与比较古典学
46 伊索寓言中的伦理
47 斯威夫特与启蒙